»Manchmal muss man seinen Weg einfach gehen. In irgendeine Geschichte führt er immer. Falsche Geschichten gibt es nicht. Sie sind alle Leben.«
Geschichten sind es, die die Frauen Taru und Remy sammeln wollen. Erinnerungen und Wünsche, die Menschen berühren und anspornen. Und so gründen die beiden unterschiedlichen Frauen gemeinsam eine Zeitschrift, die die besonderen Momente im Leben festhalten soll. Inspiriert werden sie von einem alten Möbelstück, das Remy auf einem Dachboden in Ahrenshoop entdeckt. Ein Sekretär, wunderschön gearbeitet und mit Intarsien von Insekten ausgestattet: Glühwürmchen, Schmetterlinge, Bienen und Libellen. Da sie in der heutigen Zeit bedroht sind, beschließen Taru und Remy, neben der Zeitschrift auch einen Garten zu erschaffen, um all den selten gewordenen Lebewesen ein Zuhause zu geben. Die Leser ihrer Zeitschrift sollen daran teilhaben, den Garten mitbepflanzen und ihre Geschichten einbringen. Und so entsteht ein Geschichtengarten auf Rügen. Der erste Inselgarten.
Ein Roman über den Mut, auf sein Herz zu hören und seine Träume zu verwirklichen. Egal wann, egal wo. Der Moment ist immer der richtige.

Patricia Koelle ist eine Berliner Autorin mit Leidenschaft fürs Meer – und fürs Schreiben, in dem sie ihr immerwährendes Staunen über das Leben, die Menschen und unseren sagenhaften, unwahrscheinlichen Planeten zum Ausdruck bringt. Bei FISCHER Taschenbuch erschienen ist die Ostsee-Trilogie mit den Bänden ›Das Meer in deinem Namen‹, ›Das Licht in deiner Stimme‹ und ›Der Horizont in deinen Augen‹, außerdem der alleinstehende Roman ›Die eine, große Geschichte‹. ›Wenn die Wellen leuchten‹, ›Wo die Dünen schimmern‹ und ›Was die Gezeiten flüstern‹ sind die drei Bände ihrer Nordsee-Trilogie, die auf Amrum spielt. ›Ein Engel vor dem Fenster‹ ist eine Sammlung von Wintergeschichten, ›Der Himmel zu unseren Füßen‹ ein Weihnachtsroman und ›24 Stück vom Glück‹ eine Sammlung von stimmungsvollen Geschichten zur Weihnachtszeit. ›Die Zeit der Glühwürmchen‹ ist der Auftakt ihrer Inselgärten-Reihe.

Weitere Informationen finden Sie auf www.fischerverlage.de

Patricia Koelle

Die Zeit der Glühwürmchen

Ein Inselgarten-Roman

FISCHER Taschenbuch

Aus Verantwortung für die Umwelt hat sich der S. Fischer Verlag zu einer nachhaltigen Buchproduktion verpflichtet. Der bewusste Umgang mit unseren Ressourcen, der Schutz unseres Klimas und der Natur gehören zu unseren obersten Unternehmenszielen.

Gemeinsam mit unseren Partnern und Lieferanten setzen wir uns für eine klimaneutrale Buchproduktion ein, die den Erwerb von Klimazertifikaten zur Kompensation des CO_2-Ausstoßes einschließt.

Weitere Informationen finden Sie unter: www.klimaneutralerverlag.de

MIX
Papier aus verantwortungsvollen Quellen
FSC® C014496

3. Auflage: Oktober 2021

Erschienen bei FISCHER Taschenbuch
Frankfurt am Main, Mai 2020

Lektorat: Susanne Kiesow
Satz: Fotosatz Amann, Memmingen
Druck und Bindung: GGP Media GmbH, Pößneck
Printed in Germany
ISBN 978-3-596-70530-6

Taru

Groß Nemerow,
Mecklenburg-Vorpommern

2014

1

Taru

»Frau Favonius! Würden Sie sich *bitte* dazu äußern? Sehen Sie sich in der Lage, dieses Thema zu übernehmen? Ich brauche eine Entscheidung!«

Taru schrak auf. Chefredakteur Klimmroths eintönige Stimme hatte sich im Hintergrund verloren, während sie auf Heikos Fuß unter dem Nebentisch gestarrt hatte. Heiko war für das Sportressort zuständig. Vielleicht konnte er darum nie stillsitzen. Er machte sich fleißig Notizen, aber unter dem Tisch fuhr er mit seinem linken Schuh unablässig auf einem Kiesel vor und zurück, der wahrscheinlich aus dem Profil seiner Sohle gefallen war. Der stetig rollende Stein machte ein Geräusch. Und dieses Geräusch war es, das Taru aus der Redaktionssitzung hinauskatapultiert und an einen Strand getragen hatte, den sie schon so lange erfolgreich aus ihren Gedanken verdrängt hatte.

Es klang nur entfernt wie die Stimme der Steine auf Rügen, die in der Brandung von Sellin rollten. Die ewig murmelnde, donnernde, geheimnisvolle Stimme ihrer Kindheit. Aber es hatte gereicht, sie aus der Fassung zu bringen.

Taru streckte hastig ihr langes Bein aus und stieß den Kiesel unter Heikos Fuß fort. Der Stein flog in die gegenüberliegende Ecke, knallte gegen die Wand und blieb hinter dem Papierkorb liegen. Heiko warf ihr einen amüsierten Blick zu und fing stattdessen an, mit seinem Bleistift zu spielen. Herbert Klimmroth schüttelte den Kopf und hob fragend die Brauen. »Nun?«

»Ja, natürlich, ich übernehme das!«, versicherte Taru.

Sie hatte keine Ahnung, worum es ging.

»Gut. Ich schicke Ihnen das Briefing.« Er drückte hörbar auf die Taste seines Laptops. »Vereinbaren Sie sobald wie möglich einen Telefontermin mit dem Herrn. Und sorgen Sie dafür, dass er Bilder in ausreichender Auflösung zur Verfügung stellt.«

Taru öffnete die Datei, die auf ihrem Bildschirm erschien. Sie stellte fest, dass es um einen Wissenschaftler in Israel ging, der Algen zu Ernährungszwecken züchtete. Ein wichtiges Thema. Und natürlich fiel es genau in ihr Ressort.

»Und Frau Favonius – bitte handhaben Sie es nicht wieder so wie bei den Pinguinen!«, warf Klimmroth noch durch den Raum. Seine spitze Bemerkung landete beinahe spürbar bei Taru, wie eine hartnäckige Mücke, die sich nicht verscheuchen ließ.

Sicher. Sie war für die wissenschaftliche Rubrik zuständig, weil sie Biologin war, und nicht, weil sie unterhaltsam schreiben konnte. Fast hätte ich es vergessen, dachte Taru grimmig.

Die Sache mit den Algen hätte sie normalerweise interessiert. Aber irgendetwas war Taru in letzter Zeit verlorengegangen. Früher hatte sie jedes Mal, wenn sie sich an einen neuen Artikel machte, ein freudiges Kribbeln durchlaufen. Eine Art unterdrückter Trommelwirbel, eine Ouvertüre, eine Vorfreude auf ein Abenteuer.

Neuerdings aber spürte sie das Abenteuer nicht mehr, nicht erst seit der hitzigen Debatte über den Pinguinartikel, die natürlich Klimmroth gewonnen hatte. Es war schließlich seine Zeitung. »Herberts Herzblatt« nannten sie hier alle hinter vorgehaltener Hand. Bestimmt wusste er das und war stolz darauf.

Und Herberts Zeitung musste natürlich sein wie Herbert. Streng und sachlich. Was ja nicht falsch war. Taru war sehr für gut recherchierten Journalismus. Nur war sie der Meinung, dass sich Sachlichkeit mit einer Freude an den Tatsachen durchaus vertrug.

»Mache ich dich nervös?«, fragte Heiko mit einem frechen Zwinkern, nachdem die Sitzung beendet war. Sein Bleistift rollte klirrend auf den Boden, als er aufsprang.

»Dein Gezappel auf jeden Fall«, erwiderte Taru belustigt. Heiko war kaum älter als ihre Tochter.

»Ich brauche Bewegung«, meinte er. »Kommst du mit, ein kleines Radrennen machen?«

»Nein. Ich muss mit dem Professor in Israel telefonieren.«

»Schade. Wir hätten es machen können wie deine Pinguine. Ich fand den Artikel übrigens klasse.«

Ich auch, dachte Taru. Aber was nützt das. Ist ja nicht meine Zeitung.

Herberts Herzblatt war kein wissenschaftliches Fachmagazin, sondern eine ganz normale regionale Zeitung. Es gab nur eben eine Wissenschaftsrubrik darin, fast so dick wie der Sportteil. Taru war sich sicher, dass die meisten der Abonnenten gerade diesen renommierten, aber staubtrockenen Teil beiseitelegten, solange Herbert es ihr nicht erlaubte, ein breiteres Publikum anzusprechen. Die begeisterten Leserzuschriften nach Tarus etwas zu heiter geratenem Artikel über den Pinguinroboter gaben ihr recht. Ein Forscherteam hatte diesen Roboter zwischen die echten Pinguine geschickt, um sie zu filmen und zu belauschen. Taru hatte auch die humorvollen Seiten dieses Versuchs geschildert und dem Roboter eine Persönlichkeit verliehen. Schließlich waren die Pinguine fähig gewesen, sich mit dem Kerlchen anzufreunden.

Herbert aber nicht. Für ihn waren die Leserbriefe nur ein Beweis dafür, dass Taru sich zu Unseriosität hatte hinreißen lassen. Er sprach eine unmissverständliche Warnung aus.

Aber er war der Chef, und er zahlte halbwegs gut. Taru zuckte unwillkürlich mit den Schultern, als sie aus dem kühlen Büro hinaus in die Sonne trat. Sie wollte sich nicht mehr ärgern. Nicht jetzt, nicht heute. Nicht in diesem Frühling, in dem sie so frei war wie noch nie in ihrem Leben. Und das Telefonat mit Israel konnte noch etwas warten.

»Tschüs, Taru! Ruf mich an, wenn du dich am Wochenende einsam fühlst!« Heiko zischte mit einem fröhlichen Winken auf seinem Rennrad an ihr vorbei.

Lächelnd fummelte Taru das Schloss aus den Speichen ihres eigenen Rades. Man konnte Heiko nicht böse sein, er war eben so. Fünfundzwanzig. Sie war nicht neidisch. Und einsam auch nicht. Ganz im Gegenteil! Sie freute sich auf ihr ruhiges Wochenende und ihr stilles Haus. Keine ewig vollen Wäschekörbe mehr, keine hochgezogenen Augenbrauen, weil das Sonntagsei nicht weich genug war, kein gezwungener Smalltalk auf einem wichtigen Empfang mit wichtigen Leuten. Kein höflicher Einwand ihres Mannes, ihr Kleid wäre nicht kurz genug, um richtig schick auszusehen. Keine Angst mehr davor, wann sie wieder in eine neue Stadt, ein anderes Land ziehen würden. Keine enttäuschten Blicke von Werner, wenn Taru dafür nicht ausreichend Begeisterung aufbringen konnte.

Sie wollte es nicht mehr.

»Was wünschst du dir eigentlich zum Fünfzigsten?«, hatte er sie kurz nach ihrem neunundvierzigsten Geburtstag gefragt. »Sollten wir den nicht ganz groß feiern? Wir könnten all unsere Kollegen einladen. Oder wir machen eine Kreuzfahrt.«

Taru hatte tief Luft geholt und gedacht: Wann, wenn nicht jetzt? »Willst du wirklich wissen, was ich mir wünsche?«

Er hatte sie verwundert und etwas traurig angesehen. »Natürlich will ich das. Ich wollte immer nur, dass es dir gutgeht.«

»Ich weiß. Ich auch. Ich will auch, dass es dir gutgeht.«

Das war ihnen ja auch prima gelungen. Seit damals, vor über einem Vierteljahrhundert, als Tarus Freundin Palina entgeistert gesagt hatte: »Werner Mensch? Du kannst nicht einen Mann namens Mensch heiraten.«

Taru hatte schallend gelacht. »Warum um Himmels willen nicht?«

»Das klingt so …« Palina suchte nach Worten. Sie stammte aus Russland. Und auch wenn ihr noch manchmal bestimmte Ausdrücke fehlten, so sagte sie doch immer sehr deutlich, was sie dachte. »Zu lustig. Nicht genug wie Mann«, befand sie.

»Ich finde, es klingt freundlich. Lieb. Warm. Zuverlässig. Und lustig ist genau richtig«, erklärte Taru. »Wir passen wunderbar zusammen.« Werner war absolut genug Mann. Einer zum Anlehnen, einer, mit dem man lachen konnte, einer, der voller Pläne war.

Sie waren beide jung gewesen, aber nicht zu jung, und sie hatten sich nicht geirrt. Sie passten gut zusammen. Es fühlte sich richtig an. Werner war Ingenieur und arbeitete im Bereich der Solartechnologie. Er hatte sich auf ökologischen Hausbau spezialisiert und bekam immer mehr Aufträge in diesem noch jungen Feld. Als Taru ihren Abschluss als Biologin gemacht hatte, half er ihr mit seinen Kontakten dabei, als freie Journalistin zu arbeiten. Schreiben konnte sie überall, und das war gut so, denn Werners Projekte führten sie nach Südafrika, nach Holland, nach Norwegen, nach Paris. Nur als die Kinder noch klein waren, blieben sie in Deutschland, aber auch dort nie lange in einer Stadt. Taru hatte manchmal das Gefühl, sie lebten nur aus Kisten. Es war schön, es war interessant, es war eine spannende Zeit voller Leben und Abenteuer. Jedoch waren es ihre eigenen, persönlichen Kisten, die nie ausgepackt wurden, weil nie jemand dazu kam.

Jedes Abenteuer kann nur ein Abenteuer sein, wenn es auch ein Ende hat. Taru fühlte sich irgendwann wie die letzte Spielfigur bei »Mensch ärgere dich nicht«, die es nach unzähligen Runden um das Spielbrett einfach nicht in den sicheren Hafen schafft, egal, wie oft gewürfelt wurde.

Nun endlich war es Zeit für einen Wurf in eine ganz andere Richtung. Sie wusste genau, was sie sich zum fünfzigsten Geburtstag wünschte.

Taru hatte nach Werners Hand gefasst. »Ich wünsche mir, dass wir nicht mehr nur von Trennung reden, immer nur beiläufig und zwischen Hauptgang und Nachtisch«, sagte sie. »Ich wünsche mir, dass wir uns scheiden lassen.«

Er zog seine Hand nicht weg, sondern hob mit der anderen sanft ihr Kinn und sah ihr forschend in die Augen. »Wirklich?«

»Ja. Wirklich. Du könntest ohne Sorgen den Auftrag in Peking annehmen. Ich möchte nicht, dass du meinetwegen hierbleibst. Wir wären beide frei.«

»Meinst du, die Kinder können damit umgehen?«

»Kinder? Sie sind aus dem Haus, Werner. Unsere Tochter hat mich schon gefragt, ob es nicht besser für uns beide wäre, wenn jeder seiner Wege geht. Seit sie in Rostock wohnt, sieht sie uns wahrscheinlich mit anderen Augen.«

Werner nahm ihre andere Hand jetzt auch. »Taru, aber nur, wenn wir es als Freunde hinbekommen! Die Trennung und das Leben danach. Und du bist dir wirklich sicher?«

»Bitte! Wir haben noch nie halbe Sachen gemacht. Richtig oder gar nicht.« Ein sauberer Schnitt war die einzige Lösung. Taru kannte Werner. Er würde nicht lange allein bleiben. Das war seine Sache nicht. Er musste ganz frei sein dürfen, für alles offen. Und sie selbst wollte auch frei sein. »Natürlich als Freunde!«, versicherte sie. »Ich will dich nicht verlieren. Du gehörst zu meinem Leben dazu.«

»Und du zu meinem. Also gut. Du sollst dein Geschenk bekommen.« Er lächelte, und jetzt konnte sie neben der Wehmut auch die Erleichterung in seinen Augen sehen, dieselbe Vorfreude, die auch sie in sich spürte. »Ich mach dir eine Schleife um die Papiere, wenn es so weit ist.«

»Du kannst doch Werner nicht wegschicken«, sagte Palina schockiert. »Werner ist so ein guter Mann.«

»Ich schicke ihn nicht weg, Palina. Ich schenke ihm seine Freiheit und er mir meine. Das ist auch eine Art von Liebesbeweis.«

Palina breitete die Arme aus. »Du wirst wissen, was gut für dich ist.«

Ja, das wusste Taru. Und zum ersten Mal seit Jahren handelte sie auch danach.

Als Erstes beschloss sie, das Haus, in dem sie bislang zur Miete gewohnt hatten, zu kaufen. Sie hatten auf dem Sprung gelebt, wie immer. Das wollte sie nie wieder. Ihr Geld reichte für eine großzügige Anzahlung aus. Die Ratenzahlung danach würde sie schon schaffen.

Wenn sie ab jetzt von der Arbeit kam wie heute, konnte sie nach Hause fahren. Nach Hause! Ein wirkliches Zuhause hatte sie so lange nicht gehabt.

Sie hätte es sowieso niemals fertiggebracht, diesen See zu verlassen, dachte Taru jetzt.

Heiko war mit seinem Fahrrad schon lange verschwunden. Sie dagegen fuhr langsam durch den Wald, ließ Neubrandenburg hinter sich, genoss die würzige Luft, die hohen Bäume, den federnden Boden unter ihrem Rad. Es wartete ja niemand mehr auf sie. Es war jetzt ihre eigene Zeit, die sie verwenden konnte, wie sie wollte. Das konnte sie manchmal noch immer nicht fassen.

Der gesamte Weg führte am See entlang. Auf halber Strecke stellte sie das Rad ab, kletterte das Steilufer ein Stück hinunter und setzte sich auf den Stumpf einer uralten Eiche. Er war so dick, dass Taru sich darauf sogar auf den Rücken legen konnte. Das Holz war sonnenwarm unter ihr, und in den Wipfeln hing das Maigrün dicht und hell wie ein stummer Jubel. Unten hörte sie den See am Ufer. Kleine Wellen flüsterten zwischen den Steinen. Wenn sie die Augen schloss, bildete sie sich manchmal ein, sie könne hören, wie das Eis hier noch ächzte wie vor sechzehntausend Jahren, als das Schmelzwasser eines Gletschers die tiefe Rinne geformt hatte, in der heute der See lag. Über hundert Meter dick war das Eis damals gewesen, wo jetzt Neubrandenburg lag. Taru konnte sich vorstellen, was für Gewalten hier am Werk gewesen sein mussten. Wenn sie die glattgeschliffenen Findlinge am Ufer und im Wald betrachtete, wurden die Kräfte fast greifbar, die diese Steine einst bewegt und gestaltet hatten.

Heutzutage befand sich in diesem Tal der Tollensesee. Über zehn Kilometer lang, an der tiefsten Stelle über dreißig Meter tief. Und der Mittelpunkt von Tarus Welt. Wenn sie aufwachte, galt ihm ihr erster Blick aus dem Fenster. Wenn sie nachdenken wollte, lief sie an ihm entlang, und wenn sie traurig war, entdeckte sie selbst bei Regen Licht auf seiner Oberfläche.

Als sie das erste Mal auf der Suche nach einer Wohnung diese Gegend erkundet hatte, damals noch im Auftrag von Werner, der ein Projekt in der Nähe annehmen wollte, war es der See gewesen, in den sie sich verliebt hatte. Noch ehe sie das Haus fand.

Taru rutschte vom Baumstamm und kletterte bis ganz nach unten, zog die Schuhe aus und setzte sich auf einen der Findlinge am Ufer. Das Wasser war noch eiskalt. Herrlich! Ein Boot fuhr vorbei. Die Wellen wurden höher, flüsterten lauter zwischen den Kieseln und ließen das Schilf rauschen. Aber sie hatten kaum die Kraft, die Steine zu rollen. Die Steine vom Tollensesee hatten keine Stimme, nicht seit der Gletscher fort war.

Die Gletscher von damals hatten noch einen anderen See geformt, einen kleineren, eine Laune der Natur, weit fort. Auch jener See war vor langer Zeit einmal ein Mittelpunkt von Tarus Leben gewesen. Doch das war ein anderes Leben, und es ärgerte sie, dass ihre Gedanken heute zum ersten Mal seit langem diesen Weg genommen hatten. War es nur wegen Heikos Zappelei gewesen, oder machte sie der Frühling so unruhig?

Sprich nie mehr davon, es könnte uns in Gefahr bringen.

Sie hörte die Worte ihres Vaters immer noch so deutlich, als hätte er sie erst gestern voll unterdrückter Schärfe in ihr Ohr geflüstert, sah den angstvollen Blick ihrer Mutter hinter seiner Schulter.

Diese Warnung hatte längst keine Gültigkeit mehr, aber sie hatte sich so tief in Tarus Gedächtnis gegraben wie die Gletscherrinne in die steinerne Haut der Erde. Und mit ihr die Angst, die sie trotzdem noch immer in ihr weckte. Wenn Taru nicht aufpasste, so wie gerade eben, stieg diese Angst aus dem gnädigen Dunkel der Vergangenheit auf. Genau wie die Blasen aus dem Uferschlamm, dort wo gerade der Schwan herumstocherte. Silberne, runde Blasen, die mit einem leisen Plopp an der Oberfläche platzten, sobald sie das Licht erreichten. Um sie herum breitete sich ein Muster aus, das die Strömung veränderte.

2

Unerwartete Farben

»Ich mag es auch am liebsten, wenn die Seiten leer sind«, sagte eine Stimme. Sie schien geradewegs aus dem Maihimmel zu kommen, zusammen mit dem Lied einer Feldlerche.

Hier gibt es wenigstens noch Lerchen, hatte Taru gerade gedacht. Ein Grund mehr, warum dies hier mein Ort ist.

Sie hatte erst kürzlich einen Artikel darüber schreiben müssen, dass der Bestand an Feldvögeln wie der Lerche in Deutschland um mehr als die Hälfte zurückgegangen war und dass man sich in bestimmten landwirtschaftlichen Gegenden auf ein stummes Frühjahr gefasst machen müsse. Taru hatte daraufhin ein ebenso stummes Entsetzen gespürt. Unvorstellbar!

Hauptsächlich lag es daran, dass die Insekten vernichtet wurden, von denen sich die Vögel ernährten, und die Bodenstrukturen, die sie benötigten. Das konnte doch nicht so weitergehen! Mehr denn je war sich Taru sicher, dass man dieses Thema anders ansprechen musste. Nicht allein mit trockenen Fakten, wie Herbert, obwohl diese schockierend genug waren. Man musste die Menschen bei der Hand nehmen, wenigstens mit Worten, und ihnen zeigen, wie es war, wenn im Frühling der Himmel schwieg.

Aber jetzt gerade schwieg er nicht. »Lass die Seite doch einfach so, dann musst du nicht so angestrengt gucken«, sagte die Kinderstimme von oben.

Zwar schrieb Taru ihre Artikel direkt in den Laptop, aber

ihre ersten Notizen trug sie immer auf Papier zusammen. Das erleichterte ihr den Anfang, ermöglichte ihr einen persönlicheren Zugang. Heute hatte sie ihr Notizbuch zum ersten Mal mit hinausgenommen, in die Sonne auf den Rasen, der endlich trocken und warm genug war, um sich auf einer Decke niederzulassen.

Jetzt legte sie das Buch beiseite, lehnte sich auf ihren Ellenbogen zurück, blinzelte gegen die Sonne und versuchte, über sich etwas zu erkennen.

»Hier bin ich!«

Jetzt sah sie ein Winken aus dem alten Birnbaum, der nahe am Zaun auf dem Nachbargrundstück stand und seine Äste weit zu Taru hinüberreckte. Im Herbst hatte sie die Birnen gegessen, an die sie herankam. Das Nachbargrundstück schien ihr bisher verwaist zu sein, der Rasen stand braun und kniehoch, und die Fensterläden in der Ferne blieben stets halb geschlossen.

Nun saß ein Mädchen auf einem der Äste, mit einem aufgelösten blonden Pferdeschwanz und einer Zahnlücke in ihrem Lächeln.

»Hallo, wer bist du denn?«, fragte Taru.

Das Mädchen begann, eine Strickleiter hochzuziehen, die vom Baum herunterhing. Dann warf sie diese von dem Ast herunter, der über den Zaun reichte, und kletterte wieselflink daran herab. Schon stand sie vor Taru, barfuß, das eine Bein ihrer Shorts zerrissen und ihre dünnen Arme jetzt schon sonnenbraun. Sie hielt sich wohl viel draußen auf. Anders als man es den Kindern von heute nachsagte. »Weißt du, warum die leeren Seiten die besten sind?«, fragte die Kleine und sah Taru aus graugrünen Augen auffordernd an, als wäre diese Frage die wichtigste der Welt.

»Für mich bedeuten leere Seiten eher Ärger«, sagte Taru. »Wohnst du jetzt da drüben?«

Das Mädchen kniete sich zu ihr auf die Decke. »Wir sind vor zwei Wochen eingezogen. Meine Eltern arbeiten in Neubrandenburg. Sie sind Ärzte. Sie haben nicht so viel Zeit, weißt du. Die kommen immer erst spät nach Hause. Aber ich kriege in der Schule was zu essen. Ich heiße Philea. Philea Müller.«

Das passte. Philea sah aus wie eine Zeichnung aus Bullerbü, aber ihre Gedanken schienen auf ungewöhnlicheren Wegen zu wandeln. Sie beugte sich vor und tippte mit einem schmutzigen Finger auf Tarus Notizbuch. »Leere Seiten sind die besten, weil man alles draufschreiben kann, was man will.«

»Das solltest du mal meinem Chef erzählen. Der sieht das anders. Ich heiße Taru.«

»Dann hat dein Chef das nicht verstanden. Das ist manchmal so bei Chefs. Meine Mama sagt das auch immer. Aber du kannst es ihm doch erklären.«

»Wie würdest du es ihm denn erklären?«, fragte Taru.

Philea kroch zu Taru hinüber, legte sich neben sie auf den Rücken und zeigte auf die Wolken. »Da ist ein Delphin.«

Taru ließ sich auch wieder hintenüberfallen. An Arbeit war wohl gerade nicht zu denken. »Und daneben eine Schildkröte. Nein, jetzt wird ein Fisch daraus.«

»Und da hinten kommt ein Elefant.«

Sie spielten das alte Spiel eine Weile, und dann kamen keine Wolken mehr.

»Siehst du, und das ist das Beste.« Philea wies mit beiden Zeigefingern triumphierend auf den knallblauen, leergefegten Himmel.

»Was?« Taru begriff nicht, worauf Philea hinauswollte.

»Na, leer! Man weiß nicht, was als Nächstes kommt. Darum kann man sich selbst was ausdenken. Vielleicht ein Schiff. Oder einen Säbelzahntiger. Einfach, was man möchte.«

Taru musste lachen. »Ich weiß nicht, ob ein Säbelzahntiger meinen Chef überzeugt. Aber ich verstehe jetzt, was du meinst.«

Sie setzte sich auf und begann, in den Bildern zu blättern, die sie sich vorhin ausgedruckt hatte. Nachdem sie sich aufgerafft hatte, dem israelischen Wissenschaftler zu schreiben, hatte er ihr diese sofort geschickt. Über die Qualität hätte sich Klimmroth keine Gedanken machen brauchen. Mit Hilfe eines Elektronenmikroskops eingefangen, sahen die einzelligen Algen aus wie Juwelen, rund, grünleuchtend, mit goldgelben Fettpünktchen darin und manchmal zarten Fransen an den Rändern. Dazwischen schwammen Kieselalgen wie Kunstwerke, symmetrische Formen, ähnlich feinem Porzellan.

Philea machte keine Anstalten zu gehen, sondern lehnte sich neugierig darüber. »Was ist das?«

Bevor Taru zu einer Antwort ansetzen konnte, raschelte es über ihnen im Birnbaum. Ein Stückchen Rinde fiel auf das Notizbuch, und dann kletterte jemand die Leiter herunter und landete mit einem Sprung federleicht neben ihnen. Ein Junge, noch kleiner und dünner als Philea, mit einem schwarzen Haarschopf und ebensolchen Augen, die zu groß für sein Gesicht schienen. Schweigend sah er Taru an.

»Hallo«, sagte sie vorsichtig und fragte sich, was der Birnbaum noch für Überraschungen bereithielt.

»Das ist Rahim, aber alle nennen ihn Memo«, erklärte Philea. »Er wohnt in unserem Haus, im Sou… Souterrain. Mit seinem Papa. Er ist erst acht. Ich bin ja schon zehn. Memo kommt aus

Syrien, aber sie sind schon ein paar Jahre hier. Seine Mama und seine Brüder sind im Krieg gestorben. Sein Vater arbeitet in der Apotheke. Das ist der beste Freund von meinem Papa, weißt du?«

Nun, jetzt wusste sie es. Taru bemühte sich, Phileas Strom von Informationen zu folgen. Erst hatte sie gar keine Nachbarn gehabt, und nun das.

Memo kniete sich neben Philea und betrachtete die Algenbilder.

»Sind das die Rädchen aus dem Uhrwerk?«, wollte er wissen und sah Taru aus diesen unglaublich großen, unergründlichen Augen an, als besäße sie die Antworten auf alle Fragen dieser Welt.

»Was für ein Uhrwerk meinst du?«

»Das, was macht, dass die Erde sich dreht.«

Taru schluckte und beschloss, Physik und Astronomie auszulassen und sich auf das zu beschränken, was sie konnte. Biologie. »Das sind ganz kleine Pflanzen, die nur aus einer Zelle bestehen. Da gibt es gerade Menschen, die sie züchten, weil man damit zum Beispiel Kinder gesund machen kann, die sonst verhungern würden.«

»Das ist gut«, sagte Philea. »Sollst du dadrüber schreiben? Dann gefällt dir das hier sicher auch.« Sie kramte in ihrer Hosentasche und förderte etwas sehr Buntes zutage, das sie Taru auf der Handfläche hinhielt. »Das ist ein Meeresschmetterling. Hab ich selbst gemacht! Aus Fimo. Es ist ein Modell, so wie im Museum. Die gibt es genauso in echt. Meeresschmetterlinge sind meine Lieblingstiere.«

Das sah diesem Kind ähnlich. Keine Pferde. Keine Katzen. Nicht mal Einhörner. Stattdessen eine Form von Schnecken, die man zu Recht Schmetterlinge des Meeres nannte, so farbig und vielfältig waren sie. Einige flogen sogar mit ähnlichen Bewegungen durch das Wasser wie ein Schmetterling.

Das bunte Wesen war fein gearbeitet. Nicht nur die Größe, auch alle Details stimmten, soweit sich Taru an die Bilder aus einem alten Lehrbuch erinnern konnte. Es wirkte wie einem Fieberwahn entsprungen, und doch gab es diese Laune der Natur tatsächlich. Das Geschöpf trug vorn zwei knallorangene Hörner, scheinbar ebensolche Lippen und am Schwanzende Kleckse derselben unwahrscheinlichen Farbe. Der langgestreckte Körper dazwischen zeigte auf einem samtschwarzen Untergrund wilde neongrüne Streifen und Punkte. Zu allem Überfluss trug es etwa in Höhe des Hinterteils zwei orangegrüne Puschel wie ein Cheerleader.

Für Taru waren diese Geschöpfe und seine Verwandten während ihres Studiums ein Beweis dafür gewesen, dass die Evolution Humor besaß, oder sich zumindest nicht allein mit praktischer Durchsetzungsfähigkeit begnügte. Mit diesem Gedanken durfte sie Klimmroth aber nicht kommen. »Das ist eine Neonsternschnecke«, sagte sie. »Woher kennst du die?«

»Nembrotha kubaryana«, erklärte Philea fachmännisch. »Man muss sich die lateinischen Namen merken, weil es ganz viele Sorten gibt, und die meisten haben gar keinen deutschen Namen. Ich kenne sie aus Filmen, und ich habe ein Buch. Ich war auch mit Mama im Aquarium, aber da gibt es gar keine. Deshalb mache ich mir die selbst.«

»Das ist dir gut gelungen.«

»Wenn man sie halten könnte, würde ich ein Aquarium wollen«, sagte Philea. »Aber Papa hat gesagt, die Meeresschmetterlinge sind wie Glück. Das kann man auch nicht festhalten, und man weiß nicht, wovon es sich ernähren muss, damit es leben kann.«

Über diesen Satz würde Taru noch nachdenken müssen. »Dein Papa ist ein schlauer Papa«, sagte sie.

»Morgen zeige ich dir eine andere Sorte«, sagte Philea. »Ich hab viele. Aber jetzt muss ich noch Hausaufgaben machen.«

»Ich helf dir«, sagte Memo, sprang auf und begann, die Leiter wieder hochzuklettern. Er kam nur eine Sprosse weit. Oben im Baum löste sich etwas. Memo landete auf dem Hosenboden und die Leiter in einem Haufen daneben.

Taru eilte erschrocken zu ihm. »Hast du dir weh getan?«

»Nein. Aber die Leiter ist kaputt!« Er klang weinerlich.

Taru half ihm aufzustehen und klopfte seine Hose ab. »Wirklich alles gut?«

Er nickte. Philea untersuchte die Enden der Seile. »Gerissen«, sagte sie.

Taru prüfte die Seile. Ein Wunder, dass die überhaupt noch gehalten hatten. Sie waren fast verrottet. »Wer hat denn diese Leiter aufgehängt?«, fragte sie.

»Die war da schon. Die hab ich gestern erst entdeckt«, sagte Philea. »Ich hab es noch gar keinem erzählt.«

»Aha. Ich lasse euch zum Tor raus. Dann werfen wir die gleich in den Müll«, entschied Taru.

»Aber das Tor ist langweilig.« Memo rührte sich nicht. Seine Lippen zitterten, und eine Träne rollte an seiner Nase entlang. Taru musste an ihre eigenen Kinder denken. Es war so lange her, aber sie wusste noch genau, wie tief eine solche Enttäuschung sitzen konnte. Und der kleine Memo hatte etwas Freude dringend nötig nach dem, was Philea angedeutet hatte.

Resigniert sammelte sie ihre Papiere ein. »Also gut. Mein

Mann hatte panische Angst vor einem Brand im Haus, deswegen habe ich oben im Flur noch eine Strickleiter. Die ist nagelneu. Ihr könnt sie haben.«

»Hat dein Mann jetzt keine Angst mehr?«, wollte Philea wissen.

»Er wohnt jetzt in China.«

»Ach so. Wie bei Anja. Da sind die Eltern auch geschieden.«

Philea nahm Tarus Hand, während sie zusammen die Treppe hinaufstiegen. Oben zogen sie die Leiter aus der Truhe am Fenster. Darin war jetzt endlich Platz für etwas anderes, dachte Taru.

Memo sauste in das gegenüberliegende Büro. Er riss einen Klebezettel von Tarus Notizblock ab, schnappte sich einen Stift, malte etwas darauf und pappte den Zettel triumphierend an die Truhe.

»Spielhaus«, stand da in schiefen Buchstaben.

»Deswegen nennen ihn alle Memo«, erklärte Philea. »Weil er immer diese gelben Memos an Sachen klebt und draufschreibt, wozu man sie verwenden könnte.«

»Aha.«

»Und was machst du, wenn es doch mal brennt und du keine Leiter mehr hast?«, fragte Philea.

»Ich habe inzwischen Rauchmelder. Außerdem kann ich immer noch an der Regenrinne herunterklettern.« Zu spät fiel Taru ein, dass es wahrscheinlich unklug gewesen war, dem Mädchen diese Idee in den Kopf zu setzen.

Von einer Standleiter aus befestigte sie die Stricke sicher am Baum. Dabei kamen ihr Zweifel. Was tat sie hier eigentlich?

Immerhin, die Äste waren stabil, der Baum nicht allzu hoch. Als Taru wieder herunterstieg, hockte sie sich vor Philea hin und sah ihr ernst in die Augen. »Du versprichst mir jetzt was!

Ich bringe euch zum Tor. Die Leiter benutzt ihr erst, wenn du sie deinen Eltern gezeigt und sie gefragt hast, ob das in Ordnung ist.«

Philea dachte einen Augenblick nach, dann nickte sie. »Versprochen. Darf ich dann morgen wiederkommen?«

»Ja, aber nur, wenn du deine Eltern bittest, mir kurz Bescheid zu geben, ob ihnen das recht ist.«

»Mach ich. Komm, Memo!«

Doch Philea kehrte noch mal um und drückte Taru ihren Meeresschmetterling in die Hand. »Für dich.«

»Aber dann fehlt er doch in deiner Sammlung.«

»Ich kann einen neuen machen.«

Taru entlockte ihrer knurrigen Maschine einen Kaffee und setzte sich an den Schreibtisch, um die Konzentration wiederzufinden. Die israelische Forschung verdiente es. Die Algen waren unglaublich nahrhaft. Sie halfen nicht nur mangelernährten Kindern. Die wichtigen Fettsäuren, die man verschiedenen Lebensmitteln zusetzte, konnten nun daraus gewonnen werden statt aus Fischabfällen. Wichtig war, dass man die Algen in geschlossenen Bioreaktoren züchtete, damit sie keine Umweltgifte speichern konnten …

Taru schrieb, setzte wieder ab. Phileas ungewöhnliches Geschenk machte sie unruhig. Was war das nur? Erst Heiko mit seinem rollenden Stein, jetzt dieses Nachbarsmädchen mit ihrer Meeresschnecke. Ausgerechnet! Hatten sie sich alle verschworen, Tarus ungeliebte Erinnerungen zu wecken? Entschlossen stand sie auf und sperrte das knallbunte Ding in einen Schrank, wo sie es nicht mehr sah.

Nur nützte das nichts. Die wilden Farben und die heiteren

Puscheln, die ganze Lebensfreude des seltsamen Wesens verharrten nachdrücklich vor ihrem inneren Auge.

Auf einmal kam sie sich selbst furchtbar langweilig vor.

Wahrscheinlich hatte ihre Unzufriedenheit gar nichts mit der Vergangenheit zu tun.

Vielleicht war es einfach zu still im Haus gewesen. Die unbekümmerte Lebendigkeit der Kinder hatte ihr gutgetan. Philea gab ihren Träumen eine handfeste Gestalt aus Fimo, machte sie sichtbar und fühlbar, so real, wie es ihr möglich war. Und sie selbst?

Taru hatte einen Neuanfang gewollt. Sie hatte sich nach etwas gesehnt, das so bunt und verrückt war wie Philea Müllers Lieblingstier.

Aber im Grunde hatte sich nichts geändert, seit Werner ausgezogen war. Nichts. *Sie* hatte nichts geändert.

3

Ein Satz zu viel

Die Sonne war noch nicht aufgegangen. Der neue Tag war nur ein Versprechen, das in der ersten ahnbaren Helligkeit lag. Taru lehnte sich im Nachthemd aus dem Fenster und atmete tief ein und aus. In der Nacht hatte es geregnet. Nun duftete es nach altem Wald und jungem Grün, nach feuchter Erde und den Stiefmütterchen unten im Beet. Hinter den Pferdeweiden und den Bäumen am Ufer lag im Tal der See unter einer weichen Nebelschicht, die im ersten Licht ganz langsam heller wurde. Wie ein geheimnisvoller Segen trieb der Wasserdampf über die Oberfläche, löste sich kaum merklich auf, während Seevögel zu rufen begannen.

Werner war ein Getriebener, immer von der Angst beseelt, an einem anderen Ort etwas zu versäumen. Nun war Taru jeden Morgen unendlich froh darüber, dass sie ihm nicht mehr folgen musste, dass sie aus dem Fenster blicken und dasselbe wie am Vortag sehen durfte. Dass sie endlich Wurzeln schlagen konnte wie die alten Eichen am Ufer, von welchen einige seit fünfhundert Jahren dort standen.

Taru dachte an die alten Slawen, die hier einst ihren Göttern gehuldigt hatten. Ganz in der Nähe lag angeblich deren Heiligtum Rethra, das man jedoch nie gefunden hatte. Nur eine doppelgesichtige Holzfigur, die darauf hinwies, hatte man ausgegraben.

So viele Stimmen, die hier über die Jahrhunderte durch die Landschaft gehallt waren! Rufe von Boot zu Boot, von Hof zu Hof, die Schreie kämpfender Soldaten, die Verhandlungen der Bauern und Händler. Der See, über dessen Oberfläche alles lauter klang und wo Geräusche meilenweit zu hören waren, hatte alles miterlebt. Und jetzt galt eine neue Zeit, eine andere. Sie selbst hätte nun die Gelegenheit, ihre eigene Stimme über das Wasser zu schicken und ein Teil der Geschichte zu werden, doch ihr fiel nichts ein, was sie rufen wollte. Stattdessen wieherte unten auf der Nachbarweide ein Pferd. Taru war froh über den neuen Tag und dass sie ihn leben durfte. Dass ihre Zeit jetzt war.

Sie schloss das Fenster und zog sich an. Klimmroth zuliebe wählte sie eine seriöse Bluse mit Blazer. Vielleicht verlieh das ihrem Artikel den nötigen Ernst, den er sich wünschte.

Taru wollte gerade auf ihr Rad steigen, als jemand nach ihr rief. »Frau Favonius? Sind Sie das? Kann ich Sie kurz sprechen?« Die Frau war klein, rundlich und atemlos und lächelte entschuldigend. »Tut mir leid, ich bin in Eile. Müller! Ihre neue Nachbarin.« Ihr Händedruck war überraschend kräftig.

»Guten Morgen. Ich muss mich entschuldigen«, sagte Taru. »Ich hätte Philea die Strickleiter nicht geben sollen, ohne Sie zu fragen. Es war eine spontane Eingebung.«

»Oh, das ist in Ordnung. Mein Mann hat das geprüft. Vielen Dank dafür! Sie haben den Kindern eine große Freude gemacht. Wir haben nicht so viel Zeit, wie wir gerne hätten, wissen Sie. Ich hoffe, Philea raubt ihnen nicht die Ihre, aber es wäre natürlich schön, wenn sie nebenan eine Ansprechpartnerin hätte.«

»Für mich ist das kein Problem, ich wollte nur sichergehen, dass es Ihnen recht ist.«

»Sehr recht sogar. Ich danke Ihnen. Gute Artikel übrigens, die Sie da schreiben. Ich lese die Zeitung regelmäßig. Ich muss mich ja wenigstens auf diese Weise über mein neues Umfeld informieren, da ich für soziale Aktivitäten momentan keine Zeit habe. Jetzt muss ich aber los!« Frau Müller entschwand in einer Wolke Parfüm und stieg in ihren Mercedes.

»Morgen, Taru! Na? Heute nach Feierabend das Radrennen? Wer zuerst am Freibadcafé ist?«, begrüßte Heiko sie, der gerade pfeifend in die Redaktion spazierte, als sie am Fahrradständer ankam.

»Du gibst wohl nie auf? Wer weiß. Aber ohne schwimmen!«

»Ich sagte: Café. Zum Schwimmen ist mir das auch zu kalt.«

Taru verbrachte den Vormittag damit, ihren Artikel zu überarbeiten, ein paar Quellen zu ergänzen, Heikos Beitrag gegenzulesen und hereinkommende Pressemeldungen zu durchforsten. Dann schickte sie ihr Werk an Klimmroth. Sie hatte sich große Mühe gegeben, den Artikel sachlich zu halten. Von ihrer Freude am Thema war dabei einiges verlorengegangen, aber aktuell und interessant blieb es trotzdem, fand sie.

Nach der Mittagspause war ihr Meeting.

Taru blickte auf ihre Notizen. Sie hatte Vorschläge für die nächsten Artikel. Es gab so viele spannende Meldungen. Da war die Sache mit der Weltraummission Rosetta, die zum allerersten Mal eine Sonde auf einem Kometen landen lassen wollte. Das musste man sich mal vorstellen …

»Frau Favonius! Das ist nicht Ihr Ernst, oder?« Klimmroths Ton war schneidend. Taru bemerkte erst jetzt, wie eng ihr Blazer unter den Armen saß. Was war denn nun wieder los? Sie war sich keiner Schuld bewusst.

»Ich dachte schon, Sie hätten mich verstanden«, sagte Klimmroth kühl. »Und nun dies! Das Schlusswort! Unsere Auflage sinkt. Uns gehen Leser verloren. Und Sie leisten sich zum wiederholten Male so etwas!«

Ach so. Das Schlusswort. Sogar das war ihm zu viel? Memos Frage, ob es sich bei den runden Algen um die Räder handelte, die die Erde drehten, hatte Taru nicht losgelassen. Sie fand das Gleichnis zu schön, um es nicht zu verwenden. Es passte so gut dazu, dass die Algen eines Tages einen großen Teil dazu beitragen konnten, weltweit das Ernährungsproblem zu lösen. »Ein Kind fragte mich, ob …«, hatte sie zitiert und dabei vergessen, dass Klimmroth allergisch auf alles reagierte, das auch nur im Entferntesten an Kinder erinnerte. Sogar die Erwähnung eines Wortes wie »Hustenbonbon« war für ihn nicht tragbar. »Pastillen heißt das«, hatte er Heiko angewiesen, der von der Betreuung im örtlichen Jugendclub berichtet hatte.

»Dann streichen wir den letzten Absatz eben«, sagte Taru müde.

»Das ist das mindeste. Ich bestehe darauf. Und Sie …« Klimmroth wandte sich Heiko zu.

Taru dachte an Philea und das Leuchten in ihren Augen, als sie von den Meeresschmetterlingen erzählte. An das wache Interesse in Memos Blick, als er wegen der Räder gefragt hatte. Ihr wurde klar, was sie mehr und mehr an ihrer Arbeit hier störte. Klimmroth vergaß in seiner Kindlichkeitsphobie etwas Entscheidendes. Er dachte nicht daran, dass jeder Ingenieur, der Raketen konstruierte, einmal ein Junge gewesen war, der sich von Science-Fiction-Romanen hatte inspirieren lassen und Flugkörper aus Papprollen und Schießbaumwolle baute. Dass in jeder Tiefseeforscherin ein Mädchen steckte, das voller Neugier und kindlicher Freude in Fluttümpeln geplanscht und die Unterseiten von Krebsen betrachtet hatte. Dass es im Grunde noch immer die kindliche Begeisterung und Neugier waren, die diese seriösen, akribischen Wissenschaftler antrieb und dazu brachte, sich die Nächte um die Ohren zu schlagen, bis ihre Versuchsreihe stimmte.

Klimmroth verstand nicht, dass es ohne kindliche Begeisterung, wie gereift sie auch sein mochte, keine Leidenschaft gab. Und schon gar nicht verstand er, dass genau diese Neugier und spielerische Freude es waren, die man im Leser ansprechen musste, weil auch der auf der Suche nach einem Abenteuer war. Jedenfalls wenn man wie Klimmroth auf mehr zielte als nur auf ein kleines Fachpublikum.

Während Klimmroth jetzt über den scheinbar ungerührten Heiko herzog, erwärmte sich Taru für ihr Thema. Darüber würde sie gern einmal schreiben! Warum wohl warfen Erwachsene stundenlang Bälle für ihre Hunde? Warum veranstalteten sie Karnevalsfeiern und verkleideten sich? Warum liebten sie es, sich mit einem Buch auf dem Sofa in imaginären Welten zu verlieren? Warum gingen sie tanzen oder Tretboot fahren, lümmelten in Whirlpools, kauften Ausmalbücher oder belegten Zeichenkurse? Weil kindliche Freude das war, was die Menschen antrieb. Was die ernsthafte Arbeit erst ermöglichte und den Mut schuf, Tag für Tag aufzustehen. Weil vielleicht genau das die Räder waren, die die Welt drehten.

Draußen war die Sonne weitergewandert. Ein Lichtfinger bewegte sich zusammen mit hellgrünen Reflexen aus dem Birkenlaub vor dem Fenster langsam über den grauen Bürotisch, der sich zwischen den Journalisten und Klimmroth dehnte. Und für einen Augenblick sah Taru dort die Neonsternschnecke kriechen. Neongrün und knallorange, grandios und absurd, eine Gestalt gewordene Feier des Lebens und seiner Möglichkeiten.

Schade, dass Klimmroth sie nicht auch sehen konnte.

Taru schob ihren Stuhl zurück und stand auf. Das trockene, entschiedene Quietschen des Stuhls auf dem Linoleum war befreiend. »Herr Klimmroth, ich möchte unsere Zusammenarbeit beenden.«

Selbst Heiko hörte auf, mit dem Bleistift zu spielen, als sich eine verblüffte Stille ausbreitete.

»Du bist noch hier?«, fragte Heiko erstaunt, als er später aus der Tür trat und Taru entdeckte, die auf einem Baumstamm neben dem Fahrradständer saß und in ihr Notizbuch schrieb.

»Ich hatte dir doch ein Rennen versprochen.«

»Okay. Dann los. Aber nach dieser Bombe, die du da eben losgelassen hast, zahlst du den Eisbecher!«

Normalerweise hätte sie gegen ihn nie eine Chance gehabt. Aber Taru trat in die Pedale, um Klimmroth und das kühle Büro für immer hinter sich zu lassen. Ein frischer Rückenwind blies, und sie flog nur so dahin. Ärger und Anspannung verwandelten sich in ungebremste Euphorie und ein zunehmendes Gefühl grenzenloser Freiheit, das die zweifelnde Stimme der Vernunft, die in ihr aufbegehren wollte, für den Moment gnadenlos überrollte. Völlig außer Atem und mit zitternden Knien erreichte sie das Café eine Radlänge vor Heiko.

»Das ist unfair! Endorphine sind auch Doping«, erklärte er, lächelte aber dabei.

Sie entschieden sich für Eiskaffee. Es war gerade warm genug dafür. »Mutig von dir, die Kündigung«, sagte Heiko schließlich und leckte genießerisch die Sahne vom Löffel. »Ich werde dich vermissen. Aber ich verstehe es. Wenn ich irgendwann auch mal den Mut aufbringe, mache ich es dir nach. Bin gespannt, wer sich jetzt um deine Rubrik kümmert. Es war unüberlegt von Klimmroth, dass er dein Angebot einer Übergangsfrist nicht angenommen hat.«

»Ich denke, ich habe seine Nerven mehr strapaziert, als mir bewusst war«, sagte Taru nachdenklich.

»Und was wirst du jetzt tun?« Heiko lehnte sich behaglich zurück und sah über den See hinaus. In das kalte Wasser wagte sich noch längst niemand, aber die ersten Sonnenanbeter lagen auf Handtüchern im Sand, und zwei Figuren in Neoprenanzügen trugen Surfboards ins Wasser.

»Keine Ahnung. Darüber denke ich erst ab morgen nach. Auf jeden Fall so schreiben, wie ich es für richtig halte.«

»Dieser neue Trend des Stehpaddelns verblüfft mich. Ich würde es niemals schaffen, die Balance zu halten. Du?« Heiko zeigte auf die beiden, die nun scheinbar mühelos aufrecht auf ihren kippeligen Brettern standen und auf den weiten See hinauspaddelten. Dort waren sie bald nur noch Silhouetten, wie gewichtslose Scherenschnitte vor einem Meer aus funkelndem Licht.

»Ich erst recht nicht. Aber ich wünschte, ich käme so leicht über die Steine hinweg, die ich mir gerade in den Weg gelegt habe.« Vielleicht kam der flaue Magen nur vom Eiskaffee. Eher aber lag es an der aufkommenden Frage, wie sie in Zukunft ihre Rechnungen bezahlen sollte. Sie besaß Rücklagen, aber wie lange würden die reichen?

Sie musste sich schnellstens etwas einfallen lassen.

Abends wanderte Taru durch den Garten. Sie ging gern am Ende des Tages noch mal um das Grundstück. Von den Kindern hatte sie heute nichts gesehen. Sie mussten aber im Garten gewesen sein, denn an dem Holztisch auf der Terrasse fand Taru einen gelben Klebezettel vor.

»Floß« entzifferte sie.

Jetzt war sie auf der anderen Seite angekommen. Das kleine Haus jenseits des Zaunes sah bewohnt aus, doch Taru hatte dort noch nie jemanden gesehen.

Heute Abend gab es keinen Nebel. Hell funkelten die Sterne über dem See. Am anderen Ufer gingen einzelne Lichter in den Fenstern an. Eine Nachtigall flötete im Flieder. Es klang noch ein wenig ungeübt, rau vom Winter. Taru blieb unter dem Busch stehen und genoss den Duft. Frühling. Aufbruch. Hoffnung.

Eigentlich.

Aber was hatte sie nur angestellt? Sie wollte ihr Zuhause nicht gleich wieder verlieren. Die Arbeit für Klimmroth hatte ihr nicht gutgetan, ja. Aber hätte sie nicht erst mal andere Lösungen finden können, bevor sie alles hinwarf?

Wenn Memo einen Zettel an ihr Leben kleben würde, was mochte wohl darauf stehen?

»Ich bin so dumm«, sagte sie laut zu der Nachtigall.

»Gibt es dafür Beweise?«, fragte eine Stimme von der anderen Seite des Zaunes.

4

Berthilde

Taru fuhr zusammen. Für einen Augenblick herrschte Schweigen, dann musste sie lachen.

»Entschuldigen Sie! Ich wollte Sie nicht erschrecken.« Jemand knipste eine Taschenlampe an und hielt sie so, dass sie Taru nicht blendete, man aber etwas erkennen konnte. Taru sah eine Frau etwa auf ihrer Augenhöhe und mit einem freundlichen, etwas melancholischen Lächeln. »Aber mit solchen Behauptungen sollte man vorsichtig sein, sonst fängt man an, sie zu glauben.« Die Frau zwängte sich zwischen zwei Sträuchern einen Schritt näher an den Zaun heran. »Wir alle haben ein Recht darauf, uns gelegentlich dumm zu benehmen. Man muss es aber nicht gleich zum Dauerzustand erklären. Mein Name ist übrigens Jara Heine.«

»Taru Favonius. In der Gegend scheint sich ja auf einmal viel zu bewegen. Auf der anderen Seite habe ich auch neue Nachbarn bekommen.«

»Eigentlich wohne ich schon länger hier, aber ich war eine ganze Weile abwesend. Nun bleibe ich. Ich wollte mich sowieso bei Ihnen vorstellen. Mögen Sie auf ein Glas Wein herüberkommen?«

Taru zögerte. Sie war müde, und sie musste sich Gedanken machen, was nun werden sollte.

»Ablenkung hilft oft beim Nachdenken«, sagte Jara.

Irgendetwas im Tonfall der Fremden ließ Taru nachgeben.

Die Frau klang einsam. Außerdem war es verlockend, alle Sorgen für den Abend beiseitezuschieben.

In Jaras Wohnzimmer sah sie sich um. »Hier ist ja alles völlig modernisiert.«

»Ja. Der Besitzer hat alles neu machen lassen, bevor ich das Haus gemietet habe. Ich habe auch die Auflage, im Garten nichts zu ändern. Der ist von einem Landschaftsgärtner angelegt. Aber mir kommt das entgegen.«

»Was hat Sie denn hierher verschlagen?«

»Mein Finger auf der Landkarte, mit geschlossenen Augen. Ich wollte aus der Stadt weg. Frankfurt. Der Lärm wurde mir zu viel. Ich kann von zu Hause aus arbeiten und wollte einen Neuanfang.« Sie schenkte zwei Gläser ein, aus einer Flasche mit handgeschriebenem Etikett, und zuckte mit den Schultern. »Na ja, es hing auch damit zusammen, dass mich mein Partner verlassen hat. Prost. Wollen wir nicht Du sagen? Wir werden uns wohl zwangsläufig öfter begegnen.«

Taru kostete vorsichtig. Es schmeckte nach süßem Spätsommer und goldenem Frühherbst, nach lauen Nächten und Tau auf Wiesen. »Bei diesem sündhaft köstlichen Getränk kann man sich gar nicht siezen. Was ist das?«

»Schlehenwein. Macht meine Großmutter selbst. Sie pflückt die Beeren immer noch am Wegrand, an der See, obwohl sie dreiundneunzig ist. Sagt, das hält sie fit.«

»Der Wein oder das Sammeln?«

»Beides. Und wie bist du hierhergekommen? Wohnst du schon lange hier? Erzählst du mir etwas von der Gegend?«

»Es lag an einer Hexe«, sagte Taru mit einem verschmitzten Lächeln. Auf einmal fühlte sie sich entspannt. Es tat gut, mal einfach nur zu plaudern.

»Eine Hexe? Erzähl.« Jara beugte sich gespannt vor und schenkte ihr Wein nach. Taru sah ihr eigenes Spiegelbild seltsam klar im Fenster. Jara hatte die Gardinen nicht zugezogen, aber auf der Scheibe klebte eine merkwürdige Folie. Taru wollte nicht fragen, was das zu bedeuten hatte, und spürte stattdessen dem herbsüßen Geschmack des Weines nach. So hatte damals die Luft gerochen. Von einer so tiefen Farbe wie dieser waren die allgegenwärtigen Beeren gewesen, als sie das erste Mal diese Landschaft gesehen hatte.

»Suchst du uns eine Wohnung, irgendwo bei Neubrandenburg? Ich kann nicht, ich muss zwei Wochen nach Rom. Neubrandenburg liegt sozusagen mitten im Nichts, aber es ist ja nur für ein paar Jahre. Mir ist alles recht, du machst das schon«, hatte Werner sie gebeten.

Die Kinder waren damals auch schon kaum noch zu Hause. Taru suchte auf der Karte. Neubrandenburg?

Und dann stellte sie fest, dass das gar nicht weit von da war, wo ihre Freundin Palina seit einiger Zeit mit ihrem Mann wohnte. Die beiden arbeiteten in einer Wohnanlage für Senioren. Als Taru die Karte größer zoomte, bemerkte sie noch etwas, das sie mit einer kleinen Aufregung erfüllte. Nonnenbach. In den See bei Neubrandenburg floss der Nonnenbach! Das war dort, wo Berthilde Korbmacher gelebt hatte. Und nicht weit davon, ganz in Palinas Nähe, lag die Burg Penzlin.

Tarus Vater hatte früher Ahnenforschung betrieben. Einfach war das nicht. Die erste diesbezüglich angeforderte Post aus dem Westen kam unvollständig oder gar nicht bei ihm an, weil sie bei der Stasi Interesse oder Argwohn weckte. Darum gab Helmut Favonius in dieser Richtung auf. Doch über jene Vorfahren, die innerhalb des Gebiets der DDR gelebt hatten, trug er einiges zusammen. Vor allem über Berthilde Korbmacher, die eine wichtige Rolle in jenen familiären Überlieferungen spielte, die über Generationen hinweg am Kaffeetisch erzählt wurden. Tarus Mutter war als Kind noch mit Berthilde gedroht worden. »Wenn du nicht, ohne zu maulen, ins Bett gehst, kommt Berthilde und verzaubert dich in einen Maulwurf!«

Tarus Vater hielt nichts von dieser Art Pädagogik, aber er wollte wissen, was es mit dieser Frau auf sich hatte, dass das Gerede über sie so lange lebendig geblieben war. Anhand von Kirchenbüchern und einer überraschend genauen alten Stadtchronik fand er heraus, dass sie 1629 in Demmin geboren worden war, dann auf einen Hof am Nonnenbach eingeheiratet und eine Tochter bekommen hatte. Ihr Mann starb am Fieber, und Berthilde brachte ihre Tochter und sich selbst durch, indem sie den Hof so gut wie möglich bewirtschaftete und nebenbei Flachs spann. Bis sie der Bauer des Nachbarshofs wegen Hexerei anzeigte.

Berthilde hatte das Pech, zu einer Zeit zu leben, als Hexenprozesse üblich waren. In dem unsäglichen Werk eines Theologen namens Kramer, dem sogenannten Hexenhammer, war akribisch festgelegt, wie man Hexen zu foltern und zu bestrafen hatte. Kramer hatte die Frauen als Wurzel allen Übels ausgemacht. Nur wenn sie nach dreimaligem Foltern nicht gestanden hatten, waren sie als unschuldig zu entlassen. Aber auch diese Regel wurde nicht immer befolgt.

Die Gründe, warum jemand als Hexe angezeigt wurde, waren vielfältig. Oft war es schlichte Eifersucht oder Habgier. Tarus Vater spekulierte, dass der Nachbarbauer scharf auf den Hof gewesen war oder ein Auge auf Berthilde geworfen hatte, die ihn abwies. Der Bauer jedenfalls behauptete vor Gericht, Berthilde habe sich bei einem Besuch eines Blutstropfens seiner Schwiegertochter bemächtigt, ein eisernes Schloss damit befleckt und es in den Brunnen seines Sohnes geworfen. Dies galt als ein starker Zauber, der zur Unfruchtbarkeit des betreffenden Paares geführt habe.

Berthilde wurde auf der Burg Penzlin in den Kerker gesperrt und dreimal gefoltert. Das überstanden die wenigsten. Berthilde aber gab keinen Mucks von sich. Der Chronist aus der Gegend um den Nonnenbach war wohl fasziniert gewesen von der Frau, die das überstanden hatte. Er machte Berthildes Enkelin Greta ausfindig und ließ sich von ihr berichten, was sie über ihre Großmutter noch wusste. Demnach hatte Berthilde Glück gehabt und war tatsächlich freigelassen worden, nachdem man nichts aus ihr herausbekam. Doch wurde sie unter Androhung des Todes des Landes verwiesen und durfte ihre Heimat nie wieder betreten.

Greta berichtete, dass ihre bis dahin äußerst praktisch veranlagte und bodenständige Großmutter nunmehr von Trotz getrieben wurde. »Wenn man mir zutraut, eine Hexe zu sein, so werde ich eben zu einer, damit nicht alles vergebens war«, hatte sie verkündet und sich den Rest ihres Lebens gründlich mit weißer Magie beschäftigt. Angeblich heilte sie bald manche kranke Kuh oder sorgte dafür, dass jemand endlich Kinder bekam. Greta wusste auch, was ihre Großmutter über die Zeit im Kerker gesagt hatte: Das Schlimmste, so hatte sie erzählt, waren nicht die Kälte und die Dunkelheit, nicht der Hunger und die Schmerzen und die Todesangst. Das Schlimmste für Berthilde waren die Nischen, in denen die Frauen mit Eisenringen gefesselt wurden. Es hieß, eine Hexe zöge ihre Kräfte daraus, dass sie den Boden mit den Füßen berühre. Darum gab es die erhöhten Nischen mit den Fesseln, die jeden Kontakt zum Boden verhinderten. »Auch wenn ich keine Hexe war«, erzählte Berthilde ihren Nachkommen, »so wurde mir dort bewusst, dass meine Kraft wirklich aus dem Boden rührte, aus dem Feld, auf dem ich meinen Weizen säte und meinem Tagewerk nachging, aus der Erde, die meine Heimat war.« Greta war der Meinung, dass Berthilde genau darum später im Exil an Heimweh gestorben war.

Der Hexenkerker auf der Burg Penzlin, der nach den Regeln des Hexenhammers gebaut worden war, blieb als beinahe einziger erhalten und war später zu einem Museum gemacht worden. Tarus Vater hatte mit dem Hexenmuseum in Penzlin korrespondiert, aber er war nie dazu gekommen, es zu besuchen.

Nun war es Taru, die vor der Burg stand und versuchte, sich vorzustellen, wie sich Berthilde gefühlt haben mochte, als man sie hierherbrachte. Draußen war das schwierig. Die ziegelrote Burg lag heimelig in der Sonne, und aus dem Kräutergarten duftete es nach Thymian.

Doch unten im Kerker, nachdem Taru die steile, schmale Steintreppe vorsichtig hinabgestiegen war, klammerte sie sich an die Eintrittskarte in ihrer feuchten Hand, als könnte sie sich daran festhalten. Das Ticket bedeutete, dass sie sich in der Gegenwart befand und gleich wieder heraussteigen konnte, zurück an die Sonne. Dass sie nicht, wie Berthilde vor weit über dreihundert Jahren, in dieser klammen, kalten Luft und der Grabesstille in der schmalen Nische aushalten musste, in der noch die engen Eisenringe hingen.

Später im Obergeschoss, wo wohltuendes Licht durch bunte

Fenster fiel, gab es eine Wand, auf der alle Prozesse verzeichnet waren. Es waren unendlich viele Namen. Nach langem Suchen wurde Taru fündig.

Berthilde Korbmacher, vom Nonnenbach, 1662, willkürliche Strafe.

Behutsam und mit einem Schauder fuhr Taru mit dem Finger darüber. Die Frauen in den Zeilen darüber und darunter hatten weniger Glück oder Durchhaltevermögen gehabt. Todesurteil, stand da.

»Sag mal, ist das dein Ernst? Heißt dieses Dorf wirklich so, oder ist das ein Gag für Touristen?«, fragte Taru, als sie bei Palina ankam.

Sie wies auf das gelbe Schild vorn an der Straße, das man von Palinas Balkon aus gerade noch erkennen konnte.

Palina lächelte. »Nein, heißt schon immer so. Ist doch guter Name. Was soll man Besseres machen an eine wunderschöne Ort wie diesem?«

SIEHDICHUM, stand auf dem Schild.

Palina hatte schon die Zeitungen durchforstet und ein paar Anzeigen herausgesucht, in denen nahe Neubrandenburg Wohnungen angeboten wurden. Am nächsten Morgen lieh sie Taru ihr Fahrrad. Sie hatte keine Lust, bei diesem schönen Wetter Auto zu fahren. Sie wollte die Landschaft entdecken, an der Berthilde so gehangen hatte.

Taru radelte sanfte Steigungen hinauf und ließ sich auf der anderen Seite herunterrollen. Verkehr gab es kaum. Weite Sonnenblumenfelder breiteten sich rechts und links aus, die gelben Köpfe ins Licht gewandt. Vogelschwärme segelten über abgeerntete Felder, und Wolkenschatten wanderten wie dunkle Herden über die goldenen Stoppeln. Unten in der Ferne glitzerte der

See, um den der Weg führte. Dann begann Wald. Eine Holzbrücke führte über den Nonnenbach, der torfbraun über die Steine hüpfte. Rundum war Dickicht. Etwas später stieg Taru ab, lehnte das Rad an einen Baum und folgte zu Fuß einem schmalen Pfad, der sie unwiderstehlich lockte. Die Adressen in ihrer Tasche waren vergessen. Wie still es hier war, bis auf das Plätschern unzähliger Rinnsale, die zwischen den Bäumen Richtung See flossen! Dies war ein Lehrpfad, zugewuchert, erkennbar nur an den verwitterten Holzschildern, die die Namen der Bäume und Büsche verrieten. Stieleichen. Zitterpappeln, die man an der glatten Rinde erkannte. Birken, die Baumpilze trugen wie lauschende Ohren. Bergahorn, Linde, Rosskastanie, Weide, Hartriegel. Wildbirne, Haselnuss. Ein Reh stob unvermutet über den Weg, verhielt eine Sekunde und sah sie an, der Schreck in weit aufgerissenen dunklen Augen ein Spiegel ihres eigenen.

Dann trat Taru auf eine Lichtung. Auch hier alte Bäume zwischen Gras, aber es waren wieder Apfelbäume. Auch die Straße vorhin war von Apfelbäumen gesäumt gewesen. Noch niemals hatte Taru so viele Äpfel gesehen wie in dieser Gegend. Rot und grün und gelb ergossen sie sich aus den Bäumen, deren Äste sich schwer über die Wege bogen, lagen in Bergen darunter, dufteten überreif nach Apfelmost. Der Geruch war allgegenwärtig wie eine Essenz aus Sommer und Herbst, die man atmen konnte und die beinahe satt machte. Taru setzte sich auf einen Stein, aß einen Apfel und noch einen, beobachtete ein paar Zitronenfalter, die über violetten Disteln tanzten, und bewunderte den wilden Hopfen, der sich in dichten Girlanden über den Sträuchern am Rand der Lichtung drapiert hatte. Die hellgrünen Samen schwankten wie zarte Glocken in einer warmen Brise.

»Das ist mitten im Nichts«, hatte Werner gesagt. Für Taru

aber war dies das genaue Gegenteil von Nichts. Die ganze Landschaft bestand aus Fülle. Eine Fülle von Raum, Frieden, Licht, Duft und Farben. Es waren nicht nur die Äpfel. Auch reife Beeren hingen überall, wo ihr Blick hinfiel. Holunder, Schneebeeren, Vogelbeeren und jede Menge knallroter Hagebutten.

Taru hätte für immer hier sitzen können, bis sie Wurzeln schlug wie einer der Bäume. Sie verstand jetzt, was Berthilde damit gemeint hatte, dass die Kraft aus dem Boden kam. Es war, als würde all dieses grüne, dichte, duftende, zu Licht und Himmel strebende Leben aus der Erde direkt in sie hineinströmen.

»Mää-äähh!«, tönte es auf einmal laut, gefolgt von weiteren Rufen. Taru zuckte zusammen. Sie stand auf und sah sich um, folgte dem Geräusch um einige Büsche herum und fand sich vor einer Weide am Fuße eines Abhangs wieder. Drei braune Wesen standen dort an einem Holzzaun und betrachteten sie neugierig. Sie hörten sich an wie Schafe, sahen aber eher aus wie Ziegen. Schokoladenbraun mit hellen Stellen und schwarzer Zeichnung im Gesicht und an den Beinen. Eines davon trug würdevoll zwei massive gewundene Hörner.

»Hallo, wer seid ihr denn?« Taru näherte sich dem Zaun. Die Tiere standen im Schatten eines Apfelbaums, doch alle Äpfel, die innerhalb des Weidezaunes heruntergefallen waren, hatten die drei schon aufgefressen. Taru bückte sich nach den Äpfeln, die außer Reichweite lagen, und warf sie ihnen zu. Eifrig stürzte sich erst der Bock darauf, dann, vorsichtiger, seine zierlicheren Gefährtinnen. Die Sonne glänzte auf dem braunen Fell. »Wo gehört ihr denn hin?« Taru blickte den Abhang hoch. Ganz oben stand ein Haus. Es stand da nicht allein, aber es hatte viel Platz um sich, und darunter breitete sich ein verwilderter Garten aus, der in Terrassen angelegt war.

Die Schafe hatten die Äpfel inzwischen aufgefressen. Die Weibchen reckten die Hälse auffordernd über den Zaun. »Määääh!«

Der Bock aber machte ein paar Sprünge den Hang hinauf und rieb sich an einem Pfosten.

Und da sah Taru es. An den Pfosten war ein Schild genagelt.

»Zu vermieten«.

5

Jara

»Was ist aus den Schafen geworden, als du das Haus gemietet hast?«, fragte Jara.

»Ich musste sie mitübernehmen. Es waren tatsächlich keine Ziegen, es waren Schafe. Kamerunschafe. Von denen hatte ich vorher noch nie gehört. Sie sind robust, pflegeleicht und dienen als Rasenmäher. Das ist sehr günstig bei der Hanglage. Außerdem mag ich sie. Oh, nur noch einen kleinen Schluck, bitte.« Jara hatte fragend die Flasche gehoben. »Willst du nicht langsam deine Ruhe haben? Es ist spät geworden«, stellte Taru fest.

»Ach nein. Bleib noch ein wenig!« Jara lächelte. »Jemand wie ich kommt nicht häufig unter Menschen.«

»Warum? Was meinst du mit ›jemand wie ich‹?«

Jara blickte zu Boden. »Ich habe XP. Xeroderma pigmentosum. Deswegen war ich so lange nicht hier. Gleich, nachdem ich eingezogen war, musste ich länger ins Krankenhaus, und dann folgte ein langer Kuraufenthalt. Wenn du davon schon gehört hast, dann wahrscheinlich unter dem Namen Mondscheinkrankheit.«

»Oh!« Taru war entsetzt. »Ja, ich habe sogar einmal einen Artikel darüber geschrieben. Ein Gendefekt. Du verträgst kein Sonnenlicht. Keine UV-Strahlung. Darum also die Folien an den Fenstern!«

»Genau. Ich kann nur bei Nacht hinaus oder in ganz besonderer Schutzkleidung. Ich versuche, tagsüber zu schlafen. Darum freue ich mich, wenn ich nachts Besuch bekomme. Und darum macht es nichts, dass ich im Garten nichts ändern soll. Ich kann ihn sowieso kaum nutzen.«

»Das tut mir so leid, Jara! Und da lässt du zu, dass ich dir von der Gegend vorschwärme – von dem Licht und den Farben. Bitte entschuldige!« Taru versuchte sich vorzustellen, wie das sein musste, wenn man den Morgen nicht mit Freude begrüßen konnte. Nicht über den See blicken und die Nebel aufleuchten sehen, sich nicht zum Fenster hinauslehnen und die Morgensonne auf der Haut spüren, nicht barfuß im taufunkelnden Gras laufen … Es musste ein wenig sein wie im Verlies unter der Burg Penzlin. Und es gab keine Heilung.

»Nein, es hat mir gutgetan, dir zuzuhören. Ich will doch wenigstens wissen, wo ich bin! Im Grunde hatte ich Glück, weißt du. Man hat es sehr früh diagnostiziert. So sind mir schlimme Schäden bisher erspart geblieben, und meine Lebenserwartung sieht vorerst recht gut aus. Zum Glück kann ich von zu Hause aus arbeiten. Ich bin Lektorin und versetze mich einfach in die sonnigen Welten der Autoren. Und du? Was war denn der Grund für das Geschimpfe auf dich selbst vorhin?«, fragte Jara.

»Ach nichts. Im Gegensatz zu deinem kommt mir mein Problem auf einmal sehr klein vor.«

»Willst du es mir nicht trotzdem verraten?«

Also berichtete Taru von Klimmroth, der Zeitung und ihrer Kündigung. »Klimmroth ist ein hervorragender Journalist. Er macht eine gute Zeitung. Nur passen seine Vorstellung und meine einfach nicht zusammen.«

»Dann würde sich das auch nicht mehr ändern. Es war richtig zu gehen«, sagte Jara entschieden. »Vielleicht etwas vorschnell, weil du noch nichts Neues hast. Aber grundsätzlich richtig.«

»Und jetzt?«

»Jetzt suchst du dir eine andere Zeitung. Oder du machst etwas im Internet. Bloggen zum Beispiel.«

»Das dauert zu lange, ehe man damit Geld verdient. Wenn überhaupt.«

»Trotzdem. Vielleicht ist eine Festanstellung nicht das Richtige für dich. Du könntest als freie Autorin arbeiten, für verschiedene Zeitungen. Ich finde, du solltest es machen wie Berthilde.«

»Was meinst du? Ins Exil gehen?«

Jara lachte. Ihre Augen funkelten verschmitzt. »Nein. Aber überleg doch mal. Sie machte aus ihrer angeblichen Sünde, nämlich dass sie eine Hexe sei, eine Stärke und wurde tatsächlich zu einer Hexe. Oder vielmehr zu einer Heilkundigen. Das, was dein Chef an dir nicht mag, nämlich dass du unterhaltsam über Fakten schreiben kannst, kann zu deiner Stärke werden. Damit kannst du Erfolg haben, wenn du dich genau darauf konzentrierst, anstatt es zu unterdrücken, weil man das von dir erwartet. Steh zu dem, was du für richtig hältst! Du hast doch gerade selbst gesagt, dass man damit deiner Meinung nach mehr Leser erreicht. Mach das einfach!«

Taru starrte sie an. Vielleicht lag es am Schlehenwein, vielleicht an der Energie, die Jara ausstrahlte. Jedenfalls spürte sie eine neue, freudige Aufregung in sich. Warum eigentlich nicht? Sie würde endlich einige Artikel schreiben, die ihr schon länger im Kopf herumspukten. Und zwar genau so, wie sie wollte. Vielleicht interessierte sich ja dann jemand dafür.

Die leeren Seiten, die Philea so aufregend fand, lagen frei und offen vor ihr, nun, da Klimmroth nichts mehr dagegen sagen würde. Sie konnte alles damit machen.

Es wird sein wie bei der Strickleiter, dachte Taru. Jede Sprosse wackelt, wenn man hinaufsteigt. Jeder Schritt ist unsicher. Aber Stufe für Stufe kommt man höher, wenn man sich gut genug festhält. Einen Versuch ist es wert.

Am nächsten Nachmittag saß sie auf der Terrasse. Morgens war sie müde gewesen von dem langen Abend und hatte einen ausgiebigen Spaziergang gemacht, ganz neu dankbar dafür, dass sie die Sonne vertrug. Nun war sie voller Tatendrang. Die leeren Seiten in ihrem Notizbuch gehörten wieder ihr. Sie konnte den Stift endlich ohne Widerstreben ansetzen. Klimmroth war Geschichte!

»Bartholomäus Traubeck«, schrieb sie. Über diesen österreichischen Komponisten hatte sie schon seit Monaten einen Artikel verfassen wollen.

Als sie nach einem Buntstift zum Unterstreichen einiger Punkte griff, bemerkte sie einen gelben Zettel. Er haftete an dem großen, gläsernen Aschenbecher auf einem Beistelltisch. Der stand da eigentlich nur wegen Heiko, der gelegentlich zu einer Besprechung außerhalb von Klimmroths Ohren vorbeigekommen war, wenn sie gegenseitig ihre Beiträge Korrektur lasen. Auf dem Zettel stand »Keksteller«.

Taru schmunzelte. Warum eigentlich nicht? Memo hatte recht. Wann hatte sie das letzte Mal Kekse gebacken? Gar nicht, seit die Kinder aus dem Haus waren. Vielleicht sollte sie das tun. Sie könnte Jara welche hinüberbringen und auch Memo und Philea eine Freude machen.

Wie von ihren Gedanken heraufbeschworen, kam Philea über den Rasen gelaufen. »Hallo, Taru. Ich hab dir einen neuen Meeresschmetterling mitgebracht! Dann ist der andere nicht so alleine.«

Ob das so gut war? Die erste Schnecke hatte indirekt zu ihrer überstürzten Kündigung geführt.

Dieses Exemplar war weiß, voller grüner Fransen mit violetten Spitzen, die wie ein dichtes Fell aussahen. Dazu zwei hängende Fühler, die wie Ohren wirkten. Eigentlich ein genaues Abbild von Tarus heiterer Stimmung. Und vor allem sah das verrückte kleine Wesen haargenau aus wie ein Schaf.

»Costasiella kuroshimae. Die Schafsschnecke«, sagte Philea stolz. »Ich hab sie gemacht, weil ich immer die Schafe höre, die da unten irgendwo auf einer Weide sind.«

Taru lehnte sich zurück. Die Arbeit würde warten müssen. »Möchtest du die Schafe mal kennenlernen? Sie gehören mir. Aber sie sehen nicht aus wie Schafe.«

»Wirklich? Das sind deine?« Philea hüpfte vor Aufregung. »Ich wollte sie schon suchen, aber ich darf nicht alleine durch den Wald. Wir müssen aber Memo mitnehmen. Können wir das gleich machen?«

Taru musste ohnehin nach den Tieren sehen. Außerdem konnte sie auch darüber jetzt endlich schreiben. Einige Frühlingsfotos wären dafür gut. »Ja, aber nicht gleich. Ich muss erst meine Notizen fertigstellen. Pass auf, du holst Memo und kommst mit ihm in zwei Stunden wieder, in Ordnung? Und frage bitte vorher deine Mutter, ob ihr mitkommen dürft.«

Philea schmollte, nickte aber. »Über was schreibst du da?« Sie sah Taru über die Schulter. »Bar-tho-lo-mä-us. Das ist aber ein komischer Name. Wer ist das?«

»Das ist ein Musiker, der ganz dünne Scheiben aus Baumstämmen schneidet und sie als Schallplatten verwendet. Weißt du, was eine Schallplatte ist?«

»Ja, Papa hat einen Plattenspieler. Mama sagt, das ist altmodisch. Wie geht das mit den Baumscheiben? Geht da nicht die Nadel kaputt? Papa sagt, die ist ganz empfindlich, und man darf sie nicht anfassen.«

Taru freute sich über die Neugier in Phileas Augen. So wollte sie auch wieder sein, nun, da ihr Klimmroth nicht mehr in die Quere kam. Neu-gierig. Gierig auf die kleinen Wunder. Sie fragte sich, warum die verordneten Einschränkungen sie in letzter Zeit dermaßen belastet hatten. Früher hatte sie doch gut mit Kompromissen leben können. Etwas in ihr hatte sich verändert, aber was?

»Da hat dein Papa recht. Aber der Herr Traubeck benutzt keine Nadel. Er hat stattdessen einen Sensor eingebaut, der die Muster in den Jahresringen sieht und in Musik übersetzt. Wenn da zum Beispiel ein Astknoten in der Holzscheibe ist, gibt es einen lauten Akkord, wie einen Paukenschlag. Die Bäume sind unterschiedlich in der Art, wie sie wachsen, und darum klingt ihre Musik unterschiedlich. Eine Esche zum Beispiel hört sich heller an als eine Fichte. Ich finde, es klingt großartig. Hier, hör mal.« Taru rief die Website des Komponisten auf und spielte eine Hörprobe vor, gleich selbst wieder gefangen von den geheimnisvollen Klängen.

»Das gefällt mir. Du, Taru, das wär toll, wenn man durch den Wald gehen und die Musik von allen Bäumen hören könnte!«, sagte Philea.

Angeregt von dieser Vorstellung und der Begeisterung ihrer neuen Freundin, begann Taru zu schreiben und hörte nicht auf, bis Philea später mit Memo zurückkam. »Ich hab Möhren mitgebracht, mögen deine Schafe die?«

»Ganz bestimmt.« Taru speicherte die Datei und schloss den Laptop. So viel Freude hatte sie schon lange nicht mehr bei der

Arbeit gehabt. Sie nahm sich vor, sich selbst drei Monate zu schenken. Dafür mussten die Rücklagen reichen, und noch ein wenig länger. In diesem Vierteljahr wollte sie schreiben, was ihr einfiel, und einen Vorrat an Artikeln anlegen. Dann erst würde sie sich nach Zeitungen oder Zeitschriften umsehen, an die sie diese schicken konnte.

Die Spätnachmittagssonne ließ das saftige Frühlingsgras besonders grün wirken. Am Wegesrand blühten Narzissen. Die Blätter an den Bäumen waren noch weich und hell und flüsterten im Wind, während unten der See silbern funkelte und die Rufe der Schwäne und Haubentaucher über das Wasser hallten. Memo lief voraus und klebte einen Zettel an eine Buche. »Musikmacher«, stand darauf.

»Ich hab ihm von dem Bartmann erzählt«, sagte Philea.

»Bartholomäus Traubeck.«

»Sag ich doch.«

»Ich hör die Schafe!«, rief Memo.

Taru wurde es nie müde, diesen Weg zu gehen. Inmitten der Lichtung und daneben unter dem alten Apfelbaum am Weidezaun war noch immer ein besonderer, heilsamer Ort für sie.

Schon lehnten sich die Kinder über den Zaun. Die Schafe kamen bereitwillig angetrabt und machten sich über die Möhren her.

»Wie heißen sie?«, fragte Philea.

»Das mit den Hörnern ist Antares. Und seine Frauen heißen Situla und Revati. Sie sind nach Sternen benannt. Der Vormieter, dem sie gehörten, war Astronom.«

»Bekommen sie Babys?«, wollte Memo wissen.

»Nein. Dann würden es zu viele.«

»Das Kaninchen von meiner Freundin musste auch kastriert werden«, erklärte Philea. »Aber warum sehen sie gar nicht aus wie Schafe?«

»Es sind Kamerunschafe. Das ist eine besondere Rasse.«

»Ach so, dann ist es wie bei den Meeresschmetterlingen.«

»Dürfen wir zu ihnen rein und sie streicheln?«, bat Memo.

»Ja, aber bewegt euch langsam. Sie sind etwas scheu und schreckhaft.«

Doch die beiden gingen sehr behutsam mit den Tieren um. Memo wusste wahrscheinlich allzu gut, was Schreckhaftigkeit bedeutete. Taru hatte bemerkt, dass er bei jedem lauten Geräusch zusammenzuckte. Kein Wunder. Sie wollte gar nicht darüber nachdenken, was er als Kleinkind im Krieg erlebt haben musste.

Sie hob eine heruntergefallene Möhre auf und fragte sich, was das war mit diesen beiden Kindern, die in ihr Leben geraten waren. Es machte sie gleichzeitig glücklich und nervös, wenn sie mit ihnen zusammen war. Das fühlte sich an wie beim Schreiben, wenn sie einen wichtigen Gedanken gehabt hatte, und im nächsten Augenblick war er wieder weg, ehe sie ihn hatte festhalten können. Er hing dann irgendwo dicht unter der Oberfläche, spürbar, aber nicht mehr zugänglich.

Später backten sie Kekse. Die Kinder nahmen einen Teil mit nach Hause, und Jara freute sich sehr über den Teller, den sie ihr brachte. Taru war hochzufrieden mit ihrem Tag. Ein Tag ohne Klimmroth und Zwänge, ein Tag, an dem sie sich selbst so nahe gewesen war wie schon lange nicht mehr. Vielleicht war sie jetzt endlich auf dem richtigen Weg, auf dem, den sie nach der Trennung hatte gehen wollen.

Doch nachts wachte sie schweißgebadet auf. »Bitte nicht!«, sagte sie laut und schaltete hastig das Licht an. Es half nichts.

Nach all den Jahren hatte es wieder angefangen, das erste Mal, nachdem Werner ausgezogen war, und nun wieder.

Etwas flatterte draußen geräuschvoll gegen die Fensterscheibe. Sie zuckte zusammen. Eine Nachtmotte, es war nur eine Nachtmotte! Kein Wunder, wenn drinnen Licht brannte. Taru schaltete es wieder aus und drehte sich auf die Seite.

Doch als sie nach einigen Stunden endlich eindöste, kam im Traum wieder etwas unaufhaltsam auf sie zu, etwas Großes, Unsichtbares, das nicht allein war. Es durfte sie auf keinen Fall entdecken.

Sie war wieder sechs Jahre alt. Der Bootsschuppen war stockdunkel. Auch draußen war es Nacht. Am Strand rauschte das Meer, aber es war zu weit weg, um die Stille zu verscheuchen. Taru wusste, wo die Tür war, aber die Tür war von außen verschlossen. Kaltes Entsetzen erfüllte sie. Sie war allein mit den Wesen, die hier lauerten, um die Menschen zu belauschen. Ihr Vater hatte gesagt, dass sie hier waren und dass es sehr wichtig war, dass man sich vor ihnen in Acht nahm. Aber das ging nicht, denn sie war hier gefangen, und die Lampe war kaputt. Sie würde es nicht sehen, wenn die Wesen sich ihr näherten. Das Einzige, was sie tun konnte, war, keinen Laut von sich zu geben. Dann konnten die Wesen sie vielleicht nicht hören. Sie versuchte, nur ganz wenig zu atmen.

Doch etwas flatterte herum, ganz nahe an ihrem rechten Ohr. Sie hörte es deutlich, das Schlagen weicher Flügel in der Stille.

Remy

Ahrenshoop

2014

6

Die Welle

»Sieh dir das an! Die haben meinen Artikel über die Baltische Plattmuschel auf die vorletzte Seite verschoben und auch noch um die Hälfte gekürzt. Sie nehmen mich immer noch nicht ernst!« Remy feuerte die Zeitung quer durch das winzige Zimmer im Studentenwohnheim. Der *Ostseeblitz* landete auf Kaias Bett.

Ihre Freundin und Kommilitonin hob die zerknitterten Seiten auf und betrachtete sie gelassen. »Warum sollten sie? Du hast noch keinen Abschluss, weder in Biologie noch an der Journalistenschule.«

»Aber bald!«

»Bald zählt nicht.«

»Und ich habe Erfahrung. Ich bin vierundzwanzig. Ich schreibe seit Jahren.« Remy ließ sich nicht so leicht besänftigen. »Der Artikel war gut recherchiert. Die Fakten sind hochinteressant.«

»Immerhin haben sie ihn überhaupt gedruckt.«

Remy seufzte. »Aber die Muscheln sind so schön! Sie haben die schönsten Farben von allen Muscheln hier, wenn man nur richtig hinsieht. Ich mag sie vor allem, weil sie so zerbrechlich sind. Man muss vorsichtig mit ihnen umgehen, damit man die Tönung und die feine Struktur sehen kann. Das ist genau wie beim Umgang mit Menschen.«

»Vielleicht hättest du genau das schreiben sollen.«

»Dann verbannen sie mich noch weiter nach hinten.«

»Remona, du musste geduldiger werden! Erfolg muss man sich verdienen.«

»Du klingst wie mein Vater.«

»Wie welcher?«, fragte Kaia interessiert.

Bei Remy gab es drei Möglichkeiten. Da war Ricky Matthis, der aktenkundig ihr Vater war und den sie auch dafür gehalten hatte, bis ihre Mutter gestanden hatte, dass Remy das Ergebnis eines Seitensprungs war. Remy, dann schon im Teenageralter, war darüber nicht böse gewesen. Sie hatte sich schon von klein auf einen anderen Vater gewünscht. Ricky besaß durchaus gute Seiten, und Remy hielt noch Kontakt zu ihm, aber er war auch jähzornig und zeigte häufig, dass er von Frauen im Grunde nicht viel hielt.

Remys leiblicher Vater, Theo Winter, erwies sich dann als das genaue Gegenteil von Ricky, sanft, zurückhaltend und einfühlsam.

Und dann war da noch Jakob Hellmond. Remy betrachtete ihn nicht als ihren Stiefvater, sie war ja schon fast erwachsen gewesen, als ihre Mutter Ylvi ihn nach der Scheidung heiratete. Aber er war dennoch eine Art Vaterfigur, denn er war der anständigste Mensch, den sie kannte, und sie fragte ihn gern um Rat.

»Ricky natürlich«, beantwortete Remy jetzt Kaias Frage. »Erfolg muss man sich verdienen, Erfolg hat man nur, wenn man fleißig ist, Erfolg stellt sich ein, wenn man die richtigen Kontakte knüpft und so weiter. Das habe ich alles zigmal von ihm gehört. Ich wette, er könnte mir die Kontakte besorgen, die er für wichtig hält. Aber auf die kann ich verzichten! Und auf Ricky auch!«

»Na, dann wirst du dich wohl gedulden müssen. Und deine Abschlüsse machen.«

»Das habe ich vor. Aber ich bezweifle, dass die da«, Remy wies anklagend auf die Zeitung, »sich deswegen mehr für meine Themen interessieren. Sie brauchen mehr Sensationen, haben die Redakteure gesagt, weil die Leser angeblich nur das wollen. Schmutzige Details. Katastrophen, Verbrechen, Behördenfehler, unmoralische Liebesgeschichten. Alles andere wecke kein Interesse, heißt es. Meine Texte seien zu positiv. Zu wenig Drama. Die Zeitung heißt *Ostseeblitz*, wie diese künstlichen Angelköder. Leser muss man angeln, sagt der Herausgeber. Pah!« Remy lief auf und ab, soweit das in dem kleinen Zimmer möglich war. »Ich sehe das anders! Ich glaube, sie unterschätzen die Leser. Die sind keine Fische, die einfach nach dem Köder schnappen, der am meisten glitzert. Sie möchten etwas, das was wert ist und das Leben bereichert. Ich finde, es ist spannend genug, wenn ein Segelfisch in der Ostsee gesichtet wird. Oder dass die zarte Muschel es nicht nur schafft, Kalkschichten zu einem Gehäuse aufzubauen, sondern auch noch mit den Farben eines Sonnenaufgangs darin. Ich wette, es gibt jede Menge Leser, die sich daran genauso erfreuen wie ich!« Remy riss das Fenster auf. »Gerade in den ganz kleinen und alltäglichen Dingen ist manchmal eine Sensation zu entdecken. Es kann doch nicht sein, dass nur die Kleidergröße der neuesten britischen Prinzessin wichtig ist. Das widert mich an!«

»Bist du sicher, dass Ricky Matthis nicht dein Vater ist? Ich finde, du hast eine Menge von seinem Temperament. Theo ist lieb, aber der hat nicht so viel Biss.«

Remy wirbelte herum und funkelte Kaia mit ihren ungewöhnlich hellblauen Augen an. Dann fing sie an zu lachen. »Na,

Ricky hat mich schließlich erzogen. Da färbt was ab. Im Übrigen habe ich ihm auch meine angeblich unersättliche Neugier und den Forschungsdrang zu verdanken.« Sie ließ sich auf ihr Bett fallen und fuhr sich mit beiden Händen durch die kurzen dunklen Haare. »Es ist meine Schuld! Ich muss lernen, mich nicht von allem und jedem ablenken zu lassen. Ich hätte nicht das Auslandssemester bei Tante Tiryns Familie in Florida machen sollen. Und nicht auch noch das auf Teneriffa, nur weil ich meine alten Freunde wiedersehen wollte.«

»Du bist schließlich dort aufgewachsen. Sei nicht so hart zu dir. Diese Erfahrungen und die Fremdsprachen werden dir nützlich sein. Es ist zugleich deine Stärke und deine Schwäche, dass du dich für praktisch alles begeistern kannst. Du musst dich nur irgendwann auf ein Ziel konzentrieren.« Kaia stand auf und zog ihre Jacke an. »Am besten fängst du gleich damit an und büffelst für die Prüfung. Ich muss in die Bibliothek, also hast du deine Ruhe.«

Remy umarmte die Freundin. »Danke, dass du mich immer auf den Boden der Tatsachen zurückholst.«

»Ist auch nötig«, gab Kaia zurück, aber sie lächelte dabei. »Umgekehrt tun mir deine Höhenflüge auch ganz gut, weißt du ja.« Die Tür fiel hinter ihr zu. Remy setzte sich entschlossen an den Prüfungsstoff. Aber sie war froh, dass morgen Freitag war und sie übers Wochenende nach Hause fahren würde. Rostock war nichts für sie. Sie hatte Sehnsucht nach ihrem stillen, weiten Strand, wo sie stets ihr inneres Gleichgewicht wiederfand.

Am nächsten Nachmittag hielt sie auf dem Weg zu ihrer Mutter in ihrem Lieblingscafé an. Sie war immer noch innerlich aufgewühlt, denn ihre Prüfungen standen bevor. Sie hatte zwar keine ernsthaften Zweifel, dass sie die bestehen würde, dennoch beschlich sie seit längerem das Gefühl, nicht voranzukommen. Mit gar nichts.

In dieser Stimmung half nur ein Stück der Haustorte im Café Namenlos. Heller Biskuitboden, feine Schokoladencreme, Hagebuttengelee, Marzipan … Dazu der Blick über die Ostsee, hier auf dem schmalen Stück Land zwischen Meer und Bodden. Am Rande der Terrasse leuchteten die Heckenrosenblüten in der Sonne. Draußen in der Fahrrinne schob sich ein weißer Dampfer zwischen Meer und Himmel entlang. Die Torte und der heiße Sanddornsaft weckten Remys Lebensgeister. Sie leckte die Schokolade vom Löffel und sah zum Nachbartisch hinüber, wo eine elegante Frau mit Sonnenbrille in einer Zeitschrift blätterte. *Spielerfrau verlässt dritten Ehemann.* Die Schlagzeilen waren so fett gedruckt, dass Remy sie mühelos lesen konnte. *Dieb vergisst Beute in Garderobe.*

»Entschuldigen Sie, finden Sie das wirklich interessant?«, fragte Remy. Die Frau blickte auf. Hinter der Sonnenbrille konnte Remy ihren Ausdruck nicht deuten. Erst dachte sie, die Frau würde nicht antworten, dann zuckte diese mit den Schultern. »Es lenkt eben gut ab«, sagte sie und wandte sich wieder ihrer Lektüre zu.

Aha. Es lenkte gut ab. Wovon? Vom eigenen Kontostand oder dem Streit mit dem Ehemann? Vom Leben? Doch Remy schöpfte Hoffnung. Es hatte sich angehört, als ob die Frau sich ebenso gern von etwas anderem würde ablenken lassen.

Es galt nur, etwas Schöneres zu finden als einen Dieb und eine untreue Spielerfrau. Und es gab wahrlich genug davon. Nur musste es auch jemand drucken.

Die Tischdecke war im Sonnenlicht so hell, dass sie blendete. So weiß wie die Seiten, die Remy mit ungeschriebenen Artikeln und Geschichten füllen wollte. Texte voller Überraschungen, so wie der Geschmack der Torten und die Sonnenuntergänge, die man von dieser Terrasse aus sehen konnte. *Café Namenlos*, dachte Remy. Namenlos heißt, kein Etikett zu haben, frei im Denken sein zu dürfen. Nichts wäre vorgeschrieben, man könnte das Weiß mit seinem eigenen besten Inhalt füllen. Das wäre schön.

Als Remy bezahlt hatte und aufstand, warf sie noch einmal einen Blick hinüber zu der Frau mit der Sonnenbrille. Die legte gerade die Zeitung beiseite und musste Remys Blick bemerkt haben, denn sie sagte spöttisch: »Machen Sie es doch besser, wenn es Ihnen nicht passt!«

»Würde ich ja gern«, murmelte Remy.

Sie wanderte zum Strand hinunter, ehe sie weiterfuhr. Sie konnte es keine Minute länger erwarten, im kühlen Wasser zu waten. Das war hier so klar, dass es meist auch den Wirrwarr ihrer Gedanken klärte. Einen Augenblick überlegte sie, bei ihrer Tante Tiryn in der Krähenkate vorbeizuschauen, doch dort würde sie so schnell nicht fortkommen und wahrscheinlich auf die Torte obendrauf noch frisches Brot mit Wildapfelgelee essen. Besser ein andermal.

Lieber sammelte sie eine Handvoll Muscheln, setzte sich dann in den Sand und blickte in die Wellen. An diesem Ort fühlte sie sich ihren Vorfahren nahe. Vor vielen Generationen hatte hier Frenja Kreyhenibbe gelebt, ihre Zigfach-Urgroßmutter, eine begnadete Erzählerin. Frenja war Remys großes Vorbild. So wie diese Frau wollte sie Geschichten für andere lebendig werden lassen und bewahren, was ihr wichtig war.

Doch es war so viel, was Remy wichtig erschien, und immer wieder kam etwas anderes hinzu. Wie sollte sie das alles in vernünftige Bahnen lenken? Sie benötigte einen Rahmen für ihre Pläne, der ihr Halt und Struktur gab. Sie brauchte einen Platz für die Geschichten, die ihr begegneten und die ihr die Menschen erzählten. So wie ihre Mutter, die Gärtnerin Ylvi, Blumen dort pflanzte, wo sie gedeihen und die Menschen erfreuen konnten, so wollte sie ihre Geschichten pflanzen. Texte, die einerseits von den Menschen und von ihren Träumen handeln sollten und andererseits von den kleinen Wundern, die das Leben zusammenhielten.

Remy wollte nicht glauben, dass man nicht moralisch und anständig schreiben konnte und trotzdem interessant und fesselnd! Es war doch alles so spannend, was geschah, mit und zwischen den Menschen, und aufregend war ihrer Meinung nach auch, was überall wuchs und flatterte und lief und krabbelte. Wenn sie selbst solche Artikel las wie den über die untreue Spielerfrau oder den Dieb, fühlte sie sich hinterher nicht gut. Sie fühlte sich dann kleiner als zuvor. Sie wollte Dinge lesen, die sie größer machten, die ihr etwas zu geben hatten, anstatt einen faden, ekligen Geschmack zu hinterlassen und ein Gefühl der Leere. Und sie war ganz sicher nicht die Einzige, der es so ging.

Je länger sie darüber nachdachte, desto wütender wurde sie auf das Fernsehprogramm und einen großen Teil der Presse. Oberflächlich, dumm, sensationshungrig, und immer nur die schlechten Nachrichten.

Machen Sie es doch besser, hatte die Frau gesagt.

»Aber man lässt mich nicht! Sie wollen meine Texte nicht oder ändern sie, bis es ihnen passt!«, sagte sie laut in das Rauschen der Wellen. Eine Möwe kreischte wie zur Antwort. Remy schloss die Augen und atmete die Meeresluft tief ein, um sich zu beruhigen. Sie steigerte sich viel zu schnell in etwas hinein. Die meisten Journalisten taten im Rahmen ihrer Möglichkeiten bestimmt ihr Bestes. Doch Remy sehnte sich nach etwas anderem.

Wie hatte Frenja es gemacht? Damals wurde noch nichts gedruckt. Da überlieferte man alles mündlich. Frenja hatte ihre Geschichten erzählt, und viele hatten sie ausgelacht, verhöhnt, es gab jede Menge üble Nachrede. Doch noch mehr Menschen hatten ihr gerne gelauscht, ihre Geschichten nacherzählt und von Generation zu Generation weitergegeben, bis jemand einige von ihnen aufgeschrieben hatte. Andere wurden in der einen oder anderen Form noch immer erzählt oder waren zu Redensarten geworden.

Frenja hatte einfach getan, was sie für richtig hielt, und sich nicht darum geschert, was andere sagten.

Aber Frenja hatte von ihrem Tun nicht leben müssen. Ihr Mann war Fischer und Leuchtturmwärter gewesen und hatte für den Lebensunterhalt gesorgt, wie es damals üblich war. Remy dagegen wollte auf eigenen Füßen stehen, und das möglichst bald. Sicher, sie verdiente nebenbei mit ihren Artikeln, und sie arbeitete in der Landschaftsgärtnerei ihrer Mutter mit. Auf Dauer würde das aber nicht reichen, es sei denn, sie schrieb den Zeitungen nach dem Mund.

Doch träumen kostete nichts. Eine Welle schwappte höher den Strand hinauf als die anderen, schlug gegen ihre nackten Knie, wie um ihr einen Schubs zu geben. Als hätte diese Welle eine Idee herangetragen, eine Aufforderung, wusste sie auf einmal, was sie wollte.

Machen Sie es doch besser.

Warum nicht? Warum rief sie nicht eine eigene Zeitung ins

Leben? Dann könnte sie schreiben, was sie wollte. Sie könnte mit anderen Autoren zusammenarbeiten, die ähnlich dachten wie sie.

Nein, natürlich keine Zeitung, das konnte sie nicht stemmen. Besser eine Zeitschrift, die für den Anfang einmal im Monat erschien, später vielleicht vierzehntägig. Schön gemacht, auf gutem Papier, mit künstlerischen Illustrationen. Die Leser könnten mitwirken, sie zu *ihrer* Zeitschrift machen, nicht nur durch Leserbriefe, auch durch Beiträge und Fragen.

»Nur ein Traum«, sagte sie zu der Möwe, die ganz dicht neben ihr an einem Stück Seetang zog.

Doch einmal in ihrem Kopf, ließ die Vorstellung sie nicht mehr los. Sie sah alles vor sich, fühlte und roch das Papier, sah die Überschriften, die zarte Zeichnung einer Muschel in Sonnenaufgangsfarben. Sie stellte sich Texte vor, in welchen es um Staunen und Neugier ging und in denen es Raum für Freude gab. Und Leser, die mit einem Lächeln die Seiten umblätterten, die sich auf den nächsten Tag freuten, nur weil dann die neue Ausgabe erschien.

Doch das alles würde viel zu teuer werden! Wie sollte sie das finanzieren?

Remy fasste nach der weißen Haarsträhne an ihrer Schläfe. Die hatte sie seit einem Sturz als Kind, der eine Narbe hinterlassen hatte. Die Strähne fiel in ihrem dunklen Schopf auf, und die anderen Kinder lachten sie aus. Doch Remy ließ sie trotzig wachsen und fädelte Perlen oder Muscheln darauf, bis die anderen neidisch waren. Die Strähne wurde zu ihrem Glücksbringer und ihrem Markenzeichen. Sie erinnerte Remy stets daran, dass man stürzen, Narben davontragen und am Ende dadurch stärker werden konnte.

Irgendwann würde es ihre Zeitschrift geben! Wenn nicht jetzt, dann eben später. Sie versprach es sich selbst und dem Meer, das ihr Zeuge war.

Nachdenklich lief sie zurück zu ihrem Auto. Wenn doch wenigstens ihr Bruder endlich mit ihr reden würde! Ein richtiger Bruder in einer normalen Familie würde ihr helfen. Er würde ihr erklären, dass ihre Idee eine Schnapsidee war, und sie dann trotzdem unterstützen und das Unmögliche möglich werden lassen.

Aber Theos Sohn Rufus weigerte sich, Remy kennenzulernen oder auch nur ein Wort mit ihr zu wechseln. Er hatte noch keinen Brief und keine Nachricht jemals beantwortet, und am Telefon legte er auf oder drückte sie weg.

Theo hatte Rufus' Mutter betrogen, und Remy war das Ergebnis. Aber was konnte sie dafür? Er hatte keine anderen Geschwister. Sie auch nicht. Zu gern hätte sie ihn wenigstens einmal getroffen, ihm in die Augen gesehen. Er wirkte nett auf den Bildern. Er war zwei Jahre älter als sie. Genau so, wie es ein großer Bruder sein sollte.

Doch sie kam einfach nicht an ihn heran. An Theo lag es nicht. Der hatte trotz allem ein ganz gutes Verhältnis zu seinem Sohn, der ihm im Antiquitätengeschäft half. Zumindest richtete er die Möbel dafür wieder her. Er restaurierte sie mit Sorgfalt und Feingefühl, und Remy hatte sich davon überzeugen können, wie hervorragend er das konnte. Theo hatte ihr ein Schränkchen geschenkt. Rufus durfte davon nichts wissen. Theos Vermittlungsversuche zwischen seinen Kindern waren alle gescheitert. Rufus gab Remy die Schuld an der Scheidung seiner Eltern, Punkt.

Für den Moment jedenfalls hatte sie aufgegeben. Aber nicht für immer.

Jetzt war etwas anderes wichtiger. Sie hatte kein Geld, um eine Zeitschrift zu gründen, aber sie wollte wenigstens vorbereitet sein, wenn der Zeitpunkt kam. Sie wollte dem Plan ein Gesicht geben, damit er reifen konnte und ihr nie wieder verlorenging, egal, wie lange es dauerte. Sie brauchte ein Konzept, einen Namen, einen zündenden Einfall.

Denn im Grunde musste sie dem Herausgeber vom *Ostseeblitz* recht geben, sosehr es ihr widerstrebte. Leser musste man angeln. Nur nicht mit einem betrügerischen Köder, der mit seinem Glanz falsche Versprechungen andeutete und einem dann schadete, wenn man anbiss. Sondern mit einem echten Angebot, das die Zeit der Leser wert war.

7

Fundsache

Remy stieg ins Auto und fuhr die letzten paar hundert Meter nach Rav, zu dem blauen Haus auf dem Schifferberg. Dort wohnte sie mit ihrer Urgroßmutter Myra. Myra konnte mit ihren siebenundachtzig Jahren die Treppe nicht mehr steigen und hatte daher einen Raum im Untergeschoss bezogen, wo sich auch das kleine Bernsteinmuseum befand. Remy hatte ihr geholfen, den Traum vom Museum zu verwirklichen. Myra hatte seit ihrer Kindheit ein besonderes Gespür dafür gehabt, Bernstein zu finden. Manche behaupteten, sie könne ihn riechen. Es war ihr ein großes Anliegen gewesen, die schönsten Stücke einem interessierten Publikum zugänglich zu machen. Ihr Mann Kjell hatte ihr die Vitrinen gebaut, und Remy hatte geholfen, die Stücke zu polieren, zu arrangieren, kleine Geschichten über den Fundort zu schreiben und daneben anzubringen.

Es kamen keine großen Besuchermassen, dafür war die Ausstellung zu klein und das Haus zu abgelegen, aber das war auch nicht Myras Absicht gewesen. Wer wirklich interessiert war und Bernstein liebte, fand seinen Weg hierher, hatte Zeit, sich an den Stücken zu erfreuen, mit Myra darüber zu plaudern und oft genug auch ein Stück Kuchen auf der Terrasse zu essen. Myra hatte auf diese Weise dauerhafte Freundschaften geschlossen und vielen Menschen etwas über Bernstein beigebracht.

Im letzten Jahr war Kjell gestorben. Umso mehr freute sich

Myra über Besucher. Remy war im Obergeschoss eingezogen und verbrachte die Wochenenden dort. Manchmal fuhr sie auch gar nicht ins Studentenwohnheim, sondern blieb die Woche über an der Ostsee. Sie half Myra, wo sie konnte, und wenn sie nicht da war, wohnten genug Familienmitglieder in der Nähe, um Myra zu helfen, ihr Essen zu bringen oder sich anderweitig zu kümmern, wenn es nötig war.

Sooft es das Wetter erlaubte, saß Myra in ihrem Schaukelstuhl auf der Terrasse, polierte Bernstein und lächelte vor sich hin, wenn sie an die Vergangenheit dachte. Ganz selten nur ging sie mit Remy noch an den Strand, um nach Bernstein zu suchen oder über das Meer hinauszublicken. Sie hatte mehr als genug erlebt. Heutzutage genügten ihr der Himmel und der Garten und die Menschen um sie herum, die ihr vertraut waren.

»Hallo, Myra.« Remy umarmte ihre Urgroßmutter. »Wie geht es dir?«

»Gut natürlich. Ich habe doch alles. Und du?« Myra musterte sie. »Du bist ja ganz aufgeregt. Was ist los?« Myra redete nie viel drumherum. Man konnte wenig vor ihr verbergen.

Remy zog sich einen Stuhl heran und setzte sich. Sie zog die Füße hoch und schlang die Arme um die Knie. Hier war es so schön und friedlich. Der Garten war ein Blütenmeer. Späte Narzissen, frühe Margeriten, Pfingstrosen. Der Flieder duftete. Sie hatte so ein Glück, hier leben zu dürfen! Sie würde nicht immer hier sein können, aber dies war die Heimat ihres Herzens und würde es immer bleiben. Die Wurzeln, die nicht nur sie, sondern Generationen ihrer Familie mit dem Fischland und dem Darß verbanden, würden ihr immer Kraft geben.

»Es ist wie mit deinem Bernsteinmuseum. Oder mit deiner Liebe zu Kjell. Man kann sich eben nicht alle Träume sofort erfüllen. Manche müssen sehr lange warten«, sagte sie.

»Umso mehr lohnt es sich. Ich war in den letzten Jahren so glücklich mit Kjell, dass es für ein ganzes Leben reicht und er mir noch immer nahe ist. Möchtest du mir deinen Traum erzählen?« Myra setzte den Schaukelstuhl in Bewegung. Es war so beruhigend.

»Noch nicht. Er ist ganz neu. Ich habe bisher keinen Namen und kein Gesicht dafür. Ich muss erst noch darüber nachdenken.«

»Verstehe. Es ist gut, wenn man solche Träume hat. Noch besser ist es, wenn man einen Plan daraus macht. Ein Traum ohne Plan bleibt meist nur ein Traum.« Myra drang nicht weiter in sie. Sie bohrte nie nach, sondern hatte Verständnis, wenn man etwas für sich behalten wollte.

»Ich weiß. Du hast es mir ja beigebracht, dass die Lösungen nicht von selbst vorbeispaziert kommen, sondern dass man handeln muss, wenn man etwas will. Du machst mir immer Mut, weil du so bist, wie du bist, Myra. Ich werde das schaffen, was ich möchte. Aber im Augenblick bin ich noch auf der Suche nach einer Inspiration.«

»Einer, die deinem Plan ein Gesicht gibt?«

»Genau.«

»Vielleicht hilft Himbeersaft. Carly wollte mir welchen bringen, von der letztjährigen Ernte aus Tiryns Garten. Da kommt sie gerade.«

Carly Prevo und ihre Familie wohnten nebenan. Carly war für Remy so etwas wie eine Tante, sie waren tatsächlich um einige Ecken herum verwandt. Remy war sehr froh darüber. Wenn sie schon keine Geschwister hatte, so waren Tanten auch sehr angenehm.

»Hallo Myra, hallo Remy. Alles gut bei euch?« Carlys rotbraune Locken mit den ersten silbernen Fäden glänzten in der Sonne. Sie stellte eine Flasche Saft ab. »Ich hole mal schnell Gläser.«

»Natürlich ist alles gut. Remy ist allerdings auf der Suche nach einer Inspiration«, sagte Myra.

»Hmm.« Carly verschwand im Haus und kam kurz danach mit drei Gläsern wieder. Sie schenkte Saft ein. Er duftete nach Sommer. Remy fand, er schmeckte nach Geborgenheit, nach Kindheit, nach Familie und Zu-Hause-Angekommensein. Nichts davon war früher für sie selbstverständlich gewesen. Umso mehr wusste sie es zu schätzen.

Carly setzte sich. »Also, wenn es um Inspiration geht – mir fällt da spontan ein Ort ein, an dem wir immer eine Idee aufgestöbert haben, wenn wir nicht weiterkamen. Oft haben wir dort auch Dinge gefunden, von denen wir gar nicht wussten, dass wir sie suchten. Außerdem tut es gut, dort Zeit zu verbringen. Dort ist man ganz allein mit sich und den Überraschungen, die man zutage fördert.«

»Wo meinst du?«, fragte Remy. Sie wusste nicht, worauf Carly hinauswollte.

Myra schmunzelte vor sich hin und nickte dann. »Das ist ein guter Rat.«

»Du hast dort einmal ein Notizbuch gefunden, das dich zu deinem Berufswunsch inspiriert hat«, half Carly ihr auf die Sprünge.

Remy schlug sich vor die Stirn. »Natürlich! Ich habe es sogar noch. Der Dachboden von Henning Weritz! Hennings Großvater war sammelwütig, und nach dessen Tod hat Henning versucht, den ganzen Kram loszuwerden. Ist ihm das immer noch nicht gelungen?«

»Henning ist plötzlich gestorben, aber sein Sohn wohnt jetzt in dem Haus. Der Dachboden ist immer noch eine Art inoffizieller Trödelladen. Freunde und Bekannte dürfen kommen und sich etwas heraussuchen, wenn sie es gebrauchen können. Gegen einen Obulus oder auch umsonst. Er hat bestimmt nichts dagegen, wenn du dich dort umsiehst. Er ist froh über alles, was er loswird, genau wie sein Vater. Es ist noch jede Menge Zeug da oben.«

»Wenn ihr damals den alten Kompass mit der Inschrift nicht entdeckt hättet, hätte ich Kjell vielleicht nie wiedergesehen«, erinnerte sich Myra. »Carly hat recht, Remy. Weißt du noch, was du gesagt hast, als du das Notizbuch von dort mitgenommen hast?«

»Ja. Ich habe gesagt, da steht meine Zukunft drin. Und keiner von euch hat verstanden, was ich meine, weil die Seiten alle leer waren. Inzwischen sind sie voller Notizen über Dinge, von denen ich einmal schreiben möchte.«

»Siehst du«, sagte Carly.

Remy fühlte sich ein wenig hoffnungsvoller. »Ihr habt recht, das werde ich tun. Schaden kann es ja nicht. Habt ihr eine Telefonnummer von diesem Sohn? Wie heißt der überhaupt?«

»Noah. Ich schick sie dir auf dein Handy.«

»Eilt nicht. Ich muss diese Woche büffeln. In zehn Tagen beginnen die Prüfungen. Das ist jetzt das einzig Wichtige.«

Das Wetter wurde immer besser. Der Boden erwärmte sich, der Sand der Dünen trocknete. Remy saß zum Lernen mal auf der

Terrasse, mal im Garten ihrer Mutter, manchmal auch am Strand. Das Wellenrauschen half ihr, und ein kurzes Bad im kalten Meer machte sie wach, wenn sie müde wurde. Wenn sie das Gefühl hatte, dass ihr Kopf zu voll war, flüchtete sie sich auf die Terrasse des Café Namenlos und aß ein Stück Torte, das ihren grauen Zellen wieder auf die Sprünge half. Aquatische Ökologie, funktionelle Pflanzenwissenschaften, Meeresbiologie, Mikrobiologie, Biochemie, zelluläre Biosystemtechnik, Diversität und Evolution mischten sich in ihren Gedanken. Manchmal verlor sie den Mut, dann wieder überfiel sie wilde Entschlossenheit, und am Ende war es eine Art Augen-zu-und-durch-Einstellung, mit der sie Tage später das letzte Buch beiseitelegte.

»Remy, du siehst völlig fertig aus«, sagte Carly, die Remy möglichst viel abgenommen und ihr und Myra immer wieder etwas zu essen herübergebracht hatte. »Jetzt müsstest du etwas völlig anderes machen! So ging es mir jedenfalls, als ich noch studiert habe. Wenn man zu viel gelernt hat und endlich fertig ist, sollte man sich direkt vor den Prüfungen überhaupt nicht mehr mit dem Stoff befassen, sondern etwas ganz anderes unternehmen. Dann kann sich der gesamte Stoff im Kopf ordentlich setzen. Wenn es dann so weit ist, wundert man sich, was man alles weiß.«

»Du meinst, das hilft?« Remy hatte Zweifel. »Ich habe das Gefühl, ich muss mir alles ständig vorsagen, damit es nicht wieder in den Tiefen meiner Gehirnwindungen verschwindet.«

»Ich bin ganz sicher«, sagte Carly. »Lass es ruhig verschwinden. Dann kommt es nämlich genau dann wieder hervor, wenn du es brauchst. Aber nicht, wenn du dir zu viele Gedanken machst.«

»Wolltest du nicht Noah Weritz anrufen?«, schlug Myra vor.

So kam es, dass Remy am nächsten Tag durch die Felder radelte. Der Wind drückte Muster in das sprießende Getreide. Heute nieselte es, ein sanfter, silberner Spätfrühlingsregen. Der dichte Ahrenshooper Wald war voller Leben. Zwischen den alten Bäumen leuchteten junge Farne hellgrün. Überall nisteten Vögel, und erste Frösche quakten im Graben. Remy trat in die Pedale und genoss die Bewegung. Sie hatte zu lange über ihren Büchern gehockt. Merkwürdig war nur eines: Früher hatte ein Brummen und Summen, ein Krabbeln und Flattern in den Butterblumen und anderen Wiesenkräutern am Deich und den Feldrändern geherrscht. Jetzt fiel es schon auf, wenn ein einzelner roter Käfer auf einer Blüte saß oder eine Biene über den Weg surrte. Still war es, viel zu still.

Noah Weritz war am Telefon freundlich gewesen. Sie glaubte nicht, dass sie bei ihm etwas finden würde, was ihr weiterhalf, aber sie war nur allzu bereit für eine Ablenkung. Vielleicht konnte sie einen Artikel über diesen Dachboden verfassen. Niemand brauchte zu wissen, wo das Haus stand, wenn der Besitzer das nicht wollte, aber sie konnte etwas über alte Dinge und die Atmosphäre auf Dachböden schreiben. Sie liebte solche Orte.

Das Haus war größer, als Remy es in Erinnerung hatte, doppelstöckig mit einem alten Reetdach. Es war sonnengelb gestrichen und besaß eine typische Darßer Haustür mit geschnitzten Applikationen. Auf jedem Türflügel eine Sonne im passenden Gelb, darunter zwei Kraniche, die sich ansahen.

Auf ihr Klingeln hin öffnete sofort jemand die Tür. Es war Noah, der Sohn vom alten Weritz, der anscheinend direkt dahinter gestanden und bereits eine Jacke anhatte.

»Guten Tag, ich bin Remona Kreyhenibbe. Wir hatten telefoniert.«

»Ja, hallo. Kommen Sie rein. Ich bin auf dem Sprung, ich muss in den Laden. Ziehen Sie die Tür einfach hinter sich zu, wenn Sie gehen. Die Treppe dort führt zum Dachboden. Nehmen Sie sich so viel Zeit, wie Sie brauchen.«

»Sie haben ja viel Vertrauen.«

»Ich kenne Ihre Familie schon länger als Sie«, sagte er mit einem Lächeln, bereits halb auf dem Weg zur Straße.

»Warten Sie! Was ist, wenn ich dort oben etwas sehe, was ich kaufen möchte?«, rief Remy ihm hinterher.

»Sie finden mich jederzeit im Laden. Das heißt, es ist kein richtiger Laden, es ist eine Bude, nahe am Hafen. Der ›Rettungsring‹. Finden Sie schon.«

»›Rettungsring‹?«

»Ja, ich habe alles, was man schnell mal so braucht«, sagte er. »Viel Glück. Ich denke, wir sehen uns nachher. Mein Großvater hat dafür gesorgt, dass dort oben für jeden etwas ist, was er schon immer gesucht hat, ohne es zu wissen.« Er stieg auf sein Fahrrad, winkte ihr noch einmal zu und verschwand um die Ecke.

Remy erklomm die Treppe. Als sie die Tür zum Dachboden öffnete, erinnerte sie sich sofort an den Geruch. Ein Geruch nach Staub, vergangenen Jahren und Erinnerungen. Es war ein einziger großer Raum unter dem alten Reetdach, der schier endlos schien. Sie bahnte sich einen Weg zum Fenster und öffnete es. Es war warm und stickig hier oben. Über die Felder hinweg konnte Remy den Bodden sehen. Sie blieb eine Weile stehen, um ein Zeesboot zu beobachten, das mit seinem dunkelbraunen Segel wie eine Motte über das Wasser flog. Nach einer Weile suchte sie sich zwischen den Kisten und dem Gerümpel hindurch einen Weg zum Fenster auf der anderen Seite und riss dieses ebenfalls auf. Hier konnte man hinter dem Wald ganz in der Ferne das Meer erahnen. Winzig fuhr ein Dampfer am Horizont, wo gerade eine Regenwolke ihre Last losließ.

Jetzt konnte man hier oben atmen, auch wenn der Durchzug einigen Staub aufwirbelte. Remy nieste zweimal und wischte sich Spinnweben aus den Haaren. Wie wattestill es hier war! Als ob die Zeit stehengeblieben wäre, seit Jahrzehnten schon. Sie war froh, dass von draußen wenigstens das Lied einer Amsel hereindrang. Und jetzt? Wie suchte man nach etwas, wenn man nicht wusste, was es war? Da stand ein nichtssagender Tisch, auf dem ein Stapel zusammengefalteter, bestickter Leinentischdecken ruhte, und unter einem Geschirrtuch verbarg sich ein Teeservice, das schön gewesen wäre, wenn das Dekor nicht so überladen gewirkt hätte. Es gab eine antike Küchenwaage und eine Modelleisenbahn, eine Sammlung von Sanduhren und drei Kinderkreisel. Ein dünnes, ausziehbares Fernglas beschäftigte sie eine Weile. Sie sah damit erst zum einen Fenster hinaus, dann zum anderen. Sie konnte sogar erkennen, dass das Segel auf dem fernen Zeesboot geflickt war. Das alte Rohr wurde angenehm warm in ihrer Hand, und sie beschloss, es mitzunehmen, auch wenn sie nicht wirklich wusste, was sie damit anfangen sollte. Vielleicht war es ein Symbol, dass sie stets genau hinsehen sollte. Weitblick haben und auf die Details achten bei ihrem großen Vorhaben. Das konnte nicht schaden. Immerhin war der Seefahrer, der es gewiss einst benutzt hatte, nicht damit in einem Sturm untergegangen.

Sie fand noch eine Schale mit Glasmurmeln, deren Farbspiele sie eine Weile im Einzelnen betrachtete, und zog zum Spaß ein langes Ballkleid an, das sie in einem Schrank entdeckte. Sie machte ein Bild von sich und schickte es an Myra, die trotz anfänglicher Schwierigkeiten nicht aufgegeben hatte, bis sie den Umgang mit dem Handy beherrschte. »Hast du früher einmal in einem solchen Kleid getanzt? Mit Kjell? Ich könnte es mir so gut vorstellen«, schrieb sie dazu. Dann hängte sie es ordentlich zurück.

Eines hatte ihr die Zeit auf dem Dachboden auf jeden Fall gebracht. Für eine Weile hatte sie sämtlichen Prüfungsstress vergessen. Sie hatte zwar nur herumgespielt wie ein Kind, aber sie fühlte sich erfrischt. Remy wollte gerade gehen, da fiel ihr ein, dass es vielleicht gut wäre, das Fernglas in etwas einzuwickeln, falls es wieder zu regnen begann. Da hinten hing ein Segeltuch an der Wand, vielleicht konnte sie davon ein Stück nehmen.

Remy schob zwei Kisten beiseite und zog an einer Ecke. Das ganze Tuch löste sich in einer Staubwolke und fiel ihr vor die Füße. Wieder musste sie niesen. Der Stoff hatte einen Schrank verdeckt, den sie zwischen all dem Gerümpel in der dunklen Ecke nicht bemerkt hatte. Ein großer, schwarzgrauer Schrank mit mehreren Schubladen unten und einer Klappe oben, darüber ein Aufbau. Es steckte kein Schlüssel darin, und Remy hatte auch nicht das Bedürfnis, noch länger hier oben zu bleiben, schon gar nicht, nachdem sie so viel Staub aufgewirbelt hatte. Das Tuch war für ihre Zwecke nicht zu gebrauchen. Sie bückte sich danach und bemühte sich, es wieder über den Schrank zu hängen. Sie wusste zwar nicht, wovor das alte Ding geschützt werden musste, aber irgendjemand würde sich schon etwas dabei gedacht haben. Doch der Schrank war zu hoch. Bei dem Versuch, die Plane darüber zu werfen, verlor Remy das Gleichgewicht und taumelte gegen das Möbelstück. »Mist«, entfuhr es ihr, als sie feststellte, dass der rechte Ärmel ihres T-Shirts jetzt pechschwarz war und nach Ruß stank. Der Schrank musste aus einem Haus stammen, in dem es gebrannt hatte.

Remy versuchte vergeblich, den Dreck von sich abzubürsten. Sie beschloss, das Tuch liegen zu lassen und endlich wieder an die frische Luft zu gehen. Doch als sie sich abwenden wollte, fiel ihr etwas auf. Erst dachte sie, sie hätte eine Motte aufgeschreckt oder ein Falter wäre durch das Fenster hereingeflogen. Vielleicht war es auch Einbildung, weil sie vorhin über die fehlenden Insekten nachgedacht hatte? Doch sie hatte sich nicht geirrt. Dort, wo sie die Rußschicht versehentlich abgewischt hatte, war helleres Holz zum Vorschein gekommen. Und nicht nur das. Da war auch ein Bild. Ein Flügel!

Remy kramte nach einem Taschentuch und wischte an der Stelle herum. Viel bewirkte es nicht, denn das Taschentuch war im Nu schwarz, und sie hatte nur das eine. Sie schaltete an ihrem Handy die Taschenlampe ein und betrachtete die Stelle genauer. Jetzt war ein ganzer Schmetterling zu sehen, feine Intarsien im Holz. Remy machte sich auf die Suche und fand schließlich doch noch ein kleines Handtuch, dass sie dazu benutzte, die gesäuberte Stelle zu erweitern. Es war nicht nur ein Schmetterling! Die ganze Schubladenfront war mit Insektendarstellungen und Pflanzen in verschiedenfarbigem Holz geschmückt. Käfer, Libellen, Bienen, Schmetterlinge. Sie verstand nicht viel davon, aber dass es sich hier um eine außergewöhnliche Arbeit handelte, konnte sie auch als Laie erkennen. Wie alt mochte dieses wunderschöne Stück sein? Und warum hatte man es hier vergessen?

Sie erinnerte sich daran, was ihr Theo einmal in seinem Antiquitätenladen erklärt hatte. Er hatte eine Schublade aus einem Sekretär gezogen und umgedreht. »Sieh mal hier. Wenn früher ein Tischler ein besonderes Möbelstück fertigstellte, schrieb er oft seinen Namen und das Datum mit Bleistift auf die Unterseite einer Schublade. Es lohnt sich immer, dort nachzusehen. Ich finde, wenn man den Namen dessen kennt, der es gemacht hat, bekommt man eine ganz andere Beziehung zu einem Möbelstück.«

Remy versuchte, die Schublade zu öffnen, aber sie war abgeschlossen. Sie probierte eine nach der anderen, mit wenig Hoffnung. Doch die untere bewegte sich! Unter leisem Ächzen ließ sie sich herausziehen. Sie war leer. Vorsichtig hob Remy die Lade heraus und drehte sie um. Ihr Handyakku war bereits im Energiesparmodus und gab nur noch trübes Licht von sich.

Da waren keine Bleistiftspuren auf dem Holz. Dafür etwas anderes.

Mit vier altmodischen Reißnägeln war in der hinteren Ecke ein dicker Briefumschlag an das Holz genagelt.

8

Mervin

Remy zögerte. Musste sie nicht Noah fragen, bevor sie sich diesen versteckten Umschlag näher ansah? Aber er hatte nicht den Eindruck gemacht, als ob ihm hier oben etwas sehr wichtig wäre. Außerdem würde sie ja nichts beschädigen.

Sie war viel zu neugierig, um zu warten! Behutsam löste sie die Reißnägel und nahm den Brief mit zum Fenster, wo es mehr Licht gab. Sie setzte sich auf einen schiefen Hocker. Der Umschlag war zum Glück nicht zugeklebt, die Lasche nur nach innen gesteckt.

Vorsichtig zog Remy mehrere Seiten vergilbtes Papier heraus, faltete sie auf und fand eine leicht verblasste, aber gut lesbare Handschrift vor. Sie sah zuerst auf die Unterschrift.

Mervin Lerner, 1964. Das war genau fünfzig Jahre her. Ein halbes Jahrhundert.

An denjenigen, der dieses Schreiben findet.

Ich, Mervin Lerner, habe diesen Schrank angefertigt. Er ist mein Meisterstück. Nicht in dem Sinne, daß ich dadurch meinen Meister im Tischlerberuf erhalten habe. Das ist schon vor langer Zeit geschehen. Nein, es ist mein Meisterstück, indem er das Beste ist, was ich jemals geschaffen habe, und alle meine Leidenschaft und meine Liebe enthält. Zugleich ist dies mein letztes Möbelstück. Ich werde keines mehr herstellen. Mein Grundstück und damit meine Werkstatt sind nun von diesem Staat enteignet worden.

Ich werde woanders ein neues Leben beginnen. Noch weiß ich nicht, wohin es mich führen wird. Im Augenblick bin ich mutlos, doch meine geliebte Clara hat mich gelehrt, daß sich immer irgendwo eine neue Tür öffnet, wenn man nicht aufgibt. Aufgeben wäre eine Sünde. Clara ist das Leben nicht mehr vergönnt. Umso mehr mußte ich ihr versprechen, das meine hochzuschätzen und etwas Gutes damit anzufangen.

Diesen Schrank möchte ich einem Freunde anvertrauen, der ihn für mich aufbewahren wird, falls ich jemals zurückkehre. Doch das glaube ich nicht. Ich muß nach vorn schauen und darf nicht rückwärtsgewandt sein. Ein Möbelstück, das einmal von kundigen und leidenschaftlichen Händen in die Welt gestellt worden ist, begibt sich durch das eine oder andere Ereignis und die Umwälzungen der Zeit meist auf ganz eigene, verschlungene und wunderliche Wege. Am Ende ordnen sie sich häufig zu einer sinnvollen Geschichte, ehe das Holz eines Tages wieder zu Staub und Asche wird, meist lange, nachdem dies mit seinem Schöpfer geschehen ist. Doch Möbel sind stumm und behalten ihre Geschichte größtenteils für sich, obgleich sie im Laufe ihrer Existenz von so vielem Zeuge werden. Selbst die Lebensspuren der Bäume, aus welchen ihr Holz entstanden ist, tragen sie in sich. Ich möchte einen kleinen Teil der Geschichte dieses Möbelstückes erzählen, damit meine Clara nicht vergessen wird.

Den Finder dieser Seiten, der sie jetzt gerade liest, möchte ich bitten, ihren Namen einmal laut auszusprechen, möglichst unter freiem Himmel, damit das Meer und die Sonne und die grünen Felder ihn noch einmal hören und der Wind ihn dorthin trägt, wo wir glücklich waren.

Sie hieß Clara, Clara Lerner, und wir haben uns geliebt. Ich könnte sagen, sie war meine große Liebe und ich ihre, und daß wir von Beginn an zusammengehörten. Ich könnte von Zärtlichkeit und Ergebenheit sprechen, von Lachen und Hoffnung, geteiltem Schmerz und Tagen voller Licht, doch ich möchte gar nicht weiter ausschweifen, denn all das liegt bereits in diesen schlichten Worten: Wir haben uns geliebt. Es gibt keine größeren Worte, und diese genügen völlig. Sie enthalten alles, was zwischen uns gewesen ist und für immer Gültigkeit hat, auch wenn unsere Zeit seit langem vorbei ist.

Remy musste sich mehrere Male räuspern, um ihre Stimme wiederzufinden, und legte den Brief sorgsam beiseite, damit er nicht vom Wind aus dem Fenster geweht wurde. Dann lehnte sie sich weit hinaus. Es regnete nicht mehr, aber der Himmel war silbern verhangen, und ein ablandiger Wind hatte an Stärke zugenommen. Ein Pfeil aus Schwänen flog geradewegs zum Meer, so tief, dass Remy das Rauschen der Schwingen hören konnte.

»Clara! Clara Lerner«, rief Remy hinaus in den Wind, und der Wind nahm den Namen mit und folgte den Schwänen zur Küste und aufs Meer hinaus. Remy atmete tief durch, schloss das Fenster und setzte sich wieder. Sie wusste noch nichts über diesen Mervin, außer dass er Tischler gewesen war und seine Frau geliebt und verloren hatte. Sie kannte sein Alter und sein Aussehen nicht, und doch war ihr, als stünde er dicht neben ihr, nur für einen Augenblick. Dann verflog das Gefühl, und der Dachboden war wieder leer bis auf Remy, die vergessenen Dinge und die alten Worte. Sie las weiter.

Sollten Sie gerade den Namen meiner Frau ausgesprochen haben, so danke ich Ihnen von Herzen. Allein diese Tatsache wird eine flüchtige Spur in Ihren Gedanken hinterlassen und dafür sorgen, daß die Erinnerung an Clara, auch wenn Sie sie nicht gekannt haben, für immer einen winzigen Platz darin haben wird.

Wir haben uns jung kennengelernt und jung geheiratet. Dann folgte der Krieg, doch das Schicksal meinte es gnädig mit uns beiden. Der Gedanke an Clara hat mir Kraft gegeben und mir geholfen, alles durchzustehen, was mir in dieser Hölle widerfahren ist. Wir haben uns wiedergefunden und hatten noch elf ganze, goldene Jahre zusammen, bevor die Krankheit sie mir nahm. Kinder blieben uns verwehrt. Ihre Liebe aber ist in mir so lebendig geblieben, daß sie mir die Kraft gab, den Garten fertigzustellen und zu pflegen, der ihr sehnlichstes Anliegen war.

Clara liebte alles, was einen Sommertag zu einem Sommertag macht, indem es flattert und summt. Sie beobachtete gern die Rosenkäfer, die in der Sonne so grün glänzen, und die Hummeln, die so viel Kraft aufwenden müssen, um zu fliegen, und es dennoch tun. Die Bienen, die für Honig und reiche Obsternte sorgen, und die Schmetterlinge, die das Symbol für Leichtigkeit, Frohsinn, Glück und pure Lebensfreude sind. Über einen Wespenstich lachte Clara nur. Sie scheute sich niemals, eine Raupe auf die Hand zu nehmen, und erschrak auch nicht, wenn eine Libelle auf ihrem Knie landete. Stundenlang konnte sie das Glänzen der filigranen Flügel betrachten. Wir hatten keinen Garten, damals in den frühen Jahren, nur einen Balkon. Doch Clara wußte ihn so zu bepflanzen, daß wir jede Menge der Besucher hatten, die ihr so viel bedeuteten. Der Duft der Blüten durchzog die Wohnung.

Wir gingen oft am Meer spazieren, und dann war Clara traurig, wenn sie sah, daß ein Schmetterling oder eine Libelle zu weit über das Salzwasser hinausgeflogen war und die Wellen sie ertrunken und zerfetzt wieder anspülten. »Mervin, wir müssen dafür sorgen, daß sie auf der Insel bleiben und sich in ihrer Sehnsucht nicht zu weit hinauswagen. Sie brauchen einen Garten, der voll von ihren Lieblingspflanzen ist und ihnen so viel Geborgenheit bietet, daß es sie nicht in die gefährliche Ferne zieht. Sie dürfen sich nicht in die Winde am Strand begeben, die zu mächtig für die zarten Wesen sind. Laß uns einen geschützten Garten bauen! Nicht zu nah am Strand. Einen, in dem sie bleiben wollen. Sie sollen einen ganz besonderen Ort haben, an dem sie so zufrieden und wunschlos sein können wie wir beide.«

Ich wußte, sie sah die Insekten auch als Symbol für alles, was flüchtig und zerbrechlich ist und dem Menschen allzu leicht verlorengeht: kostbare Erinnerungen, Freundschaften, scheinbar alltägliche Freuden, besondere Momente.

Als ich endlich meinen Meister und meine eigene Werkstatt hatte und anfing, mehr Geld zu verdienen, weil den Menschen meine Möbel zusagten, kaufte ich uns ein Grundstück. Wir begannen, den Garten genauso anzulegen, wie Clara es sich vorstellte. Dort wuchsen bald Wildkräuter und Schmetterlingsflieder, Lupinen und Lavendel, Vanilleblumen und Sonnenblumen und noch viele andere Pflanzen, von welchen Clara wußte, daß sie viel Nektar spenden und ihr Duft und ihre Farben ihre Freunde anlocken würden. Es gab flache Wasserstellen, geschützte Stellen und Mauerwerk, in dem Ritzen für Nistplätze und Unterschlupf sorgten, sowie Bündel aus altem Reisig, in dem sie Eier ablegen und Winterschlaf halten konnten. Auch ein Schuppen mit Zugängen, in denen die Schmetterlinge überwintern konnten.

Altes faules Holz wurde nicht entsorgt, sondern aufgestapelt, so daß die Larven sich unter der Rinde ernähren und heranwachsen konnten. Und es gab einen Sitzplatz für uns beide, damit wir uns an allem erfreuen konnten. Clara wollte eines Tages ihren eigenen Honig machen, doch dazu kam es nicht mehr. Sie wurde krank, und wir konnten nichts daran ändern. Doch bis zuletzt hat sie im Garten gesessen, eine Decke über den Knien. Sie sagte: »Mervin, das Summen von all unseren Gästen ist eine Musik, die mich über die Schwelle tragen wird, wohin auch immer. Du wirst mich stets in ihr wiederfinden, wenn du sie hörst.« Im Garten ist Clara auch eingeschlafen, friedlich, mit der Sonne auf ihrem geliebten Gesicht, während ich ihre Hand hielt.

Wenige Tage zuvor hatten wir noch abends draußen verweilt, und da ging ein Traum von Clara in Erfüllung. Denn auf einem faulen Baumstamm sahen wir zwei Glühwürmchen, zum ersten Mal! Wir wußten, daß es sie gelegentlich in den Wäldern gab, doch den Weg in den Garten hatte noch nie eines gefunden. Claras Freude hätte größer nicht sein können. »Wir haben alles richtig gemacht, Mervin«, sagte sie. »Und an ihnen siehst du, daß es auch im Dunkeln immer Licht gibt. Wenn du traurig bist, werden sie dir zeigen, daß du die Hoffnung nicht verlieren darfst.«

Für Clara habe ich den Garten weiter ausgebaut und dafür gesorgt, daß die vielfältigen Wesen, die ihr so viel bedeuteten, es an ihrem Zufluchtsort gut hatten. Die Glühwürmchen wurden von Jahr zu Jahr mehr. Es war, als ob Claras Seele noch immer im Garten zu Hause war und für mich leuchtete.

Doch nun müssen sie sich andere Orte suchen, und um nicht daran zu verzweifeln, stelle ich mir vor, daß Clara ihnen auf irgendeine Weise den Weg zeigen wird, wo auch immer sie ist. Denn der Staat hat unser Grundstück an sich genommen und verwendet es für eine landwirtschaftliche Genossenschaft. Es zerreißt mir das Herz, doch ich kann nichts tun, als zu gehen und woanders einen Neuanfang zu wagen. Ich hoffe für uns alle, daß einige der Lebewesen, die aus dem Garten vertrieben werden, eine neue Zuflucht finden. Denn wenn die Glühwürmchen aus unserem Land verschwinden, dann geht mit ihnen auch ein Teil der Magie des Lebens verloren.

In meinem tiefsten Inneren nehme ich Claras Zuversicht mit mir und bin sicher, daß ich dem sommerlichen Summen, in dem ich ihre Stimme vernehme, auch anderswo begegnen werde. Vorausgesetzt, der Staat zerstört nicht alles, was auf seine eigene Art lebt.

Ich weiß nicht, wohin dieser Schrank einst geraten wird, doch ich habe in den Jahren nach Claras Tod Trost darin gefunden, alles, was im Garten gelebt hat, in seiner Schönheit zu verewigen. Wenn weiterhin Land *so gnadenlos gerodet und vergiftet wird, wie es der Staat zugunsten der Industrie für richtig hält, so sind die Abbilder dieser Insekten vielleicht irgendwann das Einzige, was uns bleibt. Darum habe ich das beste Holz und sämtliche Geschicklichkeit, die ich mir in den Jahren angeeignet habe, dazu verwendet, dieses Möbelstück zu schaffen. Es ist mein Denkmal für Clara, für unseren Garten, unsere Hoffnungen. Ebenso für die flüchtigen, zarten Wesen, deren Lebensspanne so kurz ist und die dennoch alle dafür sorgen, daß der Kreislauf des Werdens und Vergehens auf dieser Erde so wundersam funktioniert.*

Wer auch immer diese Zeilen gelesen hat, ich danke Ihnen für Ihre Zeit und Ihr Interesse und dafür, daß Sie meine Worte noch einmal haben lebendig werden lassen. Vielleicht gewahren Sie an diesem Tage noch einen Schmetterling oder hören das Summen einer Biene, und es möge Ihnen ein Segen sein und ein Gruß von Clara und von mir.

Ihr Mervin Lerner

Mit zitternden Händen faltete Remy den Brief zusammen und steckte ihn zurück in seinen Umschlag.

Was sollte sie nur damit tun? Eigentlich musste sie ihn zurück an den Schrank heften, zu dem er gehörte. Doch es fühlte sich falsch an. Es konnte doch nicht alles wieder ein halbes Jahrhundert so bleiben!

Ein leises, klapperndes Geräusch ließ sie aufblicken. Ein Zitronenfalter flatterte panisch gegen die Fensterscheibe. Er musste sich vorhin hereinverirrt haben, als sie das Fenster geöffnet hatte. Jetzt wollte er wieder in die Freiheit.

Remy sprang auf und ließ ihn hinaus. Doch sie empfand ihn als ein Zeichen, auch wenn es nur ein Zufall war. Der Schrank durfte keinesfalls hier unter der Plane und der Rußschicht auf dem Dachboden vergessen bleiben! So hatte sich Mervin das bestimmt nicht vorgestellt.

Sie musste mit jemandem darüber reden. Und sie brachte es nicht über sich, Mervins Brief hier oben zu lassen, wo ihn früher oder später die Staubmilben, die Marder oder eindringende Feuchtigkeit vernichten würden. Sie barg den Umschlag sorgfältig in ihrem Rucksack, stieg auf einen wackeligen Stuhl, um die Plane doch noch schützend über den Schrank zu ziehen, nahm das Fernglas mit und machte sich auf die Suche nach Noah.

Sie musste einen Anwohner fragen, der ihr den Weg zu der Bude namens Rettungsring wies. Der Kiosk stand nah am Hafen, mit Blick auf den Bodden und einem Sitzplatz davor. Noah verkaufte gerade einem Pärchen Eiswaffeln. Remy setzte sich auf einen der rustikalen Stühle und wartete, bis er fertig war. Sie bemerkte, dass ihre Knie ganz weich waren, ob von dem langen Herumstöbern auf dem Dachboden oder von den Gefühlen, die in dem Brief dermaßen lebendig geworden waren, wusste sie nicht. Das Pärchen schlenderte davon, und Noah kam zu ihr heraus. »Na? Haben Sie was gefunden?«

Remy nickte stumm. Noah bemerkte das Fernglas, das sie auf den Tisch gestellt hatte. »Aha. Das gefällt Ihnen? Ich schenke es Ihnen. Ich glaube nicht, dass es großen Wert hat. Davon gibt es viele. Aber man kann sicher einiges damit entdecken, und ich hoffe, Sie haben Freude daran.«

»Danke. Das ist nett von Ihnen.«

Er kniff die Augen zusammen und betrachtete sie näher. »Geht es Ihnen gut? Sie sehen ganz verstört aus. Haben Sie da oben einen Geist gesehen?«

»Ja. Sozusagen. Haben Sie vielleicht ein Wasser für mich?«

»Klar.« Noah verschwand in der Bude und kam mit einer Flasche und zwei Gläsern wieder. Er setzte sich zu ihr. Remy trank fast das ganze Glas auf einmal aus.

»Ganz schön warm und staubig da oben«, meinte Noah.

»Wissen Sie etwas über den großen Schrank in der Ecke? Der hinter der Segeltuchplane?«, fragte Remy schließlich.

»Schrank? Nein. Warum? Möchten Sie ihn haben?«

»Ich könnte ihn mir nie leisten. Aber er ist viel zu wertvoll, um dort oben zu vermodern!«, platzte es aus ihr heraus. Sofort bereute sie es wieder. Vielleicht hätte sie den Schrank gar nicht erwähnen sollen, sondern erst einmal nachdenken und mit Myra darüber sprechen. Sie konnte Noah nicht einschätzen. Er wirkte freundlich und locker, aber zumindest heute früh war er recht distanziert gewesen. Vielleicht konnte er mit alten Dingen überhaupt nichts anfangen. Möglicherweise war er nur auf Geld aus und würde das schöne Stück an irgendeinen meistbietenden Händler geben, dem die Geschichte und die Schönheit des Möbelstücks vollkommen egal waren. Aber es war sein Schrank. Er konnte damit tun, was er wollte.

Noah sah verlegen drein. »Ich gestehe Ihnen etwas«, sagte er. »Als ich klein war und mein Großvater auf mich aufpassen musste, hat er mich häufig auf den Dachboden mitgeschleppt, um seine Stücke, die er sammelte, dort unterzubringen oder umzuräumen. Er war gern dort oben und die Sammelleidenschaft sein Ein und Alles. Er müsse die alten Dinge retten, sagte er immer. Aber ich war klein, und der Dachboden war groß und muffig und staubig und dunkel, und es gab viel zu viele Dinge dort, die größer waren als ich. Sie warfen eigenartige Schatten und rochen seltsam. Ich hatte schlichtweg Angst.

Mein Großvater hat das nicht verstanden. Er wollte mich ganz sicher nicht quälen. Er dachte, er täte mir einen Gefallen und dass ich seine Leidenschaft teilte. Sobald ich alt genug war, ließ ich mir Ausreden einfallen und ging lieber mit meinen Freunden spielen.

Mein Vater hatte später kein Problem damit, dass ich mich für den Dachboden nicht interessierte. Sein eigenes Interesse war ebenso mäßig wie meines. Er teilte Großvaters Sammelleidenschaft nie und hat nur manchmal nach dem Rechten gesehen, ein wenig Staub gewischt und sich ansonsten darum bemüht, dass möglichst viele Dinge einen neuen Besitzer fanden. Aber wie Sie sehen, ist noch viel übrig geblieben. Als mein Vater starb, war ich einmal kurz oben, aber es kamen zu viele unangenehme Erinnerungen hoch. Ich gehe fast nie hinauf. Ich bin einfach lieber an der frischen Luft unter einem weiten Himmel.«

Remy hatte ihn mit wachsendem Erstaunen beobachtet. Jetzt wirkte er anders als heute früh. Sein etwas zu langes dunkelblondes Haar war windzerzaust, und seine grünblauen Augen blickten offen, freundlich und ein wenig zerknirscht.

»Ich kann das gut verstehen«, beruhigte sie ihn. »Im Übrigen fand ich es da oben selbst etwas bedrückend. Die stickige Luft, die dunklen Ecken und diese unglaubliche Ansammlung von Dingen und Jahren.«

»Danke für Ihr Verständnis. Sehen Sie deshalb so erschüttert aus? Was war das für ein Geist, den sie gesehen haben? Verbarg er sich in dem Schrank? Ich dachte, Geister wohnen in Flaschen.«

»Dieser nicht. Ich habe tatsächlich in dem Schrank etwas gefunden. Ich würde es gern mitnehmen, aber andererseits gehört es zu diesem einzigartigen Möbelstück dazu. Und vor allem gehört es Ihnen. Es hat aber nur einen emotionalen Wert, keinen materiellen.«

»Wenn ich dazu etwas sagen soll, müssen Sie mir schon verraten, was es ist«, sagte Noah geduldig. »Außerdem haben Sie mich jetzt neugierig gemacht.«

Remy zögerte. Noah hob amüsiert eine Augenbraue. »Wenn ich darauf aus wäre, mit den Dingen da oben Geld zu machen, hätte ich schon längst einen Antiquitätenhändler angerufen und verschiedene Angebote eingeholt, meinen Sie nicht?«, fragte er und schenkte ihr nach. »Auch wenn ich mich vor dem Dachboden gefürchtet habe, so habe ich doch meinen Großvater geliebt und die Zeit genossen, die er mit mir verbracht hat. Das war nicht nur auf dem Dachboden. Mir liegt nichts an Geld. Ich lebe allein und habe alles, was ich brauche. Ich möchte schon gern, dass die Dinge in seinem Sinne verteilt werden und Besitzer finden, die sie zu schätzen wissen. Er glaubte daran, dass vor allem die Möbel ihre eigenen Wege finden.«

»Genau wie Mervin«, sagte Remy erstaunt. »Wie hieß Ihr Großvater?«

»Johannes. Johannes Weritz. Wer ist Mervin?«

Ob Johannes Weritz diesen Mervin gekannt hatte?

»Hören Sie, Sie müssen mir nicht vertrauen. Aber ich würde Ihnen gerne weiterhelfen, wenn ich könnte.« Noah sah ehrlich verwirrt aus. »Wäre es Ihnen recht, wenn wir uns duzen? Ich bin sicher nicht so viel älter als Sie.«

»Ich weiß nicht, ob es hilft, aber gerne.«

»Na also. Ein Anfang. Und jetzt? Zeigst du mir, was du gefunden hast?«

Ein Pärchen weißer Schmetterlinge flatterte hinter ihm vorbei. Remy entspannte sich etwas und nahm den Brief aus ihrer Tasche. »Hast du einen Augenblick Zeit?«

»Ich muss nur nebenbei die Kunden bedienen, aber wie du siehst, ist es heute ruhig. Soll ich das da lesen?«

»Ja, das wäre gut.« Sie erzählte Noah, wie und wo sie den Brief gefunden hatte, und schob diesen dann zu ihm hinüber.

»Möchtest du so lange ein Eis essen? Ich mache es selbst, ich kann es empfehlen. Mango-Joghurt?«

Remy bemerkte auf einmal, dass sie Hunger hatte. Mervins Worte hatten alle ihre Energie verbraucht. Zu sehr hatte er sie mitgenommen in sein Leben.

»Das klingt gut.«

So saß sie, löffelte das Eis, das das beste war, was sie seit langem gegessen hatte, und sah den Segelschiffen auf dem Bodden zu. Ab und zu sprang ein Fisch aus dem Wasser. Der Wind flüsterte im Schilf, während Noah mit großer Konzentration Mervins Brief las. Remy sah ihm an, wie ihn die Geschichte gefangennahm und forttrug in einen Garten und eine Liebe, die in einer anderen Zeit Wirklichkeit gewesen waren. Irgendwo auf einer Insel in der DDR.

9

Noah

Schließlich steckte Noah die Seiten ebenso behutsam zurück in den Umschlag, wie Remy es getan hatte, und schob ihn ihr wieder zu. Schweigend blickte er eine Weile hinaus aufs Wasser. »Was hatte Mervin Lerner für ein Glück, so eine Liebe zu finden«, sagte er schließlich. »Auch wenn sie eine begrenzte Zeit miteinander hatten, es war trotzdem irgendwie genug. Groß.«

»Ja, das habe ich auch gedacht.«

»Ich habe deine Artikel im *Ostseeblitz* gelesen. Du schreibst gut.«

Remy schüttelte den Kopf. »Das bin gar nicht richtig ich. Ich muss mich anpassen. Sie wollen meist andere Themen, und sie wollen es anders machen als ich.«

»Na ja. Ich muss auch die Auflagen erfüllen, die auf so einem Kiosk liegen. Lebensmittelhygiene, das ist ja alles schön und gut. Aber es ist zum Beispiel auf den Zentimeter genau festgelegt, wie hoch ich mein Regal anschrauben muss. Was soll das? Ich will damit nur sagen, ohne Kompromisse geht es meistens nicht.«

»Ich weiß. Die Zeitung bezahlt mich. Da ist das legitim. Aber langfristig möchte ich etwas anderes machen.«

»Mervins Brief ist eigentlich die Kurzfassung einer Geschichte, die es wert wäre, erzählt zu werden.« Noah sagte die Worte nicht in ihre Richtung, sondern scheinbar zu einem Grashüpfer, der sich vor ihnen auf den warmen Steinen sonnte, bevor er wieder im Klee auf der Böschung verschwand.

»Ich weiß nicht. Es erscheint mir sehr persönlich.«

»Das ist richtig. Aber findest du nicht, dass Mervins Anliegen erstaunlich aktuell ist?« Jetzt wandte sich Noah ihr zu. Seine großen braungebrannten Hände spielten mit einem Untersetzer. »Clara wollte die Schmetterlinge und anderen Insekten retten, weil sie sie liebte«, sagte er. »Aber Mervin sah schon bald, wie sich die Landwirtschaft bereits verändert hatte. Wie große einheitliche Flächen geschaffen, immer mehr Landschaft gerodet und mit Dünger und Insektiziden überschüttet wurde. Damals schon machte er sich Sorgen um die Insekten und ihre Rolle im ökologischen System. Heute stehen wir ratlos vor einem großen Insektensterben und wissen nicht, ob wir das Steuer noch herumreißen können. Dass sie Mervins Insektengarten plattgemacht haben, das war nur der Anfang. Da geschah bereits im Kleinen, was heute im Großen passiert.«

»Du hast recht«, sagte Remy verwundert. »So weit hatte ich noch gar nicht gedacht.«

»Die beiden haben sich damals sehr für die Insekten eingesetzt. Irgendwie hätten sie es verdient, dass man ihre Stimme heute auch noch hört.« Noah lachte verlegen auf. »Entschuldige. Die zwei sind gerade so lebendig für mich geworden. Du hast den Brief gefunden. Du entscheidest, was du damit machst. Es ist nur so, mir liegt selbst schon lange etwas daran, dass die Vielfalt nicht verlorengeht. Hier auf unserem Fischland-Darß geht es noch. Wir haben den Nationalpark. Hier gibt es noch zahlreiche Wildkräuter, und wir haben zum Glück nicht genug Platz, um riesige landwirtschaftliche Flächen anzulegen. Aber sobald ich ins Inland fahre, überfällt mich das Grauen! Mein Großvater hat mir früher noch gezeigt, was alles in den Hecken lebte, die die Felder unterteilten. Die sind jetzt alle verschwunden.«

»Ich weiß. Hier sind aber auch schon weniger Schmetterlinge und Bienen, das ist mir gerade unterwegs aufgefallen.«

»Wer weiß, vielleicht inspiriert dich Mervin ja trotzdem zu einem Artikel. Nimm den Brief mit! Bei dir ist er in Sicherheit. Du könntest mir bei Gelegenheit eine Kopie schicken, das würde mich freuen.« Noah stand auf und nahm die Gläser mit. »Da kommt Kundschaft. Ich muss weiterarbeiten.«

»Aber was wird aus dem Schrank? Wir können ihn doch nicht da oben verkommen lassen.« Sie zeigte ihm rasch noch die Bilder, die sie gemacht hatte. Von der feinen Schmetterlingsintarsie und von dem ganzen rußgeschwärzten Möbelstück.

»Oh. Ich kann mir noch nicht recht vorstellen, wie er aussieht, wenn er sauber ist, aber den kannst du auch gern haben. Jemand sollte ihn bekommen, der seine Geschichte kennt, beziehungsweise die von Mervin und Clara.«

»Noah, das geht nicht. Er ist vielleicht ein kleines Vermögen wert. Und bei mir würde er dann auch nur stehen und keiner würde ihn sehen.«

»Er ist keine Antiquität. Dafür ist er nicht alt genug. Denk doch einfach in Ruhe darüber nach. Das ist jetzt alles ein bisschen viel. Vielleicht hast du irgendwann eine gute Idee für den Schrank. Ich lass es mir auch durch den Kopf gehen, und dann treffen wir uns wieder und reden darüber. Inzwischen sorge ich dafür, dass ihm nichts geschieht. Ich lasse niemanden unbeaufsichtigt nach oben, versprochen.«

»Das kann noch eine Weile dauern. Ich habe jetzt erst mal Prüfungen.«

»Oh, dann wünsche ich dir viel Glück! Bis dann, Remy.« Er beeilte sich, zu den Kunden zu gelangen, die vor der Bude schon unruhig von einem Fuß auf den anderen traten. Remy steckte den Brief und das Fernrohr ein und radelte versonnen nach Hause.

Dort zeigte sie Myra den Brief und die Bilder. »Und jetzt weiß ich nicht, was ich machen soll. Ich fühle mich irgendwie verantwortlich«, beendete sie ihren Bericht.

Myra betrachtete sie amüsiert. »Liebe Remy, der erste Schritt dürfte ziemlich naheliegend sein. Nach den Prüfungen, versteht sich. Man merkt, dass dein helles Köpfchen zu vollgestopft ist.«

»Wieso? Was ist der erste Schritt?«

»Du vergisst deinen Vater Nummer zwei.«

Remy starrte sie verblüfft an. »Mensch, Myra! Natürlich. Theo. Ich habe ja einen Experten in der Familie! Ich werde ihm die Bilder nachher gleich schicken. Obwohl, nein. Das mache ich lieber persönlich. Ich will nicht, dass sie ins Netz geraten. Auf die zwei Wochen kommt es nach all der Zeit bestimmt nicht an. Noah hat versprochen, auf den Schrank aufzupassen.«

»War er freundlich zu dir? Ich habe gehört, dass er manchmal sehr direkt sein kann.« Myra schmunzelte. »So wie ich. Aber damit konntest du ja schon immer gut umgehen.«

»Ist mir nicht aufgefallen. Er war okay. Ich mach uns mal etwas zu essen, ja?«

Während sie die Klöße vom Vortag in Scheiben schnitt und mit Butter und Zwiebeln in der Pfanne briet, dachte sie nach. Theo würde ihr sagen können, was der Schrank wert war, und ob und wie man ihn wieder herrichten könnte. Auch, wo er am besten aufgehoben wäre. Theo konnte zwar selbst keine Möbel restaurieren, aber … Fast wären die Klöße angebrannt, als ihr ein Gedanke kam.

Jeden, der mit Leidenschaft Möbel restaurierte, würde es sofort in den Fingern jucken, wenn er dieses Exemplar zu Gesicht bekam. Vielleicht war ihr Zufallsfund vom Dachboden die Möglichkeit, endlich an ihren Bruder heranzukommen! Rufus machte seine Arbeit mit Liebe. Jetzt hatte sie ihm zum ersten Mal etwas zu bieten, das sein Interesse wecken könnte. Sie würde sich etwas von der Skrupellosigkeit ihres Herausgebers leihen und einen Köder auswerfen. Und dann bestand eine kleine Chance, dass ihr Bruder endlich einmal mit ihr sprechen würde.

Außerdem wäre Rufus das Beste, was Mervins Meisterstück passieren konnte. Das musste einfach klappen! Vielleicht war es besser, Noah vorzuschicken und sich selbst gar nicht ins Spiel zu bringen, um das nicht zu gefährden.

Aber die Gelegenheit war zu günstig. Das Gespräch heute früh mit Noah war angenehm gewesen. Genau so hatte sie es sich mit einem Bruder immer vorgestellt. Das musste doch auch mit Rufus möglich sein!

»Die Idee ist gut«, sagte Kaia eine Woche später, als Remy ihr in Rostock alles erzählte. »Da hättet ihr einen prima Anknüpfungspunkt. Ein Gesprächsthema, vielleicht sogar ein gemeinsames langfristiges Projekt.«

»Na ja, selbst wenn er sich darauf einlassen würde, umsonst würde er die Arbeit an dem Schrank gewiss nicht machen. Und ich kann ihn nicht bezahlen.«

»Müsste das nicht dieser Noah machen? Dem gehört doch der Schrank.«

»Ich glaube nicht, dass er dafür Geld hat. Mit so einem Kiosk verdient man bestimmt nicht viel.« Noah hatte nicht gewirkt, als ob er in Geld schwamm. Remy schob ihre Bücher auf dem

Nachttisch hin und her. Bloß nicht daran denken, dass schon morgen die Prüfungen begannen.

»Dann frag doch Ricky. Hatte er dir nicht finanzielle Unterstützung angeboten?«

Remy schüttelte den Kopf. »Hat er, aber das will ich auf keinen Fall. Er würde auch niemals verstehen, warum man einen alten Schrank retten möchte.«

»Na ja, der erste Schritt ist auch wirklich, dass du mit Theo und vor allem deinem Bruder ins Gespräch kommst«, meinte Kaia. »Alles andere wird sich dann schon finden, wie ich dich kenne.« Sie trat ans Fenster. »Wollen wir an die frische Luft? Mal zum Hafen runtergehen?«

»Eher nicht. Ich wollte noch mal meine Merkzettel überfliegen.«

»Daraus wird wohl nichts. Da kommt dein Ex«, sagte Kaia.

»Rainer? Was? Wo?« Remy sprang auf.

»Ist schon um die Ecke. Ich lass euch dann mal alleine.«

»Das brauchst du garantiert nicht. Ich werfe ihn gleich wieder raus.«

»Ach, komm. Sei nicht so hart zu ihm. Reden könnt ihr doch miteinander. Ich wollte ja sowieso weg. Bis später.«

Remy blieb am Fenster stehen und hoffte, dass Rainer ein anderes Ziel ansteuerte. Sie hatte in den letzten Wochen recht erfolgreich nicht mehr an ihn gedacht. Das war wirklich das Letzte, was sie jetzt gebrauchen konnte, dass er sie vor den Prüfungen durcheinanderbrachte.

Doch es dauerte nicht lange, bis es in einem vertrauten Rhythmus an der Tür klopfte. Widerwillig öffnete sie.

»Hallo. Kann ich kurz reinkommen?«

»Hallo. Was willst du?«

Er trug einen Blumenstrauß und seinen nettesten Ausdruck. Den jungenhaften, fröhlichen, den sie einmal geliebt hatte.

»Ich möchte dir nur Glück wünschen! Für die Prüfungen. Hier, deine Lieblingsblumen.«

Löwenmäulchen. Er wusste es noch. »Danke.« Sie trat beiseite und ließ ihn herein.

»Wie geht es dir?« Er sah sich suchend im Zimmer um, als könnte er dort die Antwort auf diese Frage finden.

»Nervös. Aber zuversichtlich.«

»Und sonst?«

»Besser ohne dich, Rainer. Es tut mir leid, wenn du etwas anderes hören wolltest.«

Er sah sie bekümmert an. »Schade. Wir hatten doch eine gute Zeit miteinander.«

»Ja.« Sie stellte die Löwenmäulchen in ein Zahnputzglas. Für eine Vase war in dem kleinen Zimmer nie Platz gewesen. »Das hatten wir, und sie bleibt eine gute Erinnerung. Ich finde es auch schade, dass es nicht auf Dauer funktionieren konnte, aber mach dir bitte keine Hoffnung mehr.«

»Ich verstehe immer noch nicht, was schiefgelaufen ist.«

Remy seufzte. »Siehst du. Das ist genau der Grund, warum du dir keine Hoffnung machen solltest. Ich habe es dir oft genug erklärt.«

»Ich dir auch. Dass ich dich Dummchen genannt habe, war nur ein Kosewort. Das war doch nicht ernst gemeint. Hatte nichts zu bedeuten.«

»Das habe ich dir die ersten sieben Male auch noch geglaubt. Außerdem war es nicht der einzige Grund. Nur ein sehr deutliches Symptom.«

»Und du kommst wirklich ohne mich klar?«

»Stell dir vor! Rainer, ich danke dir für deine Wünsche und die Blumen, aber bitte geh jetzt. Ich muss noch lernen.«

»Meinst du, das nützt was? Na gut. Ich frage dann mal nach, wie es gelaufen ist.« Er wollte sie umarmen, aber sie schob ihn sanft zur Tür hinaus. Sobald seine Schritte im Treppenhaus verklungen waren, stellte sie das Glas in den Flur. Sie wollte die Blumen nicht so nahe haben. Danach riss sie das Fenster auf, um den Geruch von Rainers Aftershave zu vertreiben. Die Trennung war schwer genug gewesen. Sie wollte ganz bestimmt nicht noch einmal von vorn anfangen.

Sie versuchte, sich auf ihre Notizen zu konzentrieren, doch das gelang ihr heute nicht mehr. Schließlich ging auch sie zum Hafen hinunter. Kaia war nicht in Sicht, also kaufte sie sich ein Fischbrötchen und sah den Schiffen zu, bis die Dämmerung sich senkte und die Lichter aufflammten. Sie dachte an Mervin und an Clara und daran, dass eine Liebe so tief sein und so lange Bestand haben konnte. Die beiden hatten Glück gehabt, hatte Noah gesagt. Anscheinend hatte er auch nicht die besten Erfahrungen gemacht.

Ihr Halbbruder Rufus hatte eine Freundin. Das hatte Theo ihr erzählt. Sie hieß Sandra, und Theo hoffte, dass er vielleicht bald Großvater werden würde. Remy lächelte. Er wäre bestimmt ein guter Großvater. Hoffentlich würde Sandra ihm den Wunsch erfüllen. Wenn Theo mit dieser These recht hatte, dann würde Remy sogar irgendwann eine Nichte oder einen Neffen haben. Das wäre schön. Nicht auszudenken, wenn ihr Bruder dann immer noch nichts mit ihr zu tun haben wollte! In dieser Sache musste unbedingt etwas geschehen. Wenn Mervins zauberhafter Schrank ihr da kein Glück bringen würde, dann würde wohl nie etwas helfen. Es musste einfach klappen.

Auf einmal konnte sie es kaum erwarten, mit den Prüfungen zu beginnen. Wenn diese hinter ihr lagen, konnte sie sich endlich auf andere Dinge konzentrieren.

Ihr Handy piepte. Remy zog ihre Jacke enger um sich. Der Abend war kühl geworden. Dann sah sie nach. Die Nachricht war von Noah. Nanu?

Ich habe den Gespenstern meiner Kindheit getrotzt und mich auf den Dachboden gewagt, schrieb er. *Es hat mir keine Ruhe gelassen, ich musste mir Mervins Schrank selbst ansehen. Du hast recht. Es ist ein wunderschönes Stück! Seine ganze Liebe liegt darin. Zu Clara, zum Holz und zu den Blumen und Insekten. Ich habe die Stelle, die du abgewischt hast, noch ein klein wenig vergrößert, aber dann habe ich mich nicht weitergetraut. Da muss wirklich ein Fachmann ran, und ich verstehe überhaupt nichts davon. Ich werde nichts unternehmen, bis du mir sagst, was du dir überlegt hast. Aber ich habe wenigstens die vielen Spinnweben und das schmutzige Segeltuch entfernt und eine neue, saubere Plane darübergebreitet. Du kannst dich also beruhigt deinen Prüfungen widmen. Übrigens bin ich richtig froh, dass ich dort oben war. Das habe ich dir zu verdanken. Jetzt fühle ich mich in dem Haus wohler, weil ich meine Angst besiegt habe. Lach mich nicht aus, aber irgendwie war das da oben wie eine dunkle Wolke über mir. Stattdessen sind da nun Mervins Schmetterlinge als Zeichen seiner Liebe. Das hat den alten Schrecken vertrieben.*

Jetzt überlege ich mir tatsächlich, ob ich Großvaters Haus so herrichten kann, dass es mein eigenes Zuhause wird. Bislang wollte ich es eigentlich verkaufen und mir eine Wohnung suchen. Du hast also mehr aufgestöbert, als nur Mervins Vermächtnis. Vielen Dank dafür! Und viel Glück bei den Prüfungen. Ich drücke dir die Daumen. Bis dann, Noah

Remy lächelte. Sie hatte ihn wirklich völlig falsch eingeschätzt. Die Bedrückung, die sie seit Rainers Besuch empfunden hatte, war verflogen.

Hallo Noah, das freut mich sehr. Deine Nachricht hat gerade einen alten Geist meinerseits verscheucht, in der Hinsicht sind wir also quitt. Danke dafür und bis demnächst, Remy

Wirklich schade, dass nicht er ihr Bruder war. Wenn Rufus auch nur einen Bruchteil von Noahs Zugänglichkeit und Offenheit hätte, dann wäre alles ganz einfach. Aber jetzt, da sie wusste, dass der Schrank nicht nur ihr allein wichtig war, würden sie schon eine Lösung finden.

Irgendwann sollten Mervins Schmetterlinge wieder so schön aussehen, wie es ihnen gebührte.

Es war schon dunkel, als sie im Wohnheim ankam. Der letzte Tag vor dem Beginn der Prüfungen war unwiderruflich vorbei. Bisher waren sie abstrakte Termine gewesen, irgendwo in der Zukunft. Nun wurden sie Realität. Drohende Wirklichkeit! In ihrem Magen machte sich leise Panik breit. Hoffentlich war ihr Kopf morgen nicht wieder so leergefegt wie vorhin, als Rainer gegangen war.

Sie hatte das Fenster nicht richtig geschlossen. Als sie das Licht einschaltete, flog eine Motte herein und umkreiste die Lampe. Remy lächelte. Sie nahm es als Gruß von Mervin und als ein gutes Zeichen.

Taru

Groß Nemerow

2014

10

Gegen Geister

Taru stand mit der Sonne auf. Sie ließ die Schrecken der Nacht im Bett zurück und lehnte sich aus dem Fenster. Wie tröstlich waren das Licht, das über den See schlich und ihn zum Glänzen brachte, der silberne Rand am Himmel und der Duft der Wicken unten am Zaun! Dazu das Lied der Amseln, die oben in der Birke den Tag begrüßten. All das ankerte Taru wieder in der Welt, in ihrem Leben. Es erfüllte sie mit Zuversicht, verdrängte die Panik, die vorhin noch so überwältigend gewesen war, obwohl es sich um eine so alte Angst handelte. Eine, die keine Gültigkeit mehr haben sollte und die Taru schon längst besiegt geglaubt hatte. Seit Werner und die Kinder ausgezogen waren, schien sie sich zurück in ihr Leben zu schleichen.

Doch der Tag heilte alles, sobald das Licht übernahm.

Taru dachte an Jara. Wie entsetzlich musste es sein, wenn man den Morgen und die Sonne niemals mit Freude begrüßen konnte, sondern sich sogar vor ihr fürchten musste, weil man sie aufgrund einer Krankheit nicht vertrug! Jara konnte noch nicht einmal etwas dagegen tun. Mit Tarus Angst war es dagegen anders. Sie wusste, sie würde sie bewältigen können. Sie hatte es schon einmal geschafft. Doch würde es ihr wieder gelingen, ganz allein diesmal?

Der Gedanke ließ sie nicht los. Und auch nicht der an Jara, die nebenan in ihrem abgedunkelten Haus saß und arbeitete oder schlief. Taru wollte ihre Nachbarin nicht stören und wartete bis abends. Stattdessen backte sie ein frisches Brot in der Hoffnung, dass der Duft durch das Haus bis ins Schlafzimmer ziehen würde. Dieser Geruch nach Morgen und Tag mochte ihr in der Nacht helfen und ihrem Unterbewusstsein Licht vortäuschen. Sie konnte auch wieder eine Lampe brennen lassen wie zu Kinderzeiten, doch das wollte sie nicht. Sie wollte der Angst nicht nachgeben, und außerdem war es ungesund, hatte sie gehört.

Mit dem frisch gebackenen Brot klingelte sie abends bei Jara, die ein erfreutes Gesicht machte, als sie öffnete.

»Besuch, das ist aber schön!«

»Ich wusste nicht, wann du aufstehst und frühstückst«, sagte Taru.

»Du kommst genau richtig. Ich weiß gar nicht, wann ich das letzte Mal Gesellschaft zum abendlichen Frühstück hatte.« Jara bat Taru in die Küche und setzte Tee auf.

»Wollen wir uns nicht hinaussetzen?«, schlug Taru vor, als alles bereitstand. »Es ist dunkel genug, aber noch mild. Und du brauchst frische Luft.«

»Du hast recht. In meiner alten Nachbarschaft habe ich mich immer ein wenig geniert. So ein Blödsinn. Als ob jemand unterscheiden könnte, ob ich Abendbrot oder Frühstück esse! Außerdem gibt es ja auch Leute, die im Schichtdienst arbeiten und daher einen anderen Tagesrhythmus haben. Trotzdem. Aber hier ist ja ohnehin niemand außer dir. Wie nett von dir, daran zu denken!« Jara trug das Tablett auf die Terrasse.

»Es ist nicht ganz uneigennützig«, gestand Taru. »Ich therapiere mich selbst. Ich habe Angst vor der Dunkelheit. Seit mein Mann ausgezogen ist, ist sie zurückgekehrt. Es ist eine alte Kindheitsangst.«

»Willst du darüber reden?«

»Im Augenblick nicht.«

»Okay. Wenn es so weit ist, ich bin hier. Du hast mir ja auch zugehört.« Jara goss ihr Tee ein.

»Danke. Das ist lieb. Wie geht es dir denn?«

Jara sah sich um. »Eigentlich gut. Aber dieser Garten ist so einförmig und vor allem so dunkel, dass er nachts keine Freude macht. Weißt du, ich hatte mal einen Wunschtraum, aber allein kann ich den nicht verwirklichen.«

»Jetzt machst du mich neugierig.« Selbst im Licht der einen Kerze, die Jara in einem Windlicht angezündet hatte, konnte Taru den Eifer in Jaras Gesicht erkennen. Und eine Art vorsichtige Vorfreude.

»Ich hätte gerne einen Mondscheingarten. Weißt du, so einen, in welchem sich in der Dämmerung die Blüten öffnen und anfangen zu duften. Es gibt eine ganze Menge Pflanzen, die nachts blühen, weil sie nachts bestäubt werden, von Insekten, die auch nur im Dunkeln unterwegs sind. Manche blühen sogar bei Tag *und* bei Nacht. Nicht alle von den geeigneten Sorten duften, es gibt auch welche, die einfach nur helle Blüten haben und die man deswegen in der Dämmerung und im Dunkeln sehen kann, zumindest wenn der Mond scheint. Duft ist natürlich schön, aber keine Voraussetzung.«

»Von solchen Gärten habe ich schon gehört, aber nicht weiter darüber nachgedacht. Das wäre ja ideal für dich!«

»Ja, das Problem ist nur, dass ich hier auf dem Grundstück nichts ändern darf, und dass es sehr schwierig wird, die nötigen Arbeiten bei Dunkelheit auszuführen. Das traue ich mir nicht zu. Jedenfalls nicht allein.«

»Aber ich habe jede Menge Platz! Wir könnten es bei mir machen, direkt an der Grundstücksgrenze, wo du es vom Fenster siehst. Und von der Terrasse. Dann machen wir ein Tor in den Zaun. Wenn der Vermieter das nicht erlaubt, stellen wir eine Leiter darüber. Jara, das machen wir!« Taru sah alles schon vor sich. Sie hatte ja sowieso das Bedürfnis gehabt, etwas zu ändern. Dies wäre ein gutes Projekt.

Jara beugte sich vor. »Ich hatte gehofft, dass du das sagst! Als du mir gerade von deiner Angst im Dunkeln erzählt hast, dachte ich, es wäre für uns beide gut. Ich hätte Freude, wenn ich im Dunkeln draußen sein muss, und du hättest etwas Helles in der Nacht. Wenn dich die Angst überkommt, kannst du hinuntergucken und die Pflanzen blühen sehen. Oder vielleicht sogar herunterkommen, und wir treffen uns im Mondscheingarten. Mit oder ohne Mondschein. Wir könnten auch Solarlaternen dort aufstellen oder ein Windlicht anmachen, so wie jetzt.«

»Jara, das ist eine hervorragende Idee. Ich werde gleich mal recherchieren, welche Pflanzen dafür geeignet sind. Aber lass uns erst zu mir hinübergehen und einen schönen Platz aussuchen, ja?«

Jara sprang auf. »Nichts lieber als das! Ich hätte nicht gedacht, dass ich noch einmal die Gelegenheit für so etwas bekomme. Ich habe mir immer in Gedanken vorgestellt, wie es wäre, in so einem kleinen Garten zu sitzen, die Blumen um mich zu sehen und zu riechen und zu wissen, dass man auch im Dunkeln lebendig sein kann.«

Noch gab es kein Gartentor zwischen den Grundstücken, so mussten sie außen herum. Als Taru ihr eigenes Tor öffnete, um Jara vorangehen zu lassen, zuckte sie zusammen, weil hinter ihr eine helle Kinderstimme ertönte.

»Hallo, was macht ihr denn hier mit den Taschenlampen?«

»Philea! Memo! Die Frage ist eher, was macht ihr hier draußen allein im Dunkeln?«

Philea fuchtelte selbst mit einer Taschenlampe. Sie zuckte mit den Schultern. »Unsere Eltern sind unterwegs. Ich soll auf Memo aufpassen. Ich dachte, ihr wärt vielleicht Einbrecher.«

»Liebe Philea, ich bin mir ziemlich sicher, dass du mich erkannt hast. Und ich hoffe, wenn wir wirklich Einbrecher wären, würdest du uns nicht entgegenlaufen, sondern mich anrufen, oder deine Eltern oder die Polizei.«

»Uns war langweilig, und wir wollten gucken, was du machst«, erklärte Memo. »Ist das deine Freundin?«

»Ja. Sie wohnt nebenan. Das ist Jara.«

»Hallo«, sagte Jara. »Wir wollen einen Mondscheingarten bauen. Möchtet ihr uns helfen?«

»Aber erst morgen, bei den Vorbereitungen«, sagte Taru hastig. »Ihr gehört ins Bett.«

»Zeig uns wenigstens kurz, wo der Garten hin soll«, bat Philea.

»Na gut, dann kommt. Aber danach geht ihr schleunigst nach Hause.«

Sie liefen zusammen eine Weile an der Grundstücksgrenze hin und her, leuchteten hierhin und dorthin und waren sich bald einig. »Hier«, sagte Jara. »Hier wäre gut. Da ist kein Baum im Weg. Der Mond kann gut dorthin scheinen, und du siehst es von deinem Fenster aus und ich von meinem.«

»Meinst du so?« Taru zeichnete einen Umriss mit einem Stock.

»So groß?«, staunte Jara.

»Ja, wir haben doch Platz, und du möchtest in diesem Garten auch sitzen können.«

»Ich dachte, so ein Garten ist rund oder wie eine Sichel. Wie der Mond eben. Nicht viereckig«, sagte Philea. »Sonst ist er doch gar nichts Besonderes.«

Taru und Jara sahen sich verblüfft an.

»Mondscheingarten bedeutet etwas anderes, Philea«, erklärte Taru. »Es bedeutet, dass die Blumen dort bei Nacht blühen und duften und man sie im Dunkeln sehen kann, weil sie hell sind.«

»Wachsen da dann die Träume?«, fragte Memo. »Das wäre toll, wenn es dann gute Träume sind, weil manchmal habe ich Angst im Dunkeln.«

»Weißt du, ich auch«, sagte Taru. »Das ist ein Grund, warum wir den Garten bauen wollen.« Sie nahm seine dünne Hand. Der Kleine hatte wahrhaftig einen triftigeren Grund, im Dunkeln Angst zu haben, als sie selbst.

»Aber ich finde es eine schöne Idee, den Garten sichelförmig wie den zunehmenden Mond zu machen«, sagte Jara. »Wir könnten den Umriss aus weißen Kieseln bauen, dann kann man ein Abbild des Mondes im Dunkeln sehen. Wie ein Spiegelbild. Wir legen eine Sichel um den Sitzplatz herum an.«

»Genauso machen wir es«, sagte Taru und zeichnete neue Linien, diesmal geschwungen.

»Ich habe schon eine Liste mit geeigneten Pflanzen begonnen, vor langer Zeit«, sagte Jara. »Ich stecke sie dir nachher noch in den Briefkasten.«

Am nächsten Nachmittag saß Taru auf ihrem Lieblingsplatz auf dem Rasen am Sonnenhang, Papiere wie große Konfetti um sich ausgebreitet. Es fühlte sich auch so an, als ob es etwas zu feiern gäbe.

Endlich bewegte sich etwas! Sie konnte etwas ändern. Auf dem Grundstück und gegen ihre Furcht. Und für Jara.

Neben den Recherchen machte sie sich Notizen. Wenn so ein Mondscheingarten ein Trost für Menschen wie Jara und auch für sie selbst und sogar für den kleinen Memo sein konnte, war das einen Artikel wert. Sie würde über das Anlegen berichten und dann über ihre Erfahrungen damit. Sie würde es so schreiben, dass die Leser den Duft riechen und die Blüten durch die Dämmerung leuchten sehen konnten, und vielleicht würde es dem einen oder anderen eine Anregung geben oder Mut machen.

Philea, unweigerlich gefolgt von Memo, kletterte die Baumhausleiter herunter und sah über Tarus Schulter. »Ist das die Liste von der Mondfrau?«

»Sie heißt Jara. Aber Mondfrau klingt auch schön. Ja, und ich ergänze sie gerade. Ich wusste nicht, dass es so viele Pflanzen gibt, die für einen nächtlichen Garten geeignet sind. Manche sind einjährig, andere wachsen nur im Kübel und müssen im Winter ins Warme, aber das macht nichts. Wir werden von allem etwas haben.«

»Hast du denn ein Gewächshaus?«, wollte Memo wissen.

»Noch nicht.«

Memo sah sich um, schrieb etwas auf einen der gelben Zettel in seiner Hosentasche und zeigte es Taru. *Gewexhauss.* Dann lief er zu dem alten Nebengebäude ein Stück hinter dem Haus und klebte den Zettel an die Tür.

Das niedrige Gebäude war vermutlich einmal ein Stall gewesen, vielleicht auch ein Wirtschaftsraum oder sogar das erste ursprüngliche Bauernhaus, das einst auf dem Grundstück gebaut worden war. Es bestand aus uralten dunkelroten Ziegelsteinen. Als Taru und Werner das Haus bezogen hatten, war das Nebengebäude halb abgebrannt gewesen, die eine Seite und das Dach verkohlt und eine Wand zum Teil eingestürzt. Der Vermieter verlangte keine Miete dafür und gab ihnen freie Hand. Werner und Taru hatten es irgendwie sofort gemocht. Es wurde ein schönes gemeinsames Projekt, die Wand wiederaufzubauen, alles zu reinigen, Fliesen zu legen und das Dach neu zu decken. Sie entschieden sich für eine Hälfte aus Glas, so dass es drinnen schön hell wurde. Am Ende nutzten sie es teils als Schuppen für Gartengeräte, teils als großzügige Werkstatt, in der mal Werner hantierte, mal Taru sich ausbreitete. Dann beschlagnahmte Sohn Felix den Raum, um seine Schlagzeuge zu bauen. Obwohl er schwor, dass es dort spukte.

Aber Felix kam jetzt nur noch selten nach Hause. Er würde sicher nichts dagegen haben, wenn Taru dort ein paar Pflanzen einquartierte.

»Ich habe eine neue Schnecke für dich gemacht«, sagte Philea und setzte das kleine Modell aus Knetmasse auf Tarus Notizen. »Die würde man auch im Dunkeln prima sehen. Sie könnte im Mondscheingarten leben, wenn da ein Meer wäre.«

»Das stimmt. Die sieht man ganz sicher im Dunkeln.« Taru betrachtete das Wesen interessiert. Diesmal war es strahlend weiß. Auf dem Rücken und außen herum trug es dicke Fransen, die knallorangegelb leuchteten.

»Dann könnte die Schnecke die Angst fressen«, bemerkte Memo.

»Sie heißt Limacia clavigera. Die Orangenbeet-Meeresschnecke«, erklärte Philea. »Liest du uns die Liste mit den Blumen vor? Ich mag die lateinischen Namen. Sie klingen so schön.«

»Wenn du möchtest. Dann streiche ich gleich die an, die wir zuerst pflanzen müssen, damit sie in diesem Sommer noch blühen.« Taru räusperte sich und nahm die Liste zur Hand.

»Da wäre vor allem Ipomoea alba, die Mondwinde, auch Gute-Nacht-Blume genannt. Sie klettert mit langen Ranken am Zaun entlang oder an einem Rosenbogen hinauf. Nachts öffnen sich ihre großen, hellen Trichterblüten und duften wunderschön.«

»Au ja. Eine Gute-Nacht-Blume, das klingt toll.« Philea rückte noch näher heran. Ob sie auch Angst in der Nacht hatte? »Was kommt noch?«

»Die Duftnachtkerze. Oenothera odorata. Sie hat hellgelbe bis rötliche Blüten, und ihr Duft lockt manche Schmetterlinge an, zum Beispiel den Weinschwärmer. Und dann brauchen wir unbedingt das Gemshorn, Matthiola bicornis. Es trägt kleine weißlila Blüten, die nach Vanille und Nelken duften.«

»Das klingt lecker«, fand Memo.

»Aber das ist Essen für die Schmetterlinge, nicht für uns«, sagte Philea streng. »Gibt es noch mehr Mondscheinblumen, Taru?«

»So viele, dass ich sie jetzt gar nicht alle vorlesen kann. Zum Beispiel eine Rose, die ›Conrad Ferdinand Meyer‹ heißt. Dann gibt es noch Königslilien, Wunderblumen, Sommernachtslevkojen, Ziertabak, Gartengeißblatt, Vanilleblumen, Engelstrompeten, Nachtjasmin, Sibirische Mondviolen, Lichtnelke, Sternbalsam und den Schicksalsbaum.«

»Ist das alles aus einem Gedicht?«, fragte Memo.

»Nein, aber du hast recht, es klingt beinahe so.« Wenn all diese duftenden Blüten nicht gegen die Angst helfen, dann weiß ich auch nicht, dachte Taru. Der Duft würde sicherlich mit der

Sommerwärme in ihr Schlafzimmerfenster steigen und sämtliche alten Geister verdrängen. Tarus Begeisterung für das Projekt wurde immer größer. Sie schlug eine weitere Seite auf. »Ich dachte, man kann nur weiße Blumen nehmen, aber hier steht, dass auch andere Farben in der Nacht sichtbar sind. Zartblau, Lavendel und Buttergelb. Eine gute Idee ist auch der japanische Farn. Der hat Blätter mit einem zarten weißen Muster. Ein schöner lateinischer Name für dich, Philea. Athyrium niponicum pictum.«

»Au ja, das brauchen wir. Das wird ein toller Nachtgarten.«

Taru blätterte weiter. »Hier ist noch eine Idee. Darüber habe ich noch nie nachgedacht: Mondlicht wirft einen zarten Schatten, darum sind Blätter mit interessanten Formen wie helle Funkien interessant, oder das Kaukasus-Vergissmeinnicht, das hat herzförmige Blätter mit einem weißen und beinahe silbernen Muster.«

»Herzen passen gut«, sagte Philea. »Können wir das alles in einer Gärtnerei kaufen?«

»Wenn nicht, bestellen wir es im Katalog«, sagte Taru. »Aber erst müssen wir die Beete anlegen. Vielleicht hilft uns Felix dabei. Das ist mein Sohn.«

»Wo wohnt denn der?«, fragte Philea interessiert. »Meinst du, er könnte unser Baumhaus größer machen?«

Bevor Taru antworten konnte, schrie Memo auf. Etwas Braunes war von hinten auf seinen Rücken gesprungen und krallte sich an seiner Schulter fest.

11

Am Haken

Philea bog sich vor Lachen. »Memo, das ist doch nur ein Eichhörnchen!«

Memo schielte immer noch ängstlich nach links, aber da war das Tierchen schon auf Tarus Knie gehüpft.

»Keine Angst, Memo«, beruhigte Taru. »Das ist Humboldt. Ich habe ihn nach einem Forscher benannt, weil er so neugierig ist. Möchtest du ihm eine Nuss geben? Neben der Tür, auf die du den Zettel geklebt hast, steht eine Dose.«

Memo trollte sich über den Rasen, gefolgt von dem Eichhörnchen, das wenig später ganz vorsichtig den Leckerbissen aus der Hand des Jungen nahm. Während Humboldt fraß, spähte Memo durch das ungeputzte Fenster ins Innere der Werkstatt.

»Was ist das für ein großer schwarzer Haken da drinnen an der Wand, Taru?«, wollte er wissen, als er zurückkam. »Ist das ein Galgen?«

»Nein. Das ist mein Glücksbringer. Eigentlich ist es ein Kesselhaken. Früher haben die Bauern den großen Kochtopf daran über ihre Feuerstelle gehängt.«

»Aber warum hat er Zähne? Er sieht böse aus.« Memo war nicht überzeugt.

»Kennt ihr den Ausdruck *Leg mal einen Zahn zu?*«, fragte Taru.

Philea nickte. »Klar, das sagt meine Mama immer zu mir, wenn ich morgens bummle.«

»Das kommt von den Kesselhaken. Wenn damals der Bauer

nach Hause kam und Hunger hatte, bat er seine Frau, den Kessel einen Zahn tiefer zu hängen, damit das Essen näher über dem Feuer hing und schneller heiß wurde. Aber mal was ganz anderes: Wollt ihr ein Eis?«

Humboldt war inzwischen in den Baumwipfeln verschwunden.

Bald saßen alle drei im Schatten, aßen Pfirsicheis und lauschten auf das ferne Geblöke der Schafe, das Singen der Lerchen und das Rufen der Wasservögel unten am See. Taru genoss den Frieden des Augenblicks. Die Geister der Vergangenheit und der Nacht schienen so fern, dass sie vielleicht gar nicht wiederkommen würden.

»Es gibt noch eine Geschichte zu dem Kesselhaken«, sagte sie. »Damals glaubten die Menschen, dass es auf jedem Hof einen kleinen Hausdrachen gäbe. Es war ein guter Drache, der manchmal Schätze vorbeibrachte, wenn man nett zu ihm war, und das Haus beschützte. Wenn er aber ärgerlich wurde, konnte es sein, dass eines Tages das Dach in Flammen aufging. Damit er also immer gute Laune hatte, war es üblich, dass man von jedem Essen, das man kochte, drei Tropfen an den Kesselhaken schmierte. Die waren für den Drachen.«

Philea lauschte mit großen Augen. »Dann mache ich aus meinem Fimo einen Schutzdrachen für den Mondscheingarten«, verkündete sie. »Einen großen. Den stellen wir in die Mitte, und dann beschützt er die Blumen.«

Als Taru abends bei Jara saß, um die Pläne zu besprechen, erzählte sie von Phileas Vorhaben.

»Das gefällt mir«, sagte Jara. »Dann kann ja nichts schiefgehen. Aber was hat es mit dem Kesselhaken auf sich? Warum ist er dein Glücksbringer?«

»Es hieß, Berthilde habe damals, als sie ins Exil musste, den Kesselhaken aus ihrer Küche mitgenommen, damit er sie an ihr verlorenes Zuhause erinnere. Dem Hof soll danach nie wieder Glück beschieden gewesen sein.« Sie berichtet Jara davon, dass der Kesselhaken als Mitte des Heimes auch auf vielen Wappen zu finden war. Die Herdstelle war der Mittelpunkt der Höfe. Hier wurde gekocht, von hier ging die Wärme aus. Er hatte in früheren Jahrhunderten zudem eine rechtliche Bedeutung. Wenn ein Haus den Besitzer wechselte, nahm der Verkäufer den Haken ab und reichte ihn dem neuen Grundherrn. Dann löschte er das Feuer. Auch Verlobungen wurden gültig, indem das Brautpaar die Hände auf den Kesselhaken legte. Bei der Hochzeit konnte es sein, dass der junge Bauer seiner Braut einen schön gearbeiteten Kesselhaken schenkte und damit die Hoheit über den Herd.«

»Das ist ja spannend«, fand Jara. »Darüber müsstest du auch mal schreiben! Aber wenn Berthilde ihren Kesselhaken entwendet hat, woher stammt dann deiner?«

Schon begannen sich bei Taru Worte im Kopf zu sammeln. So viele Themen, die in ihren Gedanken nisteten, seit sie sich nicht mehr nach der Redaktion richten musste! Sie würde einen großen Bogen Papier an die Wand ihres Schlafzimmers heften, dort, wo Werner seine Bilder mitgenommen und Leere hinterlassen hatte. Auf den Bogen würde sie alle ihre Ideen zu Artikeln notieren. Und die anderen Projekte, wie den Garten. Es würde ihr Plan werden, an dem sie sich festhalten konnte, wenn die Dunkelheit kam. Sie konnte ein Nachtlämpchen danebenhängen.

Wenn sie alle Pläne dann umsetzte, würden die Tage so voll sein, voller Worte, Lachen, Blumen und Freunde, dass das Dunkel keine Chance mehr hatte.

»Taru?«

Sie kehrte in die Gegenwart zurück und berichtete Jara, wie sie zu dem alten, schwarzen Haken gekommen war, der sorgfältig gereinigt und gegen Rost geölt in der Werkstatt an der Wand hing, gleich neben der Tür.

An jenem kühlen Frühlingstag hatte sie hinter dem Nebengebäude in der Erde gegraben. Sie wollte ein Gemüsebeet anlegen. Die Erde war hart geworden, überwuchert von Gras und verfilztem Unkraut und durchsetzt mit Resten von Bauschutt. Taru legte all ihre Energie in die Spatenstiche. Sie musste sich abreagieren. Es war die Zeit, als Werner wieder einmal einen neuen Auftrag angenommen hatte und in ein anderes Land ziehen wollte. Die Kinder würden nicht mehr mitkommen, sie begannen, ihre eigenen Wege zu gehen. Und Taru spielte seit Wochen mit dem Gedanken, auf den Werner wahrscheinlich nur noch nicht gekommen war.

Ob sie es wagen konnte, sich von ihm zu trennen, ob sie von nun an ihren eigenen Weg gehen sollte und nicht schon wieder all die Wurzeln abreißen, die sie hier vorsichtig in die Erde getrieben hatte. Sie mochte den Morgen über dem See vor ihrem Fenster nicht mehr missen, sie genoss die Nähe zu ihrer Freundin Palina, nachdem sie vorher nie Zeit gehabt hatte, an den vielen Wohnorten dauerhafte Freundschaften aufzubauen. Diese Ideen waren neu und beängstigend und verwirrend, und Taru hatte ein schlechtes Gewissen deswegen. Es würde nicht gehen. Es wäre nicht richtig. Nur ein Wunschtraum, ein verrückter Gedanke.

Dann traf ihr Spaten auf etwas Hartes. Es klang nicht wie ein Stein, wie sie schon so viele mühsam ausgegraben hatte, es klang metallisch. Vorsichtiger grub sie weiter. Da war etwas Schwarzes, Gekrümmtes, das sie schließlich mit einer kleinen Schaufel zutage förderte. Schmutzverkrustet und etwas verbogen lag es da, und doch wusste sie instinktiv, worum es sich handelte. Sofort fiel ihr Berthilde ein und die Bilder, die Taru im Lexikon gesehen hatte, damals als sie über ihre Vorfahrin, die angebliche Hexe, nachlas und über die Zeit, in der Berthilde gelebt hatte.

Was die Erde hier freigegeben hatte, war ein kunstvoll gearbeiteter Kesselhaken samt der dazugehörigen gezahnten Stange. Sicher hatte er einmal als Mittelpunkt der Wohnstätte fungiert, als das Nebengebäude noch das Hauptgebäude war und man sich in der Küche traf, wo es warm war, zu essen gab, man sich geborgen fühlte und wahrscheinlich auch Entscheidungen traf.

Taru kniete auf dem feuchten Boden, hielt den Haken in beiden Händen und spürte etwas Merkwürdiges. Es war, als würde dieser Haken ihre Wünsche und Gefühle mit Macht ganz tief aus ihrem Inneren herausziehen und ans Tageslicht bringen, sie bündeln und ihnen Kraft geben, einen Halt zwischen Himmel und Erde.

In diesem Augenblick war ihre unverrückbare Entscheidung gefallen: dass sie bleiben und das Haus kaufen würde, um endlich eine Heimat zu haben, die von Dauer sein würde. Der Haken gab ihr die Stärke, Werner um die Trennung zu bitten.

Sie säuberte und ölte den Haken und brachte ihn an einem Ehrenplatz an der Wand an. Nicht im großen Haus, sondern im Nebengebäude, wo der Haken hingehörte und wo sie oft daran vorbeiging und ihn berührte, wie um sich zu vergewissern, dass nicht nur der Haken, sondern auch sie selbst noch da war, wo sie hingehörte.

Mit dem Kesselhaken konnte man laut der alten Literatur auch Bannkreise ziehen, um das Böse fernzuhalten, weil er die Mitte und damit so viel Kraft repräsentierte. Vielleicht hatte Berthilde das im fernen Exil getan. Taru tat es symbolisch. Der Fund schenkte ihr auf geheimnisvolle Weise die Kraft, jetzt in ihrer neuen zweiten Lebenshälfte Grenzen zu ziehen: zwischen sich und allem, was nicht in ihr Leben gehörte, so, wie sie es sich vorstellte.

»Wärest du damals auch so konsequent gewesen, wenn du den Haken nicht gefunden hättest?«, fragte Jara gespannt.

»Ich weiß es nicht. Irgendwann vielleicht. Aber ich glaube, ich habe einen konkreten Anstoß gebraucht, ein Symbol, etwas, das ich anfassen konnte.«

»Ich bewundere es. Dass du das gemacht hast, mit der Trennung und dem Hauskauf.«

»Du hast ja auch ein neues Leben angefangen und den Ort gewechselt, obwohl es so schwierig für dich ist mit deiner Krankheit.«

»Es gibt wohl gelegentlich für uns alle solche unverhofften Momente, die wie ein stilles Erdbeben sind.«

»So konsequent war ich dann aber doch nicht«, sagte Taru nachdenklich. »Es gab so viel zu tun, Papierkram, Behördengänge, der Auszug der Kinder, Werners Fortgang. Danach war viel, was ich aufräumen musste. Werner hatte so viel Zeug gesammelt, und die Kinder auch. Sie wollten alle nur wenig mitnehmen, also blieb ich hier zurück mit Kartons und Regalen und Schränken und Kellerräumen voller überflüssig gewordener Dinge. Als schließlich alles sortiert und verteilt und entsorgt war, habe ich wohl einfach nicht weitergemacht. Ich habe wie zuvor für die Zeitung geschrieben, mich über den Chef geärgert und alles treiben lassen. Ich habe vergessen, was ich wirklich wollte! Bis plötzlich Philea auftauchte, mit ihren Meeresschmetterlingen. Und Memo mit seinen Zetteln. Phileas bunte Schnecken und ihre Verrücktheit waren es, die mir den Anstoß gegeben haben, bei der Zeitung zu kündigen. Und du mit deinem Mondscheingarten bewegst mich endlich dazu, mein Zuhause so zu gestalten, wie ich es möchte. Ich freue mich so, dass du hierhergeraten bist!« Spontan umarmte sie Jara, die die Umarmung herzlich erwiderte.

»Ich habe deinen Nachnamen im Internet nachgeschlagen«, sagte Jara. »Favonius war der Name eines römischen Windgottes.«

»Ja. Das fand ich immer schön. Darum habe ich den Namen auch behalten, als wir geheiratet haben.«

»Wie heißt denn dein Mann?«

»Mensch. Er heißt tatsächlich Werner Mensch.«

»Und so wolltest du nicht heißen?«

»Eigentlich gefiel es mir sogar. Aber ich wollte Favonius trotzdem behalten, weil Wind für mich immer ein Symbol für Freiheit war. Der Wind über dem Wasser.«

»Du wolltest wenigstens dieses symbolische Stück Freiheit nicht aufgeben. Und jetzt hast du deine Freiheit wieder«, stellte Jara fest. »Du kannst daraus alles machen, was du willst. Älter werden ist doch auch eine feine Sache!«

Jara hatte recht, dachte Taru. Das war genau das Gefühl, das sie mit Freude erfüllte, seit sie bei der Zeitung hingeschmissen hatte.

Aber warum war sie trotz alledem so unruhig? Was hatte die

alte Angst in ihr wieder aufgeweckt, und warum ging ihr vor allem Memo nicht aus dem Kopf? So gern sie mit den Kindern zusammen war, etwas beunruhigte sie immer mehr, ohne dass sie wusste, was es war. Und warum war Memo neulich in ihrem nächtlichen Albtraum vorgekommen?

Als Taru am nächsten Vormittag die Schafe gefüttert hatte, einkaufen gewesen war und mit Tüten bepackt die Treppe zu ihrer Haustür hinaufstieg, saß jemand auf den Stufen.

»Heiko! Hallo!«

Ihr früherer Kollege sprang auf und beeilte sich, ihr die schweren Tüten abzunehmen. »Hallo, Taru. Entschuldige, dass ich dich so überfalle!«

Sie hatte seit ihrer Kündigung nichts mehr von ihm gehört. Ein schlechtes Gewissen beschlich sie, denn sie hatte auch keinen Versuch unternommen, Kontakt mit ihm aufzunehmen. Irgendwie war sie immer davon ausgegangen, dass sie sich mal am See begegnen würden. »Kein Problem, ich freue mich, dich zu sehen! Aber müsstest du nicht in der Redaktion sein?«

12

Was der Mond weckt

Er stand mit hängenden Armen da, was nicht nur an den Tüten lag, und sah sie unglücklich an. »Ich habe ein paar Tage nach dir gekündigt.«

»O nein!« Taru war erschrocken. »Ich wollte dir kein schlechtes Beispiel sein!« Heiko war noch so jung. In seinem Lebenslauf würde sich das nicht gut machen. Für sie war es einfacher. Sie hatte mehr vorzuweisen, hatte Erfahrung. Mehr Freiheit eben.

Er schüttelte den Kopf. »Ich habe schon vor dir mit dem Gedanken gespielt. Ich hatte nur nicht deinen Mut. Ich möchte mehr, als nur dieses festgefahrene Zeug schreiben. Ich möchte schreiben können, was mir wichtig ist, lebendig, mit Humor, weißt du. Die Freude am Sport, der Hunger auf Bewegung, die Sehnsucht nach Abenteuer, alles, was Sport ausmacht, Teamwork, Spaß – all das hat er mir immer gestrichen. Es muss doch noch etwas anderes geben! Ich kann das nicht mehr. Das bin ich nicht.«

Taru hatte die Haustür aufgeschlossen. »Du kannst die Tüten hier abstellen. Danke. Magst du einen Kaffee?«

»Sehr gerne.«

»Was willst du jetzt machen? Wirst du fortgehen?«, fragte Taru. Dabei bemerkte sie, dass sie es bedauern würde, wenn sie den Kontakt zu Heiko verlieren würde. Unter seiner flapsigen Art und seiner Neigung, mit ihr zu flirten, verbarg sich ein guter, ernsthafter Kern. Außerdem war er nur ein paar Jahre älter als Felix, und manchmal wirkte er so verloren. Sie wusste, dass er keine nennenswerte Familie hatte. »Sag mir, wenn ich dir irgendwie helfen kann.«

»Na ja, eigentlich hatte ich gehofft, dass wir uns gegenseitig helfen können. Nur für ein paar Wochen, bis ich weiß, wie es weitergeht.«

Taru stellte die Tassen mit dem Kaffee auf den Tisch, ein paar Kekse dazu und setzte sich zu ihm. »Schieß los.«

Er kippte viel zu viel Zucker in seine Tasse und rührte heftig um.

»Na los, Heiko. Du bist doch sonst nicht so schüchtern.«

»Ich kann meine Miete nicht mehr bezahlen«, stieß er hervor, »und du bist doch jetzt allein in diesem Haus. Ich dachte, ich könnte dir vielleicht handwerklich helfen. Irgendwas streichen oder Rasen mähen oder sonst was. Und eventuell dafür in irgendeinem kleinen Zimmer wohnen, das du nicht brauchst. Wie gesagt, es ist nur für ein paar Wochen. Ich könnte alle schweren Arbeiten verrichten, die anfallen.« Jetzt begegnete er endlich wieder ihrem Blick, mit einem schiefen Lächeln. In einem Anflug seines alten Übermuts hob er den Arm und ballte die Faust. »Jede Menge Muskeln, siehst du? Du kannst aber auch nein sagen. Es ist überhaupt kein Problem. Ich dachte nur, ich frage mal.«

Taru überlegte. Dies war eine sehr überraschende Wendung, aber der Gedanke gefiel ihr. »Weißt du was? Wir haben tatsächlich gerade ein Projekt, bei dem ich dich sehr gut brauchen könnte. Aber mach dich auf was gefasst! Du müsstest jede Menge Erde bewegen, und die ist hier zum Teil ganz schön hart.«

Er sprang auf und umarmte sie. »Taru, du bist meine Rettung!

Ich wusste es. Wenn ich nur ein paar Wochen hier schlafen und mich sortieren darf, ist mir alles recht. Wer weiß, vielleicht erhörst du mein Flehen ja irgendwann doch noch.« Er zwinkerte ihr zu.

Taru schlug mit dem Topflappen nach ihm. »Werd nicht gleich wieder frech!« Sie lachte. Sie hatte in der letzten Zeit viel zu wenig gelacht.

Heiko erwies sich in den nächsten Tagen als ein Glücksfall. Memo und Philea beäugten ihn kritisch, als sie ihm das erste Mal begegneten. Fünf Minuten später betrachteten sie ihn bereits als besten Freund. Als sie ihm später zusahen, wie er voller Elan den verwilderten, festgetrampelten Boden aufriss und säuberte, kam Bewunderung hinzu. Und als Taru bemerkte, wie immer mehr schwarze, fruchtbare Erde darunter zum Vorschein kam, hatte sie das erste Mal das Gefühl, dass wirklich etwas vorwärtsging.

Die sichelförmige Fläche wurde immer deutlicher ein Garten, während Heiko und auch Felix sich von der einen Spitze zur anderen vorarbeiteten.

Taru hatte ihrem Sohn am Telefon von dem Projekt erzählt. »Mama, dann komme ich ein paar Tage helfen. Ich will sowieso noch Zeug aus der Werkstatt holen«, hatte er spontan erklärt. Mit Heiko verstand er sich bestens. »Endlich mal was los hier«, fand er.

Taru, nach Kräften unterstützt von Philea und Memo, konnte bald mit dem Pflanzen beginnen. Felix legte die Umrandung aus weißen Kieseln, während Heiko bereits den Sitzplatz pflasterte. Jara hatte dem Pflanzplan den letzten Schliff gegeben. Außerdem hatte sie im Internet Kübel bestellt, die Taru wunderschön fand. Sie waren aus Terracotta, mit Mosaikeinlagen. Die bunten Mosaiksteinchen würden im Licht der Solarlampen und Kerzen glitzern.

Der Gärtner fuhr mit einem Lastwagen vor und lud Sträucher und Kübelpflanzen ab.

Stück für Stück wurde mit gemeinsamem Kraftaufwand, Beharrlichkeit und viel Begeisterung aus Jaras Wunschtraum der Mondscheingarten, so, wie sie sich ihn vorgestellt hatten.

Das Frühlingsgrün der Bäume hatte sich inzwischen in ein tiefes Sommergrün verwandelt, es duftete nach Lindenblüten, und unten am See quakten die Frösche, als Taru sich eines Tages auf ihren Spaten lehnte und beglückt umsah. Philea und Memo wischten voller Begeisterung die neuen Terrassenmöbel ab, Heiko wuchtete den letzten Blumenkübel an seinen Platz, und Felix klopfte noch die Streben eines Rosenbogens in den Boden.

»Ich glaube wirklich, wir sind so gut wie fertig! Wenn Jara heute Abend bei ihrer Besichtigung zufrieden ist, könnten wir morgen Abend ein Einweihungsfest machen, was meint ihr?«, fragte Taru. Jara hatte die meisten Kosten getragen, fand das aber völlig in Ordnung. »Ihr macht ja die Arbeit«, sagte sie.

»Ist das nicht ein bisschen plötzlich?« Heiko klang wehmütig. »Eine Kiste Ziertabak ist noch nicht geliefert worden.«

»Das macht nichts. Die kleine Lücke im Beet fällt nicht auf. Und keine Sorge, Heiko, für dich gibt es auch noch andere Sachen zu tun.«

»Dann ist ja gut.« Heiko seufzte erleichtert auf. Er schien sich hier sehr wohl zu fühlen, und Taru hatte sich an seine Gegenwart gewöhnt. Er war handwerklich außerordentlich geschickt. Und bereit, jede verrückte Idee in die Tat umzusetzen. Außerdem verbreitete er Heiterkeit.

»Ich möchte die Feier gern morgen machen, weil dann Vollmond ist«, erklärte Taru.

»Ach so, na, das ist ein guter Grund.« Heiko war zufrieden.

»Oh, Taru, ich freue mich so! Ich backe sofort einen Kuchen«, rief Jara, als Taru ihr den Vorschlag machte. »Unser Mondscheingarten! Dass dieser Tag so schnell kommt, hätte ich nicht gedacht, als ich damals die erste Liste gemacht und davon geträumt habe.«

»Ich bin auch froh. Das ist das Erste, was ich auf diesem Grundstück ohne Werners Erlaubnis, ohne sein Zutun und ohne irgendwelche Zweifel gemacht habe.« Außerdem war Taru von der körperlichen Arbeit in den letzten Wochen so müde gewesen, dass sie ausreichend und fast traumlos geschlafen hatte. Nur manchmal, wenn sie Memo im Beet hantieren oder herumspringen und Zettel an Dinge kleben sah, beschlich sie wieder das Gefühl, dass etwas nicht stimmte und irgendetwas Unheilvolles auf sie zukam. Doch wenn sie dann süßduftende Levkojen in die sonnenwarme Erde bettete oder einen passenden Kübel für den Wurzelballen eines Wandelröschen heraussuchte, vergaß sie das wieder.

Der Windgott und auch die anderen Wettergötter meinten es gut mit ihnen. Vielleicht lag es daran, dass Taru am frühen Morgen, als alle noch schliefen, heimlich hinausgegangen war, den Kesselhaken von der Wand genommen und damit einen Bannkreis um den Mondscheingarten gezogen hatte. Sie amüsierte sich über sich selbst. Sicher würde es nicht gegen schädliche Insekten helfen, aber vielleicht doch gegen Ängste und dunkle

Gedanken. Schaden konnte es nicht, und es erfüllte Taru mit seltsamer Befriedigung. Es war ihr persönliches, unsichtbares Zeichen, ihre Unterschrift unter ein Werk, das diesmal nicht auf dem Papier entstanden war, sondern mit den Händen in der Erde, ganz nah am Leben. Und schließlich war sie mit einer Hexe verwandt.

Der Abend war warm und still, der Himmel klar. Noch war der Mond nicht aufgegangen, aber dafür blinzelten bereits reichlich Sterne. Die Solarlampen, die Heiko in die Erde gesteckt hatte, warfen kleine Lichtkreise auf die Kieselsteine. Die Pflanzen waren noch niedrig, und natürlich blühte noch keine Winde am Zaun, rankten sich noch keine weißen Rosen über die Bögen, doch einige Pflanzen waren schon blühend geliefert worden. Die Levkojen wirkten hell auf der dunklen Erde, und die Engelstrompeten in den Kübeln trugen schwer an einer Fülle weißer Trichter. Der Duft, der um den Sitzplatz trieb, wurde immer stärker und mischte sich mit dem von Tarus Sommersalat und frischem Brot und Jaras Erdbeerkuchen.

Taru hatte mit Phileas Mutter gesprochen und ausgehandelt, dass die Kinder noch eine Stunde wach bleiben durften.

So saßen alle auf den neuen weichen Kissen versammelt. Memo und Philea, die vor Aufregung kaum stillsitzen konnten und immer wieder einmal den Weg entlangrannten, den Felix aus den letzten Platten durch die Beete gelegt hatte. Heiko und Felix, die darüber diskutierten, ob man in einen Mondscheingarten eine Sonnenuhr platzieren dürfte. Jara, die mit einem stillen Lächeln umherschaute und noch nie so glücklich ausgesehen hatte, seit Taru sie kannte. Palina, die extra gekommen war. Sie brachte ein Prachtexemplar einer Vanilleblume mit und ein Windlicht, das zur allgemeinen Begeisterung den Tisch mit einem Spiel aus blauen und grünen Lichtpunkten übersäte, als sie es abstellte. Alle waren da, und alle waren Taru so nah in der duftenden Dunkelheit und dem Gefühl, dass sie zusammen etwas Wundervolles geschaffen hatten.

Dann ging der Mond auf, stieg langsam hinter den Bäumen hervor, ließ unten in der Ferne den See glänzen, machte die weißen Kiesel und die weißen Blüten heller. Jene Pflanzen, die schon groß genug dafür waren, zeichneten in seinem sanften, kühlen Licht zarte Schattenbilder.

»Das ist so schön!« Jara flüsterte es fast. »Taru, weißt du noch, was du anfangs gesagt hast, als ich so traurig war, dass ich die Tage nicht genießen konnte? Du hast gesagt: Der Tag fängt vor dem Morgen an. Jetzt stimmt es! Für mich wird jetzt immer der Tag um diese Zeit anfangen, wenn ich hier in diesem Mondscheingarten sein kann oder ihn von drüben sehen und riechen kann. Und deine Angst kann doch hier auch keinen Bestand mehr haben, nicht inmitten dieses Lichts, oder? Wenn nicht die Blumen, so müsste doch Phileas Drache sie verjagen!«

Phileas Drache war gerade heute fertig geworden. Sie hatte ihn angemalt, mit nachtleuchtenden Farben. Er saß genau in der Mitte des Beets zwischen den Mondviolen, die Flügel erhoben und die Schnauze leicht geöffnet, wie um das Licht herbeizurufen.

Auch der Meeresschmetterling, den Philea als Letztes gemacht hatte, stand als Glücksbringer auf dem Tisch zwischen den Gläsern und spiegelte sich hell darin.

»Durch die Evolution sind manche Tiere vom Meer ans Land gekommen«, verkündete Memo. »Steht im Buch. Ich wette, deine Meeresschmetterlinge kommen auch bald an Land zu den gewöhnlichen Schnecken und bringen Glück, Philea.«

Schnecken. Ein Junge und sein Interesse an Schnecken … Etwas zog und zerrte an Tarus Gedanken, doch sie wusste nicht, was es war. Es blieb immer gerade außer Reichweite.

»Ich habe nicht gewusst, dass die Nacht so hell sein kann, wenn man mit guten Freunden und schönen Blumen zusammen ist«, sagte Palina und stieß mit Heiko an. »Ist gut für die Seele.«

Warum fühlte Taru sich dann gerade in diesem Augenblick, da sie von lieben Menschen umgeben und das Projekt gelungen war, so einsam wie noch nie? Warum beschlich sie eine tiefe Traurigkeit, je heller der Mondschein wurde? Warum überkam sie mit diesem Licht das Gefühl, dass sie etwas ungeheuer Wichtiges verloren hatte, etwas, ohne das sie nicht glücklich werden konnte?

»Taru, Taru, was ist das?«, hörte sie Memo aufgeregt rufen.

»Vielleicht eine Schnecke?«, schlug Philea vor. Beide knieten neben dem Silberfarn, der das Beet von der Terrasse trennte. Auf einem Blatt saß ein leuchtender Punkt.

»Das ist keine Schnecke! Das is'n Käfer«, stellte Memo fest.

Felix war auch aufgestanden und beugte sich darüber. »Ach, das ist ein Glühwürmchen! Wir haben es wohl mit dem Windlicht angelockt. Vielleicht denkt es, die Lichtpunkte bei uns seien Konkurrenten von ihm. Ich habe hier noch nie eins gesehen. Vielleicht mag es ja den Duft? Das ist bestimmt ein Zeichen, dass der Mondscheingarten gelungen ist.«

Ein Glühwürmchen!

Taru blickte auf das winzige Licht.

Alles andere verschwamm vor ihren Augen. Die Blüten, die Sterne, die hellen Kiesel wurden alle eins, wurden zu Nebel, und der Nebel war die Zeit und das Glühwürmchen der einzige Punkt, an dem sie sich festhalten konnte, als sie in einen Strudel stürzte.

Jetzt wusste sie wieder, dass sie sich doch schon einmal so einsam gefühlt hatte wie gerade eben. Es war der Tag gewesen, an dem der Gefährte ihrer Kindheit verschwand. Und nun wusste sie auch, was sie an Memo so beunruhigt hatte.

Memo erinnerte sie an Ilari! Memo war genauso alt wie er damals, genauso zierlich und lebendig, genauso voller Neugier und der Neigung, die Dinge umzudeuten und etwas Neues daraus zu machen.

Ilari, der für sie da gewesen war, der Tarus Angst verstanden und ihr geholfen hatte, sie zu besiegen. Er hatte Schnecken geliebt wie Philea, und er hatte Taru die Glühwürmchen gezeigt, die stärker waren als alle Dunkelheit. Mit Ilari war sie nie einsam gewesen und die Welt ein kostbares Abenteuer voller Schätze und Licht.

Taru hörte die Stimmen um sich herum nicht mehr. Sie starrte auf das Glühwürmchen und wagte nicht zu blinzeln, damit es den Augenblick nicht nutzte, um zu verschwinden. So wie es mit Ilari geschehen war.

In diesem Moment überfiel sie die Erkenntnis, woher das Gefühl gekommen war, etwas Unersetzliches verloren zu haben. Die ganzen Jahrzehnte hatte sie nicht gewagt, über Ilari zu sprechen, nicht einmal an ihn zu denken. Zu eindringlich war damals die Warnung ihres Vaters gewesen, die Furcht in den Augen ihrer Mutter und Tarus Angst, als die Männer ihren Vater abgeholt hatten. Doch dieses einzige, winzige Glühwürmchen erhellte nun mit seinem Licht die Schichten der Jahre bis hin zu ihren Erinnerungen an Ilari, die sie so lange verdrängt hatte. Die Sehnsucht nach ihm hatte nichts an Kraft verloren.

Erst als Jara ihr still ein Taschentuch reichte, merkte Taru, dass sie weinte. Die anderen hatten nichts gesehen und sprachen weiter über dies und jenes, rochen an den Blumen und ließen sich den Erdbeerkuchen schmecken, während der Mond wanderte und den Wolken, die ihn nun hin und wieder verdeckten, einen silbernen Rand verlieh. Heiko brachte die Kinder nach Hause. Felix schenkte Wein aus.

Taru aber war nicht mehr im Mondscheingarten in Groß Nemerow.

Sie war acht Jahre alt und stand am Strand von Sellin. Die Wellen schlugen hinter ihr ans Ufer und erzählten vom Frühling, während ihr Vater mit einem fremden Mann auf sie zukam, der einen Jungen an der Hand hielt. »Taru, das ist mein Freund Paul. Und das ist sein Sohn Ilari«, sagte ihr Vater.

Der Junge sah sie mit seinen dunkelblauen Augen an. »Kommst du mit?«, fragte er. »Ich zeig dir, wo der Frühling ist.«

Remy

Rostock

2014

13

Spuren

Remy umklammerte ihren Lieblingskugelschreiber. Er wollte sich beim besten Willen nicht bewegen. Ihre Finger waren wie eingefroren. Im Raum herrschte Totenstille, bis auf das leise Kratzen der vielen Stifte auf dem Papier um sie herum. Vorne saß der Professor über ein Buch gebeugt und ließ nur gelegentlich den Blick über die Studenten schweifen.

Remy fröstelte. Draußen war der Himmel unfassbar blau und rief nach ihr. Am Strand in Ahrenshoop heizte sich jetzt der Sand auf, und junge Fische würden durch das klare Wasser huschen. Warum war sie nicht dort, wo sie hingehörte und Herrin ihrer Gedanken war? Nichts von alledem, was sie in den letzten Wochen so fleißig gelernt hatte, war gerade in ihrem Kopf auffindbar. Da war einfach nur Angst, dass sie die nächsten drei Stunden hier so sitzen und nichts passieren würde, außer dass der Blick des Professors immer fragender wurde.

Das durfte nicht geschehen! Das war genau das, was Rainer erwartete.

Remy atmete tief durch. Auf dem Fensterbrett krabbelte eine Fliege entlang, die sich wahrscheinlich ebenso sehr nach draußen sehnte wie Remy. Der Fliege wegen fiel ihr Mervin ein. Sie schloss für einen Augenblick die Augen und stellte sich den Garten vor, den Mervin und Clara zusammen geschaffen hatten. Mit der Mauer aus Natursteinen, in der man sich verstecken konnte, wenn man klein war wie ein Marienkäfer. Mit einem Reisighaufen, in dem man überwintern konnte, wenn man ein Igel war, und mit einem Teich, auf dem man als Frosch Fliegen jagte. Vor allem aber sah sie die Blumenbeete vor sich, in denen die Bienen summten und es nach Honig duftete, wo Schmetterlinge sich in den Wildkräutern vergnügten und Libellen im Licht des frühen Morgens zum ersten Mal ihre Flügel entfalteten, nachdem sie nachts als Larve dem Wasser entstiegen waren. Remy träumte sich dorthin, spürte den Sommer auf ihrer Haut, lauschte dem Summen und merkte, wie sie sich entspannte und ihre Gedanken die Flügel wiederbekamen.

Wenn es solche Orte gab, dann konnte nicht alles schiefgehen.

Nie aufgeben, das hatte Mervin von Clara gelernt.

»Das kann ich auch, Clara«, flüsterte Remy ganz leise. Der Professor blickte misstrauisch auf. Sie begann zu schreiben. Auf einmal war alles da, einem Satz folgte der nächste, und sie fühlte sich sicher.

Als Remy Stunden später ins Wohnheim zurückkehrte, wartete Kaia auf sie. »Na, wie ist es gelaufen? Ich habe dir ein Stück Kuchen mitgebracht. Du bist bestimmt fix und fertig. Aber hey, du wirkst so entspannt! War es denn so einfach?«

Remy trug ein kleines Lächeln um die Mundwinkel. »Nein, einfach war es nicht, aber es war okay.«

Auch in den anderen Fächern, die während der nächsten Tage folgten, war sie zu Beginn nervös, aber nie wieder erstarrte sie vor Angst. Sie erzählte keinem von ihrem kleinen Geheimnis, das ihr jedes Mal half. Immer, wenn die Panik kam, versetzte sie sich innerlich in Mervins Garten, und so, wie dort die Lupinen und die Sonnenblumen gediehen, wuchsen dann in ihrem Kopf die Gedanken und formten sich die richtigen Sätze. Selbst bei den mündlichen Prüfungen, die ihr größter Schrecken waren, fand sie schnell ihren Mut wieder, wenn sie an Clara und ihre Glühwürmchen dachte. Und als sie ihre letzte Klausur abgab und hinaus in die Sonne trat, die endlich wieder ihr gehörte, nahm sie sich vor, sich gleich als Erstes um den Schrank zu kümmern. Sie war Mervin etwas schuldig.

»Ich werde dich vermissen«, sagte Kaia, als sie Remy dabei zusah, wie sie ihre wenigen Sachen zusammenpackte. »Wer weiß, wer jetzt hier einzieht.«

»Bestimmt jemand Nettes, mit dem du sehr viel Spaß haben wirst. Wir bleiben doch Freundinnen! Wir werden uns oft sehen. Auf jeden Fall bekommst du jetzt dein Schrankfach zurück, das du mir überlassen hast. Und in einem Jahr bist du ja auch fertig. Mit einem brillanten Abschluss in Geschichte.«

»Was wirst du denn jetzt machen?«, wollte Kaia wissen.

»Auf die Prüfungsergebnisse kann ich auch zu Hause warten. Ich will mich um meine Urgroßmutter kümmern und um die letzten Arbeiten für die Journalistenschule, die liegengeblieben sind.«

»Das ist doch nur ein Fernstudium. Das merkt ja keiner.«

»Ich will es jetzt aber auch erfolgreich hinter mich bringen.« Mit Mühe drückte Remy ihren Koffer zu. »Außerdem möchte ich meinen Vater in Berlin besuchen und meinen Halbbruder endlich kennenlernen.«

»Na, da bin ich gespannt. Davon musst du mir dann unbedingt berichten.« Kaia inspizierte den frei gewordenen Teil des Schranks und wuchtete einen Stapel Papiere von ihrem übervollen Schreibtisch in das Fach. »Ach, guck mal hier! Den Artikel hatte ich neulich schon gesucht. Meine Mutter hat ihn geschrieben. Den wollte ich dir schon immer mal zeigen.«

»Ich brauch sowieso eine Pause.« Remy ließ sich ein letztes Mal auf das vertraute durchgelegene Bett fallen und griff nach den Seiten.

Während sie las, musste sie ein paarmal lachen. Auch vergaß sie dabei die Wehmut, die sie beim Packen überkommen hatte, und die seltsame Mischung aus Freiheitsgefühl, Euphorie, Ungewissheit und ein wenig Angst angesichts der Tatsache, dass sie soeben einen Lebensabschnitt beendet hatte. Denn obwohl die Ergebnisse noch ausstanden, spürte sie, dass sie bestanden hatte.

Es tat gut, in eine ganz andere Welt einzutauchen. Der Text war so spannend geschrieben, dass sie sich direkt in die Antarktis versetzt fühlte. Sie hörte die Pinguine einander rufen, spürte deren Angst, ob das Küken auch schlüpfen und nicht von den warmen Füßen auf das kalte Eis rollen würde, die Furcht, ob der Partner mit der Nahrung rechtzeitig zurückkehren würde, um das Kleine durchzubringen. Gleichzeitig war sie der Techniker, der die Kamera in dem Roboter versteckt hatte, welcher aussah wie ein Pinguin und den man fernsteuern konnte. Der Roboter besaß seine Eigenarten, er mogelte sich zwischen die Pinguine und verhielt sich manchmal so, als hätte man ihm eine eigene Neugier eingebaut und nicht nur Reaktionen auf eine Fernbedienung.

Die Autorin des Artikels schilderte alles so anschaulich, dass die vielen wissenschaftlichen Fakten, die der Text enthielt, sofort im Gedächtnis blieben und einen Sinn ergaben. Wenn meine Fachbücher alle so geschrieben gewesen wären, dachte Remy, dann hätte ich mir wegen der Prüfungen niemals solche

Sorgen machen und nicht so viele Stunden büffeln müssen. Sie hatte vorher nie über Pinguine nachgedacht, aber nachdem sie den Artikel beendet hatte, spürte sie eine tiefe Zuneigung für diese erstaunlichen Wesen, die sich unter so lebensfeindlichen Bedingungen eine Existenz ertrotzten.

»Große Klasse! Ich wünschte, ich könnte so schreiben«, sagte Remy sehnsüchtig. »Das ist genau das, was ich einmal machen möchte und was der Herausgeber nicht verstanden hat, wenn ich es versucht habe. Aber selbst wenn er mich gelassen hätte, davon bin ich noch weit entfernt.«

Mit sichtlichem Stolz verstaute Kaia den Artikel im Schrank. »Ja, meine Mutter würde dir vermutlich gefallen. Sie ist auf Rügen aufgewachsen, also auch so ein Küstenkind wie du.«

»Sie ist wirklich deine Mutter? Taru Favonius? Aber du heißt doch nicht Favonius.«

»Nein, ich trage den Namen meines Vaters. Das ist gut so. Mensch ist doch ein prima Name für eine berühmte Historikerin, findest du nicht? Kaia Mensch, die dem Altertum seine Geheimnisse entlockt!«, verkündete Kaia lachend mit einer theatralischen Geste. »Meine Mutter wollte ihren Nachnamen behalten. Für meinen Vater war das in Ordnung. Jedenfalls, wenn du möchtest, nehme ich dich mal mit, wenn ich meine Mutter besuche. Dann könnt ihr über das Schreiben fachsimpeln. Soweit ich weiß, hat sie wegen des Artikels auch Ärger mit ihrem Redakteur bekommen.«

»Sehr gerne. Das machen wir unbedingt. Jetzt muss ich aber los. Wie ich die Familie kenne, sitzen sie schon alle am Kaffeetisch und warten mit Kuchen auf mich. Sie lieben es, zu feiern.«

Kaia umarmte sie. »So ein Studienabschluss ist aber auch ein Grund dafür! Viel Spaß dabei. Und bis bald.«

Remy gab mit Freuden Gas. Sie ließ Rostock nur allzu gerne hinter sich. Städte waren einfach nichts für sie.

Trotzdem sollte sie bald nach Berlin fahren. Theo würde auch mit ihr feiern wollen, und es war eine gute Gelegenheit, ihm die Bilder vom Schrank zu zeigen und ihn um Rat zu fragen.

Am nächsten Tag packte sie einen Rest Kuchen ein und eine Flasche Wein und tauchte bei Noah am Rettungsring auf. Sie stellte beides auf einen Tisch und setzte sich, bis Noah die Kunden bedient hatte. Er hob eine Augenbraue. »Na? Deinem Gesichtsausdruck nach zu urteilen, hast du die Prüfungen bestanden. Herzlichen Glückwunsch!«

»Vielen Dank! Ich gehe jedenfalls davon aus. Vor allem bin ich fertig. Ich bin frei!« Sie schob ihm ein Glas hin. »Ich hatte unerwartete Hilfe, ohne die ich es nicht geschafft hätte.«

»Das klingt spannend.«

Sie wusste auch nicht, warum sie das ausgerechnet Noah erzählte. Wahrscheinlich, weil er ihr seine Ängste wegen des Dachbodens gestanden hatte.

»Ich verstehe. Mervin hätte das bestimmt gefallen. Und vor allem Clara«, meinte er, als sie ihm ihre Traumreisen in einen Garten beschrieben hatte, den es nicht mehr gab.

»Das glaube ich auch. Und deswegen möchte ich mich jetzt um seinen Schrank kümmern. Ich wollte meinem Vater davon erzählen und ihn um Rat fragen. Er ist Antiquitätenhändler in Berlin. Ist das in Ordnung für dich?«

»Das ist eine sehr gute Idee. Ich hatte nämlich noch keinen brillanten Einfall, was wir machen können. Ich bin gespannt, was dein Vater sagt. Wenn er sich den Schrank ansehen will, kann er das gern jederzeit tun.«

»Da ist aber noch etwas.« Remy drehte an ihrem Glas. »Ehe

ich zu meinem Vater fahre, würde ich sehr gern versuchen, mehr über Mervin zu erfahren. Ich meine, wir kennen nur seinen Namen, wissen, dass er in der DDR gelebt hat und wann ungefähr, dass er mit Clara verheiratet und Tischler war. Ich nehme nicht an, dass er noch lebt. Aber mit dem Namen müsste man doch noch irgendwo etwas über ihn herausfinden können. Vielleicht hat er ja Verwandte, denen man den Schrank übergeben könnte. Hast du eine Idee, wo ich da am besten anfange?«

Noah dachte kurz nach, dann lächelte er. »Da fühle ich mich ja doch endlich einmal nützlich. Ich habe einen ehemaligen Schulkameraden, der sitzt jetzt in Schwerin im Einwohnermeldeamt. Wir haben zwar kaum Kontakt, aber ich habe ihm einmal einen hochwertigen Spiegel vom Dachboden überlassen. Der tut mir sicher einen Gefallen und recherchiert das. Wenn er nicht in Mecklenburg-Vorpommern fündig wird, dann hat er bestimmt die nötigen Kontakte zu den anderen Ämtern.«

»Das wäre super. Ich danke dir. Kannst du ihn gleich anschreiben?«

Noah lachte über ihren Eifer. »Ich rufe ihn an. Aber er wird etwas Zeit brauchen. Ich sage dir morgen, wie der Stand der Dinge ist, okay?«

Auf dem Weg nach Hause war Remy sehr froh darüber, dass sie Noah eingeweiht hatte. Ganz allein wäre die Sache nicht so einfach gewesen.

Am nächsten Tag säuberte sie gerade eine Vitrine mit Bernsteinen, als Noah sie anrief. »Ich habe Neuigkeiten für dich«, sagte er. »Leider hattest du recht. Mervin lebt nicht mehr.« Sie schwiegen beide kurz, traurig, dass sie ihn nie kennenlernen würden. Doch sie hatten ja auch nicht damit gerechnet. »Aber ich weiß, wo er seine letzten Jahre verbracht hat. In einem Seniorenheim in der Nähe von Lübeck. Er hat dort seit 2004 gelebt und ist 2011 gestorben. Ich schicke dir die Adresse auf dein Handy, falls du nähere Erkundigungen einholen möchtest.«

»Vielen Dank, Noah. Du hast mir sehr geholfen.«

»Immer wieder gerne. Erzählst du es mir, wenn du etwas herausgefunden hast?«

Remy beschloss kurzerhand, nach Lübeck zu fahren. Irgendetwas drängte sie dazu, den Ort kennenzulernen, an dem Mervin seine letzten Jahre verbracht hatte. Es würde ihn ihr näherbringen.

Auch Myra ermutigte sie. »Fahr du nur, Kind. Mit mir ist alles in Ordnung. Eine Abwechslung wird dir guttun. Außerdem geht dir das sonst sowieso nicht aus dem Kopf.«

Das stimmte. Zumal ihr Noah noch eine Nachricht geschickt hatte.

Ich hatte noch vergessen, dir etwas zu sagen. Mein Bekannter ist nicht nur beim Einwohnermeldeamt, sein Hobby ist auch, sich mit der Herkunft von Namen zu befassen. Da gibt es eine richtige Wissenschaft, Onomastik heißt das. Er hat mir erzählt, das Mervin eine Ableitung des walisischen Namens Mervyn ist. Wer weiß, vielleicht hatte unser Mervin ja englische Vorfahren. Es gab wohl einen walisischen König, der so hieß, man sagt aber auch, dass der Name von dem walisischen Wort Myrddin abstammen könnte. Es bedeutet Hügel am Meer, Meeresfestung. Interessant, findest du nicht? Als wäre unser Mervin dazu bestimmt gewesen, auf seiner Insel eine Festung für die Insekten zu bauen.

Das Seniorenheim südlich von Lübeck war großzügig angelegt, hell und freundlich. Remy war erleichtert. Sie hatte etwas Düsteres, Enges befürchtet. Hier gab es einen schön angelegten

Park, nicht zu ordentlich und mit Beeten, die sicher nicht mit Mervins Garten mithalten konnten, in denen aber doch zahlreiche Bienen unterwegs waren.

Eine Krankenschwester namens Melanie, mit der sie vorher telefoniert hatte, nahm sich Zeit für sie und setzte sich mit ihr auf eine Bank. »Ich kann mich gut an Mervin Lerner erinnern. Ich mochte ihn«, sagte sie. »Er hat viel im Garten geholfen, als er es noch konnte. Die letzten beiden Jahre saß er im Rollstuhl, aber wenn man ihn an einen seiner Lieblingsplätze in die Sonne schob, sah er immer glücklich aus. Er erzählte oft von seiner Frau Clara und dass sie einen Garten hatten.«

»Wissen Sie, wo dieser Garten war?«, fragte Remy. »Oder wo Mervin damals lebte?«

Zu ihrer großen Enttäuschung schüttelte Schwester Melanie den Kopf. »Nein, das hat er nie gesagt. Er redete nicht viel über sich. Er hat nur einmal erwähnt, dass er in den siebziger Jahren aus der DDR nach Berlin-West geflohen ist. Dort war er monatelang im Auffanglager Marienfelde. Bis er seine Aufenthaltsgenehmigung bekam, zog sich das Verfahren hin, außerdem hatte er Verletzungen, die nicht abheilen wollten. Man hat ihn wohl gut versorgt, aber er fühlte sich trotzdem gefangen dort. Er mochte die Großstadt nicht, es war ihm alles zu grau und zu beengt, sagte er. Irgendwann wurde er nach Westdeutschland ausgeflogen. Aber ich weiß nicht einmal, wo er lebte, bevor er zu uns kam. Als Sie mich anriefen, habe ich in seiner Akte nachgesehen, doch da steht nur, dass er 1923 in Bremen geboren wurde.«

»Wo ist er begraben? Hat er Verwandte? Jemand muss doch sein Zimmer aufgelöst haben, als er starb. Wer hat für seine Beerdigung gesorgt?«, fragte Remy.

»Für die Beerdigung haben wir gesammelt. Ich war nicht die Einzige, die Mervin sehr gern hatte. Es gibt noch eine Frau, mit der er oft hier saß. Leider ist sie gerade im Krankenhaus und nicht mehr ansprechbar, sonst könnten Sie mit ihr reden. Ich kann Ihnen immerhin sagen, wo Sie das Grab finden. Er besaß keine Verwandten mehr. Das wurde in der Akte notiert, als er hier einzog. Seine Eltern sind in Hamburg im Bombenhagel gestorben, und sein Bruder ist im Krieg gefallen. Seine Frau hatte nur noch eine Mutter, die ebenfalls im Krieg umkam. Kinder hatten sie nicht.«

»Ich weiß«, sagte Remy leise.

»Das Zimmer haben wir aufgelöst. Er besaß nicht viel. Aber ich habe noch etwas gefunden, das Sie gerne haben können, wenn Sie möchten. Unser Lager platzt aus allen Nähten.«

Schwester Melanie reichte ihr eine Tüte, die sie neben der Bank abgestellt hatte. Remy fand zwei Bilderrahmen darin, einen großen und einen kleinen. Das größere Bild zeigte ein Aquarell von einem Garten. In der unteren rechten Ecke entdeckte sie die Buchstaben C und L. »Clara hat ihren Garten gemalt!«, sagte Remy andächtig. Das Bild wirkte nicht professionell, und doch sprach aus den Farben Claras Liebe zu ihrem Garten, und alles ergab ein harmonisches Ganzes. »Darf ich das wirklich behalten? Damit machen Sie mir eine große Freude!«

»Sehr gerne. Ich finde es schön, wenn es noch jemandem etwas bedeutet«, sagte Schwester Melanie.

In dem kleineren Rahmen befand sich ein Schwarzweißfoto von einem Paar auf einer Gartenbank. »Mervin und Clara?«, fragte Remy gerührt.

»Ja, er sagte, es sei aufgenommen worden, nachdem er aus dem Krieg zurückgekehrt war.«

So also hatten sie ausgesehen. Das Bild war nicht sehr groß und auch nicht ganz scharf, und doch konnte Remy erkennen, wie sehr die beiden einander zugetan waren. Clara hatte auffallend helle Augen, ähnlich wie Remy selbst. Und Mervins Lächeln verstärkte ihr Gefühl, dass sie ihn sehr gerne kennengelernt hätte.

Schwester Melanie zeichnete etwas auf einen Zettel. »Hier ist der Weg zum Friedhof. Ich habe ein Kreuz an der Stelle gemacht, wo Sie sein Grab finden. Alles Gute für Sie!«

»Kann ich noch einen Augenblick hier sitzen bleiben?«

»Natürlich. Solange Sie wollen. Es war einer von Mervins Lieblingsplätzen. Den Rittersporn da drüben hat er gepflanzt.«

Remy saß lange dort, betrachtete das Blau der Blüten, das wie eine Antwort auf die Farbe des Himmels wirkte, und stellte sich vor, wie Mervin hier gesessen und an Clara gedacht hatte und an seinen verlorenen Garten. Sie blickte auf das Aquarell und entdeckte immer neue Einzelheiten. Es war alles da, was Mervin beschrieben hatte: die Steinmauer, der Teich, der Reisighaufen. Und die Bank, sicher dieselbe wie auf dem Foto. Zu schade, dass Clara nicht notiert hatte, wo sich dieser Garten befand!

Je länger Remy dort saß, desto leichter fühlte sie sich. Sie spürte, dass Mervin mit all seinen Erinnerungen und seiner lebendig gebliebenen Liebe zu Clara hier seinen Frieden gefunden hatte.

Viel später fuhr sie zum Friedhof, nicht ohne an einer Wiese anzuhalten und einen dicken Strauß Wildblumen zu pflücken. In einer Ecke nahe der Mauer, geschützt von alten Steinen und im warmen Sonnenlicht gelegen, fand sie den Grabstein, einen Findling, den man in seiner natürlichen Form belassen hatte.

Mervin Lerner stand da, 1923–2011. Darunter war ein Käfer eingraviert. Vielleicht war es ein Glühwürmchen, vielleicht ein Rosenkäfer, aber auf jeden Fall eines der unzähligen Wesen, denen Mervin und Clara eine Zuflucht geboten hatten.

Auf dem Stein lag eine einzelne rote Rose, verwelkt, aber sicher nicht mehr als eine Woche alt. Von wem war sie wohl?

»Ich werde dafür sorgen, dass dein Schrank einen angemessenen Platz bekommt, an dem er ein Denkmal für euch sein kann, wie du es dir vorgestellt hast, lieber Mervin«, sagte Remy. Sie suchte ein leeres Glas aus einem der Mülleimer, füllte es aus der Regentonne und stellte ihren Strauß so vor den Stein, dass es aussah, als wollte der Käfer in die Blumen klettern. »Und ich werde dafür sorgen, dass ihr nicht vergessen werdet.«

Als sie die schmiedeeiserne Pforte des Kirchhofs hinter sich schloss, fiel ihr gleichzeitig mit dem leisen Klick ein, wie sie das machen würde.

14

Väter

Es war immer wieder ein merkwürdiges Gefühl, nach Berlin zu fahren, in die Stadt, in der sie die ersten Jahre ihrer Kindheit verbracht hatte. Damals hatte sie Ricky noch für ihren Vater gehalten, und die Ehe ihrer Eltern schien in Ordnung. Ricky gab sich Mühe. Mit endloser Geduld erklärte er der kleinen Remy die Roboter, die er entwickelte. Er war in seinem Fachgebiet hochangesehen und hatte schon mehrere Förderpreise gewonnen. Seine Roboter waren auf dem besten Weg, Leben zu retten. Sie konnten zum Beispiel in Höhlen Verschüttete aufspüren. Ricky ließ seine Tochter spielerisch die Fernbedienungen testen. Erst später schien er zu bemerken, dass sie ja »nur« ein Mädchen war, und traute ihr nicht mehr viel zu. Gleichzeitig wurde ihr zunehmend klar, wie oft er ihre Mutter anschrie oder tadelte, weil sie angeblich ungeschickt sei oder nicht schnell genug oder einfach nur ein Dummchen.

Das war einer der Gründe, warum Remy die Beziehung mit Rainer so entschieden beendet hatte, nachdem er sie mehrfach Dummchen genannt hatte. Eine solche Partnerschaft wie jene ihrer Eltern wollte sie niemals haben.

Irgendwann hatte Ylvi sich von Ricky getrennt und war mit Remy nach Teneriffa gegangen. Remy war froh darüber gewesen, und trotzdem hatte sie all die Jahre Kontakt zu Ricky gehalten. Er hing an Remy, ohne sie zu verstehen, und Remy auch irgendwie an ihm. Er freute sich, wenn sie ihn besuchte, und bemühte sich, nett zu sein. Seit Remy wusste, dass er nicht ihr leiblicher Vater war, fiel es ihr leichter, mit ihm umzugehen.

Trotzdem war Berlin nicht mehr ihr Zuhause, und sie war froh darüber, als die grauen Häuserschluchten sie verschluckten. Es gab zu wenig Himmel hier, und die Luft stank nach Abgasen und Dreck.

»Remy! Meine Remy!« Theo stand in seiner offenen Ladentür und breitete die Arme weit aus. Er war so anders als Ricky. Es war einfach immer eine Wohltat, ihn zu sehen. Noch nie hatte Remy ein ungeduldiges oder unfreundliches Wort von ihm gehört. Er war rührend dankbar, wenn er Zeit mit ihr verbringen durfte. Sie gingen immer noch ein wenig vorsichtig und verlegen miteinander um, schließlich hatten sie sich erst vor einigen Jahren kennengelernt. Vorher hatte keiner von der Existenz des anderen gewusst. Theo konnte sein Glück, eine Tochter zu haben, immer noch nicht ganz fassen. »Gut siehst du aus. Wie geht es dir? Ich bin so stolz auf dich, dass du all diese schweren Prüfungen geschafft hast!« Theo hatte großen Respekt vor allem, was mit der Uni zu tun hatte.

Remy musste lachen. »Noch habe ich die Ergebnisse nicht. Aber danke. Ich bin froh, dass ich es hinter mir habe. Und du? Wie geht es dir?« Sie sah sich im Laden um. Er war vollgestopft wie immer, und doch sah es heller und geordneter aus als beim letzten Mal. »Hast du die Wände gestrichen?«

»Das war Rufus. Er sagte, es wäre nötig. Ich finde es ungewohnt, aber ich wollte ihm nicht widersprechen. Er meint es gut. Es ist immer noch schwierig mit ihm, weißt du.« Theo senkte den Blick. »Er kann mir einfach nicht verzeihen, dass …«

»… dass es mich gibt«, beendete Remy den Satz für ihn.

»Dass ich seine Mutter betrogen habe. Du hast damit nichts zu tun«, sagte Theo ungewöhnlich heftig.

»Rufus scheint das anders zu sehen. Immerhin hilft er dir, das ist doch schön.«

»Ja, er ist wirklich phantastisch darin, Möbel zu retten«, gab Theo zu. »Er findet auch immer wieder neue Stücke. Weiß der Himmel, wie der Junge das macht. Er fährt herum, kriecht auf Dachböden und in Keller und überredet die Leute, ihre alten Sachen zu verkaufen. Und wenn er seine Entdeckungen dann fertig bearbeitet hat, sind sie nicht wiederzuerkennen. Ich mag meinen Laden, den Umgang mit den Möbeln, und für Leute, die welche suchen, die richtigen zu finden. Und den richtigen Ort für die Möbel. Aber diese Leidenschaft, die Rufus aufbringt, für das Holz und die Formen und die Farben und die Geschichten, da kann ich nicht mithalten.«

Remy umarmte ihn. »Aber eine Menge Ahnung hast du! Du bist genau richtig, so wie du bist. Und deshalb will ich dich unbedingt etwas fragen.«

»Gerne. Moment, da ist Kundschaft. Sieh dich doch solange um.« Theo eilte auf das ältere Ehepaar zu, das hereingekommen war und einen schweren Eichentisch betrachtete.

Remy schlenderte herum. Ein zierliches Regal aus hellem Holz mit Muschelschnitzereien an den Kanten gefiel ihr. Mit besonderem Interesse betrachtete sie die Schränke an den Wänden, doch keiner davon kam bezüglich Schönheit und Originalität an Mervins Meisterstück auch nur annähernd heran, fand sie. Obwohl sie ja noch immer nicht wusste, wie der Schrank unter seiner Dreckschicht wirklich aussah. Wahrscheinlich ging nur ihre Phantasie wieder mit ihr durch. Am Ende kehrte sie wieder zu dem Regal zurück.

»Gefällt dir das? Es passt zu dir. Ich würde es dir gern schenken, wenn du möchtest«, sagte Theo eifrig, als er das Ehepaar fertig bedient hatte. »Es müsste aber noch hergerichtet werden, ich habe es eben erst reinbekommen, und es braucht eine gründliche Überarbeitung.«

»Das ist lieb von dir. Es gefällt mir wirklich. Aber von einer eigenen Wohnung bin ich noch weit entfernt. Ich weiß noch gar nicht, wie es weitergeht. Und in Myras Haus sind so viele alte Möbel, da ist gar kein Platz mehr.«

»Überleg es dir. Vielleicht kann sie sich von etwas trennen, und wir tauschen. Was wolltest du mich fragen? Setz dich doch!« Theo wies auf einen Ohrensessel, in dem Remy beinahe verschwand, der aber sehr bequem war. Er selbst zog sich einen Hocker heran.

»Sieh dir doch bitte mal diese Fotos an.« Remy reichte ihm die Bilder, die sie groß ausgedruckt hatte. »Ich wüsste gern, was du von diesem Schrank hältst. Ob man ihn wieder herrichten kann und ob er etwas wert sein könnte.« Sie erzählte ihm nur, dass ihr das Möbelstück auf einem Dachboden begegnet war.

»Begegnet?«, fragte Theo amüsiert.

»Ja, es hat sich angefühlt wie eine Begegnung«, verteidigte sich Remy. So wie Theo eben Rufus beschrieben hatte, müsste ihr Bruder sie in dieser Hinsicht eigentlich besser verstehen. Der Gedanke machte ihr Hoffnung.

Mervins Geschichte wollte sie in diesem Augenblick noch nicht mit Theo teilen. Er sollte den Schrank unbeeinflusst bewerten.

»Seit wann interessierst du dich für Möbel?«, fragte Theo erstaunt.

»Ach, ich will einem Freund einen Gefallen tun. Er muss auf seinem Dachboden Platz schaffen«, sagte Remy vage.

Theo hielt die Bilder ins Licht und betrachtete sie stirnrunzelnd. »Der Schrank scheint sehr schmutzig zu sein.«

»Ich glaube, es ist Ruß. So riecht es jedenfalls. Ich habe versucht, etwas abzuwischen, aber es ging nicht. Zu fettig. Ich wollte nichts kaputt machen. Siehst du diese Schmetterlinge an der kleinen freien Stelle?«

Theo nickte. »Es könnte ein sehr schönes Stück sein. Auch der Aufbau ist ungewöhnlich. Wenn er ordentlich verarbeitet und in recht gutem Zustand ist, und wenn er noch mehr dieser Intarsien aufweist, könnte er durchaus wertvoll sein. Von den Bildern her ist das schlecht zu beurteilen. Eine Antiquität ist es ja nicht, sagst du.«

»Nein, er stammt aus den sechziger Jahren.«

Theo gab ihr die Bilder zurück. »Tut mir leid, Remy, dazu kann ich nicht viel sagen. Er müsste erst gesäubert und hergerichtet werden, dann kann ich ihn einschätzen. Das ist eindeutig ein Fall für Rufus. Ich denke, ihm würde die Herausforderung Freude machen.«

»Das hatte ich befürchtet«, sagte Remy. »Und gehofft.«

Sie sahen sich an.

»Du denkst, es wäre eine gute Gelegenheit, mit deinem Bruder ins Gespräch zu kommen«, sagte Theo. »Das wäre schön. Ich würde es mir auch sehr wünschen. Aber …« Er hob hilflos die Hände. »Ich weiß wirklich nicht, wie wir das anstellen sollen.«

»Du glaubst doch auch, dass ihm dieser Schrank gefallen und dass er ihn vielleicht gerne herrichten würde, oder?«, fragte Remy hoffnungsvoll.

»Schon. Aber ich fürchte, wenn er erfährt, dass du etwas damit zu tun hast, wird er sich umdrehen und gehen und mir nicht einmal zuhören.« Theo seufzte.

»Dann bleibt nur eines. Du musst so tun, als hätte ein Kunde dir die Bilder gegeben, und ihn fragen, was er meint. Meinen Namen darfst du dann gar nicht erwähnen. Schade.« Erst jetzt merkte Remy an ihrer Enttäuschung, wie sehr sie darauf gehofft hatte, endlich eine Verbindung zu ihrem Bruder herstellen zu können. Erstens wünschte sie sich das schon so lange, und zweitens gab sie nicht gerne auf.

Theo nickte. »Wenn dir der Schrank wichtig ist, ist das der einzige Weg, fürchte ich.«

Remy wandte sich ab, damit er nicht sah, dass ihre Augen feucht wurden. Sie stand auf und tat so, als würde sie das Regal mit den Muscheln noch einmal untersuchen.

Die Ladenklingel schepperte durch die entstandene Stille. Zwei Männer kamen herein. Sie schleppten etwas Längliches. »Die Standuhr ist fertig, Papa. Wo sollen wir sie hinstellen?«, fragte einer von beiden.

Remy erstarrte und drehte sich dann unwillkürlich um. Die beiden jungen Männer stellten die schwere Uhr ab und richteten sich auf.

Remy blickte in Augen, die ebenso ungewöhnlich hellblau waren wie ihre.

Die Haare ihres Bruders waren nicht so dunkel, und er überragte sie um einen Kopf, aber sie hatte nicht einen Augenblick lang Zweifel.

Ihm ging es nicht anders. »Ach nee«, sagte er. In seinem Tonfall war so viel Kälte, dass Remy unwillkürlich einen Schritt zurücktrat und über das Regal stolperte. Der andere junge Mann sprang schnell vor und hielt sie fest. »He, Vorsicht!« Und dann ruhiger: »Hallo, ich bin Leander.« Er trug einen kurzen dunkelblonden Pferdeschwanz und ein freundliches Lächeln. Remy sah in seine warmen braunen Augen, um nicht Rufus' Blick begegnen zu müssen. Aber Leander blickte überrascht von ihr zu Rufus. »Na so was«, sagte er verblüfft. »Rufus, du hast mir nie gesagt, dass du eine Schwester hast! Und dann noch so eine schöne. Was bist'n du für'n Freund?«

»Ich habe keine Schwester«, sagt Rufus brüsk. »Komm, Leander, wir gehen! Mein Vater wird schon wissen, wo er die Uhr hinhaben will. Er hat ja Hilfe.« Schon riss er die Tür auf. Leander rührte sich nicht.

Remy löste sich aus ihrer Erstarrung. In ihr brodelte ein Cocktail aus Gefühlen. Sie fühlte sich überrumpelt, ängstlich, wütend und noch vieles mehr. Wenn Rufus jetzt ging, würde sie ihn wahrscheinlich niemals wiedersehen.

Sie schnappte sich die Bilder von dem Tisch, auf dem sie noch lagen, und marschierte zu ihm hin. Die Wut gewann die Oberhand. »Warte!« Sie baute sich vor ihm auf. Es war ein wenig schwierig, weil sie zu ihm aufsehen musste. Immerhin gelang es ihr, sich so an ihm vorbeizuschieben, dass sie ihm den Weg versperrte. Verblüfft blieb er stehen, die Hand auf der Klinke.

»Ich habe dir nie etwas getan!«, erklärte Remy. »Kannst du mir nicht eine Chance geben?« Sie versuchte, ihre Wut hinunterzuschlucken, aber das war vielleicht ein Fehler, denn nun schlichen sich Tränen in ihre Stimme, und das ärgerte sie umso mehr. »Ich habe mir immer so sehr einen Bruder gewünscht! Warum können wir nicht wenigstens miteinander reden? Bitte, Rufus!«

»Ich bin niemandes Bruder. Ich bin ein Einzelkind. Es interessiert mich nicht, was Sie sich wünschen. Ich habe auch nicht bekommen, was ich mir gewünscht habe. Die Ehe meiner Eltern ist wegen eines bedauerlichen Fehlers meines Vaters zerbrochen. Ich möchte nicht ständig daran erinnert werden! Bitte respektieren Sie das ein für alle Mal. Ich dachte, ich hätte mich schon deutlich genug ausgedrückt. Kommst du endlich, Leander?« Rufus versuchte, an Remy vorbeizukommen, doch sie blieb stehen. Er legte eine Hand an ihren Oberarm, um sie beiseitezuschieben. Nicht grob, aber bestimmt.

»Wenn ich nicht Ihre Schwester bin, dann fassen Sie mich nicht an!«, fauchte Remy. »Eigentlich bin ich hergekommen, um Ihren sachlichen Rat als Fachmann einzuholen, aber Sie haben wohl kein Interesse an einer handwerklichen Herausforderung.«

Sie hielt ihm das schönste der Bilder dicht vor die Nase. Verblüfft betrachtete er es.

»Ich suche jemanden, der diesen wunderschönen Schrank restaurieren kann. Ein ganz besonderes Einzelstück! Aber da muss ich mir wohl jemand anderes suchen.« Remy sah einen Funken Interesse in seinen Augen aufglimmen, die ihren so ähnlich waren. Sie ließ sich ihren kleinen Triumph nicht anmerken und steckte die Bilder rasch ein. »Mein Vater wird mir dabei helfen«, sagte sie und schlenderte betont lässig in den Laden zurück.

Rufus gab ein Schnauben von sich und knallte die Tür hinter sich zu. Auf Leander wartete er nicht mehr. Der stand mit verschränkten Armen da und betrachtete Remy belustigt.

»Wenn mein Freund schon so uneinsichtig ist, darf ich dich vielleicht zum Essen einladen? Oder dir die Stadt zeigen? Ich darf doch du sagen?«

»Ich kenne Berlin. Ich habe hier gelebt«, sagte Remy und atmete tief durch. »Außerdem wollte ich mit meinem Vater essen.«

»Das können wir morgen machen, Remy«, sagte Theo. »Tatsächlich habe ich gleich noch einen Termin. Geh ruhig. Frische Luft tut dir sicherlich gut.«

Das stimmte. Remy hatte eine Idee. »Wenn du wirklich etwas mit mir unternehmen möchtest, würdest du mich zu meinem Vater begleiten?«, fragte sie Leander.

Der sah verwirrt aus.

»Ich fürchte, das musst du dem jungen Mann erklären«, sagte Theo belustigt.

Remy schlug sich vor den Kopf. »Entschuldige, Leander! Ja, Theo ist mein Vater. Aber wenn du Rufus kennst, weißt du sicherlich, dass Theo nicht mit meiner Mutter verheiratet war. Ich möchte den Mann meiner Mutter besuchen, den ich früher für meinen Vater gehalten habe. Ich möchte ihn wegen etwas um Rat fragen, aber es ist mir angenehmer, in Begleitung hinzugehen. Man weiß nie, was er für eine Laune hat, und außerdem benimmt er sich besser, wenn ein Mann dabei ist. Oder ist das zu viel verlangt? Ich wollte deine Freundlichkeit nicht ausnutzen. Wir können auch einfach ein Eis essen gehen.«

Leander hielt ihr galant die Tür auf. »Mit was auch immer ich dir behilflich sein kann, gern. Ich muss Rufus' Unfreundlichkeit ja irgendwie wettmachen. Ich glaube übrigens, dass er sich beruhigen wird. Ich habe einen Blick auf die Bilder von diesem Möbelstück geworfen, das er restaurieren soll. Ich glaube durchaus, dass ihn das reizen wird. Lass ihm Zeit.«

»Schön wär's«, murmelte Remy. »Ich hatte nicht den Eindruck, dass er mich jemals wiedersehen will oder auch nur im Entferntesten etwas mit mir zu tun haben möchte. Schade.«

»Ja«, sagte Leander. »Sehr bedauerlich, denn eigentlich ist er ein durchaus feiner Kerl, weißt du, obwohl es für dich nach diesem Auftritt anders aussieht. Außerdem würde ihm der Einfluss einer Schwester guttun. Er schließt nicht leicht Freundschaften. Ich halte ihn sogar für einsam.«

»Kein Wunder, wenn er sich immer so benimmt!«

»Er ist im Grunde harmoniesüchtig. Eigentlich erträgt er keinen Streit. Darum leidet er so unter der Scheidung seiner Eltern.«

»Meine Eltern sind auch geschieden«, sagte Remy. »Irgendwann muss man doch mal darüber hinwegkommen und erwachsen werden. Sie sind ja nicht gestorben.«

»Das sage ich ihm auch immer. Hast du einen Freund, Remy?«

Remy musste lachen angesichts seiner Direktheit. Irgendwie mochte sie ihn. Er war so unkompliziert und offen. Tatsächlich eine Wohltat im Vergleich zu Rufus. Die Begegnung mit ihrem Bruder hatte sie doch ziemlich erschüttert.

»Im Augenblick habe ich keinen Bedarf«, sagte sie.

»Sagst du Bescheid, wenn sich das ändert?« Mit gespieltem Ernst sah er sie an, aber sie bemerkte das Lächeln in seinen Augenwinkeln und erwiderte es unwillkürlich, ihrer Bedrückung zum Trotz.

»Versprochen.«

Sie hatte Ricky vorher angerufen. Er wurde nicht gerne überrascht. Er hatte sich Mühe gegeben, ein paar Stücke Kuchen aus der Bäckerei geholt und viel zu starken Kaffee gekocht. Auf der Terrasse war sogar der Tisch gedeckt. Allerdings lagen zwischen den Kuchentellern allerhand Plastikteile und Kabelstücke.

»Hallo, Remy«, sagte er zerstreut. »Ich möchte dir was zeigen, vielleicht kannst du mir gerade mal kurz helfen.«

»Hallo, Ricky. Das ist Leander.«

Rickys Miene hellte sich auf. »Oh, hallo. Wunderbar. Sie können mir bestimmt helfen.«

»Worum geht es denn?«, erkundigte sich Leander amüsiert. Remy hatte ihn auf dem Weg eingeweiht, dass Ricky nicht anders konnte, als Männer für wesentlich nützlicher und intelligenter zu halten als Frauen.

»Hier.« Ricky wedelte mit einem Teil aus Silikon. »Sehen Sie, das ist das Modell eines winzigen Roboters, der einmal in unseren Körpern kleinere Operationen durchführen könnte. Dann wird er natürlich noch viel winziger sein. Er besteht vollständig aus Silikon und hat die Form einer Spinne, daher besitzt er eine Beweglichkeit in alle Richtungen, die man sonst mit nichts erreicht. Bitte halten Sie doch einmal diese beiden Drähte aneinander, ich muss sie löten. Und dann dasselbe auf der anderen Seite noch einmal. Sie müssen die Pinzette nehmen. Es muss so gelingen, dass dieser winzige Schalter mit einer Stecknadel betätigt werden kann, sehen Sie? Es ist natürlich nur ein Provisorium für einen Test …«

Leander zwinkerte Remy zu und beugte sich gehorsam über den Tisch.

Remy wanderte gemächlich durch den Garten, in dem nicht mehr viel wuchs, seit ihre Mutter, die Gärtnerin, nicht mehr hier lebte. Dafür breitete ein Nussbaum seine Krone weit aus. Eine runde Bank umfing seinen Stamm, und Remy entspannte sich eine Weile darauf, bis Ricky sich zufrieden aufrichtete und sie an den Kaffeetisch winkte. »Dein Freund ist sehr geschickt«, sagte er zufrieden und reichte ihr eine Tasse kalten Kaffees.

»Besser als dieser Rainer. Wird das was mit euch beiden? Es wäre gut, dann könnte er mir öfter helfen.«

»Leander ist nur ein Bekannter, tut mir leid, dass ich dich enttäuschen muss, Ricky. Wie geht es dir so?«

Ricky machte eine unbestimmte Handbewegung und schwappte dabei Kaffee auf seine Hose. »Oh, gut, gut. Dieser Roboter wird ein Knaller. Sie haben schon in der letzten Unizeitschrift darüber berichtet. Noch ein Jahr, dann geht er in die Testphase und kommt danach garantiert ganz groß raus.«

»Ricky, ich wollte dich um Rat bitten«, sagte Remy.

»Was, mich?«, fragte Ricky verblüfft. »Ich verstehe doch gar nichts von Biologie. Und vom Schreiben auch nicht.«

Das mochte sie an ihm. Wenn es nicht gerade um Frauen ging, kannte er durchaus seine Grenzen.

»Nein, aber was deine Projekte angeht, bist du immer erfolgreich. Grundsätzlich. Du hast noch nie eins aufgeben müssen. Es gab Fehlschläge und Fehler, aber am Ende hast du immer dein Ziel erreicht. Wie machst du das?«

»Warum fragst du?«

»Weil ich jetzt auch ein Projekt habe. Ich will nicht darüber reden, nicht jetzt. Ich möchte nur dein Erfolgsgeheimnis kennen. Wie gehst du strategisch vor?«

»Ganz einfach. Ich verschwende keine Zeit. Wenn es an einer Stelle nicht vorangeht, dann mache ich an einer anderen weiter. Immer dort, wo sich gerade am meisten bewegen lässt. Und wenn ich in einer Sackgasse stecke, dann gehe ich die Sache einfach von einer ganz anderen Seite an. Es heißt immer, man muss Prioritäten setzen. Das stimmt auch. Aber vor allem darf man keinen Leerlauf haben. So lässt sich immer etwas bewegen, und das muss man dann zuerst machen. Das bringt dann meistens die anderen Aspekte auch wieder zum Laufen.«

Remy dachte nach. Leander drehte bewundernd den kleinen Roboter hin und her.

»Hilft dir das irgendwie?«, fragte Ricky.

»Ja, das hilft mir. Und es macht mir Mut. Danke, Ricky.« Leanders Handy piepte. Er warf einen uninteressierten Blick darauf, der plötzlich hellwach wurde. »Habe ich es mir doch gedacht.« Er schob Remy das Handy hin. »Schau mal. Von Rufus.«

Leander, du Verräter, wenn diese Frau gerade noch bei dir ist, dann richte ihr bitte aus, dass sie dir alle Informationen über dieses Möbelstück aushändigen soll. Ich bin bereit, es mir anzusehen, solange ich nichts mit ihr persönlich zu tun haben muss.

»Ha. Du hast recht, Ricky! Es bewegt sich sogar schon ein wenig, ohne dass ich etwas gemacht habe«, sagte Remy langsam. »Aber so nicht, mein lieber Bruder! Wenn ich dich an Mervins Schrank lasse, dann mindestens zur Hälfte zu meinen Bedingungen. Du wirst dich noch mehr bewegen müssen.«

Leander betrachtete sie amüsiert. »Ich glaube, die nächste Zeit wird nicht langweilig.«

»Worauf du dich verlassen kannst!«, sagte Remy. »Ich diktiere dir jetzt eine Antwort. Bitte schreib sie auf.«

15

Begegnung

Als Remy nur gedankenverloren auf die Löwenzahnblüte blickte, die sie abgepflückt hatte, sah Leander fragend auf. »Und? Was soll ich schreiben?«

»Nicht das, was ich eigentlich sagen wollte. Ärger ist kein guter Ratgeber. Sagt Myra.«

»Versuch es einfach mit der Wahrheit«, schlug Leander vor. »Sag, was dir in den Kopf kommt. Ändern können wir es immer noch. Ich nehme lieber mein Tablet, falls es ein längerer Text wird.«

»Ich lasse euch dann mal alleine. Ich muss in die Werkstatt«, sagte Ricky und verschwand Richtung Kellertür.

»Gut, dann schreib bitte Folgendes«, sagte Remy und lehnte sich zurück. »Hallo, Rufus. Die Informationen zu dem Schrank gebe ich dir gern, sofern du zu einer Abmachung bereit bist. Es handelt sich um ein außergewöhnliches Stück, wie du wohl schon bemerkt hast. Da ich weiß, wie gut du in deinem Fachgebiet bist, würde ich es dir sehr gerne anvertrauen. Ich hatte gehofft, dass wir während dieses Projekts ein wenig mehr übereinander erfahren würden, aber ich respektiere, dass du das nicht möchtest, auch wenn ich es sehr bedauere. Daher schlage ich dir folgende Vereinbarung vor: Du entscheidest, ob du das Möbelstück unverbindlich ansehen möchtest. Wenn ja, werde ich allerdings bei dieser Besichtigung anwesend sein, da mir der Schrank etwas bedeutet. Wenn du den Auftrag annimmst, bitte ich dich, alle wichtigen Dinge bezüglich des Projekts mit mir zu besprechen. Wir müssen zum Beispiel einen Weg finden, die Sache zu finanzieren. Das könnte ein Problem sein. Ich werde darüber hinaus keinen unnötigen Kontakt zu dir suchen und keine anderen Themen ansprechen. Auch in deine handwerklichen Tätigkeiten bezüglich des Objekts werde ich mich nicht einmischen, da ich nichts davon verstehe und deinen Fähigkeiten vertraue. Wenn das Projekt abgeschlossen ist und du dann immer noch keinen weiteren Kontakt wünschst, werde ich mich ein für alle Mal daran halten.

Solltest du mit diesen Bedingungen einverstanden sein, schicke ich dir die Bilder und Informationen und werde mit dem Besitzer nach deinen Vorschlägen einen Termin vereinbaren.

Solltest du den Auftrag ablehnen, teile es mir bitte kurz mit. Remona.«

Leander tippte zu Ende, setzte ihre E-Mail-Adresse darunter, die sie ihm buchstabierte, korrigierte hier und da noch ein paar Fehler und nickte zufrieden. »Ich finde es gut.«

»Du kennst Rufus. Im Gegensatz zu mir. Was meinst du, wird er darauf eingehen?«

Leander hob die Schultern. »Keine Ahnung. Das weiß man bei Rufus nie, auch wenn man ihn kennt. Reine Glückssache.«

»Na schön. Dann will ich mal auf mein Glück vertrauen. Schick es ab. Wenn es dein Absender ist, liest er es wenigstens. Ich will mir auch nicht länger den Kopf darüber zerbrechen. Entweder schreibt er mir oder eben nicht.«

»Oh, antworten wird er auf jeden Fall.« Leander steckte sein Tablet ein. Remy hoffte, dass das scharfe Ratsch des Reißverschlusses, mit dem er seinen Rucksack schloss, nicht das Ende ihrer Beziehung zu ihrem Bruder markierte, die noch nicht einmal begonnen hatte.

Abends ging sie mit Theo essen. Danach ließ sie sich von ihm einiges über die Möbelstücke in seinem Laden erzählen.

»Du hast dich doch sonst nicht so dafür interessiert«, stellte er fest. »Dieser Schrank, den du da gefunden hast, scheint dich ja sehr zu faszinieren.«

»Er gefällt mir eben. Ich bin so gespannt, was noch für Muster zum Vorschein kommen, wenn man ihn richtig saubermacht. Ich habe Rufus einen Vorschlag gemailt, mal sehen, ob er darauf eingeht. Ich gehe jetzt ins Bett, ich bin müde.«

Sie schlief nie gut in Theos Gästebett. Die Stadt war zu laut für sie.

Sie war froh, als sie am nächsten Nachmittag wieder in Ahrenshoop ankam, ins Meer springen und in den kühlen Wellen alles abspülen konnte. Den Frust über ihren Bruder, den Lärm und den Staub der Stadt, die Anspannung, die unweigerlich das Ergebnis ihrer Treffen mit Ricky war. Obwohl er sich diesmal gut benommen hatte. »Ich weiß zwar nicht, was das für ein Projekt ist, das dir so am Herzen liegt«, hatte er beim Abschied gesagt, »aber es gefällt mir, dass dein Ehrgeiz geweckt ist. Wenn du dafür Geld brauchst, sag mir Bescheid.«

»Danke, Ricky.« Aber das wollte sie nicht. Dies war ihr Projekt, und sie wollte es allein schaffen.

Dafür aber würde sie seinen Rat befolgen und keine Zeit verschwenden.

Sie fuhr dahin, wo sie immer hinging, wenn sie etwas zu besprechen hatte, was ihr besonders am Herzen lag.

Ihre Mutter war dort, wo sie meistens zu finden war: in ihrem Garten. Jakob war bei ihr. Die zweite Ehe ihrer Mutter war das genaue Gegenteil der ersten. Jakob Hellmond war rücksichtsvoll, sanft und verstand sich blind mit Remys Mutter. Er trug Ylvi auf Händen, und Remy konnte sich nicht daran erinnern, dass jemals ein hartes Wort zwischen ihnen gefallen war.

Ylvi hatte einmal Architektur studiert, aber dann noch eine Gärtnerlehre drangehängt. Seit sie hier mit Jakob wohnte, kümmerte sie sich fast nur noch um die Gärten der Menschen in ihrer Umgebung, und am liebsten um ihren eigenen. Remy hatte keinen Zweifel daran, dass ihr Mervins Brief gefallen würde, als sie ihn ihr gab. »Würdest du den bitte mal lesen? Danach möchte ich etwas mit euch besprechen.« Sie erklärte kurz, wo sie den Brief gefunden hatte, und machte sich dann hungrig über Ylvis Birnenkuchen her, solange diese sich in die Zeilen vertiefte. Jakob, den Arm um Ylvis Schultern gelegt, las konzentriert mit.

Ylvi wischte sich eine Träne aus dem Augenwinkel, als sie aufsah. »Wie rührend«, sagte sie. »Ich mag Mervin. Und Clara. Wie gern hätte ich ihren Garten gesehen! Zu schade, dass er zerstört wurde. Und wie klug von ihnen, dass sie sich damals schon um die Insekten gekümmert haben.«

»So wie du«, sagte Jakob und küsste sie.

Ylvi putzte sich die Nase. »Ich gebe mir Mühe, dass in den Gärten, die ich anlege, genug Bienenpflanzen wachsen. Aber nicht alle Kunden mögen das. Viele wollen es immer noch ordentlich statt naturnah, selbst in dieser Gegend. Manche am liebsten nur Schotter und Beton, weil das angeblich pflegeleicht sei. Was natürlich falsch ist.«

»Ich hätte Mervins Garten auch sehr gern gesehen. Und ich will versuchen, dass der Schrank gerettet wird. Aber vor allem möchte ich, dass Mervin nicht vergessen wird«, erklärte Remy. »Sein Brief und der Garten, von dem er spricht, und Claras Sorge um die Insekten, das alles hat mich auf eine Idee gebracht. Ihr habt ja gehört, dass ich mit meinem Chef nicht immer einig bin. Ich weiß, das ist normal, man muss bei der Arbeit immer Kompromisse machen. Trotzdem. Ich möchte so gerne etwas Eigenes auf die Beine stellen! Ich möchte eine Zeitschrift gründen.« Nun war es heraus.

Ylvi und Jakob blickten nicht entsetzt, nicht einmal skeptisch, sondern interessiert.

»Ja, warum nicht, Liebes?« Ylvi schob ihr noch ein Stück Kuchen auf den Teller. »Ich ärgere mich immer über das Zeug, das ich beim Friseur lesen muss, weil nichts anderes da ist. Es wäre schon schön, wenn ich da mal was finden könnte, was mir guttut, anstatt mich zu langweilen oder mir zu unterstellen, ich sei zu dick.«

»Hast du Zweifel, ob du es schaffen könntest?«, fragte Jakob.

»Abgesehen davon, dass ich kein Geld habe, kaum Erfahrung und ganz allein bin, nein.« Remy runzelte die Stirn und stocherte in dem Kuchen herum. »Ich muss ja keine Miete mehr für das Wohnheim zahlen, und Myra gibt mir etwas dazu, weil sie sagt, sie spart sich durch mich eine Haushaltshilfe und den Pflegedienst. Aber das will ich nicht auf Dauer annehmen. Und dass ich bei dir in den Gärten deiner Kunden mitarbeiten kann, Mama, ist natürlich toll. Der Verdienst reicht für das Nötigste. Aber …«

»Aber du willst schreiben!«, sagte Ylvi. »Dann sollst du das auch! Dafür hast du schließlich studiert. Das mit der Zeitschrift ist genau das Richtige für dich. Du wirst jede Menge Erfahrungen sammeln.«

Remy schob den Kuchen auf dem Teller hin und her. »Ich weiß jedenfalls schon, wie sie heißen soll. Genau wie Mervin und Clara sehe ich die Insekten auch als ein Symbol für die schönen kleinen Dinge des alltäglichen Lebens. Manches geht so schnell verloren oder wird vergessen. So wie die Schmetterlinge zu weit über das Meer fliegen und nicht mehr zurückkommen, so ist das manchmal mit Freundschaften, die man aus den Augen verliert. So wie mit den Insekten, die aussterben, weil wir ihnen die Gärten und die Felder wegnehmen und die Blumen, die sie brauchen, so ist das auch mit den kleinen, scheinbar unbedeutenden, aber in Wahrheit kostbaren Erinnerungen. Wir vergessen sie und merken nicht, wie wichtig sie für uns sind. Und wie mit den Insekten ist das auch mit dem Lachen, dem Malen, dem Spazierengehen, dem Tanzen, was auch immer. Viele nehmen sich keine Zeit mehr dafür. All diesen Dingen möchte ich in meiner Zeitschrift Platz geben, wie Mervin den Blumen in seinem Garten. Und ich möchte andere finden, die das auch tun, weil sie ebenfalls so schreiben möchten.« Jetzt nahm sie doch noch einen Bissen und redete mit vollem Mund weiter. »Ich möchte, dass diese Zeitschrift heiter wird wie ein Garten, dass es schöne, bunte Dinge darin gibt. Keine Intrigen, keine Morde, kein Wühlen in den Skandalen anderer. Das gibt es genug in anderen Blättern. Meine Zeitschrift soll ein Garten sein, an dem man sich erfreuen kann und in dem man etwas lernt. Wo man kleinen Wundern begegnet, die scheinbar unscheinbar sind und trotzdem unendlich wertvoll. Wo man neugierig wird und sich lebendig fühlt und gern verweilt.« Sie unterstrich ihre Worte mit einer ausholenden Bewegung ihrer Kuchengabel. »Deswegen möchte ich die Zeitschrift *Mervins Garten* nennen.«

»Bei dieser Leidenschaft wird sicher etwas aus deinem Plan«, sagte Jakob lächelnd. »Du darfst nur nicht zu ungeduldig werden.«

»Natürlich wird das was. Mir gefällt deine Idee sehr, und ich werde dir helfen, wo immer ich kann«, sagte Ylvi mit leuchtenden Augen.

Später versuchte Remy, Kaia zu überreden, mit ihr zusammen ihre Mutter zu besuchen. »Ach, komm schon!«, sagte Remy am Telefon. »Sie freut sich bestimmt, wenn du mal kommst. Du hast mir doch versprochen, dass ich sie kennenlernen darf! Ich hätte ein paar Fragen an sie. Außerdem täte dir die Ablenkung gut. Du schreibst doch auch in ein paar Wochen deine Klausuren und hast immer gepredigt, dass zu viel büffeln nicht gut ist. Los, gib dir einen Ruck!«

»Na gut. Wenn es sein muss!«

Remy machte sich eine Liste, was sie Taru Favonius fragen wollte, gab es dann aber auf und beschloss, auf ihren Instinkt und den Augenblick zu vertrauen. Irgendetwas sagte ihr, dass es richtig sein würde, mit dieser Frau zu sprechen, die sie gar nicht kannte. Vielleicht einfach nur, weil Remy der Schreibstil so gefiel. Sie hatte noch mehr Artikel aufgestöbert, und wenn sie Tarus Zeilen las, fühlte es sich an wie eine Begegnung mit sich selbst in zwanzig Jahren.

»Du hast mir gar nicht gesagt, dass deine Mutter so schön wohnt«, sagte Remy, als sie den See erblickte, der silberfunkelnd in seinem tiefen Tal lag, umringt von altem Wald und Obstbäumen.

»Ja, es ist wirklich schön hier. Aber auch irgendwie mitten im Nichts. Es ist hier, als ob es den Rest der Welt gar nicht gäbe.«

»Ich mag das«, sagte Remy. »Sind wir da?«

»Ja. Du kannst neben dem Tor parken.«

Das Haus lag oben an einem Hang, der so steil war, dass man den Garten zum Teil in Terrassen angelegt hatte. Ein paar Stühle und ein Tisch standen an einer sonnigen Stelle auf dem Gras. Eine Frau saß über einen Laptop gebeugt, während daneben zwei Kinder und ein junger Mann an einem zweiten Tisch hantierten, der mit den Beinen in der Luft auf dem Rasen lag.

Die Frau sprang auf, als sie Kaia und Remy sah, und lief auf sie zu. »Kaia, wie schön!« Sie umarmte Kaia herzlich, und Remy hörte die Freude in ihrer Stimme. Kaia zögerte, dann erwiderte sie die Umarmung »Hallo, Mama. Das ist Remy, von der ich dir erzählt habe.«

Die Frau war groß und schlank, hatte dunkelblaue Augen und fast schwarze Haare mit einigen silbernen Strähnen darin, die sie in einem schulterlangen Bob trug. Ihr Händedruck war fest und ihr Blick offen. Remy mochte die Lachfältchen in ihren Augenwinkeln und das wache Interesse in ihrem Blick. »Hallo, Remy. Schön, dich kennenzulernen! Setzt euch doch. Ich hole den Kaffee, oder wollt ihr Tee?«

»Wer ist das denn? Und was treibt ihr da?«, fragte Kaia.

»Ach so, Entschuldigung! Das ist Heiko. Ich hatte dir erzählt, dass er gerade bei mir wohnt. Ein Kollege von mir. Und Philea und Memo, die Nachbarskinder.«

»Hallo. Wir bauen ein Floß«, erklärte Heiko. Er war wahrscheinlich in ihrem Alter, dachte Remy, als er ihr fröhlich die Hand schüttelte. Er hatte einen Igelhaarschnitt und muntere grüne Augen. Sein Lächeln hatte etwas Lausbubenhaftes. »Memo fand, der Tisch sei langweilig und viel besser als Floß zu gebrauchen. Für Piraten und so«, erklärte er. Remy betrachtete den

Tisch genauer. Die Platte war auf luftgefüllte Reifen montiert. An der Seite waren Ruder angebracht. Die Kinder waren damit beschäftigt, das Holz bunt zu streichen und an dem einen Tischbein eine Flagge zu hissen.

»Vielleicht wäre ein Geländer sinnvoll«, schlug sie vor. »Ein dickes Seil rund um die Beine gespannt, damit man sich festhalten kann und nicht gleich herunterfällt, wenn die erste Welle kommt.«

Heiko hob anerkennend den Daumen. »Eine super Idee. Taru, hast du vielleicht ein dickes Seil im Keller?«

»Keine Ahnung. Sieh einfach mal nach«, sagte Taru.

»Remy wollte dich etwas fragen«, sagte Kaia. »Unterhaltet euch ruhig, ich hole Kaffee.«

»Danke, Schatz. In der Küche steht schon ein Tablett mit Geschirr und Kuchen«, sagte Taru. Sie klappte den Laptop zu und schob ihn beiseite. »Setz dich doch, Remy. Was wolltest du mich fragen?«

»Ich mag die Art, wie Sie schreiben. So ähnlich möchte ich eines Tages auch schreiben«, sagte Remy und breitete ein wenig hilflos die Arme aus. Taru Favonius war ihr auf Anhieb sympathisch. Sie dachte an Leander. »Sag einfach, was du denkst«, hatte er ihr geraten. Sie wusste noch nicht, ob das bei ihrem Bruder irgendetwas bewirkt hatte, aber hier fühlte es sich richtig an. Sie musste Taru nichts beweisen. Taru war nicht ihr Chef. Sie war auch nicht mehr in einer Prüfung. Sie konnte einfach Remy sein, so wie sie war.

»Aber der Redakteur mag es nicht, wenn ich es versuche. Er sagt, es gibt kein Publikum dafür. Es geht ihm nur um Profit. Kaia hat erwähnt, dass Sie ähnliche Probleme hatten. Ich wollte

Sie einfach nach ihren Erfahrungen fragen und wie Sie mit der Situation und der Frustration umgehen.«

»Ach du lieber Himmel!«, sagte Taru und lachte auf. »Das kommt mir tatsächlich sehr bekannt vor. Aber ich weiß nicht, ob ich die Richtige bin, dir einen Rat zu geben. Ich habe aufgegeben und spontan alles hingeschmissen. Sag ruhig du zu mir. Ich komme mir sowieso ein bisschen alt vor, seit mein Kollege hier wohnt und die Kinder ein und aus gehen.«

»Sie … du hast einfach gekündigt?«

»Ja. Es war unüberlegt. Leider ist mein junger Kollege meinem Beispiel gefolgt.« Taru lehnte sich zurück und streckte die Arme zum Himmel. Sie sah trotz ihrer Worte nicht unzufrieden aus. Ganz im Gegenteil.

»Du bereust es aber nicht, oder?«, fragte Remy. Sie spürte eine kleine Aufregung in ihrem Bauch kribbeln. Man konnte das also tun! Man konnte einfach einem Impuls folgen und sich befreien von etwas, das zu einer zu großen Belastung geworden war.

»Nein. Ich bereue es überhaupt nicht. Es fühlt sich goldrichtig an. Ich mache mir allerdings ein wenig Sorgen um Heiko. Und ich muss mir ebenfalls überlegen, wovon ich in Zukunft die Raten für das Haus bezahlen soll. Ich will es als freie Autorin versuchen. Obwohl auch mein Chef überzeugt ist, es gäbe kein Publikum für das, woran mir liegt.«

Remy beugte sich vor. Sie konnte es nicht erwarten, Tarus Meinung zu ihrem Plan zu hören. »Wie wäre es, wenn man eine Zeitschrift mit einer geringen Auflage machen würde, für ein kleines Publikum, eines, das gern ganz bestimmte Dinge lesen möchte. Menschen, die einen Sinn für Schönes haben. Solche, die noch neugierig sind und über die kleinen Dinge staunen können. Die nicht nur auf Sensationen aus sind oder auf Morde und Intrigen, sondern die es auch spannend finden, wie ein Schmetterling Eier legt und dass diese wie Edelsteine aussehen. Die sich für Menschen interessieren, die vielleicht kein außergewöhnliches Leben haben und doch etwas Besonderes sind. Leser, die gern schöne Bilder sehen oder kunstvolle Zeichnungen und sich beim Lesen entspannen wollen. Menschen, die Fragen stellen und mitreden und Ideen haben, und vielleicht auch mal selbst einen Pinsel in die Hand nehmen wollen.« Sie deutete auf Heiko und die Kinder. »Meinst du nicht, dass es so ein Publikum gibt? Es müssen doch nicht immer Massen sein.«

»Wenn es sich rechnen soll, müssen es leider Massen sein«, sagte Taru. »Für eine geringe Auflage gäbe es sicherlich ein Publikum, aber für einen Verlag ist das uninteressant.«

»Aber es muss doch kein großer Verlag sein«, sagte Remy. »Ich habe eine Idee. Und einen Plan. Das mit dem Geld ist ein Problem, aber ich wollte erst einmal fragen, ob du das für möglich hältst.«

»Ob ich was für möglich halte?«, fragte Taru geduldig.

Während Kaia Teller und Kuchen verteilte, Kaffee einschenkte und die Kinder mit einem Pinsel in der einen und Kuchen in der anderen Hand um sie herumsprangen, erzählte Remy Taru von ihrem Plan. Von Mervins Schrank und seinem Garten und warum sie wollte, dass ihre Zeitung so hieß. Sie hatte das Gefühl, das Mervins Geschichte bei Taru gut aufgehoben war. Und sie sah an ihrem Gesichtsausdruck, als Taru genau zuhörte und an den richtigen Stellen nachfragte oder versonnen nickte, dass sie ihr Interesse geweckt hatte. »Was meinst du? Du hast so viel mehr Erfahrung als ich. Glaubst du, ich könnte das irgendwie schaffen?«, endete Remy schließlich. Sie nahm einen großen Schluck Kaffee.

Taru spielte mit einem Bleistift.

»Das wird nicht einfach. Die Frage der Finanzierung muss natürlich geklärt werden«, sagte sie schließlich. »Und du brauchst einen Aufhänger und ein genaueres Konzept. Allein wirst du das nicht schaffen. Aber wie wäre es, wenn ich dir dabei helfe und dir meine Erfahrung zur Verfügung stelle?« Taru sah auf und begegnete ihrem Blick. Remy entdeckte ein deutliches Funkeln in Tarus Augen. »Mich beschleicht das unheimliche Gefühl, es sollte so sein, dass wir uns gerade jetzt begegnen.« Taru blickte über Remys Schulter hinweg, als würde sie etwas ganz anderes sehen. Für einen Moment sprach sie mehr zu sich selbst als zu Remy. »Erst Philea mit ihren Schnecken, und nun dies! Dass es diesem Mervin gerade um Insekten geht, dass Käfer auf diesem Schrank zu sehen sind … es ist wie ein Zeichen.« Sie machte eine Handbewegung, wie um etwas abzuschütteln. »Entschuldige. Ich kann dir jetzt gerade nicht erklären, woran ich denke. Es ist eine sehr persönliche Geschichte, die wieder aufgetaucht ist und mich sehr beschäftigt. So persönlich wie die von Mervin. Zu deiner Idee: Der Plan klingt zwar nicht so, als ob wir davon unseren Lebensunterhalt bestreiten könnten, aber ich habe schließlich nicht alles riskiert, nur um den nächstbesten Job anzunehmen. Ich möchte endlich das tun, was ich für wichtig halte und was sich richtig anfühlt. So, wie du mir deine Vorstellung von dieser Zeitschrift beschreibst, klingt es wie etwas, auf das ich lange gewartet habe. Es wäre auf jeden Fall einen Versuch wert. Ich bin in genau der richtigen Stimmung für ein Abenteuer. Was sagst du, Remy, wollen wir deine jugendliche Begeisterung und meine Erfahrung in einen Topf schmeißen und es gemeinsam versuchen?«

Heiko trat zu ihnen an den Tisch und wischte sich die Kuchenkrümel vom Mund. »Hört mal, ihr beiden«, sagte er. »Ich habe genau zugehört. Wenn ihr das macht, dann bitte nicht ohne mich.«

»Zu dritt wären wir schon ein richtiges Team«, sagte Taru langsam.

Sie sahen sich an. Für einen Augenblick herrschte Stille. Remy war es, als ob in dieser Stille das Summen auf der Wiese um sie herum lauter wurde. Ein Marienkäfer landete zwischen den Kuchentellern und erklomm mühsam die Kaffeekanne. Ganz oben auf dem Knauf des Deckels verharrte er und begann, seine Flügel zu putzen.

Taru

Rügen

1971

16

Ilari

»In drei Stunden bringst du sie nach Hause, bis dahin sind wir dann auch vom Fischen zurück!«, sagte der Vater des Jungen.

Tarus Vater blickte zweifelnd. »Paul, bist du sicher, dass das gutgeht? Ihr wohnt noch nicht so lange hier. Ilari kennt sich nicht aus.«

Der Freund ihres Vaters lachte laut auf. »Ilari? Der kennt jeden Grashalm. Er hat einen Instinkt wie ein finnischer Troll. Da passiert nichts. Komm jetzt, lass uns das Wetter ausnutzen!«

Der Junge zog Taru die Treppe hinauf und dann den Hochuferweg entlang. Schon verschwanden die grauen Häuser von Sellin hinter ihnen. Um sie herum war nur noch Wald, hellgrün im Licht. Vor ihnen lag der sandige Pfad zwischen endlosen Baumreihen.

Taru kannte diesen Anfang des Weges. Oft war sie mit ihrem Vater hier entlanggelaufen. Aber noch nie ohne ihn. Sie war erst acht, und es war ihr nicht erlaubt, allein in den Wald zu gehen. Sie konnte das Märchen von Hänsel und Gretel nicht leiden, musste aber immer daran denken, wenn sie diesen Weg im Eifer ihres Spiels ein paar Schritte zu weit gegangen war. Nun aber war da dieser Junge, der größer war als sie. Er blickte auf sie herunter und sagte: »Ich bin schon zehn. Ich pass auf dich auf. Ich will dir etwas zeigen.« Taru zögerte noch. Ihr Vater hatte gesagt, sie könne den Jungen begleiten, und der Vater des Jungen war sein Freund. Aber ihr Vater hatte ihr auch verboten, mit Fremden mitzugehen.

»Ich kenne dich doch gar nicht«, sagte sie.

»Doch. Wir sind erst vor ein paar Wochen aus Rostock hierhergezogen, aber wir haben euch früher schon mal besucht, als du ganz neu geboren warst. Mein Vater hat es mir erzählt. Er hat gesagt, meine Mutter hat dir deinen Namen gegeben. Sie ist aus Finnland. Deswegen habe ich einen finnischen Namen, und du auch. Sie bedeuten etwas, so wie bei den Indianern.«

»Was heißt denn Ilari?« Taru wagte nicht zu fragen, was ihr eigener Name bedeutete. Was, wenn es ihr nicht gefiel?

»Es bedeutet *der Glückliche*. So wie Felix. Und dein Name bedeutet *Sage* oder *Erzählung*. Mein Vater meint, als meine Mutter dich gesehen hat, da hat sie gesagt: ›Das Mädchen hat Geschichten in den Augen. Taru würde zu ihr passen.‹ Deinen Eltern hat es gefallen.«

Taru wusste aus der Schule, was eine Sage war. Eine alte Geschichte, in der auch ein bisschen Wahrheit drin war. Ihr Name gefiel ihr.

»Mein Vater arbeitet jetzt für die Grenzbrigade«, sagte Ilari. »Und er hat eine Genehmigung, hier zu fischen, genau wie dein Vater. Das dürfen nur ganz wenige. So, jetzt kennst du mich und kannst mit mir mitkommen.« Er stapfte einfach voran, und Taru folgte ihm. Sie mochte diesen merkwürdigen Jungen. Er war nicht wie die anderen Kinder in der Schule, nicht so laut, und er lachte sie auch nicht aus. Er behandelte sie, als ob sie auch ein Junge wäre und genauso alt wie er. Das gefiel ihr.

Sie liefen um eine Kurve und dann um noch eine, und Taru schien es, als ob die Bäume um sie herum immer höher wurden, so dass sie die Spitzen gar nicht mehr sehen konnte, selbst wenn sie den Kopf in den Nacken legte. Wenn sie hier mit ihrem Vater gewesen war, hatte er sie oft huckepack genommen, und dann waren die Bäume nicht ganz so groß gewesen.

Wenn man weit genug ging, kam man an der Waldhalle an. Dort gab es Kaffee für die Erwachsenen und Eis für die Kinder. Aber das kam nicht so oft vor, nur sonntags oder wenn es etwas zu feiern gab, und dann war immer viel los. Jetzt war es ganz still. Sie hörte nur Ilaris Schritte gedämpft auf dem weichen Boden, den Wind in den jungen Blättern und ganz weit unten das Meer, das an die Steilküste rauschte. Ihr Vater hatte ihr eingeschärft, dass man niemals zu nahe an die Kante gehen durfte, denn die konnte an manchen Stellen abbrechen, und dann stürzte man in den Tod. Es gab auch Stellen, wo es sicher war, aber wo genau wusste nur ihr Vater. Einmal war er mit ihr auf einen Baum hinausgeklettert, der sich schräg über das Wasser lehnte. Wenn ihr Vater dabei war, hatte Taru fast keine Angst, aber es war doch unheimlich, auf dem Baumstamm zu sitzen und das Meer unter sich zu sehen. Ilari aber machte zu ihrer Erleichterung keine Anstalten, zu nahe an die Kante zu gehen. Er bog nach links auf einen anderen Waldweg ab und lief ein paar Schritte ins Dickicht. »Komm her! Es gefällt dir bestimmt.« Sie folgte ihm, froh, dass sie ihre festen Schuhe anhatte und nicht die Sommersandalen, die ihre Mutter ihr heute früh noch nicht erlaubt hatte.

Ilari stand am Rande einer kleinen Lichtung. Das heißt, es war nicht wirklich eine Lichtung, es war einfach eine Stelle, an der die Bäume kleiner waren und mehr Licht auf den Boden drang. Hier blühten dicht an dicht zarte, weiße Blüten wie aus durchscheinendem Porzellan, die sich im leichten Wind bewegten, als wären sie eine andere Art von Wasser. Nicht alle waren weiß, es gab auch einzelne blaue dazwischen.

»Buschwindröschen«, erklärte Ilari. »Und die blauen sind Leberblümchen. Wenn sie alle blühen, ist Frühling.«

»Sie sind so schön!« Taru wusste nicht, warum sie flüsterte. Es sah alles so verzaubert aus. Vielleicht gab es hier Zwerge? Sie besaß ein altes Bilderbuch aus der Kindheit ihrer Mutter, für das sie eigentlich längst zu groß war. Aber sie liebte es, weil die Zwerge darin auch in einem Wald wohnten und die Blumen in ihrem Dorf so hübsch gezeichnet waren.

»Auf Rügen gibt es vier verschiedene Farben von Zwergen, wusstest du das?«, fragte Ilari. Taru starrte ihn an. Jetzt war er ihr doch unheimlich. Wie konnte er wissen, was sie gedacht hatte? Außerdem hatte sie nicht gewusst, dass Jungen sich für Zwerge interessierten.

»Es gibt weiße, schwarze, braune und grüne, aber eben nur hier auf dieser Insel«, erklärte Ilari. »Meine Mutter hat das gesagt. Sie weiß alles über Zwerge und Trolle und so, weil es in Finnland viele davon gibt. Aber die Zwerge auf Rügen leben unter der Erde. Man sieht sie nicht, nur manchmal spielen sie den Menschen Streiche.« Hinter ihnen auf dem Weg, den sie gekommen waren, ertönte ein Rumpeln von Rädern. Ilari rannte zurück. »Hallo, Heinz! Nimmst du uns mit?«, rief er.

»Wo willst du denn hin, Junge?«, antwortete eine brummige, aber nicht unfreundliche Stimme.

»Bloß bis zur Wegkreuzung«, antwortete Ilari. »Komm, Taru.« Taru riss sich vom Anblick der weißen Blumen los und sah, dass Ilari vor einem Wagen der Waldarbeiter stand. »Springt ruhig auf«, ermunterte sie der Mann im Führerhäuschen. Ilari half Taru, hinten auf die Ladefläche zu klettern. Taru staunte. Sie kannte diesen Jungen erst eine halbe Stunde und hatte schon mehr mit ihm erlebt als sonst an einem ganzen Tag alleine.

An der Kreuzung ließ Heinz sie aussteigen. Der Wagen rumpelte fort. Ein paar Schritte weiter zeigte Ilari Taru einen Stein. »Das ist das Grab des finnischen Soldaten«, erklärte er. »Der war ein Vorfahre von mir. Jedenfalls könnte er es sein, oder? Deswegen gehöre ich ein bisschen hierher, auch wenn wir noch nicht lange hier wohnen.«

Tatsächlich war auf dem Stein ein schwarzes eisernes Schild angebracht, und darauf stand: *Hier ruht ein finnischer Krieger.*

»Er ist schon vor über hundertfünfzig Jahren gestorben«, sagte Ilari. »Aber ich denke, sein Geist ist noch hier und freut sich, wenn er mich sieht.«

Taru blickte sich furchtsam um. Hatte es da hinten nicht geraschelt? Ilari sah sie an und lächelte. »Du musst keine Angst haben. Er ist ein netter Geist. Außerdem weiß ich ein Mittel dagegen, wenn man Angst hat. Komm mit.«

Taru begann, sich daran zu gewöhnen, ihm zu folgen. Er hatte schon wieder den Weg verlassen, aber anscheinend wusste er genau, wohin er wollte. An einer dicken Rotbuche blieb er stehen. »Guck mal!« Er zeigte nach oben. »Wenn sich ein Baumstamm in zwei Teile teilt und dann weiter oben wieder zusammenwächst, dann nennt man das Loch ein Elfenfenster. Früher hat man kranke Kinder da durchgehoben, oder sie sind durchgeklettert, und dann wurden sie gesund, weil ihnen der Baum die Krankheit abnahm. Aber weißt du, was ich herausgefunden habe?« Er lehnte sich an den Stamm. Taru stellte fest, dass seine Augen manchmal blau und manchmal grün aussahen und dass kleine goldene Funken darin leuchteten. »Wenn man traurig ist oder Angst hat, und man klettert da durch, dann ist man hinterher wieder fröhlich. Das geht nicht nur mit Krankheiten. Ich glaube sogar, es geht gar nicht mit Krankheiten. Bei meinen Halsschmerzen hat es nicht geholfen. Ich denke, das haben die Leute früher falsch verstanden. Wenn man hindurchklettert, dann geht es einem besser, weil der Wald plötzlich wie verzaubert aussieht und weil man auf einmal für eine ganze Weile nicht mehr traurig sein kann. Willst du es ausprobieren?«

»Ich bin gerade gar nicht traurig«, sagte Taru. Sie wäre zu gern durch das Elfenfenster geklettert, aber Ilari hatte gesagt, dass der Wald dann hinterher anders aussehen würde, und davor hatte sie ein bisschen Angst. Sie wusste nicht genau, was er meinte. Vielleicht würde sie dann den finnischen Geist sehen, und das wollte sie lieber nicht, auch nicht, wenn es ein netter war. Auch ein netter Geist war schließlich ein Geist.

»Aber du fürchtest dich vor dem finnischen Krieger. Du kannst dich ruhig trauen«, sagte Ilari. »Ich pass auf dich auf, habe ich doch gesagt. Du verpasst sonst was.«

Das wollte sie nicht. Sie wollte nichts verpassen, was dieser seltsame Junge ihr zeigte. Um nichts auf der Welt hätte sie den Anblick der Buschwindröschen, die so hell im Wind zitterten, verpassen wollen. Also nahm sie sich zusammen und trat näher.

»Du kannst auf meine Hände steigen«, sagte Ilari und machte ihr die Räuberleiter. Als sie sich auf seine Schulter stützte, bemerkte sie, dass er nach Klee und Zimt und Erde im Frühling roch.

Ihr Fuß passte gerade auf den Boden des hohen, schmalen Fensters im Baumstamm. Die Rinde war rau und warm an ihren Händen und bot ihr festen Halt. Einen Augenblick schluckte der alte, geteilte Baumstamm rechts und links das Licht, und es war wie in einem Tunnel. Hinter sich spürte sie die warme Gegenwart des Jungen, der ihr heute früh noch fremd gewesen war, und vor ihr wartete ein grünes, windbewegtes Leuchten, vertraut und doch anders. Heller, goldener, weicher und zugleich klarer, glasklar. Alles schien besonders scharf gezeichnet, wie eine Reflexion im Wasser oder das Bild in einem Spiegel. Für einen Augenblick zögerte Taru, überlegte, ob sie zurückgehen sollte auf die Räuberleiter. Doch es gab schon kein Zurück mehr. Ilari war um den Baum gelaufen und reichte ihr die Hand, um ihr auf der anderen Seite wieder herunterzuhelfen. Ihre Jacke blieb an einem hervorstehenden Ast hängen, als sie heruntersprang. Der kleine Riss, der entstanden war, beruhigte sie seltsam. Er bewies ihr, dass sie wirklich durch dieses Elfenfenster gekommen war, durch den Baum, der so unbeteiligt dastand, als wäre nichts geschehen. Sie war froh, wieder sicheren Boden unter den Füßen zu haben, und zugleich bedauerte sie es.

»Und?«, fragte Ilari und lächelte sie an.

»Was?«

»Kommt dir etwas anders vor?«

Einen Augenblick dachte sie, er wollte wissen, ob sie sich weh getan hätte, aber dann fiel ihr ein, was er meinte. Sie sah sich um. Der Eindruck, den sie von oben gehabt hatte, dass alles leuchtender, farbiger und scharfgezeichneter aussah, war geblieben. Außerdem kam sie sich irgendwie größer vor, als wäre sie da oben einen Zentimeter gewachsen oder aber nicht ganz wieder auf der Erde gelandet. Doch das konnte nicht sein. Sie spürte ja den Boden unter ihren Füßen, deutlicher als zuvor. Jeden kleinen Stein, jede Wurzel, jede Delle in der weichen Erde. Jede Eichel vom letzten Jahr. Alles, was immer schon da gewesen war, war ihr noch nie so bewusstgeworden. Sie entdeckte eine Schlüsselblume, die vorhin bestimmt noch nicht dort geblüht hatte. Eine Blaumeise sah aus einem Loch hervor, in dem sie sicherlich gerade ein Nest baute. Der winzige Vogel blickte Taru direkt in die Augen, als wären sie Freunde und als würden Taru jeden Moment Flügel wachsen.

Alles war wie vorher, und doch war es anders. Auch der Gedanke an den Geist störte sie nicht mehr. Taru war sich nicht sicher, ob es an dem Elfenfenster lag oder an ihrer neuen Freundschaft mit einem Jungen. Mit *diesem* Jungen. Es war doch eine Freundschaft, oder? Auf einmal wollte sie nicht, dass das wieder aufhörte. »Bleibt ihr jetzt für immer hier?«, fragte sie.

»Weiß nicht. Sicher für lange. Papa hat ja gerade erst angefangen, hier zu arbeiten. Es ist eine gute Arbeit, bei der Grenzbrigade zu sein, hat er gesagt. Und meine Mama arbeitet da, wo deine auch ist.«

Taru sah die Küche des Ferienheims vor sich, voller Dampf und klappernder Topfdeckel und emsiger Frauen in Schürzen. Es roch immer gut dort. Weil so viele hungrige Menschen auf das Essen warteten, hatte ihre Mutter nie Zeit für Taru.

»Du musst auch durch das Elfenfenster klettern«, sagte sie.

»Das habe ich doch vorgestern gerade wieder gemacht«, sagte Ilari. »Komm, ich will dir noch mehr zeigen.« Aber Taru blieb trotzig stehen. »Du musst auch hindurchklettern! Du musst!«

Aus irgendeinem Grunde war es ihr unglaublich wichtig. Vielleicht würde es helfen, dass Ilari auf der Insel blieb. Vielleicht würde es irgendwie eine Freundschaft besiegeln, auch wenn Jungen normalerweise nicht mit Mädchen spielten. Jedenfalls nicht in der Schule. Aber sie waren nicht in der Schule. Sie waren im Wald, und der Wald hatte einen neuen Zauber für

Taru. Er war voller Möglichkeiten. Wie ein langes, aufregendes Abenteuer. Vielleicht lag es auch nur daran, dass Frühling war. Der letzte Frühling schien so lange her zu sein, dass sie sich kaum daran erinnern konnte. Wenn Ilari jetzt auch durch das Elfenfenster kletterte, dann verband sie etwas für immer, da war sie sich sicher.

»Na gut, wenn du es unbedingt möchtest.«

Sie hätte ihm auch gern eine Räuberleiter gemacht, aber er sprang federleicht hinauf. Nun konnte sie ihn nicht mehr sehen. Was, wenn das Elfenfenster manchmal in eine andere Welt führte, so wie der Schrank in einem Buch, das man ihr vorgelesen hatte? Erschrocken lief sie um den Baum herum und war erleichtert, als Ilari dort stand, sich Rindenstücke von der Hose wischte und sie anlächelte. »Jetzt zeige ich dir noch meinen Lieblingsplatz, aber dann müssen wir nach Hause.«

»Woher weißt du das? Hast du eine Armbanduhr?« Sie hatte ihre eigene wieder mal vergessen. Sie mochte das enge Band am Arm nicht. An Ilaris Arm sah sie auch keine. Nur einen länglichen roten Fleck, der ein wenig wie ein Käfer aussah. Sicher war es beim Malen passiert, mit der Farbe, die sich schlecht abwaschen ließ.

»Das sehe ich doch daran, wie hoch die Sonne steht. Lass uns rennen.«

Sie sausten den federnden Weg entlang, auf der dicken Schicht Tannennadeln vom letzten Jahr, und der Zauber blieb. Der Wald war bunter und größer und aufregender als jemals zuvor. Taru bemerkte im Vorbeilaufen die grünen Arme, die die jungen Farne entrollten, die Ameisenstraßen, die zu einem Hügel führten, und wie sich der Himmel in den Pfützen spiegelte. Ilari hätte sie mit seinen langen Beinen mühelos überholen können, aber er passte sein Tempo ihrem an. Daran dachten nicht einmal ihre Eltern, wenn sie spazieren gingen.

Schwer atmend blieben sie schließlich stehen, als der Weg unter einer alten Eiche endete. Ein gelber Schmetterling umkreiste sie. »Das ist ein Zitronenfalter«, sagte Ilari.

Taru wusste wenig über die Namen von Schmetterlingen. Sie dachte noch darüber nach, als Ilari sie energisch weiterwinkte. Erst jetzt sah sie, dass sie fast am Ufer eines Sees angekommen waren. Ein Holzsteg führte ein Stück über den Schilfgürtel hinweg. Die verwitterten Bretter klangen hohl unter ihren Schritten, seltsam dumpf, als würde das Wasser darunter über die Kinder lachen, die sich darüberwagten. Am Ende zog Ilari seine Schuhe aus, setzte sich und steckte die Füße ins Wasser. »Das ist der Schwarze See. So heißt er wirklich. Er ist sehr tief«, sagte er. »Willst du nicht auch die Füße ins Wasser tun? Es kribbelt so schön.«

»Heute nicht«, sagte Taru. Sie kniete sich neben ihn und streckte einen Finger ins Wasser. Es war kalt, so kalt, dass ihr Finger zu schmerzen begann. Sie zog ihn zurück. Das Wasser war wirklich schwarz. Sehr schwarz.

»Weil du nach den Sagen heißt, werde ich dir eine Sage erzählen«, sagte Ilari. »Ich hab sie von einem alten Mann, der neben uns wohnt und schon immer hier gelebt hat.«

Taru rubbelte ihren Finger an ihrer Jacke warm und hörte ihm zu. Das war besser, als in das Schwarz des tiefen Sees zu blicken.

Ilaris Stimme wurde geheimnisvoll leise, so dass sie genau hinhören musste. »Vor vielen Jahren hat dieses Grundstück einmal einem reichen Mann gehört. Er wohnte in einem Schloss, und das Schloss stand genau hier in der Senke. Aber als er einmal von der Jagd zurückkam, war das Schloss fort, und stattdessen war hier der See. Er hatte alles verloren.«

»Aber warum? Hat er etwas Böses getan?« Deswegen also war ihr der See so unheimlich.

»Ich weiß nicht. Vielleicht weil er Kaninchen geschossen hat oder Rehe. Aber vielleicht ist es auch einfach so passiert. Jedenfalls sagt man, dass einmal im Jahr, nachts, wenn der Mond scheint, mitten im See ein Stuhl im Wasser schwimmt. Und wenn in dieser Nacht ein Sonntagskind das sieht und genug Mut hat, dann kann es über das Wasser gehen und an diesem Stuhl das ganze Schloss wieder hochziehen.«

»Was ist ein Sonntagskind?«

»Ein Sonntagskind ist an einem Sonntag geboren. So wie ich. Und es hat oft Glück.« Ilari zog seine Schuhe und Strümpfe wieder an, ohne sich die Füße abzutrocknen. Er sprang auf. Taru folgte seinem Beispiel und war froh, dass sie nicht mehr auf dem Steg sitzen musste, wo die Kälte von unten kam und das schwarze Wasser so nahe war. Ilari schlenderte zurück an Land. Als sie wieder auf dem Waldboden standen, drehte er sich zu Taru um und sah sie an. »Eines Tages werde ich den Stuhl sehen, und dann hole ich das Schloss wieder herauf.«

Taru war sich ziemlich sicher, dass der Nachbar ein Märchen erzählt hatte und keine Sage, und dass in dem See kein Schloss war, sondern Hechte und andere Fische mit Zähnen. Aber so wie Ilari dastand, ein wenig breitbeinig, die Hände in den Hosentaschen und ein Stück Rinde im Haar, glaubte sie ihm trotzdem.

»Wir könnten drin wohnen«, sagte er. »Und ich würde sowieso nie ein Reh oder ein Kaninchen schießen.«

Ilari kannte eine Abkürzung. Diesen Weg hatte Taru noch nie gesehen, er führte aber überraschend schnell zurück nach Sellin in die Wilhelmstraße. Ilari blieb auf den Stufen des Hauses sitzen. Drinnen hörte man durch das offene Fenster ihren Vater und Paul lachen. »Geh ruhig hinein, ich warte hier auf meinen Vater«, sagte er. Taru schlüpfte zur Hintertür rein, die nie abgeschlossen war, wenn ihre Eltern zu Hause waren. Sie zog ihre schlammigen Schuhe im Windfang aus. »Tschüs Hannes,« sagte Ilaris Vater drinnen gerade. »Bis bald! Danke für den hervorragenden Kuchen, Laura.«

»Auf Wiedersehen, Paul«, sagte Tarus Mutter. »Grüß Svea von mir.« Taru hörte das Öffnen und Schließen der Vordertür.

»Hannes, bist du denn sicher, dass das gut ist? Er ist bei der Grenzbrigade! Nicht bei deiner LPG. Deine Traktoren reden nicht, aber …« Taru hörte echte Besorgnis in der sonst so gelassenen Stimme ihrer Mutter. Sie hatte gerade hineingehen wollen, aber jetzt blieb sie stehen und bemühte sich, leise zu atmen.

»Laura, ich bitte dich! Ich kenne Paul, seit wir damals in Rostock zusammen in der Ausbildung waren. Er würde nie etwas tun, was mir oder uns schadet. Ich würde meine Hand für ihn ins Feuer legen wie für keinen anderen. Und für Svea auch.«

»Ja, ich weiß. Hoffentlich musst du das nie. Und ich bin sehr froh, dass Svea jetzt mit mir im FDGB-Ferienheim arbeiten kann. Trotzdem! Seid bitte vorsichtig! Denk wenigstens an Taru.«

»Liebe Laura, mach dir keine Sorgen. Wir wissen, was wir tun. Wir passen auf wie die Schießhunde. Kein leichtsinniges Wort an einem unsicheren Ort, versprochen. Niemand wird jemals etwas von uns hören, was man in den falschen Hals bekommen könnte. Ist noch was von dem Kuchen da? Paul isst immer noch so viel wie damals. Wo steckt eigentlich unser Mädchen? Sie hat bestimmt Hunger.«

Als Taru die Tür öffnete, erkannte sie, dass das Elfenfenster nicht alles konnte. Es hatte den Wald verzaubert und bedeutete den Beginn einer neuen Freundschaft, und nichts würde so sein wie vorher. Doch gegen ihre alte Angst, die Angst vor dem Dunkeln, vor *falschen Worten* und vor den rätselhaften Wanzen mit den großen Ohren, die so gefährlich waren, dagegen hatte es nicht geholfen.

Wie auch, wenn sogar ihre Mutter sich davor fürchtete?

17

Abenteuer

»Ich will dir auch einen Platz zeigen«, sagte Taru mutig, als sie Ilari auf der Treppe sitzen sah. Sie war wie immer zum Spielen hinausgegangen, war aber nicht überrascht, Ilari dort zu sehen. Sie wusste nicht warum, aber es fühlte sich einfach richtig an. So normal wie die Tatsache, dass es heute stürmisch war, dass sie sich in der Schule gelangweilt hatte und dass auch heute Abend wieder die Sonne untergehen würde, obwohl man jetzt hinter den dicken Wolken nicht sah, dass sie überhaupt da war.

Der Wind war längst nicht mehr kalt. Taru mochte es, wenn er ihr durch die Haare fuhr und sie mal hierhin, mal dorthin schob. Es war genau der richtige Wind für ihren Lieblingsplatz.

»Ist gut«, sagte Ilari. Jetzt war er es, der *ihr* folgte. Es war nicht weit, nur die Wilhelmstraße hinunter zum Strand, wo die Reste der Seebrücke aus dem Wasser ragten. Dann nach links, wo der Strand immer schmaler wurde, der Sand schließlich verschwand und nur noch Steine übrig blieben. Über diese Steine zu laufen war anstrengend und schwierig. Man musste aufpassen, dass man sich nicht den Knöchel verstauchte oder die faustgroßen Kiesel so ins Rutschen brachte, dass man sich einklemmte oder einem ein noch größerer Stein auf die Zehen rollte. Nie hatte man einen sicheren Stand. Trotzdem zog Taru die Schuhe aus und ließ sie auf einem Findling stehen. Die meisten Steine hatten keine scharfen Kanten mehr, so viele Jahrzehnte, Jahrhunderte oder Jahrtausende hatte das Meer sie in der Brandung gerollt und geschliffen. Nur die Feuersteine, die manchmal dabei zersprangen, bohrten sich gelegentlich in die Fußsohlen. Taru lief weiter bis zu einem großen Findling, der von den Wurzeln eines toten Baumes umschlungen wurde, ein bisschen so, wie sie sich einen Thron vorstellte. Auf dem Stein konnte man sitzen und sich an das trockene Holz des abgebrochenen Baumstamms lehnen. Die Wurzeln waren auf der einen Seite hoch wie eine Armlehne, und unten erleichterten sie das Hochklettern auf den Stein. An manchen Tagen war er warm von der Sonne, heute jedoch nass von dem Schaum der Wellen, den der Wind in großen Flocken landeinwärts jagte.

Ilari legte eine Hand über die Augen und spähte in die Ferne. Dann zeigte er auf einen hellen Punkt, der sich weit draußen auf den Wellen auf und ab bewegte. »Da liegt das Grenzschiff vor Anker, auf dem mein Vater heute Dienst hat«, sagte er. »Er passt auf die Leute auf.«

Taru nickte. Bei diesem Wetter war zwar niemand im Wasser, aber wenn die Sonne schien, hatte sie keine Angst, schwimmen zu gehen. Hier konnte niemandem etwas passieren, so viele Leute passten auf. Morgens bei Sonnenaufgang flog ein Hubschrauber die Küste entlang. Immer wieder liefen Männer in Uniform und mit einem Gewehr über der Schulter den Hochuferweg ab oder unten am Strand entlang. Und stets ankerte ein Grenzschiff draußen oder fuhr hin und her. Luftmatratzen und Boote waren verboten, wenn man nicht eine besondere Genehmigung hatte wie Tarus und Ilaris Väter. Das war, damit der Wind niemanden so weit abtrieb, dass er in das Land des Feindes geriet.

Nein, hier brauchte man keine Angst zu haben. Es wurde immer sehr gut aufgepasst.

Nur auf die Nacht konnte niemand aufpassen, auf die Dunkelheit, denn die kam überallhin, da half auch kein Gewehr.

»Das ist ein guter Lieblingsplatz«, sagte Ilari und setzte sich neben sie auf den Stein. Es machte ihnen nichts aus, dass er feucht war, der Wind würde ihre Hosen schnell wieder trocknen, noch ehe sie zu Hause waren.

»Am liebsten mag ich die Stimme der Steine«, sagte Taru. »Horch mal.« Zusammen lauschten sie den Wellen. Immer wenn eine stärkere dabei war, wälzte sie die Steine am Rand um, holte neue aus der Tiefe und riss andere mit sich. Die Steine rieben sich aneinander und gaben dabei auch unter Wasser ein Grollen und Rollen und Murren und Murmeln von sich. Es klang geheimnisvoll und aufregend und gleichzeitig beruhigend. Immer wenn Taru sich einsam fühlte, lief sie hier herunter und lauschte der Stimme. Die enttäuschten sie nie. Es waren so viele, dass man sich nicht allein fühlen konnte. Bei gutem Wetter, wenn die See ruhig war, waren sie nicht zu hören, aber Taru wusste, dass sie trotzdem da waren und nur auf den nächsten Wind warteten.

Heute war der Wind genau richtig. Jede Welle trug eine Schaumkrone. Weiter draußen sahen sie aus wie Linien mit weißen Zacken. »Die See zeigt ihre Zähne«, sagten die Fischer dann.

Ilari bückte sich nach einem runden Stein, der wie ein Ei in seiner Handfläche lag. Er war hell mit schwarzen Punkten. »Weißt du auch, wie die Steine heißen?«, fragte er. »Das hier ist Granit. Und wenn sie Streifen haben, so wie der hier«, er bückte sich nach einem anderen, der rötlich war und braune Linien aufwies, »dann ist es Gneis. Sie sind über eine Milliarde Jahre alt.«

Taru wusste nicht genau, wie viel eine Milliarde war. Aber es klang sehr viel, noch viel mehr als Jahrtausende. Die Namen Granit und Gneis hätten auch zu Zwergen gepasst. Auf einmal hatten die Steine alle Gesichter, weil sie solche Namen trugen. Jetzt wusste sie, warum sie sich hier nie einsam gefühlt hatte. Die Steine waren ihre Freunde, ihre Gefährten. Ilari gab ihr wieder einen anderen in die Hand, einen helleren mit Mustern darin. »Das ist Kalkstein, der ist nur ein paar Millionen Jahre alt. Und das da drin sind Muscheln, die damals gelebt haben.« Taru hatte auch schon solche Steine gefunden, aber sie hatte nicht gewusst, was sie bedeuteten. Diesen steckte sie in ihre Tasche wie einen Schatz.

Ilari lief jetzt am Rand der Wellen auf und ab und stöberte im Geröll herum. Taru tat es ihm nach. Dort waren die Steine nass und ihre Farben deshalb bunter. Nach einer Weile rissen die Wolken auf. Die weißen Zähne der See leuchteten noch gleißender, und in der Ferne malte das Licht die Kreideküste schneeweiß an. Wenn Taru sich im Dunkeln fürchtete, versuchte sie immer, an die Kreideküste in der Sonne zu denken. Sie war so blendend hell, dass man ihr zutrauen konnte, die Dunkelheit auszulöschen. Sie tat es nie, aber es half Taru trotzdem ein wenig, daran zu denken. Sie hatte auch immer ein Stück von der Kreide in der Tasche. Wenn sie damit auf schwarzen Steinen malte, gab es ihr für einen Moment das Gefühl, stärker zu sein als die Dunkelheit.

Weil sie in das Weiß sah und nicht achtgab, stieß Taru mit dem großen Zeh gegen einen scharfen Brocken und unterdrückte einen Schmerzenslaut. Doch als sie sich den Zeh rieb, fiel ihr Blick auf einen Stein, der flach und silbergrau war. Fast in der Mitte war ein Loch, so groß wie eine Walnuss. Ein Hühnergott! Jetzt hatte sie auch etwas, das sie Ilari schenken konnte.

Sie stolperte zu ihm hin und reichte ihm ihre Entdeckung. »Für dich!«

Er nahm nicht den Stein, sondern legte seine Hand um ihre und hob sie hoch, gegen das Licht. »Wenn man einen Hühnergott so vor die Sonne hält, dass man sie durch das Loch sehen kann, dann darf man sich etwas wünschen, und es geht in Erfüllung«, sagte er. »Du darfst nur nicht verraten, was du dir gewünscht hast.«

Zusammen sahen sie durch das Loch die Kreidefelsen leuchten, bis die Konturen in der Helligkeit verschwammen.

Taru wünschte sich so viel! Sie wünschte sich, dass Ilari immer hier sein würde, dass die Stimme der Steine nie verstummen würde und dass ihre Angst vor der Dunkelheit endlich aufhörte. Der Augenblick war vorüber, ehe sie sich entschieden hatte, und sie hoffte einfach, dass das Loch vielleicht groß genug für alle Wünsche gewesen war. Ilari steckte den Stein sorgsam ein. »Danke«, sagte er. »Willst du mit auf mein Piratenschiff kommen? Bei diesem Sturm können wir damit bis nach Australien fahren. Die Grenzbrigaden können es nicht sehen.«

»Die Feinde im Feindesland auch nicht?«, fragte Taru. Was Piraten waren, wusste sie, das kannte sie aus ihren Büchern. Indianer und Piraten hatte sie auch schon mit ihren Cousins gespielt. Aber das waren nur Spiele gewesen. Im Feindesland gab es andere Bösewichte, Faschisten und Kapitalisten zum Beispiel. Taru wusste nicht, was das war, aber so wie die Lehrer davon sprachen, stellte sie sich die ziemlich schrecklich und gefährlich vor. Sie war erleichtert, als sie sah, dass Ilaris Piratenschiff, das nur ein paar hundert Meter entfernt von ihrem Thron im Wald lag, auch nur ein Spiel war.

Es war ein alter, umgefallener Baum, an dem vorn ein krummer Ast hochstand wie der stolze Bug eines Schiffes. In der Mitte hatte Ilari ein Segel gehisst, das aus einer alten Zeltplane bestand. Mit einer Verbeugung setzte er Taru einen alten Hut auf, den er in dem hohlen Stamm versteckt hatte. Außerdem bekam sie einen Säbel, der aus Holz geschnitzt war. Er selbst zog sich eine Augenklappe über. Dann brach er von einem anderen, modrigen Stamm einen schwarzen Baumpilz ab und malte sich selbst und Taru damit einen Schnurrbart auf. »Setz dich da hin und halte dieses Tau«, sagte er. »Pass gut auf, dass das Segel straff bleibt. Ich gehe ans Steuer.« Das Steuer war eine dicke Wurzel am Heck, die er nach innen gebogen hatte. Taru sah auf seine Hand, wie sie das Steuer festhielt und von rechts nach links bewegte. Auch sie klammerte sich an das Seil und versuchte, das Segel festzuhalten, das im Wind knatterte. Dazwischen hörte sie Ilaris Stimme. »Wir fahren genau auf den Horizont zu, denn dahinter ist Australien. Man kann es nur nicht sehen, weil die Erde rund ist. Ich behalte die Sonne im Auge, dann weiß ich immer die Richtung. Die Grenzbrigade kann uns nicht entdecken und die feindlichen Kapitalisten auch nicht, denn unser Schiff ist für Erwachsene unsichtbar. Je näher wir an Australien kommen, desto wärmer wird es. Die Fische werden immer größer, es gibt Delphine und riesige Tintenfische. In Australien sind keine Steine am Strand, dort ist der Sand fein und gelb, und es gibt Vögel mit sehr bunten Federn.«

Taru vergaß beinahe, dass es ein Spiel war, weil der Wind so im Segel lärmte und zog, weil der Schnurrbart sie unbesiegbar machte und mit Ilari am Steuer nichts passieren konnte. So würden sie es ganz sicher bis nach Australien schaffen. Sie konnte sich genau vorstellen, wie die Sonne auf den roten und blauen Federn der Vögel glänzte. Sie hörte die Vögel sogar singen. Erst als sie die Augen wieder öffnete, wusste sie, dass es ein Zaunkönig war, der in der Rotbuche über ihr zwitscherte.

In dieser Nacht hatte sie keine Albträume, denn immer, wenn die Angst kommen wollte, dachte sie an die bunten Vögel und daran, dass vielleicht nicht nur die Grenzbrigaden sie nicht sehen konnten, wenn sie auf dem Piratenschiff war, sondern auch die Wesen in der Dunkelheit nicht.

Taru hatte sich auch vorher selten gelangweilt. Allein gefühlt oft, aber nicht gelangweilt. Doch seit sie fast Tag für Tag mit Ilari zusammen war, war alles wesentlich aufregender geworden. Der Wald, der Strand und das Meer boten ein einziges Abenteuer, und die langen Sommertage waren zu kurz für alles, was sie miteinander erlebten. Taru fragte sich nie, warum er nicht lieber mit den anderen Jungs spielte. Es war sonnenklar, dass er anders war, dass er ebenso wenig zu ihnen passte wie sie zu den anderen Mädchen und dass er deswegen ebenso ausgelacht wurde. Einmal war sie dabei, und ihr fiel auf, dass es Ilari egal war, wenn die anderen lachten. Er ging einfach weg.

Als die Buschwindröschen und die Leberblümchen verblüht waren, pflückten sie Maiglöckchen für ihre Mütter, und Ilari achtete darauf, dass sie sich hinterher die Hände wuschen, weil diese Blumen giftig waren. Später zeigte er ihr, dass es auf Rügen Orchideen mit lustigen Namen gab, zum Beispiel den Frauenschuh und das rote Waldvögelein. Er lehrte sie, dass das feine Piepen im Gebüsch von den Wintergoldhähnchen kam, die es nicht nur im Winter gab. Er zeigte ihr, wie man die Wintergoldhähnchen von den Sommergoldhähnchen unterscheiden konnte. Taru liebte diese winzigen, scheuen Vögel, die so zart aussahen. Dass die Zwerge unsichtbar blieben, machte ihr gar nichts, wenn es solche Wesen gab, die gewiss viel schöner waren. Ilari brachte ihr auch die Namen der Schmetterlinge bei, zeigte ihr den Admiral und das Tagpfauenauge, den Schachbrettfalter, das Federgeistchen, das Widderchen und die Bläulinge. Wer brauchte da noch Elfen – oder waren das vielleicht sogar welche?

Nahe der Buschwindröschenlichtung bauten sie eine geheime Höhle im Wald. Tagelang schleppten sie lange Äste heran und lehnten sie wie ein Zelt um eine dicke Eiche. Von außen wälzten sie Steine herbei und stützten die Äste damit ab. Ein anderes Mal half Heinz ihnen, der das als Junge auch schon mit seinen Freunden gemacht hatte. Es gab sogar einen Anbau aus einer riesigen Kohlekiste, die Ilari mit Hilfe von Heinz aus der LPG organisiert hatte. Zu zweit konnten sie gerade in der aufrecht gestellten Kiste sitzen. Von außen bedeckten sie die Höhle mit Efeuranken und Gestrüpp, damit sie gut getarnt war. Wenn es regnete, vertrieben sie sich dort die Zeit. Das Zelt aus Ästen war nicht dicht, die Kiste schon. Ilari hatte von irgendwoher eine Plane besorgt, aus der sie ein Vordach bauten, und so saßen sie dort, lauschten dem Regen, der daraufprasselte, und Ilari las Taru Geschichten vor oder erzählte ihr welche.

Taru folgte Ilari weiterhin vertrauensvoll überallhin, nur wenn er zum Schwarzen See wollte, fand sie stets eine Ausrede. Es gab Tage, an denen er nicht vor ihrer Haustür auftauchte, und dann ahnte sie, dass er dort war. Wenn der See einen anderen Namen gehabt hätte, hätte sie sich vielleicht weniger davor gefürchtet, aber der Name passte nun einmal zu der finsteren Tiefe, in die sie nicht blicken wollte.

Wie hell war dagegen das sommerliche Meer! Es wurde warm, und sie gingen fast täglich schwimmen. Ilaris Vater hatte von irgendwoher eine Taucherbrille aufgetrieben. »Ich glaube, er hat mal wieder ein Westpaket bekommen«, sagte Ilari. »Er hat einen Onkel in München. Der schickt auch manchmal Kaffee und Schokolade.« Die Brille drückte und war nicht ganz dicht, aber wenn sie sich an den verfaulenden Balken der alten Seebrücke ins Wasser hinunterhangelten, konnten sie damit im Grün des Wassers die zarten Ohrenquallen sehen, wie Wesen aus einem Traum, so zart und durchsichtig. Schöner konnten Elfen bestimmt nicht sein, dachte Taru. Die Quallen tanzten zu einer Melodie, die nur sie hören konnten. Taru hätte ihnen stundenlang zusehen können. Mit der Brille konnte sie auch sehen, wie die Seepocken auf den Miesmuscheln mit ihren winzigen Händen winkten, um Nährstoffe aus dem Wasser zu fischen. Die Flundern, die sich unter dem Sand versteckten, so dass nur die Augen herausschauten, schienen Taru manchmal genau ins Gesicht zu blicken. Wenn sie ihnen zu nahe kam, stoben sie davon. Manchmal sah man auch einen Knurrhahn oder einen Sandaal, Ringelwürmer und Garnelen. Die Wasseroberfläche glänzte von hier unten silbern wie flüssiges Blei.

Hin und wieder überlegte Taru, wie es wäre, einfach in dieser Welt zu bleiben, die so still und fern, so freundlich und unwirklich schien. Doch sie war kein Fisch und wurde auch keiner, obwohl sie den ganzen Sommer lang trainierten, länger unten bleiben zu können, ehe ihnen die Luft ausging. Egal, wie sehr Taru sich anstrengte, Ilari schaffte es immer länger als sie. »Ich bin doch auch älter und größer«, tröstete er sie. »In zwei Jahren kannst du das auch. Wahrscheinlich sogar eher.« Er traute ihr immer mehr zu als sie sich selbst, und je länger sie sich kannten, desto mehr hörte sie auf, sich für zu klein oder zu dumm für etwas zu halten.

»Wir müssen nach Hause«, sagte Taru an einem Abend Anfang August. Nicht nur, dass ihre Mutter schimpfte, wenn sie nicht pünktlich zum Abendbrot heimkam, es wurde auch schon früher dunkel, und dann wollte sie auf gar keinen Fall mehr hier draußen sein, nicht einmal mit Ilari.

»Warte! Ich habe eine Überraschung«, sagte Ilari. »Aber dazu musst du noch ein bisschen hierbleiben. Es wird dir gefallen.«

»Ich kann nicht!«, sagte Taru verzweifelt. »Es wird bald dunkel.«

»Ich pass doch auf dich auf«, sagte Ilari. Dieser Satz wirkte sonst immer, aber Ilari konnte nicht wissen, dass er gegen die Dunkelheit keine Macht hatte. Taru wagte es noch nicht, ihm von ihrer Angst zu erzählen. Sie wollte nicht, dass auch er sie auslachte. Jetzt war sie hin- und hergerissen. Sie wollte zu gern wissen, was die Überraschung war! Er hätte sie nicht gebeten zu bleiben, wenn es nicht etwas Besonderes gewesen wäre. Sie kannte mittlerweile dieses besondere Funkeln in seinen Augen.

»Es dauert nicht lange«, sagte er. »Aber es geht nur in der Dämmerung. Komm!« Er führte sie durch ein Stück Wald, das sie noch nicht kannte. Sie bemühte sich, den Blick nur dort in die Ferne zwischen den Bäumen zu richten, wo die Erinnerung des Himmels an den Tag noch ganz hell war. Plötzlich blieb Ilari stehen. »Wir müssen hier rauf« sagte er. »Kletter du voraus, ich bleib hinter dir und fang dich auf, wenn du abrutschst. Die Leiter ist aber ganz stabil. Ich war gestern schon oben.« Die Leiter führte zu einem Hochstand, in dem sie beide bequem Platz hatten. Von hier aus konnte man auf eine kleine Lichtung sehen.

»Jetzt müssen wir ganz still sein«, flüsterte Ilari. »Sie kommen bestimmt gleich.«

Taru brauchte diese Aufforderung nicht. Sie würde sowieso mucksmäuschenstill sein, damit die Geister der Dunkelheit, die wie Insekten aussahen, sie nicht bemerkten. Auf gar keinen Fall durfte man sprechen, wenn sie in der Nähe waren, denn das war es, worauf sie aus waren: *falsche Worte. Alle* Worte, denn Taru wusste ja nicht, welche zu den falschen gehörten. Wenn man ein falsches Wort sagte und die Geister es hörten, dann konnte es passieren, dass sie einen mitnahmen und man für immer verschwand.

Also saß sie still und versuchte, sich vorzustellen, dass die Dämmerung nicht immer tiefer sank. Ilari packte ein paar quälende Minuten später ihren Arm und zeigte auf die Lichtung.

Taru atmete auf. Es waren keine Geister. Zwei Hirschkühe, gefolgt von ihren Kälbern, kamen aus dem Wald und begannen zu äsen. Dann knackte es im Dickicht. Ein weiterer Hirsch trat auf die Lichtung. Ein Männchen mit Geweih! Er hob den Kopf und sah sich um. Taru wagte nicht, sich zu rühren, um ihn nicht zu erschrecken. Für einen Augenblick vergaß sie ihre Angst völlig.

Der Hirsch war schneeweiß.

Die Dämmerung wurde tiefer, und umso dunkler es wurde, desto heller leuchtete das Tier. Taru hatte noch nie etwas so Schönes gesehen. Sie wusste nicht, wie viel Zeit vergangen war, als das kleine Rudel langsam weiterzog und im Dickicht verschwand.

»Hier auf Rügen hat es schon lange weiße Hirsche gegeben, aber man sieht sie nur selten«, sagte Ilari. »Der Nachbar hat es mir erzählt. Man darf sie nicht erschießen. Es bringt Unglück, wenn man einen tötet. Das wagt niemand.«

Taru wusste später nicht mehr, wie sie nach Hause gekommen war, nur dass sie sich an Ilaris Hand geklammert und auf den hellen Fleck konzentriert hatte, den seine Taschenlampe vor ihnen auf dem Waldboden tanzen ließ. Es war noch nicht ganz dunkel, am Himmel war immer noch ein Nachklang von Licht, und sie konnte alles erkennen. Sie wagte trotzdem kaum zu atmen, falls die Nacht schneller war als sie beide, obwohl sie jetzt rannten.

Aber die Geister waren nicht schneller, denn Ilari passte ja auf, und wenn die Angst zu groß wurde, dann dachte sie an den weißen Hirsch. Der konnte nicht sprechen, also würden ihn die Geister der Nacht nicht mitnehmen. Die Dunkelheit konnte seinem Licht nichts anhaben.

Trotzdem war es besser, wenn sie niemandem davon erzählten.

Taru

Groß Nemerow

2014

18

Krieg und Frieden

»Das schmeckt dir, alter Freund, was?«, sagte Taru zu dem Schafbock. Etwas in dem ruhigen Blick, mit dem er sie ansah, erinnerte sie an den weißen Hirsch, an den sie sich so lange Zeit jeden Gedanken verboten hatte. Ilari und sie hatten das Tier noch mehrmals gesehen, das letzte Mal, als sie ihre alte Furcht vor der Dunkelheit mit Ilaris Hilfe bereits besiegt hatte. Sie hatte gedacht, das sei für immer, aber die Angst war zurückgekommen. Er hätte sie nicht alleinlassen dürfen.

Doch nun war Jara da und der Mondscheingarten und Memo mit seiner wachen Neugier und seiner Neigung, Dingen eine andere Bedeutung zu geben. Memo, der sie so sehr an Ilari erinnerte.

Etwas von dieser Energie sah Taru auch in Remy, die ihr schon seit der ersten Begegnung näher zu sein schien als Kaia, ihre Tochter. Oder erkannte sie sich selbst in Remy wieder? Sie hatte sofort einen Draht zu der jungen Journalistin gefunden. Remy mit ihrer Geschichte von Mervin, seiner Liebe zu Insekten und seinem Garten, in dem es sogar ausgerechnet Glühwürmchen gab, hatte ebenso wie Memo einen entscheidenden Anteil daran, dass jetzt die Erinnerungen auf Taru einstürmten. So deutlich und nahe, als wäre die Zeit zwischen damals und jetzt nur einen Atemzug lang gewesen.

Die beiden anderen Schafe drängten heran, wollten auch ihre Mohrrübe. Das laute »Määäh« mitten im Grün der Weide und der alten Obstbäume schenkte Taru dasselbe Gefühl des Friedens und Angekommenseins wie damals, als sie auf der Suche nach einem Haus das erste Mal hier stand.

Vielleicht hatte sie dieser Ort damals auch deswegen so angesprochen, weil der Wald drumherum sie an früher erinnerte. An Rügen. An Ilaris Wald. An die Stimme der Steine. Vielleicht hatte sie hier mit so viel Überzeugung Wurzeln geschlagen, weil auch am Ufer des Tollensesees die Stimme der Steine manchmal zu hören war, wenn die Boote oder ein Sturm die Wellen weckten und die Kiesel in Bewegung gerieten. Verhaltener, sanfter klangen sie hier, wie ein Echo von damals.

Ob es die Stimme der Steine noch gab, ob sie in Sellin noch dasselbe erzählte wie einst? Taru war nie wieder auf Rügen gewesen, weder vor noch nach dem Mauerfall. Jetzt überkam sie eine tiefe Sehnsucht, und doch konnte sie sich nicht vorstellen, wieder dort zu sein.

Auf einmal hatte sie Kopfschmerzen, hielt es nicht aus, länger still zu stehen. Sie warf den Schafen die restlichen Mohrrüben hin und lief los, den Uferweg entlang. Der Wind flüsterte in den hohen Pappeln eine Antwort auf das Plätschern der Wellen unten am Steilufer. Dichter Wald wechselte sich mit Lichtungen ab, schmale Bäche flossen alle paar Meter abwärts zum See. Taru setzte sich auf einen Baumstamm. Außer ihr war niemand hier. Das Gluckern des Wassers zwischen den Felsen war beruhigend. Fast könnte man dabei einschlafen, geborgen wie in einer Wiege, dachte sie. Gelegentlich fiel mit einem leisen Plumps ein Zapfen aus den Kiefern.

Nicht immer war diese Landschaft so friedlich gewesen. Taru dachte daran, wie sie das erste Mal auf dem Weg hierher bei

Demmin an einem Ausgrabungsort vorbeigekommen war. Dort hatte vor über dreitausend Jahren eine Schlacht um einen Handelsweg über den Tollensefluss getobt. Es war das älteste bekannte Schlachtfeld in Europa und die größte Schlacht der Bronzezeit. Man wusste nicht, wer sich hier einst gegenüberstand, doch anhand der Skelette, die man im Fluss und an den Ufern gefunden hatte, wusste man, dass es Tausende tote junge Männer gegeben hatte. Mit Keulen, Speeren, Lanzen, Messern und Pfeil und Bogen hatten sie sich bekämpft. Die Gefallenen warf man in den Fluss, und die Strömung hatte mit der Zeit die Knochen von Freund und Feind gleichmäßig durcheinandergebracht – ebenso wie ihre Waffen und die Ringe aus Gold und Zinn, die ihnen vielleicht ihre Frauen geschenkt hatten, zu denen sie nie zurückgekehrt waren. Zweitausend Jahre später soll auf der Fischerinsel im Tollensesee ein Heiligtum und Kriegstempel der Wenden gestanden haben, in dem man Opfer für den guten Ausgang der Kriege brachte.

Wiederum viel später, am Ende des Zweiten Weltkriegs, gingen um Demmin herum über tausend Menschen aus Angst vor der Roten Armee in den Freitod und nahmen ihre Familien mit. Die Wehrmacht war aus der Stadt geflüchtet und hatte hinter sich die Brücke über die Tollense gesprengt, so dass man in der Falle saß. Tote hingen von den Bäumen, und wieder trug der Tollensefluss zahllose Körper davon. In der DDR durfte nicht darüber gesprochen werden, um kein schlechtes Licht auf die Rote Armee zu werfen, die nicht nur dieses Städtchen verwüstet und in Brand gesetzt hatte. Und so begruben das Schweigen, die Zeit und das Grün der Landschaft ein weiteres Mal, was gewesen war.

Auch der See hatte im Zweiten Weltkrieg eine Rolle gespielt.

Kriegsgefangene mussten dort eine künstliche Insel errichten, von der aus die Kriegsmarine zu Versuchszwecken Torpedos abschoss. Später wurde die Insel gesprengt. Man konnte immer noch Reste sehen, eine kleine, zugewachsene Doppelinsel, um die heute Boote herumtuckerten und auf welcher Vögel rasteten, als hätte es nie etwas anderes gegeben als Frieden.

In dem Wasser und der Erde ruhten Knochen und Erinnerungen.

Doch Tarus eigene Erinnerungen arbeiteten sich nun wieder nach oben.

Nach einer Weile erreichte sie ihre Lieblingsbank unter einer uralten Stieleiche. Vierzig Meter hoch war der Baum und die Krone ebenso breit. Das stand auf dem hölzernen Schild, das Teil des Naturlehrpfads war. Der Stamm war so breit wie die Spannweite von Tarus Armen. Obwohl manche Äste schon alterskahl waren, gab der Baum ihr Kraft, seit sie ihn zum ersten Mal gesehen und dann berührt hatte. Er wuchs hoch über dem See, klammerte sich in den abfallenden Boden, wo das kaum noch möglich schien. Ein Dickicht aus filigranem Schachtelhalm machte den Anblick der Erde darunter weich, wie unscharf, etwas aus einem Traum oder einer Erinnerung.

Der Baum besaß Nachbarn, zwei jüngere Eichen, die nebeneinander gewachsen waren. Genau auf Tarus Augenhöhe berührten sich die Stämme an einer Stelle und entfernten sich dann zum Himmel hin wieder voneinander, auf der Suche nach Licht. Es wirkte innig wie ein Kuss. Auch ihre Wurzeln mussten verflochten sein, denn unten standen sie nur eine Handbreit auseinander.

Ob sie eins werden, wenn sie alt sind? Ich werde es nie erfahren, dachte Taru, *selbst wenn ich hundert werde. Wie kurz und kostbar doch ein Menschenleben ist. Aber das ist gut so.* Unten flüsterte eine Brise im Schilf, das sich zusammen mit den dunkelgrünen, biegsamen Binsen und den dicken Eichen zitternd im Wasser spiegelte. Alles wirkte wie ein Aquarell, in dem sich Taru aufhalten durfte. Ein Wasservogel rief, ein anderer antwortete von Ferne, dort, wo hinter dem gegenüberliegenden Ufer Hügel und Felder still unter dem jetzt verhangenen Himmel lagen. Taru hätte ewig hier sitzen können. Ein Reiher strich dicht über das Wasser, fast zärtlich, wie ein Gruß. Die Zeit stand still, nur die Sonne bewegte sich. *Aber hinter den Wolken sieht man das nicht. Alles Ferne und Vergangene scheint hier näher zu sein. Vielleicht kommt Ilari gleich den schmalen Pfad entlang. Dieser Wald ist ähnlich wie unserer damals. Wenn ich lange genug hinsehe, fühle ich, als wäre ich dort. Beinahe. Es ist ein heilender Ort.*

Wenn sie hier war, stellte Taru ihr Handy aus. Dann wollte sie nicht erreichbar sein, außer für sich selbst. Sie wollte höchstens mit dem Wasser sprechen, das an einem bestimmten Stein mit jeder Welle hochsprang wie ein freundlicher Geist.

Hier, an diesem See, an diesem stilleren Wasser mitten in Mecklenburg-Vorpommern, war sie nun zu Hause. Hier würde sie nichts und niemand vertreiben, wie Berthilde vertrieben worden war. Hier würde nichts geschehen, was das Licht aus dem Himmel drängte, die Bäume fremd erscheinen ließ und ihr die Worte nahm. Sie wollte nicht fort, auch nicht nach Rügen zurück, nie mehr.

Irgendwann machte sich Taru auf den Heimweg, rechtzeitig vor dem Sonnenuntergang. Ein Stück weiter war das Ufer so steil, dass man von oben auf die Eichen unten blicken konnte, weil der Pfad jetzt vom Ufer wegführte. Es schien nur ein paar Schritte, bis man in den Kronen sitzen könnte wie damals auf dem Hochstand. Doch einen weißen Hirsch hatte Taru hier noch nie gesehen.

Sie wollte nicht zurück, nicht in der Zeit und nicht an den verlorenen Ort ihrer Kindheit, aber eines wusste sie nun: Sie wollte unbedingt das Gefühl von damals wiederhaben. Die Überzeugung, dass nicht nur der Wald, sondern das ganze Leben ein Abenteuer war, wenn man nur wollte. Dass an jeder Ecke Wunder lauerten wie der weiße Hirsch. Ilari hatte es sie doch gelehrt! Nun musste sie es endlich auch allein können. Memo sah die Möglichkeiten in jedem Gegenstand, Philea das Wunder in jeder bunten Meeresschnecke. Es war doch kein Hindernis, dass Taru mittlerweile ein halbes Jahrhundert alt war. Im Gegenteil! »Ich bin sehr gerne in diesem Alter«, sagte sie zu den Schafen, die inzwischen aufgefressen hatten, aber immer noch erwartungsvoll am Zaun standen. Sie wussten, dass auch Tarus Rückweg hier vorbeiführte. »Über fünfzig ist alles leichter. Ich muss es nicht mehr allen recht machen. Ich kann anziehen, was ich will, ohne dass jemand mir sagt, mein Kleid wäre zu lang oder ich müsste mich schminken. Wenn ich kündige, kann mir niemand Vorwürfe machen, außer ich mir selbst, und wenn ich im Regen tanzen will, stört es keinen mehr, wenn die Nachbarn komisch gucken. Ich muss niemandem mehr etwas beweisen. So viel Freiheit! Das ist unglaublich erleichternd.«

»Määh«, verkündeten die Schafe im Chor. Es klang zweifelnd.

Taru pflückte frisches Gras und steckte es ihnen zu. Hinter dem See färbte sich der Himmel apricotfarben. Oben wartete das Haus auf sie. Ihr Haus, ihr Zuhause. Ja, sie war gern an genau diesem Punkt in ihrem Leben, sowohl in der Zeit als auch an diesem Ort. »Aber ihr habt recht«, sagte sie zu den Schafen, die nun gemächlich kauten und sie dabei versonnen anblickten. »Etwas fehlt. Ich will dieses Funkeln von damals wieder spüren. Das Abenteuer, die Aufregung, die Vorfreude auf jeden Tag. Neues ausprobieren, Dinge verändern, immer wieder etwas entdecken. Meint ihr, ich muss dafür ein Elfenfenster suchen?«

Mit neuer Energie stieg sie zum Gartentor hinauf. Ob es in diesem Wald ein Elfenfenster gab? Sie hatte noch nie eines gesehen. Das wäre doch ein Thema für einen Artikel. Musste sich nicht jeder irgendwann in seinem Leben, vielleicht gerade in der Mitte des Lebens, durch seine eigene Art Elfenfenster zwängen? Das hinter sich lassen, was einen bremst? Sich mit erfrischten Augen auf der anderen Seite umsehen?

Vielleicht war ja diese Zeitung, die Remy im Sinn hatte, Tarus neues Elfenfenster. Sie musste noch darüber nachdenken.

Auf jeden Fall hatte sie große Lust dazu. Ihre Erfahrung, auch Heikos Erfahrung, Remys Enthusiasmus, das konnte sich gut ergänzen. Niemanden haben, der ihr vorschrieb, was sie zu schreiben hatte – genau das war es doch, was sie wollte. Sie konnte das machen, was sie am besten konnte, was ihr am meisten am Herzen lag. Sie würde sich direkt mit den Lesern austauschen können, ohne die Einschränkungen durch den Apparat einer ganzen Redaktion, allerdings auch ohne die Unterstützung einer solchen. Blieb nur die finanzielle Frage. Eine vernünftige Finanzierung schien so gut wie ausgeschlossen. Was wäre aber, wenn man mit einer Website anfinge? Einer Onlineausgabe? Heiko war ganz groß in so etwas. Sie würde es gleich mit ihm besprechen. Und mit Remy natürlich. Es könnte ein Anfang sein, der kaum etwas kostete.

Ja, da war es, das Kribbeln im Bauch, das Gefühl, dass ein Abenteuer begann!

Philea und Memo kamen ihr entgegen.

»Wusstest du, dass die meisten Kängurus Linkshänder sind?«, fragte Memo.

»Und wusstest du, dass es in Brandenburg ein Dorf gibt, das Regenmantel heißt?«, wollte Philea wissen.

»Ich habe ihnen aus dem Internet vorgelesen«, erklärte Heiko, der mit seinem Tablet draußen saß. »Ich habe gestöbert, was es so alles für Zeitschriften gibt. Aber dann bin ich auf den Wissenschaftsseiten hängen geblieben und schließlich auf den Landkarten. Man müsste eine Zeitschrift so konstruieren, dass sie mehr wie unser Gehirn funktioniert. Die Neugier muss darin herumspringen können wie ein Rehkitz über eine Wiese.«

Taru setzte sich zu ihm. »Das hast du aber schön gesagt. Ich habe gerade überlegt, ob man nicht einfach mit einer Onlineausgabe anfangen sollte. Oder erst einer Website, die Ideen sammelt, wie die Leser eine Zeitschrift haben möchten.«

»Na ja, ein Konzept sollte man schon haben. Man kann es nicht allen recht machen. Zuerst müssen wir selbst wissen, was wir wollen«, sagte Heiko. »Aber an die Website und die Onlineausgabe habe ich auch schon gedacht. Wir sollten das mit Remy besprechen. Vielleicht finden wir auf diese Art sogar Sponsoren für eine Printausgabe.«

»Einen Versuch wäre es wert. Wir haben ja nichts zu verlieren. Aber wir bräuchten etwas Handfestes, Bilder für die Website, ein Thema. Mervins Garten ist ein guter Ansatz, aber wir haben bisher nur Bruchteile einer Geschichte. Wir bräuchten ein einprägsames Bild, etwas, das die Phantasie anregt und im Gedächtnis bleibt. Eine bestimmte Blume, irgendetwas. Ein Symbol.«

»Ich habe einen neuen Meeresschmetterling für dich gemacht.« Philea setzte das bunte Gebilde auf Tarus Knie. Diesmal war das bizarre Wesen pechschwarz mit langen Fransen und übersät von knallroten Kreisen. Es hätte Ilari gefallen.

»Danke, Philea.«

»Heiko sagt, die Landtiere sind entstanden, weil die Fische irgendwann aus dem Meer rausgekrochen sind«, sagte Memo.

»Na ja, so ähnlich«, meinte Heiko.

»Ich glaube, dass die Meeresschmetterlinge eines Tages auch an Land kommen«, sagte Memo. »Dann kann man ihre tollen Farben besser sehen, und dann können sie den Menschen Glück bringen und sie fröhlicher machen. Vielleicht ist dann auch gar kein Krieg mehr, weil die Menschen so viel zu gucken haben.«

Taru hatte eine spontane Vision des bronzezeitlichen Schlachtfeldes und wie die jungen Krieger ihre Lanzen sinken ließen, weil eine überdimensionale Meeresschnecke in wilden Farben aus dem Fluss kroch und sie aus dem Staunen nicht mehr herauskamen. Ihre gemeinsame Verblüffung einte sie so sehr, dass sie vergaßen, wofür sie kämpften.

Schön wär's, dachte Taru und überlegte, ob man in der Zeitschrift eine Rubrik für die Gedanken der Kinder unterbringen könnte. Wann und wo kamen die schon mal zu Wort?

»Ich kann mir das gut vorstellen«, sagte Jara abends, als sie mit Taru im Mondscheingarten saß. Es duftete nach Vanilleblumen und Geißblatt. Die ersten weißen Rosen öffneten sich und schimmerten durch das Dunkel. Glühwürmchen waren heute nicht zu sehen. Aber es war ein glücklicher Ort. Wenn Taru hier mit Jara saß, verlor die Dunkelheit für sie viel von ihrer Bedrohlichkeit. Der Duft, die Blüten und die Solarlichter hielten die Geister in Schach.

»Ich könnte auch helfen, wenn ihr eine Website gestaltet«, sagte Jara. »Ich kenne mich ein bisschen damit aus. Vielleicht habt ihr eine Aufgabe für mich, die ich von meinem Schreibtisch aus erledigen könnte. Zum Beispiel bei der Korrespondenz helfen. Leserbriefe beantworten oder Zuschriften sortieren.«

»Das wäre wundervoll.« Langsam wuchs in Taru der Glaube an das Projekt. Vielleicht könnten sie es wirklich möglich machen? Vielleicht gab es da draußen tatsächlich Leser, die sich für so etwas begeistern ließen?

»Übrigens, ich habe nachgelesen«, fiel Jara ein. »Glühwürmchen brauchen Feuchtigkeit. Vielleicht sollten wir noch ein Moorbeet oder einen flachen Teich anlegen.«

»Das ist eine gute Idee.«

Die Glühwürmchen. Schon waren ihre Gedanken wieder bei Ilari. Nun, da er ebenso wie die Geister der Dunkelheit aus der Vergangenheit wiederaufgetaucht war, schien er allgegenwärtig zu sein. Der zunehmende Mond segelte in eine Lücke zwischen den Kiefern, und auch er erzählte von Ilari.

»Wusstest du, dass es Mondregenbögen gibt?«, fragte Taru. »Dazu muss Vollmond sein, und es müssen sich Tröpfchen in der Atmosphäre befinden. Er sieht weiß aus, weil zu wenig Licht ist, als dass das menschliche Auge die Farben sehen kann. Aber bei Gewitter mit Blitzen oder auf langzeitbelichteten Fotos, da sieht man die Farben.«

»Wirklich? Nein, das wusste ich nicht. Darüber solltest du für unsere Zeitschrift schreiben«, sagte Jara und setzte sich gerader. »Jetzt habe ich ein neues Ziel! Eines Tages möchte ich hier sitzen und einen Mondregenbogen sehen. Ich wollte schon immer einen Regenbogen sehen, nicht nur auf Bildern. Jetzt machst du mir Hoffnung. Ich wusste nicht, dass es sie bei Nacht auch gibt. Hast du einmal einen gesehen?«

»Ja«, sagte Taru. »Ja, ich habe einen gesehen. Ein einziges Mal.«

Remy

Ahrenshoop

2014

19

Leander

»Noah, stell dir vor, mein Bruder will sich den Schrank ansehen! Er ist nächste Woche in der Gegend bei einem anderen Kunden. Dienstag könnte er kommen. Dürfen wir auf den Dachboden? Bist du dann da?«

»Ich kann dir einen Hausschlüssel geben.« Noah lächelte, wahrscheinlich weil Remy atemlos vor Aufregung zum Kiosk gestürmt war. Sie hatte ihr Rad so hastig an einen Baum gelehnt, dass es jetzt am Stamm herunterrutschte.

»Mir?« Remy war verblüfft. Er würde ihr einfach seinen Hausschlüssel geben? Sie kannten sich doch erst so kurz.

Ihre Überraschung schien ihn zu amüsieren. »Na, wenn du dich heimlich mit dem gesamten Hausrat vom Dachboden absetzt, habe ich mehr gewonnen als verloren. Wie du weißt, will ich die Sachen loswerden.«

»Da ich meinen Bruder nicht kenne, kann ich für nichts garantieren«, sagte Remy düster und ließ sich auf eine der Holzbänke fallen. Auf einmal war sie der Sache müde, die sie angefangen hatte. Sie hatte nicht geahnt, dass sie der Umgang mit ihrem Bruder so belasten würde. Warum musste sie immer so stur sein? Es hatte doch keinen Zweck. Rufus wollte nichts mit ihr zu tun haben. Dann war das eben so. Warum hatte sie Theo nicht einfach gebeten, ihr einen anderen Restaurator zu empfehlen?

Aber dann war da die Nachricht von Rufus gekommen.

Wo kann ich das Möbel besichtigen?

Sie hatte ebenso kurz geantwortet. *Born auf dem Darß.*

Darauf kam: *Bin Dienstag bei einem Kunden in Ribnitz. Passt. Uhrzeit?*

Ob er immer noch so kalt »das Möbel« sagen würde, wenn er Mervins Schrank gesehen hatte? Wenn er mit dem Finger über die Intarsien gefahren war? Andererseits konnte man ihm nicht übelnehmen, dass es für ihn nur ein Möbel war, er kannte ja dessen Geschichte nicht. Sollte sie ihm davon erzählen? Und was, wenn er nur darüber lachte?

»Mach dir nicht so viele Sorgen. Es kommt immer anders, als man denkt. Der Tag heute ist viel zu schön. Du solltest nicht so bekümmert aussehen«, sagte Noah und schob ihr einen Teller hin. »Probier mal diese Kekse! Ich finde sie unverschämt lecker. Neu im Sortiment.«

Zucker war gut für die Nerven. Remy griff bereitwillig zu. »Stimmt. Lecker. Du hast recht. Was hab ich schon zu verlieren?«

»Einen Bruder, oder? Beziehungsweise die Chance, ihn doch noch kennenzulernen. Ich kann durchaus verstehen, dass dich das beschäftigt.«

Remy aß noch einen Keks. »Zumindest habe ich es versucht. Und immerhin kommt er. Mir ist was eingefallen. Die meisten Schubladen waren verschlossen und die Klappe oben auch. Aber da war kein Schlüssel. Hast du den irgendwo? Den brauchen wir doch!«

»Oh. Darüber habe ich noch gar nicht nachgedacht. Ich weiß nicht. Lass uns nachsehen! Ich schließe in einer Viertelstunde, kannst du solange warten?«

»Klar. Sind ja noch Kekse da.«

Remy freute sich darüber, wie sorgsam Noah den Schrank mit der neuen Plane abgedeckt hatte. Behutsam zog er sie jetzt wieder herunter. »Vielleicht liegt der Schlüssel obendrauf?«

»Das kann sein.« Remy schob einen Stuhl heran und stieg darauf.

»Hier, nimm die.« Noah reichte ihr eine Taschenlampe. Doch auch damit konnte Remy außer Spinnweben nichts entdecken. Unter dem Staub und Ruß fühlte sich das Holz glatt an. Sie entdeckte ein paar Vertiefungen, die aber leer waren.

»Nein«, sagte sie enttäuscht.

»Vielleicht ist er hinten runtergefallen?« Noah legte sich bäuchlings auf den Boden und leuchtete umher. »Nein, leider auch nicht.«

»Dann müssen wir hoffen, dass Rufus für solche Fälle einen Dietrich oder so was hat«, meinte Remy bedrückt.

»Bestimmt. Er wird öfter mit Schränken zu tun haben, deren Schlüssel verlorenging«, tröstete Noah. »Aber so schnell geben wir nicht auf. In dem Chaos hier kann er ja noch irgendwo sein.«

»Ich kann alleine suchen. Du bist doch nicht gern hier oben!«, bot Remy an.

»Ich gewöhne mich langsam daran.« Noah fing an, die Stoffballen neben dem Schrank hochzuheben und in Bücherkisten zu spähen. Remy schichtete auf der anderen Seite alte Hüte um und schüttelte Zigarrenkisten. Dann öffnete sie einen kleinen Koffer und hob den Inhalt ans Licht. »So eine hässliche Vase habe ich noch nie gesehen«, stellte sie fest. »Manches hier oben solltest du wirklich loswerden!«

Noah sah herüber und grinste. »Gib her! Ich weiß genau, wem ich die schenken kann! Ich hab bei einem Freund noch eine kleine Rache offen.«

Remy reichte ihm das langgezogene schiefe Gebilde aus schwarz und rot marmoriertem Glas hinüber. Dabei ertönte ein Klirren. Noah stellte das Ding auf den Kopf. Ein altersdunkler Schlüssel fiel auf den Boden, genau vor den Schrank.

»Doch zu was nütze, die Vase«, sagte Noah.

Mit klopfendem Herzen steckte Remy den Schlüssel in das elfenbeinumrandete Schloss an der großen Klappe vorn am Schrank.

Erst wollte er sich nicht drehen, aber als sie ihn vorsichtig ein wenig hin und her bewegte, gelang es ihr doch. Noah trat hastig hinzu.

»Vorsicht! Die Klappe kann schwer sein, und du weißt nicht, wie morsch die Scharniere sind.«

Es war gut, dass er die Klappe mit festhielt, als Remy sie behutsam nach vorn öffnete. Denn sie ließ vor Schreck los, als sich im dämmrigen Inneren etwas bewegte.

Noah fing Remy mit seinem freien Arm auf, als sie rückwärts stolperte. Er beugte sich vor, um herauszufinden, was sie erschreckt hatte. »Ein Spiegel! Es ist nur ein Spiegel. Das ist gar kein Schrank, das ist ein Sekretär!«

Tatsächlich. Hinter der Klappe, die von innen eine Arbeitsplatte mit einem angeschimmelten Bezug aus Leder war, befanden sich rechts und links eine Reihe kleinerer Schubladen und in der Mitte eine größere. Darüber eine Nische und hinten in dieser Nische ein Spiegel mit zwei zierlichen Säulen rechts und links. Er war trübe geworden, darum hatte Remys Spiegelbild so geisterhaft gewirkt.

»Ich wusste nicht, dass Sekretäre so groß sein können!« Remy war immer noch erschrocken. Der vermeintliche Schrank überragte sogar Noah, und der war nicht klein.

»Doch, mein Großvater hatte auch so einen.« Noah wischte vergeblich an dem Spiegel herum. Er blieb trüb. Remy fuhr mit der Hand über die Arbeitsplatte. Sie war auch verrußt, aber sauberer als das Äußere. Sie stellte sich vor, wie es wäre, an diesem Möbelstück zu schreiben. Da würden die Ideen nur so fließen!

Noah zog die Schubladen auf. Manche klemmten. Die anderen waren leer. Die Griffe aus leicht vergilbtem Elfenbein wirkten auf dem Holz wie eine Reihe Knöpfe an einem Hemd.

Remy nahm sich die andere Seite vor. In keiner Schublade war eine Spur von Mervins Leben geblieben. Aber Remy hatte reichlich Einfälle, was man hineintun könnte. Büroklammern, Bernsteine. Merkzettel, Muscheln. Tagebücher, Träume.

»Sieh mal!« Noah hatte eine der Schubladen ganz herausgezogen, wischte mit einem Taschentuch an der Vorderseite herum und hielt sie ins Licht. »Da sind auch Intarsien! Ich glaube, auf jeder ist ein Bild!«

»Tatsächlich. Das hier ist ein Maikäfer!«, stellte Remy fest. Sogar die fächerartigen Fühler waren dargestellt. Unglaublich, wie fein Mervin gearbeitet hatte.

Noah schob die Schublade wieder zurück.

»Meinst du, der Schlüssel passt auch für die unteren großen Schubladen?«, fragte Remy.

Noah schloss die Klappe wieder, verriegelte sie und probierte es. »Ja. Passt.« Auch diese Schubladen waren leer. Nur in einer klapperte etwas.

Remy griff hinein. Es war ein Kieselstein, leicht unregelmäßig geformt, groß wie ihre Faust, dunkel und glatt, und darin war ein Loch, einst vom Wasser ausgespült. In dem Loch steckte ein Füllfederhalter.

»Ein natürlicher Ständer für seinen Lieblingsstift«, sagte Remy leise. »Den hat sicher Clara mal am Strand gefunden.« Der Füllfederhalter war dick und lag gut in ihrer Hand. Er hatte eine Goldfeder, und der Schaft trug ein unregelmäßiges wellenähnliches Muster aus Schwarz und schimmerndem Blau. »Emaille vielleicht«, meine Noah. »Ein schönes Stück.«

Remy betrachtete den Stift ehrfürchtig. »Was machen wir jetzt damit?«

Noah schloss ihre Finger darum. »Den behältst du!«

»Das geht doch nicht.«

»Natürlich geht das. Streng genommen gehört er mir, und ich schenke ihn dir. Ganz einfach. Er soll dir Glück bringen für deine Pläne! Das ist ganz in Mervins Sinne, meinst du nicht?«

»Dann – danke! Ich freu mich riesig darüber«, sagte Remy zögernd. Tatsächlich fühlte sich der Stift richtig an in ihrer Hand, als gehöre er genau dahin. Vielleicht würde er ihr ja wirklich Glück bringen. Sie konnte es brauchen.

An dem Tag, als Rufus mit einem Wagen und Anhänger vorfuhr, hatte Remy Noah gebeten, den Kiosk für eine Stunde zu schließen und dabei zu sein. Sie wusste selbst nicht, warum ihr das so wichtig war, vielleicht weil sie mit Rufus nicht allein sein wollte. Noah fragte zum Glück nicht nach. Als Rufus aus dem Wagen stieg, nickte er Remy nur knapp zu, aber als sie Noah als den Besitzer des Sekretärs vorstellte, reichte er diesem höflich die Hand. Leander war auch dabei und begrüßte Remy umso herzlicher. »Schön, dich wiederzusehen! Wie geht's denn so, hier oben im Paradies?«

Remy hörte nicht zu, sondern folgte Noah und Rufus die Treppe hinauf, gespannt, was ihr Bruder von ihrer Entdeckung halten würde.

Rufus sagte zunächst gar nichts. Er betrachtete Mervins Meisterwerk von allen Seiten, untersuchte die Schlösser und Griffe, beleuchtete die Intarsien an der Stelle, wo Remy den Ruß notdürftig entfernt hatte, zog eine Schublade heraus und drehte sie um, wackelte vorsichtig an jenen, die klemmten. Dann zog er ein Tuch aus seiner Tasche und wickelte ein Bündel Pinsel, Schwämmchen und Tuben aus. »Ich würde gern eine Stunde allein hier arbeiten«, sagte er zu Noah. »Wäre das möglich? Nur so kann ich mir ein Urteil bilden und Ihnen einen ungefähren Kostenvoranschlag machen.«

»Gern. Ich muss meinen Kiosk öffnen, aber ich gebe Ihnen meine Handynummer. Rufen Sie mich an, wenn Sie so weit sind, dann komme ich«, sagte Noah. »Nur, äh, was die Kosten angeht, das könnte ein Problem werden.«

Rufus winkte ab und lächelte zum ersten Mal. Remy war verblüfft. Wie nett er aussehen konnte! »Ich bin informiert. Wir werden uns schon einig. Wenn ich feststellen sollte, dass es sich lohnt, bin ich bereit zu warten, bis Sie das Stück verkauft haben. Dann können Sie mir meinen Anteil auszahlen. Mein Vater würde sicher einen Käufer finden, wenn Sie nicht selbst einen haben.«

»Wenn du mich nicht brauchst, würde ich gerne zum Strand gehen«, sagte Leander. »Ich bin den ganzen Weg nur deshalb mit heraufgefahren, weil ich dann schwimmen gehen kann. Hast du Lust mitzukommen, Remy?«

»Na klar.« Alles war besser, als in der Nähe von Rufus' Schweigen zu bleiben. Der hatte ohnehin nur noch Augen für den Sekretär und pinselte daran herum. Leander machte im Hinausgehen noch ein Foto. »Sag mir Bescheid, wenn du fertig bist«, sagte er.

»Arbeitest du richtig für ihn?«, fragte Remy, als sie nebeneinander Richtung Strand radelten. Noah hatte Leander sein Rad geliehen. Remy atmete auf, als sie in die Pedale trat. Weg von Rufus' vorwurfsvoller Gegenwart und der stickigen Atmosphäre des Dachbodens, frische Luft und Leanders heitere Gesellschaft, das tat gut.

»Nein, ich helfe nur manchmal aus. Ich habe eine kleine Galerie. Er brauchte aber jemanden, der beim Tragen hilft. Wir haben in Ribnitz schon einen Tisch abgeholt. Sag mal, warum ist er so sehr gegen dich?«, fragte Leander.

»Sein Vater und meine Mutter waren beide mit anderen Partnern verheiratet, als sie mich gezeugt haben. Es war in der Nacht des Mauerfalls. Sie haben sich nur das eine Mal getroffen. Es war rein zufällig«, erklärte Remy. »Sie gerieten in der Nacht in die aufgeregte Menge. Irgendwann fuhren sie auf seinem Rad über die Grenze in den Osten, einfach weil das Undenkbare plötzlich ging. Im Freiheitstaumel eben. Sie sagen beide, es wäre ein Rausch gewesen, die Euphorie der Masse und des Augenblicks, ein Zustand mindestens wie mit zwei Promille im Blut. Sie haben dann in einem alten Gartenhaus übernachtet. Wiedergesehen haben sie sich erst, als ich fast erwachsen war. Mein Vater wusste nicht einmal von mir. Seine Ehe ist aus ganz anderen Gründen gescheitert, aber Rufus gibt mir scheinbar die alleinige Schuld.«

»Er braucht wohl einen Sündenbock«, sagte Leander. »Du bist also ein Wendekind.«

»Das kann man wohl sagen.«

»Kein Wunder, dass du etwas Besonderes bist«, neckte er sie. »Hurra, ich kann das Meer sehen! Wie habe ich mich in der Stadt danach gesehnt.«

Er war so schnell im Wasser, dass Remy ihm kaum folgen

konnte. Er hatte recht. Die Wellen umschlossen sie kühl und klar, trugen sie und machten alles leicht. Leander spritzte lachend Wasser in ihre Richtung, und sie schwammen um die Wette. Was kümmerte es sie eigentlich, ob Rufus mit ihr sprach oder nicht? Es gab andere, nettere Menschen. Hauptsache, er rettete Mervins Werk.

Später lagen sie in der Sonne und ließen sich trocknen. Nach einer Weile rollte sich Leander auf die Seite und sah sie an. Er war ihr so nahe, dass sie ein Sandkörnchen in seiner sommerblonden Augenbraue glitzern sah. In seinem Mundwinkel saß ein herausforderndes, warmherziges Lächeln. Unwillkürlich lächelte sie zurück. Er streckte eine Hand aus und zupfte an ihrer weißen Haarsträhne, die sie wie so oft durch eine Muschel gezogen hatte. »Hübsch«, sagte er.

Beinahe hätte sie ihn auch berührt, aber dann schüttelte sie leicht den Kopf. »Nicht jetzt«, sagte sie.

»Schade. Warum eigentlich nicht?«

»Ich habe gerade erst eine Beziehung beendet, die nicht gut lief. Ich bin noch nicht so weit, mich in die nächste zu stürzen.« Remy setzte sich auf und sah in die beruhigende Ferne. »Ich bin wohl ein bisschen vorsichtig geworden, vielleicht wegen der Art, wie die Ehe meiner Eltern lief.«

»Wenn dich das noch so sehr beeinflusst, dann müsstest du Rufus eigentlich verstehen«, bemerkte Leander.

So hatte sie es noch gar nicht gesehen. »Du hast recht. Ich verstehe ja auch, dass er verletzt ist, weil sich seine Eltern scheiden ließen. Aber ich kann doch nichts dafür!«

»Gib ihm Zeit. Aber nimm dir selbst nicht zu viel. Du versäumst vielleicht was Schönes.«

»Dich, meinst du?« Sie musste lachen und warf mit einer kleinen Muschel nach ihm.

Er lächelte sie an. »Klar! Kennst du denn gar keine glücklichen Beziehungen?«

Sie dachte an Myra und ihre Liebe zu ihrem Kjell, die ein Leben lang gehalten hatte, obwohl sie eine halbe Ewigkeit durch den Krieg getrennt gewesen waren. An Carly, die ein Herz und eine Seele mit ihrem Mann Philip war, seit sich die beiden kannten. »Schon. Natürlich. Aber ich kann es jetzt gerade einfach nicht. Tut mir leid.«

»Alles gut«, sagte er. Der Wind schob eine Wolke vor die Sonne. Leander nahm sein Handy heraus, betrachtete etwas und hielt Remy dann das Foto hin, das er vorhin gemacht hatte. Es war ein Ausschnitt aus den Intarsien – ein Schmetterling, ein Stück Blume und der Käfer, der wahrscheinlich ein Glühwürmchen darstellte. »Das wirkt als Bild ganz besonders, findest du nicht? Das ist nicht einfach nur ein Muster auf einem Möbel. Das ist Kunst! Ich könnte es mir gut als Druck vorstellen.«

Remy nahm ihm das Handy aus der Hand und legte sich das Handtuch über den Kopf, um trotz der Helligkeit am Strand das Display besser sehen zu können. Er hatte recht! Auf dem Bildschirm wirkten die Farben deutlicher, die Formen lebendiger, die Details kamen erst richtig zur Geltung. Das Bild war hier nicht mehr Teil eines Möbels, sondern eben ein Bild, und zwar eines mit einem ganz eigenen Zauber. »Das ist *die* Idee!«, rief Remy.

Leander zog das Handtuch weg. »Wie bitte?«

»Das ist die Idee, die mir gefehlt hat«, sagte sie. »Ich kann dir das jetzt nicht erklären. Aber du könntest mir einen großen Gefallen tun.«

»Für dich, alles.«

»Veröffentliche das Bild bitte nicht in irgendeiner Form. Ich habe Pläne damit.«

»Kein Problem. Ich schick es dir und lösche es dann vorsichtshalber, siehst du? Ich besitze ja gar keine Rechte daran. Ich hab es nur aus Neugier geknipst, weil ich mir gleich dachte, dass es eine besondere Wirkung haben könnte. Ich habe ein Auge für so was.«

»Ja, das hast du. Du bist bestimmt ein hervorragender Galerist. Und ich werde dich später auch in dieser Sache noch mal um Hilfe bitten. Ich bin nur noch nicht so weit.«

»Immer wieder gerne.« Das Handy piepte. »Rufus«, sagte Leander. »Er schreibt, er ist fertig, wir sollen kommen.«

»Wir oder du?«

»Er schreibt ›ihr‹. Immerhin habt ihr ja ausgemacht, dass er die Sache mit dem Schrank auch mit dir besprechen soll, oder?«

»Das waren meine Bedingungen, ja.«

Remy hatte es jetzt eilig und radelte vorneweg. Sie dachte an das Bild. *Das* war der Aufhänger, den sie gesucht hatte! Wenn die großen und jede der kleinen Schubladen ein solches Bild trugen! Wenn Rufus sie alle restaurieren konnte! Wenn sie alle eine so einzigartige Wirkung hatten! Wenn man sie auf gutem Papier drucken konnte, wie es Leander gleich vorgeschwebt hatte. Dann war es doch genau das, was sie für ihre Zeitschrift brauchte! Sie stellte sich diese Bilder als Titelbilder vor. Vielleicht konnte man sie zum Ausschneiden und Sammeln herstellen. Oder einzelne Sonderdrucke verlosen, vielleicht sogar versteigern, um die Finanzierung zu unterstützen …

Den Kopf voller Ideen, hatte sie fast ihre Sorge vergessen, ob Rufus sich überhaupt auf das Restaurieren einlassen würde.

Jetzt wurde sie umso nervöser, je näher sie dem Haus kamen. Aus der Ferne sah sie Noah und Rufus davor lebhaft diskutieren. Vielleicht lautete sein fachmännisches Urteil ja, dass er nichts mehr retten konnte? Dass es hoffnungslosen Holzwurmbefall gab oder der Ruß nicht entfernt werden konnte? Die Schubladen verzogen waren, alles im Kern verrottet? Oder er wollte doch nichts damit zu tun haben, weil ihm der Sekretär nicht interessant genug erschien, um die Zusammenarbeit mit seiner Schwester zu ertragen?

Das durfte nicht sein. Ohne es sich erklären zu können, war sie sich auf einmal völlig sicher, dass der Erfolg ihrer Zeitung von Mervins Sekretär abhing.

Taru

Rügen

1969

20

Die Geister der Nacht

Weil sie jetzt schon fast sieben war, durfte Taru endlich allein zum Bäcker, um Brot zu kaufen. Darauf war sie stolz. Weil sie dabei alles richtig machte, höflich zur Verkäuferin war, die Münzen nicht verlor und nicht trödelte, durfte sie bald sogar bis zum Bootshaus laufen und ihren Vater abholen. Es war immer aufregend, den Weg allein zu gehen, und sie hatte stets ein wenig Herzklopfen dabei. Das letzte Stück führte durch den Wald, jedenfalls wenn sie die Abkürzung nahm. Eigentlich sollte sie am Strand entlanggehen, wo immer Leute waren. Wenn sie am Bootshaus ankam, war sie dann doch erleichtert. Ihr Papa war groß und stark, und wenn er bei ihr war, konnte ihr nichts geschehen.

Bei der Arbeit hatte er mit riesigen Traktoren zu tun, die eine Menge Lärm und Rauch von sich gaben und mit denen niemand so gut umgehen konnte wie ihr Vater. Das sagten jedenfalls alle anderen, die bei der LPG arbeiteten. Selbst die Traktoren hatten Respekt vor ihrem Papa, denn sie wagten es nicht, lange kaputt zu bleiben, wenn er sich um sie kümmerte. Ein paarmal durfte Taru auf so einem Traktor mitfahren. Aber es gefiel ihr besser, wenn ihr Papa nach der Arbeit oder am Wochenende mit dem Boot hinausfuhr. Er hatte ein größeres Boot und zwei kleinere. In dem größeren fuhr er manchmal am Wochenende fischen. Das durften nicht viele Männer. Ihr Vater hatte eine Genehmigung dafür, die ihm sehr wichtig war. Mit den kleineren konnte man rudern gehen. Dann nahm er Taru mit, und sie angelten. Wenn er gutgelaunt war, sang er ihr dänische Lieder vor. Er konnte Dänisch, das lag an irgendwelchen alten Zeiten, als er selbst ein Kind gewesen war. Taru mochte den Klang der fremden Worte. Sie hatte keine Angst im Boot. Ihr Vater war ja bei ihr, und außerdem passten die vielen Soldaten am Strand und auf dem Wasser auf. Viele davon kannten ihren Vater und grüßten ihn, und er grüßte zurück. Wegen der Soldaten und ihrem Vater hatte Taru auch keine Furcht davor, dass sie zu weit auf die Ostsee hinaus und in Feindesland geraten konnten. Es gab aber auch ein Freundesland am anderen Ende der Ostsee, so weit weg, dass man es nicht sehen konnte. Wenn Taru groß war, beschloss sie, dann würde sie auch ein Boot besitzen, noch größer als Papas Fischerboot, und dann würde sie über die ganze Ostsee bis ins Freundesland fahren. Dort gab es Kirchen mit Türmen, die wie bunte Zwiebeln aussahen, und Juwelen und viel Bernstein, so hieß es.

Die Lichter des Hafens von Sassnitz waren Tarus Freunde. Wenn ihre Mutter die Gardine in ihrem Zimmer nicht richtig schloss, konnte sie draußen in der Nacht diese Lichter am Horizont funkeln sehen. Sie konnte nicht immer unterscheiden, welche Lichter an Land und welche schon von einem Schiff waren. Darum erzählten für Taru alle diese Lichter von Abenteuern, die man auf Schiffen erleben konnte, wenn man nur alt genug war.

Auch wenn der Vater keine Zeit hatte, nach der Arbeit noch zu angeln, ging er trotzdem auf dem Heimweg von der Arbeit immer am Bootshaus vorbei und sah nach dem Rechten, reparierte ein Ruder oder eine Angelschnur. Deswegen lief Taru ihm manchmal bis dorthin entgegen, auch wenn ihre Mutter es nicht gern sah. Kleine Kinder sollten sich nicht unnötig allein herumtreiben, und außerdem gab es auch immer Nützlicheres zu tun. Aber an diesem Abend wollte Taru ihren Vater unbedingt überraschen. Sie versteckte sich im Bootshaus und wartete auf ihn. Der Augustabend war angenehm warm. Es roch nach frischer Farbe und Sägespänen. Taru zog die Tür wieder hinter sich zu, sonst würde es ja keine Überraschung sein. Die Tür war nie abgeschlossen. Niemand, der hier nichts zu suchen hatte, würde es wagen, die Boote von Tarus Vater anzufassen. Nur Klaus, dem ein Anteil eines der kleineren Boote gehörte und der ein Freund und Kollege ihres Vaters war, durfte auch hier ein und aus gehen. Klaus war immer nett zu Taru, riss Witze und brachte ihr Kirschbonbons mit, die seine Frau herstellte.

Taru sah eine Weile aus dem kleinen vergitterten Fenster aufs Meer, wo die Schatten der Bäume am Strand immer länger wurden. Als sie die Stimme ihres Vaters hörte, verkroch sie sich rasch hinter einem Stapel alter Bretter. Wenn er sich dann am Boot zu schaffen machte oder an den Angelsachen, würde sie sich von hinten heranschleichen und ihm auf den Rücken springen. Vielleicht würde er sich kurz erschrecken, dann würde er mit seinen langen Armen nach hinten greifen, sich aufrichten und sagen: »Hallo, Prinzessin, was für eine schöne Überraschung!« Er würde sie auf dem Schrank absetzen und sich zu ihr umdrehen, ihr sein besonderes Lächeln schenken und sie fragen, wie ihr Tag gewesen war. Dann konnte er ihr von den Traktoren erzählen, und sie würden zusammen nach Hause gehen.

Als Taru die Stimme von Klaus hörte, war sie enttäuscht. Ihr Papa war gar nicht alleine. Aber so schlimm war es auch wieder nicht, denn Klaus hatte einen anderen Heimweg, und meistens hatte er es eilig. Sie würde einfach hier sitzen bleiben, bis er fort war. Oder sollte sie ihn nach Bonbons fragen?

Die Tür flog auf, und die beiden Männer kamen herein. Sie diskutierten über einen Traktor und darüber, ob die Fische morgen wohl gut anbeißen würden. »Wieso machst du die Tür zu?«, fragte Tarus Vater verwundert. »Lass doch bitte das Licht rein, ich seh sonst nichts! Die Birne ist kaputt. Ich habe immer noch keine neue bekommen. Gibt gerade mal wieder keine.« Taru konnte von ihrem Platz aus nicht sehen, was die Männer machten, aber sie hatte gehört, wie die Tür ins Schloss fiel. »Nee, lass mal eben zu«, sagte Klaus. »Ich wollte dich was fragen, Hannes. Sag mal, das Boot, würdest du mir deinen Anteil verkaufen?«

»Darüber haben wir doch schon letztes Jahr gesprochen. Du hast gesagt, du könntest es dir nicht leisten und willst es auch nicht.« Tarus Vater klang erstaunt.

»Kann ich auch nicht. Aber vielleicht kannst du mir ein bisschen entgegenkommen. Ich brauche es, Hannes!«

»Wieso das denn auf einmal?« Taru hörte Blech klappern. Ihr Vater wischte den Eimer sauber, in dem er immer die Fische aufbewahrte. Sie fing an, sich unbehaglich zu fühlen. Etwas in der Stimme von Klaus gefiel ihr nicht. Er klang anders als sonst. Irgendwie traurig. Oder ärgerlich?

»Mensch, Hannes! Wie lange kennen wir uns schon? Ich vertraue dir hundertprozentig. Kannst du dir vorstellen, mir im Preis entgegenzukommen, wenn ich dir sage, dass …« Er machte eine Pause. Der halbe Satz baumelte eine lange Weile einfach so in der Luft herum. Dann sprach er schneller weiter. »Weißt du, dieses Boot. Wir sind so oft damit rausgerudert. Es ist erprobt. Zuverlässig. Ich könnte es hier drin unauffällig ein bisschen anpassen und …« Klaus räusperte sich heftig. »Ich bin mir sicher, dass man damit über Hiddensee bis Møn kommt, wenn man es geschickt anstellt und die richtige Ausrüstung dabeihat. Das haben schon viele gemacht! Warum sollte mir das nicht auch gelingen? Ich meine, wem, wenn nicht uns, wo wir uns doch hier auskennen wie kein anderer?«

»Bist du völlig verrückt geworden, Klaus?« War das ihr Vater, der da sprach? Seine Stimme klang so anders! So hatte Taru ihn noch nie gehört. »Weißt du auch, wie viele Tote die dänischen Fischer schon aus ihren Netzen geholt haben, die genau das versucht haben? Ich habe es immer wieder von drüben im Radio gehört! Was soll das überhaupt, wir haben es doch gut hier!«

»Du kennst meine Einstellung, Hannes. Und meiner Frau geht es eben *nicht* gut. Sie möchte endlich ihre Familie wiedersehen, vor allem ihre kranken Eltern, solange sie noch leben.«

»Das schaffst du nie bis Møn, schon gar nicht mit deiner Frau und dem Kind, und auch nicht mit diesem Boot. Lass das sein, Klaus, ich bitte dich! Und sprich um Himmels willen nicht mehr darüber. Zieh mich da nicht rein. Ich muss an meine Tochter denken! Hast du nicht gehört, dass der Sohn von Heinrich Greven verschwunden ist, einfach so, nachdem Heinrichs Frau unangenehm aufgefallen ist? Er war fast so alt wie Taru.«

»Hannes, aber wir haben doch schon mal darüber gesprochen!«

»Im Wald. Schlimm genug. Aber doch nicht hier!«, zischte Tarus Vater. »Du weißt, dass sie überall Wanzen haben! Die haben große Ohren. Vielleicht auch hier, wegen unserer Genehmigung! Ich denke und hoffe bei Gott, dass du recht hast und der Schuppen sauber ist, aber woher willst du das wissen? Nie wieder, hörst du! Ein falsches Wort am falschen Ort, und du weißt, was passieren kann!«

»Ist ja gut. Aber spiel dich nicht so auf, du hörst ja auch den dänischen Sender! Lass mich wenigstens etwas hier hinterlegen. Ein Bekannter holt es morgen ab. Nur dieses eine Mal. Bitte! Nur dieses Kuvert.«

Tarus Vater stöhnte. »Wenn du schwörst, dass es das letzte Mal ist, dass ich irgendetwas damit zu tun habe! Und ich schließe die Tür von nun an ab, damit sich niemand hier herumtreibt. Du gibst ihm deinen Schlüssel. Nur für morgen natürlich.«

»Versprochen. Tut mir leid, Hannes! Du hast recht. Wir dürfen nicht unvorsichtig werden. Ich will doch die kleine Taru nicht in Gefahr bringen. Es zerreißt mir sowieso das Herz, dass ich sie nicht aufwachsen sehen werde.«

»Ich will nichts mehr davon wissen!«

Die Tür fiel hinter den Männern ins Schloss, und Taru hörte, wie sich der Schlüssel umdrehte. Sie achtete nicht darauf. Mit klopfendem Herzen blieb sie sitzen, steif und zitternd vor Schreck. Sie versuchte zu verstehen, was sie gehört hatte. Da gab es jemanden, der Kinder stahl, und sie war in Gefahr, und Klaus konnte tot in ein Fischernetz geraten. Sie hatte nicht begriffen, was er vorhatte, nur dass ihr Vater nicht nur ärgerlich war, sondern vor etwas Angst hatte. Ihr großer, starker Vater! Vor allem vor den Wanzen mit den großen Ohren, die hier drin waren. Von denen hatte sie nichts geahnt. Ängstlich sah sie sich um. Wanzen waren Käfer, die beißen konnten, so viel wusste sie. Wenn sie große Ohren hatten, mussten es große Käfer sein. Käfer konnten fliegen. Taru sah nach oben. Vielleicht saßen die Wanzen unterm Dach, in den dunklen Winkeln. Sie musste hier weg! Sicher würde ihr Vater schimpfen, weil sie gelauscht hatte, aber das war ja keine Absicht gewesen. Und auch wenn er schimpfte, war das noch lange nicht so schlimm, wie hier alleine zu sein, wenn die großen Käfer mit den Ohren kamen.

Aber die Tür öffnete sich nicht, als sie aufsprang, um ihrem Vater schleunigst nachzulaufen. Jetzt fiel es ihr ein. Er hatte ja abgeschlossen! Sie rüttelte trotzdem einige Male daran, so fest sie konnte. Doch es nützte nichts.

Draußen ging die Sonne unter. Im Schuppen wurde es immer dunkler, und das Licht war kaputt. Taru bewegte verzweifelt den Schalter, aber er gab nur ein folgenloses »Klick« von sich, als wollte er sie auslachen. Taru sah wild umher. Was sollte sie nur machen? Das Fenster war selbst für sie zu klein, um dort herauszukrabbeln, außerdem war es vergittert. Ihr Vater würde sie gewiss suchen, sobald er zu Hause ankam und ihre Mutter ihm sagte, dass Taru ihm entgegengegangen war. Dann fiel ihr ein, dass ihre Mutter ja gar nicht zu Hause gewesen war, als Taru losgelaufen war! Niemand wusste es. Aber sie konnten es sich ja denken, beruhigte sie sich. Bald, ganz bald würde er sie holen kommen.

Sie nahm sich eine Decke, die für längere Ausflüge im Ruderboot lag, und wickelte sich fest ein. Trotzdem hörte sie nicht auf zu zittern. Jetzt war es so finster, dass sie nur noch ein schummriges Viereck dort erkennen konnte, wo das Fenster war, und eine feine Linie um die Tür herum. Sie hörte ihr eigenes Herz klopfen, so laut bummerte es. Sie versuchte, ganz leise zu atmen. Am besten gar nicht.

Denn ihr Vater hatte immer recht, und er hatte gesagt, hier wären Wanzen! Wanzen mit großen Ohren, die beißen und fliegen konnten. Wanzen, die lauschten und denen man kein falsches Wort erzählen durfte. Taru war sich nicht sicher, was ihr Vater mit *falschen Worten* meinte. Woher sollte sie nur wissen, welches die falschen waren? Am besten, sie war ganz still. Wenn sie nichts sagte, konnte auch nichts Falsches dabei sein, und wenn sie nur ganz leise atmete, dann würden die Wanzen vielleicht gar nicht merken, dass sie hier war, und würden auch nicht beißen.

Taru wusste, dass es Tiere gab, die in der Nacht sehen konnten. Ob das bei den Wanzen auch so war? Nein, sicher nicht, versuchte sie sich zu überzeugen. Diese Tiere, die nachts sehen konnten, hatte sie in einem Buch entdeckt. Sie besaßen ganz große Augen, damit viel Licht hineinkam, hatte ihre Mutter erklärt. Sie sahen aus wie kleine Affen und lebten auf einer Insel namens Madagaskar. Das war im Feindesland, ganz weit weg. So was gab es hier gar nicht. Aber auch wenn die Käfer sie nicht sehen würden, es war schlimm genug, dass sie sie hören konnten. Und dass Taru sie weder sah noch hörte.

Sie hatte keine Ahnung, wie spät es war und wie lange sie hier schon saß. In ihrer Phantasie wurden die Wanzen mit jeder Minute größer. Und dann glaubte sie, ein Flattern zu hören. Sicher waren es nur die Möwen draußen. Aber die flogen nicht mehr im Dunkeln. War es der Wind, der am Fensterladen klapperte? Doch dann kam es ihr so nahe, dass Taru aufschrie.

Es waren keine Flügelschläge, es war ein ganz leises Geräusch, wie ein kaum spürbarer Windhauch, der ab und zu vorbeikam, kaum bemerkbar. Ein Geräusch, wie ein Gespenst es sicher machen würde. Taru kroch in Windeseile unter einen Karton und stülpte ihn ganz über sich. Dann kroch sie möglichst weit weg von den Booten. Sie hatte nicht vergessen, dass ihr Vater etwas darüber gesagt hatte, dass man Tote aus den Fischernetzen gezogen hatte, nachdem sie Boot gefahren waren. Sie wollte nie wieder Boot fahren. Klaus hatte irgendetwas Schreckliches gesagt, das mit den Booten zusammenhing, auch wenn sie nicht verstand, warum ihr Vater so wütend darüber geworden war, dass Klaus das Boot haben wollte. Klaus hatte anscheinend *falsche Worte* gesagt. Taru rollte sich so klein wie möglich zusammen und versuchte, alles zu vergessen: dass sie hier war, dass es dunkel war, dass sie überhaupt existierte. Wenn sie sich selbst vergaß, dann würden die Wanzen sie sicher nicht bemerken.

Sie wusste nicht, wie lange sie dort gekauert hatte, als sie draußen endlich die ersehnte Stimme ihres Vaters hörte. »Taru? Taru, mein Engel, bist du hier?« Und schon hörte sie, wie der Schlüssel sich im Schloss drehte. Hell fiel ein Lichtkegel über den Boden. Sie konnte es durch die beiden Löcher im Karton sehen, die als Griffe dienten. Dann die Schritte ihres Vaters, der mit der Taschenlampe umherleuchtete. »Taru! Wo bist du?«

»Hier«, krächzte sie. Sie wagte immer noch nicht, sich zu rühren. Als er mit Klaus geredet hatte, hatte sie genau gehört, dass auch ihr großer, starker, allmächtiger Vater sich vor den Wanzen fürchtete.

Er hob den Karton, warf ihn beiseite und nahm sie in die Arme. »Taru, es tut mir so leid! Ich wollte dich doch nicht einschließen! Ich wusste nicht, dass du hier bist. Geht es dir gut?«

Sie verbarg den Kopf an seiner Schulter und nickte nur. Sie wusste immer noch nicht, welches die falschen und welches die richtigen Worte waren.

Er trug sie den ganzen Weg nach Hause. »Im Schuppen gibt es Fledermäuse«, sagte er zu Tarus Mutter.

Tarus Mutter schimpfte nicht, sondern packte sie ins Bett und brachte ihr warme Milch. »Du bist ein tapferes Mädchen. Zum Glück hast du ja keine Angst vorm Dunkeln, so gern, wie du immer aus dem Fenster guckst, wenn die Lichter angehen«, tröstete ihre Mutter sie. »Ich erzähle dir noch eine Geschichte zum Einschlafen, ja?«

»Kommst du zum Erzählen in mein Bett?«, fragte Taru. Das machte ihre Mutter sonst nur, wenn Taru Schüttelfrost hatte und aufgewärmt werden musste. Aber heute war ihr kalt, ganz innen drin, auch wenn sie nicht krank war.

»Ist gut, ausnahmsweise«, sagte ihre Mutter. Taru hoffte, dass die Geschichte sehr lang sein würde, damit das Licht nicht zu schnell ausgemacht würde und die Nacht noch nicht anfing.

»Weißt du, als ich deinen Vater kennenlernte, da trafen wir uns manchmal heimlich im Wald.«

»Warum heimlich?«, wollte Taru wissen, vor allem, damit die Geschichte länger dauerte.

»Wir waren noch sehr jung. Es war uns ein bisschen peinlich, verliebt zu sein. Die anderen aus der Klasse sollten es nicht sehen. Und unsere Eltern wollten, dass wir uns auf die Schule konzentrierten und nicht abends so lange herumtrieben. Aber wir haben es doch getan und trafen uns immer wieder an einem anderen Ort. Einmal war es an einer Stelle unheimlich. Es war düster und sumpfig, und die Frösche quakten. Wenn dein Vater nicht bei mir gewesen wäre, hätte ich mich sehr gefürchtet, aber auch so hatte ich ein bisschen Angst, obwohl er meine Hand hielt. Wir setzten uns auf einen Stein. Eigentlich wollte Hannes mir die Sterne zeigen. Wir wollten uns einen aussuchen, der für unsere Liebe steht. Aber es war auf einmal wolkig. Kein einziger Stern zu sehen! Ich war enttäuscht und dachte, das sei vielleicht kein gutes Zeichen für uns. Aber als wir da saßen, fingen auf einmal auf einem alten, modrigen Baumstamm zwei Punkte an zu leuchten. Das waren Glühwürmchen! Ich hatte noch nie Glühwürmchen gesehen und seitdem auch nie wieder, aber ich werde sie nie vergessen. Es war wie Zauberei. Ich hatte keine Angst mehr. Und ich wusste, ein besseres Zeichen für unsere Liebe konnte es nicht geben. Das hat gestimmt, denn jetzt haben wir dich.« Ihre Mutter stand auf und stopfte die Decke um Taru fest. »So, nun schlaf aber schnell!«

»Mama, kannst du bitte das Licht anlassen?«

»Warum denn das auf einmal? Du bist doch schon ein großes Mädchen. Damit fangen wir gar nicht erst an. Es ist nicht gesund, mit Licht zu schlafen. Denk einfach an die Glühwürmchen.« *Klick* machte erst der Schalter, dann die Tür. Taru kroch weit unter die Bettdecke. Sie versuchte, sich die Glühwürmchen vorzustellen.

Taru

Groß Nemerow

2014

21

Gläserne Tiefe

Was war das? Sie war gefesselt. Gehörte sie jetzt zu den verschwundenen Kindern, die man verschleppt hatte? Hatte sie doch ein *falsches Wort* gesagt? Taru warf sich hin und her, aber ihr linkes Bein hing irgendwo fest, sie konnte sich nicht bewegen. Sie hört ein Prasseln, nein, ein Klicken, als ob jemand Steine gegen eine Fensterscheibe warf. Vielleicht war es Ilari? Sie musste ihm unbedingt sagen, dass etwas Schreckliches geschehen war! Sie hatte es gesehen. Sie war zum ersten Mal allein auf den Hochsitz geklettert, und da hatte sie es gesehen!

Jetzt hörte sie eine Stimme. »Taru, *Taru*, bitte, was ist los?«

Taru setzte sich hastig auf, rieb ihre verkrusteten Augen. Es war dunkel, aber im Schein des Nachtlichts, das sie in die Steckdose gesteckt hatte, als ihre Angst wieder begann, sah sie, dass sie nicht gefesselt war. Sie war völlig nassgeschwitzt, und ihr Bein hatte sich in der Bettdecke verfangen, die um den Pfosten geschlungen war, so heftig hatte sie sich herumgewälzt. Sie versuchte, die Bilder ihres Traums beiseitezuschieben und in die Gegenwart zurückzufinden. Es war so deutlich gewesen, deutlicher als all die Nächte zuvor.

»Taru, ist alles in Ordnung?«, rief draußen wieder jemand. Jara! Taru musste im Schlaf Geräusche gemacht haben, und Jara hatte es gehört.

Taru stolperte zum Fenster und lehnte sich hinaus. »Jara? Es ist alles gut. Ich habe wohl im Schlaf geredet.«

»Nein. Du hast im Schlaf geschrien! Das muss ein ziemlicher Albtraum gewesen sein. Komm herunter. Ich habe das Windlicht angemacht und eine Flasche Wein geöffnet. Ich habe sogar Kekse gebacken. Du kannst bestimmt nicht gleich wieder einschlafen. Es ist besser, wir reden eine Weile oder schweigen zusammen, wie auch immer du möchtest, aber bitte komm herunter! Ein wenig Gesellschaft tut dir gut.«

»Ja, danke! Ich bin gleich unten.« Auf gar keinen Fall würde sie heute noch einmal ins Bett gehen. Sie sah auf die Uhr. Zwei Uhr morgens. Sie lief ins Bad, duschte sich kurz kalt ab und zog hastig ihren Trainingsanzug über. Als sie aus dem Haus trat, atmete sie auf. Es war eine milde Nacht, die Sterne waren leicht dunstverhangen und funkelten sanft auf sie herab. Vom Mond war nichts zu sehen. Doch die Blüten im Mondscheingarten, die immer zahlreicher wurden, und die helle Sichel der Kiesumrandung leuchteten ihr entgegen. Der Duft von Geißblatt hüllte sie tröstlich ein, als sie sich in einen der Stühle setzte. Das Windlicht warf einen Lichtkreis auf den Tisch und ließ den Wein rot aufglühen. Jara schob Taru den Teller hin. »Nimm einen Keks. Das beruhigt.«

Jara schwieg, während Taru den Keks kaute, der zunehmend besser schmeckte, und ein halbes Glas Wein hinunterstürzte.

»Willst du's mir erzählen?«, fragte Jara.

»Das war so verworren, das *kann* ich gar nicht erzählen.«

»Dann erzähl mir, warum du solche Angst vor der Dunkelheit hast. Ich möchte es verstehen. Für mich ist die Dunkelheit mein Freund, weil ich in ihr draußen sein und mich frei bewegen kann. Es muss doch einen Grund geben?«

Ein Nachtfalter umkreiste das Windlicht. Flügelschläge, fast lautlos. Taru zuckte zusammen.

»Fehlt dir dein Mann?«, fragte Jara sanft. »Bist du zu allein im Haus?«

»Nein. Es war eine sehr schöne Zeit mit Werner, aber ich finde es wunderbar, jetzt unabhängig zu sein. Das ist es nicht.« Tarus Puls war immer noch beschleunigt. Sie sah sich um. »Es ist so schön hier! Es blüht immer stärker.«

»Ja. Ich bin sehr dankbar für diesen besonderen Platz. Ich freue mich jeden Tag darauf. Aber du sitzt so selten mit mir draußen, das ist schade. Ist dir die Dunkelheit auch hier unangenehm? Ich hatte gehofft, der Garten würde dir helfen. So wie er mir hilft.«

»Das tut er auch, einerseits. Ich liebe diesen Garten. Aber nachts draußen zu sein weckt offenbar trotzdem manchmal die Albträume. Und die Glühwürmchen sind nicht wiedergekommen.« Taru nahm noch einen großen Schluck. »Also gut, ich erzähle es dir.« Erst fiel es ihr schwer, und sie berichtete stockend, doch dann redete sie immer schneller. Die Stunden im Bootsschuppen, das merkwürdige Gespräch zwischen ihrem Vater und Klaus, die Angst vor den Wanzen mit den großen Ohren.

Als sie geendet hatte, herrschte einen Moment Stille. Dann pfiff Jara leise durch die Zähne. »Solchen Kindheitserlebnissen ist mit Vernunft nicht beizukommen. Kein Wunder, dass du dich seitdem vor der Dunkelheit fürchtest.«

»Und vor Booten.«

»Was ist aus Klaus geworden? Ist ihm die Flucht gelungen?«

»Klaus blieb. Ich weiß nicht, warum. Ob er einfach kein Boot bekam oder ob er es doch nicht gewagt hat. Vielleicht hatte seine Frau nicht den Mut. Er blieb, wurde aber immer schweigsamer. Er lächelte auch nicht mehr. Später verkaufte er seinen Anteil am Boot an Paul, den besten Freund meines Vaters.«

»Und du? Wie ging es dir in der Zeit danach?«

»Ich habe mich an der Geschichte von den Glühwürmchen festgehalten. Immer wenn die Angst kam, versuchte ich mir vorzustellen, dass ich im Wald einmal Glühwürmchen sehen würde und dass sie stärker wären als die Wanzen mit den Ohren, die im Dunkeln unterwegs sind. Die Glühwürmchen setzten Lichtpunkte wie einen Zauber gegen die Angst, dachte ich. Aber ich wusste nicht, ob es überhaupt noch welche gab. Immerhin, mit meinem Freund Ilari ging ich irgendwann wieder Boot fahren. Ich sagte ihm nicht, dass ich mich davor fürchtete. Ich wollte mir keine Blöße geben, schließlich war ich ohnehin schon ein Mädchen und jünger als er. Ich tat einfach so, als wäre ich noch nie Boot gefahren und könnte nicht rudern. Er hat es mir mit viel Geduld beigebracht. Dachte er. In Wahrheit brachte er mir bei, meine Angst zu überwinden. Es war nur ein kleines Boot, und wir fuhren nicht auf dem Meer damit, wo es ja verboten war, sondern auf dem Bodden. So tröstete ich mich, dass man uns hier wohl kaum tot aus einem Fischernetz ziehen würde. Ilari hatte dieses längliche Feuermal auf dem Unterarm, das wie ein Käfer aussah. Ich stellte mir vor, er wäre für mich eine Art Glühwürmchen, das die Angst verscheucht und ein gutes Zeichen bedeutete.«

»Ist die Angst vor Booten mit der Angst vor der Dunkelheit auch wiedergekommen?«, wollte Jara wissen.

Taru sah sie verblüfft an. »Ich weiß es nicht. Ja, wahrscheinlich! Ich habe nicht bewusst darüber nachgedacht. Aber jetzt, wo du es sagst – ich habe Boote gemieden, obwohl ich an einem See wohne. Ich hatte ja immer viel zu tun, die Kinder, meine Arbeit und die Tätigkeit für Werner, der Haushalt, der Garten, die Tiere. Niemand hat sich gewundert, dass ich nicht Boot fuhr. Die Kinder haben sich auch nicht dafür interessiert. Wir sind immer nur schwimmen gegangen.«

»Und hast du jemals Glühwürmchen gesehen? Damals, meine ich?«

Taru spürte, wie sich ein Lächeln auf ihrem Gesicht ausbreitete. »Es hat lange gedauert.« Ihr fiel ein, was danach passiert war, und ihr Lächeln erlosch.

»Lass uns das mit dem Moorbeet bald machen«, sagte Jara. »Damit die Glühwürmchen wiederkommen.«

»Ja, ich sage Heiko Bescheid. Der freut sich bestimmt, wenn er wieder graben darf.«

Die Amseln und das Rotkehlchen hatten schon vor einer Weile zu zwitschern begonnen. Lauthals begrüßten sie den Tag.

»Ich muss bald rein«, sagte Jara. »Geht es dir besser? Gehst du noch mal ins Bett?

Der Himmel wurde zunehmend heller. Himmelblauer Glanz löschte die Sterne. Das Versprechen eines schönen Sommertags kroch mit dem Morgendunst über den See. Die Wasservögel begannen, sich zu regen.

»Ja, es geht mir besser. Es hat gutgetan, darüber zu sprechen. Danke, Jara. Nein, ich werde jetzt nicht mehr schlafen. Ich werde mein Fahrrad nehmen, nach Neubrandenburg fahren und mir ein Boot ausleihen!«

Jara betrachtete sie mit einem leichten Schmunzeln. »Das hört sich gut an. Schade, dass ich nicht mitkommen kann. Vielleicht begleitet dich Heiko?«

»Wenn es klappt und ich diese dumme Phobie eines Tages überwinde, dann nehme ich dich mit, und wir machen eine Mondscheinfahrt«, versprach Taru. »Aber heute ist es etwas, das ich allein machen muss.«

Jara umarmte Taru. »Viel Erfolg und einen schönen Tag!«

»Und dir einen guten Schlaf. Ich wünsche dir einen besseren, als ich ihn hatte!«

»Keine Sorge. Seitdem ich durch den Mondscheingarten so viel an der frischen Luft bin, schlafe ich wunderbar. Gute Fahrt!«

Taru trat voller Energie in die Pedale. Sie liebte den Wald so früh am Morgen. Unterwegs hielt sie noch an, um eine Tasse Kaffee zu trinken, denn der Bootsverleih öffnete erst um neun. Koffein war vielleicht nicht die richtige Idee, sie war auch so schon nervös genug. Andererseits musste sie wach und konzentriert sein, wenn sie sich nicht zu dumm anstellen wollte. Ach was, Rudern verlernte man nicht!

Als sie sich dem Bootsverleih näherte, bemerkte sie seltsame Silhouetten im Gegenlicht, das auf dem See funkelte. Es sah aus, als liefen Menschen auf dem Wasser. Waren es überhaupt Menschen? Ja, doch sie sahen unwirklich aus, geisterhaft. Aber elegant, wie sie aufrecht über die Oberfläche auf dem See entlang glitten.

Dann begriff sie, dass es die Stehpaddler waren, die sie vor einer gefühlten Ewigkeit mit Heiko beobachtet hatte.

Sie zog die Schuhe aus, steckte sie in ihren Rucksack und lief durch den warmen Sand zum Ufer, wo sie die Ruderboote begutachtete. Sie hatte sich bereits für eines entschieden, als der Mann vom Verleih aus dem Schuppen kam und auf sie zuging. »Hallo! Schöner Tag heute. Womit kann ich Ihnen helfen?«

»Guten Tag.« Taru erwiderte sein Lächeln. Er war einer dieser Typen, die aussahen, als könne sie nichts auf der Welt erschüttern. Ein Bär von einem Mann. Vielleicht lag es an seiner beruhigenden Ausstrahlung und der Tatsache, dass er gleichzeitig ein wenig verwegen aussah mit seinem Hawaiihemd und seinem Kopftuch. Jedenfalls zeigte sie zu ihrer eigenen Überraschung auf die Stehpaddler und fragte: »Verleihen Sie diese Dinger auch?«

»Aber selbstverständlich. Haben Sie das schon mal gemacht?«

Taru schüttelte stumm den Kopf.

»Macht nichts. Ich zeige es Ihnen. Können Sie schwimmen?« Taru nickte. »Gut. Das ist die einzige Voraussetzung. Ich würde Ihnen trotzdem gern eine Schwimmweste geben. Sicher ist sicher, außerdem ist es da draußen kälter, als Sie denken. Die Weste wärmt schön und gibt Ihnen Sicherheit. Kommen Sie mal hier in den Schatten! Setzen Sie sich doch!« Er holte sein Tablet und zeigte ihr ein kurzes Video, in dem genau erklärt und gezeigt wurde, wie man auf das Brett stieg und wie man paddelte. Es sah wacklig aus. Aber nicht unmöglich. »Versuchen Sie einfach, sich nie nach hinten zu lehnen. Sonst verlieren Sie das Gleichgewicht. Wenn Sie sich unsicher fühlen, gehen Sie nach vorn auf die Knie. Man kann auch auf den Knien paddeln. Da draußen wird es oft sehr windig. Wenn der Gegenwind zu stark ist, gehen Sie auch in die Knie. Dann bieten Sie weniger Angriffsfläche und kommen besser voran.«

Wenig Angriffsfläche bieten, dachte Taru. Wie im Leben manchmal.

»Wenn der Wind stark ist, wird Ihnen die Strömung zu schaffen machen. Machen Sie dann keine Pause, sonst werden sie gleich wieder zurückgetrieben. Bleiben Sie beim Paddeln im Rhythmus. Und immer schön flexibel in den Beinen! Sie schaffen das schon. Wenn Sie runterfallen, ziehen Sie sich einfach bäuchlings auf das Brett und stehen wieder auf.«

Das Ganze scheint wirklich ein Gleichnis für das Leben zu sein, dachte Taru.

Er zog ihr die Schwimmweste eigenhändig an und schloss die Schnallen. Dann suchte er ihr ein Brett heraus und zeigte ihr, wie sie es ins Wasser tragen sollte. »Ihren Rucksack können Sie hier lassen oder, wenn er wasserdicht genug ist, unter die Gepäckschnüre schieben.«

Sie entschloss sich, ihn hier zu lassen. Gut, dass sie ihre kurzen Badeshorts und ein leichtes Top angezogen hatte. Sie würde bestimmt nasser werden als beim Rudern.

»So, jetzt waten Sie ins Wasser, bis sie bis über die Knie drin sind, sonst laufen Sie mit der Finne auf Grund, wenn Sie auf das Brett steigen. Wir wollen nicht, dass die Finne zerbricht. Diese Manschette legen Sie um ihr Fußgelenk, dann verbindet die Schnur sie mit dem Brett, und Sie können es nicht verlieren, wenn Sie runterfallen.« Er reichte ihr das Paddel. »Legen Sie das quer aufs Brett. So, jetzt steigen Sie auf. Knien Sie sich erst hin. So ist gut. Machen Sie ein paar Schläge. Drei oder vier links, dann drei oder vier rechts, immer abwechselnd. Wie auf dem Video. Sehr gut! Nun können Sie aufstehen. Trauen Sie sich! Stützen Sie die Hände vorne ab, dabei halten Sie das Paddel fest. Dann richten Sie sich langsam auf. Die Knie nicht durchdrücken! Das Paddel hilft Ihnen beim Balancieren. Wenn Sie unsicher werden, tauchen Sie es rasch ins Wasser und paddeln schnell los, Sie werden merken, dass die Bewegung Sie stabilisiert. Jawohl, gut so! Wunderbar. Na dann, gute Fahrt. Viel Spaß!«

Und dann war sie allein. Allein mit diesem dünnen, schmalen Brett, mit dem überraschend leichten Paddel in ihrer Hand, dem Wasser und dem Himmel. Sie hatte gewusst, dass der See groß war, aber so riesig wie hier von der Wasseroberfläche aus hatte er noch nie gewirkt. Um sie herum war nur Licht, und ganz in der Ferne waren die Silhouetten der anderen Paddler zu sehen wie ein langsames Ballett aus Scherenschnitten.

Taru hielt sich am Rand, nahe dem Schilfgürtel, im Windschutz und wo das Wasser noch nicht so tief war, bis sie ein Gespür für das Brett bekam. Es war ein unglaubliches Gefühl, aufrecht zu stehen, nicht verkrampft und tief im Boot zu sitzen und ständig die Ruder zu bewegen, sondern einfach still zu stehen! Sie fand rasch ihren Rhythmus, wagte etwas mehr Geschwindigkeit. Der schmale Bug durchschnitt die kleinen Wellen, und der Wind fuhr ihr in die Haare. Sie bekam heraus, wie sie in den Knien federn musste, um die Balance gut zu halten. Unvermutet war es, als würde das Brett eins mit ihr.

Ein stummer Jubel stieg in ihr auf. So aufrecht über das Wasser zu gleiten, das war ein ganz eigenartiges Empfinden von Würde und Selbstvertrauen, das Gefühl, die Dinge unter Kontrolle zu haben, gepaart mit einer beglückenden Leichtigkeit. Das war nicht nur Sport, das war eine Philosophie, eine Lebenseinstellung!

Nach einer Weile hielt sie inne, hörte auf zu paddeln und balancierte nur still auf dem Brett, das in der Strömung ein wenig vor sich hin glitt. Zum ersten Mal sah sie nach unten und hielt fast den Atem an vor Staunen. Sie hatte nicht gewusst, dass der See *so* kristallklar war! Es sah aus, als wäre gar kein Wasser da. Sie konnte zwei oder drei, wenn nicht sogar vier Meter in die Tiefe sehen und unten jedes Sandkorn erkennen. Auf dem Sand gab es vereinzelte Algen wie grüne Fahnen in der Strömung, vor allem aber jede Menge Teichmuscheln in verschiedenen Größen. Manche waren geschlossen und lebendig, andere lagen leer, die Schalen offen zum Himmel gewandt, wie weiße Schmetterlinge. An dieser Stelle war der See gerade so glatt, dass sich die weißen Schönwetterwolken darauf spiegelten. Als Taru wieder zu paddeln begann, war es, als ob sie direkt durch diese Wolken hindurchfuhr. An einer Stelle stand ein großer Hecht. Sie sah seinen Schatten, tief unten, und daneben ihren eigenen, den Schatten ihres Bretts, der mühelos über den Boden des Sees glitt.

Taru wartete auf ihre Angst, aber die kam nicht. Sie fühlte sich vollkommen zu Hause in dieser Wunderwelt um sie her und in dieser Form der Fortbewegung. Zu ihrem Erstaunen fiel sie nicht ein einziges Mal ins Wasser. Nun nahm sie wieder Fahrt auf. Die Sonne kam immer mal zwischen den Wolken hervor und warf das Licht wie eine Straße übers Wasser. Taru paddelte darauf entlang. Auf einmal lagen die Reste der Trümmerinsel vor ihr, die damals die Strafgefangenen hatten bauen müssen und die dann gesprengt worden war. Ein friedliches Eiland jetzt, auf dem Sträucher wuchsen und Vögel brüteten. Taru fuhr einmal rundherum. Auf der anderen Seite erwischte sie ein aufkommender Gegenwind, und nun wusste sie, was der Mann gemeint hatte. Der Wind trieb sie immer wieder rasch auf die Steine zu, die die Insel umgaben. Sie musste schleunigst in die Knie gehen und wild paddeln, bis ihre Arme lahm wurden und ihr die Luft wegblieb. Aber sie hatte immer noch keine Angst. Sie lachte laut wie in einem Rausch, bestand den Kampf und kam auf der anderen Seite des Windes wieder heraus. Auf einmal war Stille, denn hier in der Bucht fing der Schilfgürtel die Böen ab. Die Sonne war jetzt warm.

Taru legte sich rücklings auf das Brett, hob die Arme mit dem Paddel triumphierend zum Himmel. Das war *ihr* Sport! Niemals hatte sie damit gerechnet, aber sie nahm das Geschenk dankbar an. Sie hatte fünfzig werden müssen, um dies über sich herauszufinden. Umso mehr freute sie sich jetzt darüber. Mühelos stand sie wieder auf. Ein Blick auf die Uhr sagte ihr, dass die beiden Stunden, für die sie das Brett gemietet hatte, beinahe herum waren. Gemächlich paddelte sie am Ufer entlang zurück zur Anlegestelle.

Sie wusste nun, warum der Anblick der aufrechten Paddler in der Ferne sie heute früh so angezogen hatte, dass sie diesen Schritt gewagt hatte. Es war die aufrechte Haltung.

Sie dachte an damals, an den Tag im Bootsschuppen, als ihre Angst begann und ihre Welt unsicher wurde. Dachte an alles, was später folgte. Ihren Vater hatte die Stasi kaputtgemacht. Aber sie nicht! Sie war noch hier und stand aufrecht und konnte frei über ein tiefes Wasser paddeln, ohne sich irgendwem oder irgendetwas zu beugen, außer dem Wind.

Taru

Rügen

1973/74

22

Beste Freunde

»Ein Freund von meinem Vater, der Heinrich, hat mir ein kleines Ruderboot geschenkt«, sagte Ilari in einem anderen Frühling. »Es liegt nicht am Strand, es ist am Jasmunder Bodden. Da darf man ohne Genehmigung rausfahren. Das ist ein Stück weit weg, aber Heinrich fährt oft dorthin, wenn er angeln geht. Er hat sich ein neues Boot gekauft, ein größeres. Er nimmt uns mit dem Auto mit. Hast du Lust?« Er sah wohl die widerstreitenden Gefühle in Tarus Gesicht, denn er fügte schnell hinzu »Ich kann gut rudern. Und wir tragen Schwimmwesten, das habe ich Heinrich versprochen. Außerdem ist er in der Nähe. Du wirst sehen, es wird ein Riesenspaß. Wir können uns vorstellen, dass wir bis ins Freundesland fahren. Müssen wir aber nicht, hier ist es auch schön. Was hast du denn, Taru?«

»Ich kann nicht rudern«, sagte sie schließlich.

Sie kannten sich jetzt so gut. Sie waren nicht jeden Tag zusammen, aber beinahe. Ilari hatte sie noch nie ausgelacht. Taru konnte über alles mit ihm reden, und sie genierte sich schon längst nicht mehr, wenn sie irgendetwas nicht konnte. »Ich bin ja auch ein bisschen älter«, tröstete er sie dann immer. Trotzdem. Ihre gemischten Gefühle Booten gegenüber konnte und durfte sie ihm nicht erklären, und eine Erklärung wollte er stets für alles, was er nicht verstand.

Der Vater hatte Taru damals beiseitegenommen und ihr eingeschärft, niemandem etwas von dem Gespräch im Schuppen zu erzählen, nicht einmal der Mutter. »Du bist noch klein, du hast gar nicht verstanden, worum es ging«, sagte er. »Ich weiß, dass du nicht lauschen wolltest. Du wolltest mich überraschen. Das war lieb von dir. Aber du darfst auf gar keinen Fall weitererzählen, was du gehört hast, verstehst du? Du hast ganz bestimmt alles falsch verstanden, und wenn du es jemandem weitererzählst, würde es nur Missverständnisse geben. Das wäre überhaupt nicht gut. Es bleibt einfach unser Geheimnis, ja?«

»Ich will nicht, dass du Ärger bekommst, Papa.«

»Siehst du, dann ist es ja ganz leicht. Du tust einfach so, als wärest du an dem Tag nie im Bootsschuppen gewesen. Versprichst du mir das?«

»Ja, Papa. Versprochen.«

Nur zu gerne hätte sie vergessen, dass sie in dem Schuppen gewesen war, aber sie konnte es nicht. Das Geheimnis saß tief in ihr drin, und immer, wenn sie daran denken musste, brannte es wie das blutig geschürfte Knie, das sie sich immer wieder aufkratzte. Das Versprechen aber, das sie ihrem Vater gegeben hatte, würde sie halten. Auf gar keinen Fall wollte sie eines der falschen Wörter sagen und die Wanzen mit den großen Ohren anlocken. Deswegen war es einfach für sie, zu schweigen. Und deswegen konnte sie nicht einmal Ilari, vor dem sie sonst keine Geheimnisse hatte, davon erzählen.

Aber sie wollte zu gern mit Ilari rudern gehen.

»Das macht doch nichts, dass du nicht rudern kannst. Ich bringe es dir bei«, sagte er.

Also überwand sich Taru. Das Wasser rief nach ihr, und die Aussicht auf ein neues Abenteuer mit Ilari war stärker als ihre Angst. Niemand war so geduldig mit ihr wie er. Am Anfang fuhren sie nur ein paar Meter vom Ufer weg. Ilari paddelte hin und her und achtete darauf, dass Taru immer noch den sandigen Boden sehen konnte. Nach einer Weile wagte sie es tatsächlich, ins Wasser zu blicken und nicht mehr nur in Ilaris Gesicht. Sie konnte immer freier atmen, und die Faust der Angst in ihrem Magen löste sich. Der Bodden war nicht so dunkel wie der Schwarze See, an dem sie noch immer nicht wieder gewesen war. Im Bodden spiegelte sich der Himmel mit allen Wolken und allem Licht, das Wasser war hell, und es schwammen silberne Fische darin herum wie kleine Lichtblitze.

Von da an begleiteten sie Heinrich häufig zum Bodden. Manchmal dauerte es lange, bis er mit dem Angeln fertig war und sie wieder nach Hause fuhren. Dann war der Abendhimmel schon feurig rot und das Wasser im Bodden auch, so dass Ilaris Gesicht einen warmen Schimmer annahm und Taru das Gefühl hatte, sie wären vielleicht, ohne es zu merken, wieder durch ein Elfenfenster geklettert. Denn über allem lag ein Zauber.

Tag für Tag fuhren sie weiter hinaus, und irgendwann hatte Taru die Ruder in der Hand und stellte sich immer geschickter an. Sie fand ihren Rhythmus, und es war ein wunderbares Gefühl, so sicher über die Oberfläche zu gleiten, während Ilari im Heck die Hand ins Wasser baumeln ließ oder mit dem Finger Zeichnungen auf die Wellen malte. Taru war wieder versöhnt mit Booten.

Anders war es mit der Angst im Dunkeln. Nachts schrak sie oft aus einem Albtraum auf, und ihre Mutter musste Licht machen, ihr einen Kakao bringen und eine Geschichte erzählen, damit sie endlich wieder einschlafen konnte. Die Wanzen in diesen Träumen wurden immer größer und hatten Gesichter, die sich in die Gesichter von Klaus und fremden Toten verwandelten, die, in Netze verstrickt, um Hilfe riefen oder von den

Kapitalisten ins Feindesland verschleppt wurden. Einmal war es sogar Ilaris Gesicht. Manchmal verfolgten die Wanzen auch ihren Vater, und Taru wollte ihn warnen, und dann schrie sie und wachte schweißgebadet auf.

»Ich weiß wirklich nicht, was mit dem Kind los ist«, sagte ihre Mutter ratlos zu ihrem Vater. »Das geht jetzt schon so lange. Für diese Ängste müsste sie doch langsam zu alt sein. Sie erzählt mir aber auch nicht, was sie da immer träumt.«

Ihr Vater schwieg.

Im Herbst war Schluss mit Rudern. Heinrich zog die Boote aus dem Wasser, erneuerte den Anstrich und winterte sie ein. Die Kinder spielten wieder im Wald und auf den Stoppelfeldern. Ilari kam mit einer Rolle leichten Kunststoffmaterials an. »Heute bauen wir einen Drachen«, verkündete er.

»Wo hast du das denn her?« Taru fuhr mit dem Finger über die dünne Folie, die fest und leicht und weich zugleich war und geheimnisvoll knisterte.

»Habe ich von der LPG mitgenommen, wo dein Vater arbeitet«, sagte Ilari unbekümmert. »Das sind die Bänder, in denen die Strohpresse die Strohballen einwickelt. Sie sind leicht und stabil und halten Regen ab, das ist perfekt für einen Drachen. Man darf sich nur nicht beim Klauen erwischen lassen, das Zeug ist teuer.«

In ihrer Höhle im Wald klebten und schnitten und leimten sie, und natürlich organisierte Ilari von irgendwoher auch eine Schnur. Taru fragte lieber nicht, wo er sie herhatte. Er zeichnete ein Gesicht auf die Folie, mit demselben schwarzen Baumpilz, mit dem er so gern Schnurrbärte malte. Der Drachen bekam auch einen. Und Taru fand, dass noch nie ein Drachen so hoch geflogen war wie dieser im Herbst mit Ilari, nicht einmal der, den ihr der Vater früher einmal geschenkt hatte. Sie hielt die Schnur ganz fest, und Ilari rannte über das Feld, bis der Drachen stieg. Irgendwann rannten sie beide aus purer Freude am Rennen und schrien und jubelten dabei, während ihr gemeinsames Werk höher stieg als die Möwen und auf sie herabblickte und vielleicht da oben mitlachte, wer wusste das schon.

»Die Drachen sind frei, sie können von da oben alles sehen, das Feindesland und das Freundesland und das ganze Meer und noch viel weiter«, sagte Ilari.

Taru sagte nichts dazu. Sie mochte nicht, dass Ilari so dachte. Sie wollte nicht, dass er eines Tages sein Ruderboot nahm und damit auf das Meer fuhr, weil er weit fortwollte, so wie Klaus. Das war verboten, aber Rollen aus der Strohpresse klauen war auch verboten, und Ilari tat es trotzdem.

Manchmal war der Wind auch zu stark für den Drachen, dann jagte der Sturm über das Meer heran. Er fegte das Kliff hoch und wirbelte die fallenden Blätter der Buchen weit nach oben, bevor sie wieder heruntertrudelten und auf dem Waldboden landeten. Im Schutz der dicken Baumstämme hinterließ der Wind ganze Dünen aus goldenen und bronzefarben Blättern, in die Ilari und Taru nach Herzenslust hineinsprangen, sich darin vergruben und gegenseitig suchten oder einfach nur auf dem Rücken lagen und dem beinahe schwerelosen Tanz zusahen. Abends fanden sie dann den Dreck in ihren Socken und Hosen und in den Ohren und wussten, dass der Tag sich gelohnt hatte. Taru vergaß nie, wie es sich anfühlte, mit Ilari dort zu liegen, in diesem Meer aus Farben, Wind und dem brüchigen, bittersüßen Geruch nach Herbst und Vergänglichkeit, und sich dabei Geschichten zu erzählen. Wenn sie später an Ilari dachte, war es dieses Bild, das ihr zuerst in den Sinn kam.

Einmal zeigte er ihr an einem solchen Tag eine gelbliche Figur, etwa so groß wie zwei Streichholzschachteln. »Weißt du, was das ist?«

Taru betrachtete die seltsame Gestalt. »So was Ähnliches hat mir Papa mal im Bernsteinmuseum gezeigt, in Stralsund« sagte sie. »Das war aus einem ganz alten Grab von jemand, der vor vielen hundert Jahren gelebt hat.«

»Genau«, sagte Ilari. »Das habe ich auch in dem Museum gesehen. Sie wussten nicht sicher, ob es ein Bär oder ein Mensch sein soll. Aber es sind nicht viele hundert Jahre. Es sind viele tausend Jahre.«

»Hast du das etwa aus dem Museum geklaut, so wie die Bänder von der LPG?«, fragte Taru entsetzt. Ilari schüttelte heftig den Kopf. »Ich hab es letztes Jahr selbst gefunden! Direkt an der Steilküste, da war was vom Kreidefelsen abgebrochen. Ich weiß aber nicht, ob es das Meer angeschwemmt hat oder ob es aus einem von den alten Hünengräbern ist, das vielleicht mit abgebrochen ist.«

Es gab mehrere Hünengräber im Wald. Sie waren Taru ein wenig unheimlich, aber nicht sehr, denn man sah nichts mehr von ihnen außer ein paar leichten Hügeln unter einer Schicht aus Erde, auf der Bäume wuchsen. Wenn man von unten heraufsah, erkannte man, wie dünn diese Erdschicht auf den Kreidefelsen war. Erstaunlich, dass die Bäume sich darin festklammern konnten.

»Musst du das nicht dem Museum geben? Oder deinem Vater?«, fragte Taru.

»Vielleicht mache ich das irgendwann. Jetzt ist es erst mal

mein Glücksbringer. Wenn es wirklich so alt ist, kommt es auf ein paar Jahre nicht an. Ich glaube, es ist ein Bär«, sagte Ilari und pustete sorgfältig einen Staubkrümel von der Oberfläche, ehe er seinen Schatz wieder in ein Taschentuch wickelte und in die Hosentasche steckte. »Ein Bär bedeutet Stärke. Es heißt, dass du dich nicht fürchten musst, wenn du mit mir zusammen bist. Deshalb könntest du doch jetzt endlich mal mit mir zum Schwarzen See kommen.«

Allein bei dem Wort *Schwarzer See* gruselte es Taru. In einem See, der so schwarz und tief war, lebte sicherlich so einiges. Gut möglich, dass dort auch diese Wanzen zu Hause waren. Oder sogar die Dunkelheit selbst. »Warum?«

»Du weißt doch, ich bin ein Sonntagskind«, sagte Ilari. »Eines Tages will ich das Schloss im See heben. Aber nur, wenn jemand am Ufer steht und auf mich wartet. Machst du das?« Taru wusste nicht, was sie sagen sollte. Sie wollte ihn nicht enttäuschen.

»Außerdem ist es mein Lieblingsplatz«, fügte Ilari hinzu, als sie keine Antwort fand. »Aber wir warten bis zum Frühling. Nachts friert der See schon zu.«

Taru war so erleichtert über diesen Aufschub, dass sie bereitwillig mit Ilari auf den Hochstand kletterte und zusah, wie der weiße Hirsch in der herbstlichen Dämmerung helle Atemwolken in die kalte Luft blies und seine Kälber, die schon fast erwachsen waren, über die Wiese führte. Und sie fragte sich, wie es sein würde, wenn sie selbst erwachsen wäre, und ob Ilari dann immer noch Zeit mit ihr verbringen wollte. Oder ob er dann lieber mit einem Mädchen zusammen war, das ohne Angst mit ihm am Schwarzen See saß und darauf wartete, dass mitten im Wasser bei Mondlicht ein Stuhl auftauchte, mit dem er ihr ein Schloss hochholen konnte.

Sie wollte gar kein Schloss. Die Höhle im Wald war viel schöner.

Im Winter zeigte Ilari ihr den Fischotterwechsel. Es war ein richtiger Trampelpfad, den die Otter zwischen See und Küste ausgetreten hatten. Wenn es geschneit hatte und sie lange genug auf der Lauer lagen und mucksmäuschenstill waren, konnten sie beobachten, wie die Fischotter auf dem Bauch den Abhang hinunterschlitterten. Es sah so lustig aus, dass es Taru schwerfiel, nicht laut zu lachen. Wenn die Otter nicht da waren, taten sie es ihnen nach.

Ilari vergaß nie etwas, das er sich in den Kopf gesetzt hatte. Der Schnee taute, die Anemonen und die Leberblümchen blühten wieder auf der Lichtung. Die Kinder waren voll neuer Energie. Ilari blieb auf einmal stehen, mitten auf dem Waldweg. »Kommst du nun endlich mit zum Schwarzen See?«, fragte er bittend.

Er war gewachsen. Taru auch, aber nicht so schnell wie Ilari. Sie musste noch weiter zu ihm hochsehen als früher und erkannte trotzdem das Funkeln in seinen Augen, das ihr zeigte, wie sehr er sich das wünschte. Er stand erwartungsvoll vor ihr, die Hände in den Hosentaschen, und der Wind zog an seinen Haaren. »Ich möchte doch nicht allein in dem Schloss wohnen, wenn ich es hochgeholt habe.« Er lächelte.

Taru war jetzt elf und Ilari dreizehn. Sie wussten beide, dass das Schloss nur eine Geschichte war, aber sie wussten auch, dass es ihm ernst war. Der Schwarze See war nun einmal sein Lieblingsplatz, und er wollte ihn mit Taru teilen.

Sie konnte nicht mehr ausweichen. Es war ihm zu wichtig, und er war ihr zu wichtig.

»Ich habe dort einmal einen Mondregenbogen gesehen«,

lockte Ilari sie. »Die sind sehr selten, aber der Schwarze See ist ein guter Ort dafür. Und es gibt noch so viel anderes Schönes, das ich dir zeigen möchte. Wovor hast du Angst, Taru? Mir kannst du es doch sagen!«

Er hatte recht. Ihm konnte sie alles sagen. »Ich hab Angst vor Dunkelheit. Ich mag nicht nachts draußen sein. Und der Schwarze See ist auch bei Tag so dunkel.«

Jetzt war es heraus. Taru blickte zu Boden. Als Ilari nichts sagte, hob sie den Kopf wieder. Er sah nachdenklich aus. »Warum hast du Angst im Dunkeln?«

»Ich hab schlechte Träume. Ich war mal aus Versehen wo eingeschlossen.« So viel konnte sie ihm sagen, dachte sie, das verriet nichts, was ihren Vater in Gefahr bringen konnte. »Manchmal habe ich das Gefühl, dass die Nacht für immer dauert und die Sonne nie wiederkommt.«

»Was machst du dann, wenn du schlafen sollst und es nicht kannst?«, wollte er wissen. »Lässt du das Licht an?«

»Das darf ich nicht. Mama sagt, es ist ungesund. Aber ich stelle mir Glühwürmchen vor. Hast du schon einmal Glühwürmchen gesehen?«

Ilari schüttelte den Kopf. »Aber ich habe gehört, dass es sie hier gibt, im Wald. Nicht in allen Jahren, aber manchmal. Heinrich hat es erzählt. Wenn in der Nähe welche leben, finde ich sie für dich.«

23

Am Schwarzen See

»Sieh mal«, sagte Ilari, als sie das nächste Mal auf dem Bodden rudern gingen. Es war ein beinahe windstiller Tag. Die Wasseroberfläche lag glatt wie ein Spiegel, und der Himmel schien dadurch ein doppelter, der sie einlud, seine Weite zu bereisen. Taru konnte es gar nicht abwarten einzusteigen.

Das kleine Ruderboot hatte noch nie einen Namen gehabt, aber jetzt zeigte Ilari auf einen langen Schriftzug aus großen, grünen Buchstaben.

GLÜHWÜRMCHEN

»Ich dachte, das bringt uns Glück. Ich will dir was zeigen«, sagte er und half ihr an Bord. Sie ruderte inzwischen genauso gut wie Ilari, aber heute übernahm er. Ganz langsam fuhr er hinaus, um den breiten Schilfgürtel herum und noch weiter. Hier wurde es tiefer, und dann kam eine Bucht, die im tiefen Schatten eines bewaldeten Hügels lag. »Schau ins Wasser«, sagte Ilari. Taru stellte fest, dass es hier dunkler war, als sie es anderswo vom Bodden kannte. Sie konnte den Grund nicht sehen. Es war tief, und das Wasser zwar nicht so schwarz wie im Schwarzen See, aber doch fühlte sie einen leichten Schauer, eine plötzliche Unsicherheit, als könnte sie in diesen Abgrund stürzen. Sie klammerte sich am Bootsrand fest.

»Ganz ruhig«, sagte Ilari. »Ich bin bei dir, es ist Tag und unser *Glühwürmchen* trägt uns sicher. Gleich wird es wieder flacher und heller.« Er ruderte mit kräftigen Schlägen weiter, und dann waren sie wieder dort, wo alles war wie immer. Ilari wendete das Boot. »Jetzt du«, sagte er. Taru übernahm zögernd die Ruder. »Du meinst, ich soll über dieselbe tiefe Stelle noch mal drüberfahren?«

»Ja. Jedes Mal wird die Angst ein bisschen weniger. Jetzt steuerst du! *Du* hast die Kontrolle.«

Taru biss die Zähne zusammen und ruderte, und ab und zu zwang sie sich, hinunterzublicken. Sie stürzten nicht ab. Das Wasser trug sie, das Boot trug sie, und Ilaris Unterstützung trug sie. Und wenn die Angst zu groß wurde, stellte sie sich den grünen Schriftzug vor, den Ilari extra für sie auf das Holz gepinselt hatte. *Glühwürmchen.*

Ihre Schläge wurden kräftiger, und irgendwann war auch an dieser Stelle über dem Dunkel das alte triumphierende Gefühl, fliegen zu können, je besser, je schneller sie ruderte, zwischen Wasser und Himmel und über alles hinweg. Sie stieß einen Jubelruf aus, wie sie es beide manchmal taten, wenn sie sich als Teil des Wunders fühlten, das hier im Wald geschah.

Seit sie durch das Elfenfenster geklettert war, hatte das Leben nicht mehr aufgehört, großartig zu sein und spannend und bunt wie eine einzige Geschichte. Und das Beste war, dass sie wahr war.

Ilari ließ ihr Zeit, diesen Sieg über die Angst zu verarbeiten. Ein paar Wochen später, als auch die Nächte wärmer wurden, ging er den nächsten Schritt. Es war der Abend, an dem sie zum ersten Mal in diesem Jahr den weißen Hirsch sahen.

Er trat wie immer in der Dämmerung auf die Lichtung, und als er sie wieder verließ, war gerade noch genug Zeit, um nach

Hause zu gehen, ehe es ganz dunkel wurde. Darauf hatte Ilari nun, da er wusste warum, besonders geachtet. Doch heute nahm er Tarus Hand. »Ich möchte dir etwas zeigen, aber dazu musst du noch eine Stunde mit mir draußen bleiben. Ich habe deiner Mutter schon gesagt, dass wir vielleicht ein bisschen später kommen.«

»Hat sie es denn erlaubt?« Beinahe hoffte Taru, ihre Mutter hätte es verboten. Und doch wünschte sie sich sehr, in dieser Frühlingsdämmerung, in der alles so weich aussah und so verlockend roch, noch länger mit Ilari zusammen zu sein.

»Ja. Sie weiß, dass dir nichts passiert, wenn du mit mir zusammen bist.« Das stimmte. Seltsamerweise hatte ihre Mutter nie etwas dagegen, wenn sie mit Ilari unterwegs war.

»Hast du etwa Glühwürmchen gefunden?«, fragte sie hoffnungsvoll.

»Nein. Leider noch nicht. Aber es wird dir gefallen.«

Es war kein weiter Weg, aber einer, den Taru noch nicht kannte. Oder sah in diesem schwindenden Tageslicht nur alles so anders aus? Der Boden wurde weicher, es war moorig hier. Auf einmal sah Taru Lichter vor sich. Ilari musste vorher schon hier gewesen sein. Er hatte einen Kreis aus kleinen Windlichtern aufgestellt. »Ich wollte nicht, dass es zu dunkel für dich ist«, sagte er. »Setz dich hierhin.« Er schob sie sanft auf einen umgefallenen Baumstamm.

Sie waren an einem kleinen Tümpel. Farne und Sumpfdotterblumen wuchsen am Rand, und hier und da lagen Steine. Das Wasser glitzerte im Licht der Kerzenflammen, aber das Glitzern kam nicht nur vom Wasser, stellte Taru fest, als sie genauer hinsah. Über die Steine und die großen Blätter der Sumpfdotterblumen zogen sich silberne Spuren. Nun entdeckte sie, dass hier Schnecken umherkrochen. Schnecken mit gestreiften Häuschen in verschiedenen Farben. Manche waren im Kerzenschein eher braun, manche gelb, manche grünlich, einige trugen breite hellbraune Streifen, andere schmale schwarze. Gemächlich krochen sie im Moos herum, die Farne hoch oder ruhten sich für einen Augenblick auf den Steinen aus, ehe sie ihren Weg weiterverfolgten. Es war wie ein sehr langsames Ballett und hatte etwas Beruhigendes. Wenn sie sich von den Lichtern entfernten, sah man ihre Farben nicht mehr, nur noch Hell und Dunkel.

»Ich mochte Schnecken schon immer«, sagte Ilari. »Dort, wo wir früher gewohnt haben, gab es aber nicht so viele wie hier. Ich hab mich riesig gefreut, als ich diese Stelle gefunden habe! Es ist feucht genug, dass sie sich wohl fühlen. Vielleicht kommen auch eines Tages Glühwürmchen hierher. Ich bin gern bei den Schnecken und sehe ihnen zu. Als ich kleiner war, habe ich mir vorgestellt, ich wäre der Schneckenkönig und das wären alles meine Freunde, für die ich sorgen kann. Hast du mal gesehen, wie verschieden sie aussehen? Manche Leute finden Schneckenschleim eklig, aber ich finde ihn schön. Er trocknet ganz schnell, und dann bleiben diese glitzernden Wege übrig. Wäre es nicht schön, wenn die Menschen auch solche Spuren hinterlassen würden, anstatt ihren Müll in die Gegend zu werfen? Schnecken machen das nicht. Der nächste Regen wäscht den Schleim weg, und dann sieht man gar nichts mehr. Außerdem machen sie mit ihrem Schleim den Boden glatt, damit sie sich nicht verletzen. Die Schnecken kämpfen auch nicht. Der finnische Krieger musste sterben, weil die Menschen sich gegenseitig umbringen. Schnecken kriechen einfach aneinander vorbei, wenn sie sich im Weg sind. Sie haben auch keine Angst vor Hindernissen. Die klettern überall hoch, ganz langsam, aber sie fallen nicht runter.« Ilari strahlte vor Begeisterung. Taru sah ihn an, wie er da hockte, die Schnecken um sich herum und das flackernde Licht in dem moosigen Grün, über ihm die Silhouetten der Bäume im immer dunkler werdenden Himmel und ganz oben der Abendstern wie ein einsames Glühwürmchen. Er sieht wirklich aus wie ein König, dachte Taru.

Er war auch der König, der wieder einmal ihre Angst in die Schranken wies. Denn jetzt war es wirklich dunkel, und sie saß hier und hatte keine Angst, weil die Schnecken ihre silbernen Wege um sie zogen und die Reflexionen im Wasser aus den Lichtern einen See aus Funken machten. Und weil Ilari neben ihr saß, mit lebhaften Gesten seine Gedanken erklärte, während er sprach, und dabei mit den Händen einen Zauber aus der Nacht zu holen schien. »Ich hab irgendwann angefangen, Buchstaben auf die Schneckenhäuser zu schreiben, damit ich sehe, ob es immer dieselben Schnecken sind«, sagte Ilari. »Es tut ihnen nicht weh, das merken sie gar nicht. Ich hab den Nagellack von meiner Mutter geliehen. Erst wollte ich ihnen allen einen Namen geben, aber dafür sind die Häuschen zu klein, also habe ich nur Buchstaben genommen. Und weißt du was? Sie bleiben wirklich in der Gegend, jedenfalls die meisten davon. Jetzt musst du mal genau hinsehen. Fällt dir was auf? Ich habe es extra für dich gemacht.« Gespannt sah er sie an. Taru rutschte vom Baumstamm und besah sich eine der Schnecken näher, die gerade ein Farnblatt hochkroch. Jetzt sah sie es.

Auf dem Gehäuse prangte ein B. Die Schnecke setzte ihren Weg fort. Das Blatt bog sich unter ihrem Gewicht zum Boden hin. Jetzt fiel kein Licht mehr darauf, und Taru entdeckte, was

Ilari gemeint hatte. Das B leuchtete! Mitten im Dunkeln war das B hell und kroch langsam weiter. Taru sah sich außerhalb des Lichtkreises um und entdeckte noch mehr. Da war ein T, dort bewegte sich ein O, und hier war ein L unterwegs. Nein, sogar zwei.

»Darf ich jetzt die Lichter ausmachen, nur für eine kleine Weile?«, fragte Ilari. »Dann kannst du es besser sehen. Es sind keine Glühwürmchen, aber ich dachte, ich mache dir eben Glühschnecken. Es ist eine nachtleuchtende Farbe. Mein Vater hat sie für mich aus dem Materiallager der Grenzbrigade geholt. Sie haben es ihm erlaubt. Ich hatte ihn darum gebeten. Es ist ein Rest, den sie nicht mehr gebrauchen können. Ich habe versucht, sie statt dem Nagellack zu benutzen, und es hat prima geklappt.«

»Ich puste die Lichter selber aus«, sagte Taru. Es war wie beim Rudern. Es gab ihr das Gefühl, die Dunkelheit unter Kontrolle zu haben, wenn sie es selbst machte. Mit offenem Mund sah sie sich um, als sie fertig war. Ilari hatte ganze Arbeit geleistet! Überall kamen kleine Buchstaben auf sie zu, entfernten sich oder gingen einfach nur ihrer Wege um den Tümpel herum. An manchen Stellen sammelten sich viele von ihnen.

»Da habe ich Köder ausgelegt. Die Lageräpfel, die bei meiner Mutter im Keller schlechte Stellen bekommen haben«, erklärte Ilari. »Das schmeckt ihnen. Wenn du genau hinsiehst, kannst du manchmal ein Wort finden.«

LLR. OLI. FRG. Gespannt beobachtete Taru, wie die Buchstaben sich immer neu mischten, wie die Lücken dazwischen mal größer, mal enger wurden. Es dauerte eine Weile, dann stieß sie Ilari aufgeregt in die Seite. »Da!« LEO. »Das heißt Löwe«, sagte Taru. »Löwen sind mutig. Das bringt Glück.«

»Und da!« Ilari zeigte auf eine andere Stelle. WEIT.

»Das bedeutet vielleicht, dass wir mal mit einem großen

Boot, das ich für uns baue, über die ganze Ostsee bis ins Freundesland fahren. Oder wir fliegen mit einem Drachen um die Welt«, sagte Ilari.

An diesem Abend wäre Taru überall mit ihm hingegangen, -geflogen oder -gefahren, ohne Angst zu haben.

»Glühwürmchenlarven mögen feuchte Stellen, und sie fressen Schnecken«, sagte Ilari. »Wenn wir hier an diesem Tümpel immer Schnecken anlocken, dann kommen vielleicht irgendwann welche.«

Als er Taru nach Hause brachte, begann es zu tröpfeln. Taru sah, wie an der Haustürlampe die Mücken im glänzenden Regen auf und ab flogen. Sie hatten nicht vor zu stechen. Sie tanzten einfach nur im Licht.

Tarus Furcht vor dem Dunkeln verschwand nicht von heute auf morgen. Doch sie besserte sich von Tag zu Tag. Die Albträume wurden seltener. Und Taru dachte nicht mehr, dass nach der Nacht irgendwann einmal kein Morgen mehr käme.

Als im Sommer die Tage lang und die Abende hell waren und die Luft weich und warm wie eine zärtliche Berührung, begleitete Taru Ilari zum Schwarzen See. Es fiel ihr leichter als gedacht. Bald wurde der Ort auch zu ihrem Lieblingsplatz. Fast täglich trafen sie sich dort an der Eiche, die laut Ilari mindestens dreihundert Jahre alt war und in die sie mühelos bis weit nach oben klettern konnten. Seeadler kreisten dort, als ob sie die Schäfchenwolken jagen wollten. Auch der Kolkrabe strich manchmal über den See, dicht über die Köpfe der Kinder hinweg. »Das ist der größte Singvogel Deutschlands«, bemerkte Ilari, aber Taru hörte den Raben nie singen, nur krächzen. Es klang fast wie Worte.

Einmal überraschten sie ein Kranichpaar. Gelbe Mummeln und weiße Seerosen öffneten sich auf dem Wasser, leuchtend rote Libellen flirrten darüber hinweg wie glühende Pfeile. Am Ufer blühten der elfenzarte Fieberklee, das Sumpfblutauge, giftiger Wasserschierling und Schwertlilien. Ilari kannte sie alle. Sie beobachteten die Kröten und die Moorfrösche bei der Paarung und beim Laichen und sahen Myriaden von Kaulquappen heranwachsen. Boot fahren durfte man auf dem See nicht, aber Ilari und Taru saßen stundenlang auf dem Steg, der weit hineinragte, sahen Hechte und Rotaugen unter sich vorbeiziehen oder nach Fliegen springen. Dabei erzählten sie sich wilde Geschichten vom finnischen Krieger, aus dem Schneckenkönigreich oder von dem Mann, dem das Schloss gehört hatte. Manchmal war es ein Wort, das die Schnecken geschrieben hatten, mit dem eine Geschichte begann.

Wenn zur Sommersonnenwende der Brachmond schien, war es auch lange nach Sonnenuntergang fast taghell, und sie kamen immer später nach Hause. Die Eltern schimpften selten, sie schienen dieser Tage merkwürdig abwesend, als würde sie etwas ganz anderes beschäftigen.

Zu Tarus heimlicher Erleichterung tauchte der Stuhl nie im Wasser auf, an den sie beide nicht mehr glaubten. Wozu auch? Sie brauchten kein Schloss. Der See war ein größerer Reichtum und bot endlose Abenteuer.

Im Herbst aßen sie Beeren vom schwarzen Nachtschatten, der wild auf der Brache wuchs. Er war hochgiftig bis auf die ganz reifen Früchte, die fast wie Tomaten schmeckten. Ilari wusste so etwas. Er streifte oft mit dem Förster umher.

Im Herbst gab es wieder einen neuen Zauber am See, denn dann spiegelte sich das Gold der Bäume ringsum darin, und auf der Oberfläche trieben gefallene Birkenblätter wie unzählige Münzen. Abends zogen Nebelschwaden geistergleich über das Wasser und riefen andere Geschichten auf den Plan.

Taru hatte ihre Angst beinahe vergessen und so tief in sich vergraben, wie es der See war.

Wenn ihnen keine Geschichten einfielen, machten sie Pläne für später. Ilari arbeitete an einer Liste, die sie in einem Hohlraum in der Eiche aufbewahrten, einem unbewohnten Spechtloch über der dritten Astgabel. Er schrieb mit dem schwarzen Baumpilz auf ein Stück Birkenrinde und malte sich dabei einen Schnurrbart, um den Ernst der Sache zu unterstreichen.

Bis zum Horizont schwimmen, wenn die Grenzbrigade nicht guckt.
Ein großes Boot bauen.
Mit einem Drachen fliegen.
Glühwürmchen finden.
Ein Buch schreiben, das gedruckt wird.
Alles über die Welt herausfinden.
Das Haus bunt anstreichen.

Das war Tarus Wunsch. »Alle Häuser in Sellin sind so grau. Das sieht nicht schön aus. Papa hat ein Buch aus Dänemark, von früher. Da gibt es Häuser, die sind rot und weiß und manchmal blau. Warum können die Häuser hier nicht auch verschiedene Farben haben?«

Wenn sie nicht am Schwarzen See waren, in ihrer Höhle im Wald oder im Boot auf dem Bodden, dann saßen sie immer noch oft am Strand und lauschten der geheimnisvollen, grollenden Stimme der rollenden Steine. Das war die großartige Hintergrundmusik ihrer Kindheit, die sich ihnen unvergesslich einprägte.

»Es gibt einfach keine Farbe. Mein Vater hat das gesagt. Es gibt wichtigere Dinge, die man herstellen muss, damit es dem Volk gutgeht. Auf so was verschwenden nur die Kapitalisten Zeit und Arbeit«, erklärte Ilari. »Mir würde es aber auch gefallen. Wenn ich groß bin, werde ich Farbe herstellen und dein Haus anmalen. Vielleicht ist es ja dann sogar unser Haus. Dann ist es gut, dass wir kein Schloss haben. Dafür braucht man viel zu viel Farbe.«

Es war das erste Mal, dass er von einer gemeinsamen Zukunft sprach, in jener fernen Zeit, wenn sie erwachsen waren. Er sah sie dabei nicht an, sondern warf verlegen kleine Kiesel in den See, wo sie in der rätselhaften Tiefe verschwanden.

Taru fand, es könne auch ruhig alles genauso bleiben, wie es jetzt war. Es eilte nicht mit den Dingen auf der Liste. Und mit dem Erwachsenwerden schon gar nicht.

Sie hatte eine dunkle Ahnung, dass *falsche Worte* noch gefährlicher waren, wenn sie einem Erwachsenen herausrutschten. Lieber wollte sie mit Ilari allein im Wald nach Herzenslust über alles reden, was ihr einfiel, und die Buchstaben auf den Schnecken beobachten, ohne dass sie über Richtig und Falsch nachdenken musste.

Remy

Ahrenshoop

2014

24

Entdeckung

»Wir brauchen einen vierten Mann zum Tragen«, sagte Rufus gerade zu Noah, als Remy und Leander ankamen.

»Kein Problem«, sagte Noah. »Ich hole rasch den Nachbarn. Arne ist meistens zu Hause. Der hat mir schon oft bei so was geholfen. Bin gleich zurück.«

»Ich kann doch mit anfassen«, sagte Remy.

»Kommt nicht in Frage«, erklärten Noah und Rufus gleichzeitig. Leander schmunzelte nur. »Bin gleich zurück«, sagte Noah und verschwand Richtung Nachbarhaus.

Hatte Rufus sich etwa Sorgen um sie gemacht? Bestimmt sorgte er sich nur um das schöne Holz.

»Noah ist einverstanden, dass wir den Schrank mit nach Berlin in meine Werkstatt nehmen«, sagte Rufus zu Leander.

»Es lohnt sich also, ihn zu renovieren?«, fragte Remy erleichtert.

Widerwillig wandte Rufus sich ihr zu. »Ich kann es natürlich nicht hundertprozentig versprechen, aber auf den ersten Blick ja. Es ist tatsächlich ein ungewöhnlich schönes Stück. Sehr fein gearbeitet. Der Ruß hat einigen Schaden angerichtet, und Feuchtigkeit und Hitze haben dafür gesorgt, dass sich die Schubladen verziehen. Ich werde jedoch mein Bestes tun.«

»Daran habe ich keinen Zweifel. Deswegen wollte ich unbedingt, dass du das machst. Das Einzige, was ich über dich weiß, ist, dass du auf diesem Gebiet mehr als gut bist.« Die Sache mit dem Sie war ihr einfach zu dumm.

»Ich werde Sie gelegentlich über meine Fortschritte unterrichten, wie vereinbart«, sagte Rufus. »Kommst du, Leander? Ich habe bereits die Tragschlingen aus dem Auto geholt. Wir können sie schon vorbereiten.«

Remy verzichtete darauf, mit hineinzugehen. Sie würde nur im Weg stehen. Stattdessen inspizierte sie Rufus' Lieferwagen. Es fiel ihr schwer, Mervins Meisterwerk aus den Augen zu lassen, aber sie hatte es schließlich nicht anders gewollt. Der Lieferwagen machte einen soliden Eindruck. Sie sah, dass der Tisch, den die beiden schon abgeholt hatten, sorgfältig in Decken eingepackt und befestigt war, so dass ihm auf der Fahrt nichts geschehen würde. Beruhigt setzte sie sich auf die Bank neben der Haustür. Noah nickte ihr zu, als er mit einem älteren, aber sehr kräftigen Mann zurückkam und ebenfalls im Haus verschwand. Die Geräusche, die alsbald aus dem Treppenhaus kamen, waren allerdings bedenklich. Es polterte und knarzte, und die Stimmen der Männer, die sich gegenseitig Kommandos zuriefen, klangen nicht eben entspannt. Dennoch war kurze Zeit darauf der Schrank sicher im Wagen untergebracht, und Rufus reichte Noah die Hand. »Sie hören von mir. Danke für Ihr Vertrauen.«

»Es ist Remy, die Ihnen vertraut«, sagte Noah. »Auf Wiedersehen.« Rufus stieg ein und ließ den Motor an.

Leander umarmte Remy. »Hoffentlich bis bald! Lass mal von dir hören, und wenn ich dir irgendwie mit etwas helfen kann, sag Bescheid.«

»Mach ich. Du hast mir schon sehr geholfen, indem du mir die Idee gegeben hast, die ich brauchte.«

»Eine Idee?«, fragte Noah, als der Wagen um die Ecke gerumpelt war.

»Ja. Sieh mal.« Remy zog ihn in den Schatten und zeigte ihm auf ihrem Display das Bild, das Leander ihr geschickt hatte. Sie erzählte Noah, was sie damit beabsichtigte, vor allem, falls Rufus noch mehr solche Bilder freilegen würde.

»Tatsächlich! Das hat was. Sag mal, Remy, meinst du nicht, du hättest Rufus den Brief von Mervin zeigen sollen?«

Remy ließ sich wieder auf die Bank fallen. »Darüber habe ich auch nachgedacht. Ich wollte es eigentlich. Aber ich konnte es nicht. Ich meine, er redet nicht mit mir, kein Wort mehr als nötig. Er *siezt* mich! Mervins Gedanken sind etwas sehr Persönliches für mich, und alles Persönliche stößt Rufus zurück. Er will es nicht.«

Noah setzte sich neben sie. »Das kann ich verstehen. Aber hier geht es nicht um dich und nicht um Rufus. Wenn er sich über Wochen so intensiv mit dem Sekretär befassen soll, dann hilft es ihm vielleicht, wenn er die Geschichte dazu kennt. Wenn er schon zu dir keine Beziehung aufbauen kann, dann vielleicht genau wie du zu Mervin und seinem Werk. Meinst du nicht, es wäre fair, ihm dieses Instrument an die Hand zu geben?«

Remy seufzte. »Du hast recht. Ich werde eine Kopie für ihn machen und sie ihm zuschicken.«

»Oder du benutzt das als Gelegenheit, in ein paar Tagen nachzusehen, ob der Sekretär gut angekommen ist«, schlug Noah vor. »Das lässt dir ja doch keine Ruhe. Dann könntest du ihm den Brief persönlich bringen.«

»Du kennst mich schon ganz gut. Vielleicht mache ich das.«

»Steter Tropfen höhlt den Stein«, sagte Noah lächelnd. »Als einer, der am Meer aufgewachsen ist, weiß ich, dass das Sprichwort wahr ist.«

»Du meinst, Rufus gewöhnt sich an mich, wenn er mich öfter sieht? Das bezweifle ich. Aber er muss damit leben, dass ich nun mal existiere.«

»Vielleicht hilft der Vertrauensvorschuss, den du ihm beweist, wenn du ihm den Brief bringst. Übrigens, zumindest Leander findet es schön, dass es dich gibt.« Noah stupste sie aufmunternd in die Seite.

»Ja. Leander! Warum kann mein Bruder nicht genauso angenehm unkompliziert sein?«

Remy machte die Kopie, aber die Fahrt nach Berlin schob sie in der darauffolgenden Woche immer wieder auf. Sie wusste nicht, wie sie Rufus gegenübertreten sollte. Würde er sich kontrolliert fühlen? Und wie sollte sie ihm erklären, dass sie ihm den Brief nicht gleich gezeigt hatte? Würde er ihr überhaupt die Tür öffnen? Außerdem fand sie seine Kälte immer noch verletzend und zögerte, sich dem auszusetzen. Sie ärgerte sich, dass sie sich nicht längst mit seiner Ablehnung abgefunden hatte.

Doch dann kam ihr zu ihrer Überraschung Rufus mit einer Nachricht zuvor. *»Ich habe etwas gefunden. Gemäß unserer Abmachung unterrichte ich Sie davon. Ich denke, Sie sollten es sich ansehen.«*

Jetzt gab es kein Halten mehr. Sie war unendlich neugierig auf seine Entdeckung. »Willst du mitkommen?«, fragte sie Noah.

»Ich kann hier nicht weg. Außerdem kannst du das gut alleine. Ich würde nur stören«, sagte er. »Er würde nur mit mir sprechen und dich ignorieren, und das wäre nicht schön für dich.«

Vielleicht war wenigstens Leander da, hoffte sie, als sie an Rufus' Werkstatt klingelte. Die Fahrt nach Berlin war überraschend problemlos gewesen, ohne einen der Staus, in denen sie sonst immer hängen blieb. Dabei hätte sie diesmal die Zeit gebrauchen können, um sich innerlich auf die Begegnung mit ihrem Bruder vorzubereiten.

Es dauerte, bis er öffnete. Remy stellte fest, dass er den Hinterhof, in dem die Werkstatt lag, überraschend schön gestaltet hatte. Wenn er es gewesen war. Vielleicht war es ja auch seine Freundin, falls er eine hatte. Es gab eine Bank und Blumenkübel und sogar ein Vogelbad.

»Guten Tag«, sagte er, als er sie einließ. Täuschte sie sich, oder war seine Stimme einen Hauch verbindlicher als zuvor?

Er führte sie durch einen Raum, der mit Möbeln vollgestellt war, auf der einen Seite unbehandelte und auf der anderen fertige. Es sah sehr ordentlich aus, so vollgestopft auch alles war. Remy hätte die Möbel gern genauer betrachtet, aber Rufus winkte sie durch in den Raum dahinter. Das war seine Werkstatt. Remy roch Beize und Farbe, Sägespäne und frisches Holz. Hier gab es nur ein einziges Möbel, von Werkbänken und Werkzeugschränken abgesehen. Es stand genau in der Mitte auf einem Podest, wo aus drei Fenstern Licht darauf fiel. Es war Mervins Sekretär.

»Ich möchte immer nur das eine Stück in der Werkstatt haben, auf das ich mich gerade konzentriere«, sagte Rufus. »Es verdient meine ganze Aufmerksamkeit, und es braucht Licht und Luft, um wirken zu können. Nur so kann ich seinen wahren Charakter herausfinden und mit meiner Arbeit unterstreichen.« Überrascht sah Remy ihn an. Er hatte zunehmend freundlich geklungen. Oder hatte er ihre Gegenwart schon vergessen und mit sich selbst gesprochen? Er bemerkte ihren überraschten Blick und straffte sich. »Verzeihung. Das wird Sie nicht interessieren. Ich hatte Sie aus einem bestimmten Grund hierhergebeten.« Er drehte sich um und wollte auf einen Arbeitstisch zugehen.

»Moment.« Unwillkürlich legte Remy eine Hand auf seinen Arm. »Erstens interessiert es mich sehr! Zweitens wollte ich sowieso kommen. Ich habe dir eine Information vorenthalten, und dafür möchte ich mich entschuldigen. Hier. Es ist eine Kopie, du kannst sie behalten.« Rufus blickte mit zusammengezogenen Brauen darauf, ohne sich zu bewegen. Sein Arm unter ihrer Hand blieb angespannt. »Es ist wichtig«, erklärte sie. »Es ist ein Brief von dem Mann, der den Sekretär gemacht hat. Er war an die unterste Schublade genagelt, unten drunter.«

Jetzt griff er fast hastig danach. »Aha! Das ist die Antwort auf die Frage, die ich stellen wollte.«

Remy war verwirrt. »Wieso Antwort?«

Rufus ging zu dem Tisch und nahm ein Kuvert, das er ihr reichte. Das Kuvert war modern, aber darin sah sie ein Stück vergilbtes Papier. »Vielleicht sollten wir das beide in Ruhe lesen. Setzen Sie sich doch bitte draußen auf die Bank damit. Ich möchte mich konzentrieren.«

»Wo hast du das gefunden? Ist es von Mervin? War es in einer der klemmenden Schubladen?«

»Nein. Nicht direkt. Erst lesen.« Er schob sie hinaus.

Sie widersprach nicht. Sie war zu neugierig.

Die Bank war sonnenwarm. Im Hinterhof war der Verkehrslärm auf der Straße kaum zu hören. Um die Geranien im Blumenkübel flatterte ein Zitronenfalter. Remy faltete das brüchige Papier behutsam auf.

Wenn Sie diese Nachricht gefunden haben, dann sind Sie jemand mit viel Wissen über dergleichen Möbelstücke und einem Verständnis dafür.

Vielleicht teilen Sie sogar meine Liebe dazu. Dann haben Sie den ersten Teil meines Briefes gewiß gelesen. Es würde mir Freude bereiten zu wissen, daß mein bestes Werk, das ich Clara und unseren gemeinsamen Erinnerungen und Leidenschaften gewidmet habe, in gute Hände geraten ist. Ich möchte nun dem ersten Teil meiner Nachricht noch etwas hinzufügen. Ich tue es in einem zweiten, besser versteckten Teil, weil ich dadurch sicher sein kann, daß Sie jemand sind, der meinen Traum verstehen wird. Dieser wird sich sicherlich nicht erfüllen, aber ich möchte ihn doch einmal äußern und diesem Schrank anvertrauen. Ich weiß, es ist ein Sekretär, wie Sie inzwischen festgestellt haben. Aber ich nenne ihn Schrank, denn ich finde, Schrank ist ein wärmeres Wort und wird diesem Möbel besser gerecht. Ein Schrank ist nicht nur ein Platz zum Schreiben, wie eben ein beliebiger Sekretär, der seiner Bezeichnung zufolge sachlichen Aufgaben dient.«

»Ich sage auch immer Schrank«, sagte Remy leise zu dem Zitronenfalter.

»Ein Schrank ist ein Aufbewahrungsort, er hat Raum für Träume und für das, was einem wichtig ist, für die Schätze eines Lebens. Vielleicht auch für die Ziele, die man hat. Ich habe meine stets unsichtbar in die Schubladen gelegt. Und auch wenn ich sie nur in meinem Kopf sah, so waren die Stellen in den Schubladen doch etwas, das mir garantierte, daß ich sie nicht vergaß. Doch ich schweife ab!

Von meinem Traum wollte ich sprechen. Ich träume davon, daß unser alter Garten, jener, den ich mit Clara angelegt habe, eines Tages in dieser oder ähnlicher Form wieder zum Leben erweckt wird. Freunde, die noch dort in der Nähe leben, haben mir berichtet, daß wie erwartet fast alles niedergemacht wurde, daß die Traktoren der LPG darüber gefahren sind und Giftstoffe den Boden verseucht haben. Ich brachte es nicht über mich, jemals zurückzukehren. Doch ich bin alt genug, um zu wissen, daß die Zeiten sich ändern können. Ich glaube fest daran, daß die

Menschen sich eines Tages darauf besinnen werden, wie wichtig die Natur ist und wie wichtig unsere kleinen Gefährten, die Schmetterlinge, Libellen und Käfer für uns und die Paradiese sind, die wir für so selbstverständlich halten und oft kaum noch wahrnehmen. Diese Hoffnung bewahre ich mir, denn jeder Flügelschlag und jedes Summen spricht davon. Mein Traum bleibt, daß da, wo ich mit Clara gesessen habe, eines Tages wieder Schmetterlinge Zuflucht finden und die Bienen sich an den Lupinen sättigen. Daß in den Abendstunden jemand dort in atemlosem Staunen das Licht der Glühwürmchen betrachten darf. Und daß sich alles zum Guten wendet und der Mensch das, was er zu grob angefaßt hat, wieder achtet und behütet. Vielleicht sogar, daß eines Tages jener wundersame Falter wieder dort auftaucht, den Clara und ich ein einziges Mal sehen durften und der uns ein Zeichen war, ein Zeichen, das bis heute für mich Gültigkeit behalten hat.

Ich wollte diesen Traum nur einmal niederschreiben, denn er gehört in diesen Schrank. Es geht mir nicht darum, daß der Garten an genau jener Stelle wieder aufersteht, das dürfte unmöglich sein. Doch wenn es auf derselben Insel geschehen könnte, auf der ich mit Clara glücklich war und wo die Nachfahren jener Schmetterlinge und Glühwürmchen vielleicht noch unterwegs sind – dann wäre ich versöhnt.

Unser Garten lag auf der Insel Rügen.

Es würde mir wohltun, daß zumindest dies nun jemand weiß.

Ihnen danke ich dafür, daß Sie sich meines Schrankes angenommen haben und somit meiner Erinnerungen. Ich wünsche Ihnen, daß vor Ihnen ein Weg liegt, der ebenso voller Zuversicht und Hoffnung sein wird, wie es Claras und der meinige war.

Hochachtungsvoll, Mervin Lerner

Rügen! Remy ließ mit klopfendem Herzen den Brief sinken. Nun hatte Mervin doch noch verraten, was sie so brennend gern hatte wissen wollen. Rügen, dort, wo Taru Favonius aufgewachsen war! Sie musste unbedingt auf dem Rückweg in Groß Nemerow vorbeifahren und mit Taru sprechen. Remy wollte ihr ohnehin die Idee mit den Bildern vorstellen.

Taru kannte sich auf Rügen aus. Vielleicht hatte sie eine Ahnung, wo Mervins Garten gewesen sein könnte! Vielleicht konnten sie mehr tun, als nur die Bilder vom Schrank zu benutzen. Vielleicht …

Die Ideen überschlugen sich in Remys Kopf.

Sie wusste nicht, wie viel Zeit vergangen war, als Rufus herauskam. Er setzte sich neben sie auf die Bank und lehnte sich zurück, die Hände auf den Knien. Eine Weile schwiegen sie. »Danke …«, begannen sie dann gleichzeitig. Überrumpelt sahen sie sich unwillkürlich an. »Danke, dass du mir das gezeigt hast«, beendete Remy ihren Satz.

»Danke, dass du mir den ersten Teil gebracht hast«, sagte Rufus. »Hör zu, Remona, wenn ich dich jetzt duze und mit dir rede, dann ist es nicht, weil du meine Schwester bist. Ich behandle dich, wie ich jede andere Kundin behandeln würde, mit der ich ein bestimmtes Interesse an einem Möbelstück teile. Das ist nur gerecht. Für mich ist beinahe jedes Möbelstück, das mir in die Hände kommt, etwas Besonderes, aber an diesem hängt nun eine Geschichte, und ich gebe zu, dass sie mich berührt. Ich nehme an, dir geht es auch so, sonst hättest du nicht solche Schwierigkeiten damit gehabt, mir den ersten Teil des Briefes zu zeigen. Du nimmst sie persönlich, diese Geschichte von Mervin.«

»Ja. Sie lässt mich nicht mehr los.« Remy überlegte, ob sie ihm erzählen sollte, dass sie Mervin und Clara in Form ihrer Zeitung eine Art Denkmal setzen wollte, auch um das Werk der beiden fortzuführen. Aber das erschien ihr doch verfrüht. »Sagst du mir, wo du den Brief gefunden hast? Hast du die Schubladen, die klemmen, schon öffnen können?«

»Komm mit.«

Drinnen öffnete er die Klappe des Sekretärs. Remy sah seine und ihre Hände im Spiegel. Rufus hatte ihn poliert. Noch war er nicht blank, doch erheblich weniger trüb. »Sind dir die Säulen rechts und links von der Nische mit dem Spiegel aufgefallen?«, fragte er.

»Ja, sicher. Was ist damit?«

»Ich hatte mir schon gedacht, dass es ein Geheimfach gibt. In fast allen alten Sekretären wurde ein Geheimfach eingebaut. Dieses hier war besonders schwer zu finden. Da hinten, unter der Zierleiste verborgen, befindet sich ein kleiner Messingknopf.« Er griff an die Rückseite des Schrankes. Remy hörte ein leises *Klick*. »Jetzt dreh mal die rechte Säule ganz leicht gegen den Uhrzeigersinn.« Remy tat es. Die Säule bewegte sich etwas, aber es passierte nichts.

»Jetzt noch ein Stück.«

»Oh!« Fast lautlos hatte sich die Leiste vor dem Sockel, von dem Remy gedacht hatte, er verbinde einfach nur die beiden Säulen, nach vorn geschoben. Eine flache Schublade öffnete sich.

»Da lag er drin«, sagte Rufus. »Da mir der erste Teil der Nachricht fehlte, habe ich nicht verstanden, wovon er sprach, aber seine Worte haben ihn trotzdem so lebendig werden lassen.«

»Ich habe ein Bild von Mervin und Clara. Ich habe es abfotografiert«, sagte Remy und suchte es auf ihrem Handy heraus. »Hier. Es ist nicht sehr gut, aber immerhin bekommt man einen Eindruck.« Rufus betrachtete es nachdenklich.

»Gut. Das ist gut«, sagte er. »Ich kann besser arbeiten, wenn ich eine Vorstellung von ihm habe. Was für ein Typ er ist, der dieses Holz zuerst bearbeitet hat, was er damit ausdrücken wollte und was ihn bewegt hat, als er diese Einlegearbeiten entworfen hat.«

»Glaubst du, du kannst sie retten?«, fragte Remy.

»Größtenteils, ja.« Rufus hockte sich hin und zeigte ihr die untere Schublade. »Hier habe ich schon ein Stück relativ gut säubern können.«

Remy erkannte zarte Farne und Blumen, wahrscheinlich Anemonen, eine Schnecke und verschiedene Käfer. Sorgfältig machte sie ein Foto.

»Die Farben beginnen schon, zur Geltung zu kommen. Wenn ich sie poliert und gewachst habe, werden sie noch besser«, sagte Rufus. Remy bemerkte, wie zärtlich er über das Holz strich und wie seine Augen leuchteten, und war sich sicher, dass Mervins Erbe in den besten Händen war.

»Und die Schubladen?«

»Ach ja. Sieh her.« Er zog von den kleinen Schubladen die dritte von oben links heraus, die sich zuvor nicht hatte bewegen lassen wollen. Es ging fast mühelos. »War ein bisschen schwierig. Mit dünnen Feilen und etwas Öl habe ich es schließlich hinbekommen. Diese war leer, aber die hier …«, er öffnete die auf der anderen Seite, die ebenso geklemmt hatte, »… da war was drin.« Er legte eine hölzerne Kugel in Remys Hand, auf der eine detailgetreu geschnitzte Biene thronte, als würde sie gleich losfliegen, auf der Suche nach Nektar. Staunend drehte Remy das Kunstwerk hin und her.

»Setz es in die Vertiefung, da gehört es nämlich hin«, sagte Rufus und wies auf die Oberseite des Schrankes. Remy fiel ein, wie sie dort an den vier Ecken die Dellen gefunden hatte, als sie nach dem Schlüssel suchte. »Hier sind die drei anderen«, sagte Rufus und reichte ihr eine Kugel, auf der ein Schmetterling saß, als wollte er gleich losfliegen, eine, auf der eine Libelle balancierte, und eine dritte, auf der ein Käfer saß. »Ein Glühwürmchen. Ich habe es nachgeschlagen. Deswegen ist das Holz auch so hell hinten«, erklärte Rufus. Remy legte die Kugeln ehrfurchtsvoll an ihre Plätze. »Man kann sie anordnen, wie man möchte, sie passen überall«, sagte Rufus. »Das gefällt mir.« Beide traten unwillkürlich ein paar Schritte zurück, um die Gesamtwirkung zu betrachten.

»Sekretäre haben beinahe immer Ornamente obendrauf, wenn sie so groß sind«, erklärte Rufus. »Aber in dieser Art habe ich noch nie welche gesehen.«

»Es ist wunderschön«, sagte Remy leise. »So lebendig.«

»Ja. Mervin Lerner verstand sein Handwerk. Das heißt, es ist viel mehr als Handwerk.«

Ein langer Moment herrschte Stille. Eine seltsame Spannung lag zwischen Remy und Rufus.

»Ich bin sehr froh, dass du dich darum kümmerst«, sagte sie schließlich.

»Es ist mir eine Ehre.«

»Dann will ich dich nicht länger dabei stören. Den Brief hätte ich auch sehr gern. Hast du einen Kopierer hier?«

»Nein, aber nimm ruhig das Original mit. Ich habe es abfotografiert. Es gehört zu dem anderen.«

»Gut, vielen Dank dafür! Und würdest du mir gelegentlich ein Bild von deinen Fortschritten schicken? Nicht, weil ich dich kontrollieren will«, sagte sie hastig. »Ich bin nur so schrecklich gespannt darauf.«

»Selbstverständlich. Auf Wiedersehen, Remona. Gute Fahrt.«

Sie hatte noch nicht einmal ihr Auto erreicht, da hatte er schon die Tür geschlossen.

Remy seufzte und gab Groß Nemerow in ihr Navi ein. Sie konnte es kaum erwarten, Taru über Rügen auszufragen. Ob sie eine Ahnung hatte, wo Mervins Garten gelegen haben könnte?

25

Die Zeitschrift

Memo kam Remy bereits am Gartentor entgegengerannt. »Guck mal, Remy, wir haben ein Moor für die Glühwürmchen gebaut!«

»Den Fröschen gefällt das genauso«, sagte Philea, die ihm folgte. »Und die Schnecken mögen es auch lieber feucht.« Memo nahm Remy bei der Hand und zog sie zu dem neuen Sumpfbeet hin, das seinen Platz am Rande des Mondscheingartens gefunden hatte. Heiko war gerade noch dabei, Schwertlilien einzupflanzen. »Hallo, Remy«, sagte er erfreut.

»Zu viele Schnecken wollen wir allerdings auch nicht«, sagte Taru, »sosehr ich sie mag, sonst haben wir bald keine Pflanzen übrig. Aber zum Glück kommt abends immer ein Igel vorbei. Und sollte es uns wirklich gelingen, Glühwürmchen anzusiedeln, dann wird sich alles schön im Gleichgewicht halten, denn die fressen ja auch Schnecken.«

»Remy, wusstest du, dass es zweitausend Arten Leuchtkäfer gibt?«, fragte Philea. »Und sie stammen alle von einem einzigen Vorfahren ab, der vor 150 Millionen Jahren gelebt hat. Zusammen mit den Dinosauriern.«

»Ach, wirklich?« Remy staunte. »Und seit wann sehen sie so aus wie jetzt?«

»Mindestens seit 19 Millionen Jahren«, sagte Taru. »Das weiß man, weil ein Paar in Bernstein eingeschlossen wurde.«

»Da sind sie schon ganz schön lange zusammen«, fand Philea.

»Ich habe den beiden gerade einen Artikel über Glühwürmchen vorgelesen, den ich geschrieben habe. Mir sind so viele interessante Fakten begegnet, als ich herausfinden wollte, was sie im Garten brauchen, um sich wohl zu fühlen«, erklärte Taru. Sie stand auf einer Leiter und strich gerade die Hauswand in einem hellen, freundlichen Grün. Dabei sah sie hochzufrieden aus. »In Japan werden sie seit Jahrtausenden gefeiert. Dort gelten sie als die Geister der Toten, aber auch als die Boten des Sommers und Symbol für stille, leidenschaftliche Liebe.«

»Wie schön.« Remy bemerkte, dass ein Ausdruck von Wehmut und Traurigkeit über Tarus Gesicht flog. »Das passt gut, den Artikel können wir gleich für die Zeitschrift gebrauchen. Ich möchte jetzt loslegen! Deswegen will ich einiges mit euch besprechen. Aber du bist anscheinend beschäftigt.«

Taru wandte sich wieder ihrem Farbeimer zu. »Vor langer Zeit haben mein Jugendfreund und ich uns einmal eine Liste gemacht, was wir später alles umsetzen wollen. Ein Punkt darauf war, das Haus bunt zu streichen. Damals gab es keine Farbe. Jetzt habe ich Farbe und ein Haus, also worauf soll ich noch warten?«

»Es sieht schön aus«, befand Remy.

»Wenn du mir hilfst, schaffen wir diese Wand in einer Stunde, und dann können wir in Ruhe über die Zeitschrift sprechen«, sagte Taru. »Du wirst sehen, dass es guttut. Das Streichen hat etwas Meditatives. Indem man die Farbe schön glatt verteilt, glättet man auch seine Gedanken. Das ist meine neueste Entdeckung.«

Remy griff nach einem Pinsel und fragte sich, ob es Rufus wohl auch so ging, wenn er seine Möbel strich.

Taru hatte recht. Während Remy den Pinsel gleichmäßig hin

und her bewegte und zusah, wie sich die Hauswand veränderte und ein frisches Gesicht bekam, das wesentlich mehr Fröhlichkeit ausstrahlte als vorher, sortierten sich ihre Ideen wie von selbst. Sie bekam eine immer klarere Vorstellung davon, wie sie beginnen würde und was sie sich wünschte. Sie dachte an die hölzernen Figuren auf Mervins Schrank.

»Welche Sorten von den zweitausend Glühwürmchen leben denn bei uns?«, wollte sie wissen.

»Bei uns in Europa findet man hauptsächlich das Große Glühwürmchen. Die Weibchen können leuchten, aber nicht fliegen. Das sind die, die wir gesehen haben. Die Männchen können fliegen, aber nicht leuchten. Auch die Larven leuchten schwach. Die findet man zum Beispiel oft unter modrigen Baumstämmen.«

»Es gibt Blinker und Glüher«, verkündete Philea. »Unsere sind Glüher. Sie glühen bis zu zwei Stunden lang, das fängt an, wenn die Dämmerung kommt. Sogar bei Regen. Dabei tanzen sie und schwingen ihre Laterne hin und her. Wenn sie sich gefunden haben, bleiben sie die ganze Nacht zusammen.«

»Man sagt tatsächlich ›Laterne‹«, ergänzte Taru. »Leider gehen die Arten weltweit zurück. Es wäre zu traurig, wenn sie aussterben. Sie sind ein Stück wirkliche, echte Magie.«

»Ich möchte auch mal welche fliegen sehen, wenn sie leuchten«, sagte Memo.

»Gibt es so eine Art hier auch?«, erkundigte sich Remy.

»Ja, den Kleinen Leuchtkäfer. Da können auch die Männchen leuchten. Diese Art mag es etwas wärmer. Die nördlichste Grenze ihrer Ausbreitung war bisher Schleswig-Holstein. Es wäre also möglich, dass wir die auch mal hier sehen könnten! Mit der Klimaerwärmung scheinen sie gelegentlich auch noch weiter nördlich aufzutauchen.«

Schließlich war die Wand fertig. »Die Fensterrahmen werden gelb«, sagte Taru zufrieden. »Morgen. Setz dich, Remy. Heiko, du auch. Ich hole uns Limonade.«

Während Taru in der Küche war, setzte sich Heiko zu Remy. Er schob ihr sein Tablet hin. »Magst du mal schauen? Mir ging deine Zeitschrift nicht mehr aus dem Kopf, und ich habe schon mal eine Onlineversion entworfen. Ich habe das Foto einer grünen Wiese als Platzhalter für das Titelbild genommen, da musst du natürlich noch sagen, was da hin soll. Das ist jetzt nur mal so ein Designentwurf für Schrift, Aufteilung und Hintergrund, wie es mir zu deinem Thema am besten gefiel. Es ist inspiriert von Tarus neuen Farben für ihr Haus. Wie findest du es? Ich wollte es leicht und luftig haben, seriös und trotzdem heiter. Sachlich und zugleich ein bisschen poetisch.«

Remy war überrascht. Er hatte offenbar genau verstanden, was ihr vorschwebte, noch ehe sie es selbst gewusst hatte. Sie schob das Tablet tiefer in den Schatten und beugte sich darüber.

Es fühlte sich wie ein Zuhause an. Die Schrift, die Farben und auch die Aufteilung. Die Art, wie Heiko ein Inhaltsverzeichnis gestaltet hatte, noch mit Platzhaltern natürlich. Das Verhältnis von Überschriften und der Schrift für die Texte, auch der Platz, der für Leserkommentare vorgesehen war. Alles dezent hinterlegt, alles nicht zu groß und nicht zu klein, nicht aufdringlich, aber gut lesbar. Und wie schön der Titel aussah!

Mervins Garten. Jetzt wurde es ernst.

»Mensch, Heiko! Ich könnte dich umarmen!«

»Nur zu!« Heiko lachte.

»Nun sind wir schon viel weiter, als ich dachte«, freute sich Remy.

»Weshalb strahlst du so?« Taru kam mit einem Tablett heraus.

Die Kinder hatten sich ins Baumhaus getrollt.

»Hast du schon Heikos Entwurf gesehen?«, fragte Remy.

Taru nickte. »Er gefällt mir sehr! Ich habe übrigens mal meine fertigen Artikel durchgesehen. Da sind einige, die ins Thema passen würden. Außer dem zu den Glühwürmchen ist da zum Beispiel einer über die Untersuchung eines Wissenschaftlers, die ich sehr spannend fand. Er hat festgestellt, dass manche Spinnen die Fäden in ihren Netzen so spinnen, dass sie bestimmte, nur für die Spinne hörbare Töne erzeugen, je nachdem, welches Insekt sich darin verfangen hat. Wirklich, sie stimmen die Fäden wie die Saiten einer Gitarre! Am Ton erkennen sie, ob eine kleine oder eine große Fliege festhängt, nur eine Laus oder gar eine Wespe. Ich wünschte, wir könnten das auch hören. Stellt euch das mal vor! In einem Garten gibt es so viele Spinnweben. Jede würde anders klingen. Es wäre wie Elfenmusik.« Sie lächelte ein wenig verlegen. Wieder schien es Remy, als wäre Taru für einen Moment ganz woanders mit ihren Gedanken.

»Das ist ein wunderbar passender Artikel«, sagte sie. »Ich freue mich schon darauf, ihn zu lesen. Die ganze erste Ausgabe soll mit Gärten zu tun haben und mit Insekten. Und Naturschutz. Aber ohne erhobenen Zeigefinger. Es soll um die Gefühle gehen, um die Freude am Garten, um das Wunder in den Dingen, so wie die Musik in den Spinnweben. Und darum, wie man freundlich und respektvoll miteinander umgehen kann, mit den Pflanzen und den Käfern und den Tieren und der Landschaft. So wie es Mervin und Clara wollten. Ein Garten muss eine Zuflucht sein, für alle Lebewesen, ob sie sprechen, fliegen oder Wurzeln schlagen.«

»Ich hätte da noch einen Vorschlag«, sagte Heiko. »Jede

anständige Zeitschrift sollte auch einen Sportteil haben.« Als Remy und Taru gleichzeitig den Mund öffneten, hob er die Hand. »Wartet. Ich rede nicht von der Fußballbundesliga. Aber zum Beispiel deine Begeisterung für das Stehpaddeln, Taru, das fand ich spannend. Du bist über fünfzig und hast plötzlich einen Sport für dich entdeckt. Einen, den jeder beginnen kann, für den man nichts können muss außer schwimmen. Ich habe recherchiert. Es gibt Leute, die mit achtzig noch damit anfangen. Das Ansprechende daran ist aber doch, dass es ein Sport ist, der keinen Krach macht, keinen Treibstoff braucht, keine Abgase produziert und nichts zerstört. Du stehst auf deinem Brett und erlebst Wetter und Wunder und Natur aus deiner aufrechten Position heraus, in einer Balance zwischen Himmel und Wasser, im Reinen mit dir selbst und der Umwelt. Ich finde, das ist einen Artikel wert – es passt ins Bild, und du könntest deine Erfahrung mit vielen teilen und sie vielleicht auch dazu anregen. Ich würde gerne einen Artikel über das Stehpaddeln schreiben, über die verschiedenen Arten von Brettern, die es gibt, und wie gesund es ist, als schonendes Training für den ganzen Körper. Man kann sogar Yoga darauf machen. Du könntest den Artikel durch deine Erfahrungen ergänzen. Wusstest du übrigens, dass es bald eine Bootsmesse gibt, auf der auch die neuesten Paddelbretter vorgestellt werden?«

Taru horchte auf. »Nein, tatsächlich? Kannst du mir die Daten raussuchen?«

»Das ist wirklich eine gute Idee«, sagte Remy. »Wir könnten auch über Schulgärten berichten. Es soll aber keine Gartenzeitschrift werden, wie es schon viele gibt. Die Zeitschrift selbst soll vielmehr eine Art Garten sein, in dem Neugier, Phantasie und Gedanken Platz finden. In dem man sich geistig ausruhen kann von Klatsch und Sensationen und Katastrophen. Dafür gibt es andere Zeitungen. Bei uns soll über Dinge gesprochen und gestaunt werde, die sonst zu kurz kommen. Deine Artikel zum Beispiel, Taru, über Baumscheiben, die man abspielen kann, oder Spinnennetze, die gestimmt sind. Für diese Art wahre Wunder und Ideen soll die Zeitschrift einen Raum bieten.«

»Das gefällt mir«, sagte Taru.

»Es wird gut!« Heikos Augen funkelten. »Das ist es doch, was du immer wolltest! Was *wir* wollten!«

»Sag mal, kennt einer von euch einen Illustrator?«, fragte Remy. Sie spürte, wie eine glückliche Aufregung sich in ihr ausbreitete. Mit Heikos Konzept und den neuen Ideen hatte ihr Baby ein Gesicht bekommen. Zum ersten Mal glaubte sie daran, dass es funktionieren konnte. Mervins Garten würde wieder leben! Erst als Zeitschrift. Und vielleicht sogar irgendwann wieder als Garten.

Heiko schüttelte den Kopf. Aber Taru war nachdenklich. »Ich kenne da vielleicht tatsächlich jemanden. Eine Freudin in Louisiana, aber im Zeitalter des Internets wäre das ja nicht das Problem. Sie macht wundervolle Zeichnungen, gerade wenn es um Natur geht.«

»Wir könnten ihr erst mal nichts zahlen«, gab Remy zu bedenken.

»Das wäre nicht das Problem. Sie hat gern etwas Sinnvolles zu tun. Ich könnte sie anschreiben, sobald du konkrete Vorschläge hast.«

»Ja. Die habe ich.« Remy beugte sich vor und zeigte ihnen das Foto, das sie von den Intarsien am Schrank gemacht hatte, die Rufus schon gesäubert hatte. Die zarten Farne, die Blüten, die Käfer. Die Schmetterlinge. »Heiko, wie findest du das als Titelbild? Für die Website, und auch für eine eventuelle spätere gedruckte Version. Wenn man es richtig schön drucken würde, dachte ich, könnte man vielleicht sogar Sammelobjekte daraus machen. Jede Ausgabe ein Bild, das man sich ausschneiden und aufhängen könnte. Das wäre dann ein kostspieliger Druck, und über die Finanzierung müssen wir noch reden. Aber vorerst geht es ja um die Onlineversion. Ich glaube, das Bild würde wunderbar in dein Konzept passen, was meinst du, Heiko? Und Taru, wenn deine Freundin vielleicht einzelne Motive aufgreifen und weiterführen könnte, also ich meine zum Beispiel einen Käfer an den Rand eines Artikels zeichnen oder Farne unten drunter, ganz zart, das könnte doch wunderschön werden, meint ihr nicht? Es war Leander, der mich darauf gebracht hat. Und weil die Zeitschrift doch *Mervins Garten* heißt, wären Mervins Bilder sowieso die richtigen Titelgrafiken.«

»Das ist großartig! Es hat genau die Wirkung, die wir wollen«, sagte Heiko. »Natürlich. Kunstvoll, aber echt. Lebendig. Poetisch. Trotzdem sehr realitätsnah und auf Details bedacht. Schickst du mir das Bild mal eben? Ich möchte es ausdrucken.« Er verschwand im Haus. Taru und Remy hingen ihren Gedanken nach, bis Heiko kurze Zeit später zurückkehrte. Triumphierend schwenkte er zwei Seiten. »Ich habe Spezialpapier genommen. Seht nur, wie schön es aussieht!«

»O ja!«, sagte Taru. »Das ist wirklich etwas Besonderes. Es wirkt seltsam vertraut, wie eine liebgewonnene Erzählung.«

»Oder ein altes Bild eines früheren Paradieses, aus dem wir uns vertrieben haben«, sagte Remy.

»Und hier ist es noch mal kleiner, mit dem Titel obendrüber.« Heiko legte mit elegantem Schwung das zweite Blatt auf den Tisch.

»Genau so!«, rief Remy. »Genau so muss die Druckversion aussehen. Hoffentlich wird es sie eines Tages geben. Da kann wenigstens niemand Hasskommentare drunterschreiben wie im Internet. Und die schönen Drucke könnten wirklich gesammelt werden.«

»Ich habe schon das Titelbild auf der Website ausgetauscht, seht mal. Keine Sorge, es ist natürlich noch nicht online. Erst wenn alles fertig ist. Was meint ihr?«

Taru justierte den Sonnenschirm, damit sie auf dem Display etwas sehen konnten.

»Perfekt!«, sagte Remy beglückt. »Noch besser, als ich gehofft habe.«

»Meine Texte bekommst du in zwei Tagen«, sagte Taru.

»Ja, und du musst unbedingt ein Vorwort schreiben«, überlegte Heiko. »Was es für eine Zeitschrift wird, was du erreichen möchtest. Wir wissen es schon, aber der Leser noch nicht.«

»Genau, das habe ich schon fast fertig. Mervin hat ein Problem vorausgesehen, das hochaktuell ist. Wir vernichten Lebensräume. Den Menschen wird immer bewusster, dass die Insekten sterben. Das macht uns Angst, und es macht traurig. Aber die Politiker ändern nichts. Es wird weiter betoniert, mit Gift gespritzt. Die Hecken verschwinden, die Monokulturen breiten sich aus, der Boden verarmt. Wir sehen es, aber wir fühlen uns hilflos.« Remy verschränkte die Arme. »Ich möchte, dass Mervins Garten auch ein Symbol für Hoffnung wird und dafür, dass wir etwas tun können. Dass es sich lohnt, im Kleinen etwas zu ändern. Momentan sind Mauern modern und Schottergärten, weil die Architekten das toll finden und behaupten, das würde keine Arbeit machen. Anhand von Mervins Geschichte können wir deutlich machen, dass das falsch ist.« Remys Hals war ganz trocken vor Aufregung. In der Ferne hörte sie die Schafe rufen. Im Geißblatt summten die Bienen. »Du hast dir hier ein Paradies geschaffen«, sagte sie zu Taru. »Es macht dich glücklich. Und es macht mich glücklich, hier zu sein. Es tut Jara gut und den Kindern. Hier geht es Insekten *und* Menschen gut. Gemeinsam. Das ist doch nicht so schwer! Ich möchte, dass die Leser diese Zeitschrift mitgestalten. Sie können sich gegenseitig helfen, solche Paradiese zu schaffen, sich Fragen stellen, um Informationen bitten, Erfahrungen austauschen. Aber damit das nicht so abstrakt bleibt, soll Mervins Geschichte den Rahmen bilden. In seinem Garten können sich Leser und Autoren gedanklich treffen. Wie die Zeitschrift ein Ort der Phantasie, an dem man sich zu Hause fühlt und ins Gespräch kommt. Noch besser aber wäre es natürlich, wenn wir einen wirklichen Garten dafür hätten.«

»Wie stellst du dir das vor?«, fragte Heiko.

»Ich stelle mir einen Garten vor, wo zum Beispiel die Leser Ableger hinschicken oder auch persönlich einpflanzen können. Pflanzen mit einer Geschichte, die ihnen etwas bedeuten. Meine Oma hat erzählt, wie ihr nach dem Krieg eine Magnolie Mut machte, die mitten in den Ruinen blühte. Ein Ehepaar zeigte meiner Mutter einmal einen blühenden Busch, den sie aus einem Zweig ihres Brautstraußes gezogen hatten. So etwas haben die Leser auch zu erzählen. Man könnte ein Schild mit der Geschichte drauf danebenstecken, und mit der Zeit würde ein Garten der Geschichten entstehen. Leser könnten auch Insektenhotels beitragen oder Skulpturen, Bänke oder Brunnen. Es könnte ein gemeinsamer Garten im Sinne von Mervin werden. Es würde allen Anregungen für ihre eigenen Gärten und Balkons geben und allen zusammen das Gefühl, etwas Wirkliches und zugleich Symbolisches zu tun.«

Sie sah an Tarus und Heikos angestrengtem Gesichtsausdruck, dass sie sich bemühten, ihrem Wortschwall zu folgen.

»Doch. Das ist gut«, sagte Taru langsam.

»Aber wie und wo willst du das umsetzen?«, fragte Heiko. »Wir haben ja noch nicht mal die Mittel für die Zeitschrift.«

»Das weiß ich auch noch nicht. Aber es soll ja nicht sofort sein. Wir können es als Idee in die Zeitschrift schreiben, als langfristiges Projekt. Als gemeinsamen Traum. Ich möchte, dass wir gleich am Anfang die Geschichte vom Schrank erzählen und Mervins Briefe abdrucken. Das wird die Leute berühren, wie es uns berührt hat.« *Sogar Rufus*, dachte sie. »Sie werden auch wissen wollen, wie der Schrank aussieht, wenn er fertig ist. Vielleicht findet sich so auch ein begüterter Käufer, und wir können mit dem Erlös den Garten finanzieren. Im Übrigen dachte ich bezüglich des Gartens, dass ich meine Mutter fragen könnte. Als Gärtnerin arbeitet sie für viele alte Leute, die sich nicht mehr um ihren Garten kümmern können. Vielleicht stellt jemand seinen zur Verfügung, wenn wir die Arbeit umsonst machen. Aber das Allerschönste wäre, wenn wir Mervins Garten wieder aufleben lassen könnten! Mervin hatte Hoffnung, dass die Menschen sich besinnen.« Remy beugte sich vor. »Und nun kommt der Knaller. Ich weiß zwar immer noch nicht genau, wo Mervins Garten war, aber ich weiß jetzt, auf welcher Insel! Taru, Kaia hat mir erzählt, dass du auf Rügen aufgewachsen bist?«

Taru, die gerade nach einem Keks greifen wollte, erstarrte mitten in der Bewegung. »Ja«, sagte sie schließlich. »Willst du etwa sagen, dass Mervins Garten auf *Rügen* war?« In ihrer

Stimme lag ein seltsamer Unterton. Was war das? Angst? Ablehnung? Trauer? Jedenfalls keine Freude über diese Neuigkeit. Seltsam.

Remy händigte Taru und Heiko jeweils eine Kopie des Briefes aus, den Rufus im Geheimfach gefunden hatte.

Nachdem Taru ihn gelesen hatte, starrte sie darauf, als hätte sie einen Geist gesehen.

»Ich dachte, du kennst vielleicht noch jemanden auf Rügen, den wir befragen können. Leben deine Eltern noch dort?«, fragte Remy vorsichtig.

Tarus Gesicht verschloss sich weiter. »Mein Vater ist tot, und meine Mutter wohnt schon lange in Stralsund. Da sind wir damals hingezogen, als mein Vater krank wurde. Meine Oma lebte dort, und wir haben uns um sie gekümmert. Ich habe keinen Kontakt mehr zu irgendwem auf Rügen.«

»Könntest du nicht deine Mutter trotzdem fragen?«, schlug Heiko vor. »Vielleicht hat sie damals mal etwas von Mervin und Clara oder einem besonders schönen Garten gehört, in dem es Glühwürmchen gab.«

Taru schüttelte den Kopf. »Nein. Das hätte sie erwähnt, denn sie hat mir erzählt, dass sie mit meinem Vater einmal Glühwürmchen im Wald gesehen hat, als sie jung war.«

»Aber bestimmt kennt sie noch irgendjemanden, der auf Rügen lebt oder damals gelebt hat? Kannst du es nicht versuchen?«, bat Remy.

»Doch. Ja. Das kann ich wohl machen«, sagte Taru widerstrebend. »Verstehe mich nicht falsch, Remy. Ich finde es wunderbar, dass Mervins Garten auf Rügen war. Es ist unglaublich schön dort, ein passender Rahmen für sein Paradies, für seine Liebe und seine Geschichte. Ich kann es mir allzu gut vorstellen, wie es war mit Clara und ihm und dem Garten. Es ist nur so unerwartet. Ich muss mich erst an diesen Gedanken gewöhnen. Und es ist so lange her, alles …«

Philea kam angerannt und drückte Remy etwas in die Hand. »Das ist mein neuester Meeresschmetterling. Chromodoris willani«, sagte sie stolz. »Er soll dir Glück für deine Zeitschrift bringen! Die Meeresschmetterlinge sind genauso bunt wie die Insekten.« Das Wesen auf Remys Handfläche war hellblau mit einigen frech verteilten schwarzen Längsstreifen, einer Art Umhang mit einem schneeweißen Saum und einem Puschel auf dem Rücken, der silberne Punkte trug.

»Danke schön, Philea! Der bringt mir ganz bestimmt Glück. Er sieht sehr zuversichtlich aus.« Tarus gedämpfte Reaktion hatte Remy gerade ein wenig entmutigt, aber diese fröhlich bunte Schnecke spornte sie wieder an.

»Wenn wir nichts herausfinden, fahre ich selbst nach Rügen und frage dort herum«, sagte Remy entschlossen. »Würdest du mitkommen, Taru? Das wäre eine Riesenhilfe.«

Taru starrte auf den See hinunter, der in der Ferne glitzerte. Ein Boot fuhr vorbei, ein Schatten vor dem Licht.

»Ich weiß nicht, ob ich das kann«, sagte sie leise. »Ich wollte nie wieder nach Rügen.«

Taru

Rügen

1976

26

Wer sucht, der findet

»Sind deine Eltern zu Hause?«, fragte Ilari, als sie ihm die Tür öffnete.

»Nein. Warum?«

Ilari schwenkte eine Dose und einen Pinsel. »Weil hier mein Geburtstagsgeschenk zu deinem dreizehnten Geburtstag kommt.«

»Mein Geburtstag ist schon lange vorbei.«

»Ich weiß. Aber da hatte ich noch keine Farbe.«

»Wo hast du die denn aufgetrieben?«

»Geheimnis. Für das Haus reicht es leider nicht, aber ich werde die Drachen anstreichen.«

Auch wenn die Villen in der Wilhelmstraße, in denen die Angestellten der FDGB-Ferienheime wohnten, alle grau von Schmutz und Alter waren, so trugen sie doch mit mehr oder weniger Stolz ihre oft fein gearbeiteten hölzernen Geländer und Dekorationen an Balkons und Giebeln. Am Giebel des Hauses, in dem Tarus Familie lebte, gab es ein ungewöhnliches Motiv. Das Dreieck wurde statt von Schnörkeln, Möwen oder Fischen von zwei hölzernen Drachen ausgefüllt, die sich ansahen und wahrscheinlich das Haus vor Unbill beschützen sollten. Sie sahen jedoch eher so aus, als hätten sie es faustdick hinter den Ohren.

»Das sind wir beide«, hatte Taru einmal gesagt. Tatsächlich dachte sie immer an Ilari, wenn ihr Blick zum Giebel schweifte.

Die Freundschaft zu ihm hatte sich über die Jahre nicht geändert, höchstens vertieft. Es war nie so etwas wie Verlegenheit zwischen ihnen aufgekommen, und auch die Hänseleien anderer berührten sie nicht. Es verband sie zu viel. Die Geheimnisse wie der weiße Hirsch und die Schnecken, die Freude an Wundern wie der Lichtung im Frühling und der Stimme der Steine. Und natürlich der Sieg über Tarus Angst vor der Dunkelheit. Je älter sie wurde, desto mehr stieg in Taru zudem die Ahnung auf, dass Ilari sie ebenso brauchte wie sie ihn. Er wollte nicht allein sein mit seiner Wissbegier, seinem Staunen über die Welt und seiner Liebe zu den Tieren und Pflanzen, dem Meer und den Steinen. Niemand konnte das so wie Taru. Es war wichtig für sie beide, dass sie zusammen waren. Wie die Drachen.

»Wie willst du denn da rankommen? Die sind doch viel zu hoch!«

Ilari marschierte an ihr vorbei die Treppe hinauf. »Ich kann mich doch aus deinem Fenster lehnen.«

»Bist du verrückt?«

»Klar. Das weißt du doch.«

»Was ist es denn für eine Farbe?«

»Grün natürlich, wie sich das für Drachen gehört. Aber unten in der Dose war noch ein Rest Rot. Ich hab nicht umgerührt. Lassen wir uns überraschen.«

Ilari war jetzt fünfzehn und hatte den Stimmbruch hinter sich. Seine Stimme klang tief und geheimnisvoll. Taru hatte ernsthafte Bedenken, dass er aus dem Fenster stürzen würde, aber sie wusste auch, dass ihn nichts von seinem Plan abbringen würde.

Sie stand hinter ihm und klammerte sich sicherheitshalber an seine Beine, während er sich beängstigend weit hinauslehnte. Er musste den Pinsel an einen Stock binden, um die Drachen zu erreichen, und atmete schwer, als er fertig war. Er massierte sich das Genick, war jedoch hochzufrieden. Taru wollte sich auch hinausbeugen, um das Ergebnis zu betrachten, aber Ilari hielt sie davon ab und schloss hastig das Fenster. »Wir sehen es uns von draußen an.«

Die Drachen waren nun tatsächlich grün, mit einigen Spuren von Rot und Violett und Braun hier und da. Es wirkte überraschend lebendig und realistisch.

»Das eine Ohr habe ich nicht erwischt«, stellte Ilari fest.

»Warum soll er nicht ein graues Ohr haben? Auch ein Drache ist nicht perfekt. Mir gefällt es.« Tatsächlich wirkte der Rest des Hauses jetzt noch grauer und trister, da der Giebel so bunt war, aber die Drachen waren schließlich das Wichtigste daran. »Das ist ein tolles Geschenk, Ilari.« Taru umarmte ihn. Er hielt sie einen Augenblick fest. »Ich glaube, die Farbe tut allen gut«, sagte er. »Auch denen, die vorbeigehen.«

Taru war sich nicht sicher, was ihre Eltern dazu sagen würden, aber der Sturm würde vorübergehen, und ihr Vater würde sich gewiss nicht aus dem Fenster lehnen, um die Farbe wieder abzukratzen.

Damit behielt sie recht. Die Drachen leuchteten so bunt, dass man sie schon von Ferne sehen konnte, wenn man in die Wilhelmstraße einbog. Nichts, was in diesem Jahr noch geschah, konnte sie erschüttern.

Der Sommer war wie alle anderen Sommer. Taru und Ilari saßen am Schwarzen See. Sie hielten Ausschau nach dem weißen Hirsch, beobachteten die Schnecken mit den Buchstaben, verbrachten viele Stunden im Ruderboot auf dem Bodden oder lauschten am Strand der Stimme der Steine, wenn sie nicht gerade schwammen oder tauchten. Und doch war in diesem Sommer etwas anders. Er schien länger und kostbarer und irgendwie so, als wären sie durch ein ganz neues Elfenfenster gestiegen, ohne es zu bemerken. Denn etwas zwischen ihnen hatte sich verändert. Es war behutsamer und aufregender zugleich. Manchmal legte Ilari den Arm um Taru, oder sie lehnte sich ein wenig an seine Schulter, wenn sie zusammensaßen. Sie durften nun abends länger draußen bleiben. Dann war es noch mild. Trotzdem blies der Wind vom Meer her mit einer Kühle, die bei Taru Gänsehaut hervorrief und Ilari Grund gab, sie fester in den Arm zu nehmen. Die Wolken färbten sich rosa und orange, obwohl der Sonnenuntergang auf der anderen Seite der Insel stattfand. Es gab jede Menge Mücken, aber sie blieben trotzdem so lange wie möglich draußen. Die Fledermäuse aus dem Efeu in den Buchen waren im Wald unterwegs und flogen Kreise um sie herum. Vor denen hatte Taru keine Angst mehr. Sie wusste inzwischen, dass die Wanzen, von denen ihr Vater damals gesprochen hatte, keine Käfer waren. Und auch, dass man sich trotzdem vor ihren Ohren in Acht nehmen musste.

»Ich würde so gern hier am Strand ein Lagerfeuer mit dir machen«, sagte Ilari. »Aber es ist ja verboten.«

»Warum eigentlich? Hier auf dem Sand kann doch nichts brennen.«

»Sie haben Angst, dass man jemandem Signale geben könnte«, sagte Ilari. »Aber eines Tages wird sich alles ändern. Dann ist nicht mehr so viel verboten, und ich mache dir genau hier ein Feuer. Das vertreibt die Mücken, hält uns warm, schickt Funken in die Nacht, und wir könnten Kartoffeln darin garen.«

»Das wäre schön«, sagte Taru. »Warum glaubst du, dass es mal anders wird?«

»Ich wünsche es mir einfach. Vielleicht haben die Soldaten irgendwann keine Lust mehr, Soldaten zu sein und Gewehre herumzutragen, weder hier noch bei den Kapitalisten. Ich möchte mehr von der Welt sehen.«

Ein andermal schlenderten sie am Strand entlang, als Ilari sich plötzlich bückte. »Sieh mal!« Er hielt einen Bernstein in der Hand, so groß wie eine Kirsche. Er leuchtete in einem warmen Goldton. »Es heißt, wenn ein Paar zusammen einen Bernstein findet, dann bedeutet das für sie zehn weitere glückliche Jahre zusammen«, sagte Ilari.

Taru starrte auf das Funkeln. »Aber wir sind kein Paar. Meinst du, das gilt auch für Freunde?«

Er nahm ihre Hand, legte den Bernstein hinein und schloss ihre Finger darüber. Aber er ließ sie nicht los, sondern umfing sie mit seinen beiden großen, warmen Händen. »Vielleicht werden wir mal eins«, sagte er leise.

Taru sah zu ihm auf. Sie wusste nicht genau, was sie sich darunter vorstellen sollte, aber wenn es hieß, immer mit ihm zusammenzubleiben oder wenigstens diese versprochenen zehn Jahre, die nach einer sehr langen Zeit klangen, dann wünschte sie sich das.

An den alten Buchen im Wald hatten sie schon oft Inschriften gesehen, die Liebespaare in die Rinde eingeritzt hatten.

R & U, 1927, hatte Ilari einmal entziffert, an der Buche am Schwarzen See. »Das ist so lange her! Ob sie wohl noch zusammen sind?«

An einem Abend in diesem Sommer fuhr er mit dem Finger über die Buchstaben. »Wir könnten das auch machen, unsere Buchstaben einritzen. Aber das tun wir nicht. Es ist nicht gut für den Baum. Wenn die Rinde kaputt ist, können Bakterien eindringen oder Pilze wachsen. Er könnte krank werden. Aber wir stellen es uns einfach vor, dann ist es ein Geheimnis. Niemand kann es sehen.« Er fuhr mit dem Finger an einer anderen Stelle über die Rinde und malte ein unsichtbares I. »Jetzt du.«

Sie zeichnete ihr T daneben. Ilari schrieb noch die Jahreszahl dazu. *1976*.

»Keiner wird wissen, dass es da steht. Aber wir wissen es.«

An einem Abend im Juli sah Taru ihm an, dass etwas Besonderes geschehen war. Ilaris Augen funkelten vor unterdrückter Aufregung, als sie aus dem Haus kam. Er wartete am Tor auf sie, wie immer. »Ich habe eine Überraschung für dich«, sagte er. »Ich hoffe, sie ist auch heute noch da, wenn es dunkel wird, aber ich denke schon.«

Der weiße Hirsch wollte an jenem Abend nicht kommen. Als die Dämmerung dichter wurde, führte Ilari Taru ziemlich weit durch das Dickicht, bevor er anhielt. »Du kannst dich da auf den Stein setzen. Pass auf, es ist ganz schön sumpfig hier.« Es war inzwischen sehr dunkel, der Himmel war wolkenverhangen und ließ nicht einen einzigen Stern sehen. Taru hüllte sich fester in ihre Jacke. Sie konnte sich nicht erinnern, jemals an dieser Stelle gewesen sein zu sein. »Was wolltest du mir denn zeigen?« Sie dachte daran, dass sie ihre Mathematikaufgaben noch nicht gemacht hätte. Sie hätte Ilari um Hilfe bitten können, aber die Zeit mit ihm war ihr zu schade für Mathematik. Diese Erklärung allerdings war nicht für ihren Lehrer geeignet.

»Warte noch ein bisschen«, sagte Ilari leise. »Gleich fängt es an.«

Taru schwieg und versuchte, nicht zu beachten, wie kalt und

nass ihre Füße gerade wurden und dass die Rufe eines Waldkauzes bei Nacht ziemlich unheimlich klangen, selbst wenn man wusste, woher sie kamen.

Plötzlich legte Ilari seine Hand auf ihre Schulter. »Schau! Siehst du? Ich habe sie für dich gefunden!« Er klang glücklich. »Ich habe immer wieder Stück für Stück den Wald abgesucht, und jetzt habe ich sie endlich gefunden. Dies scheint ein gutes Jahr dafür zu sein.«

Auf einem modrigen Baumstumpf erschien ein länglicher Punkt. Ein leuchtender Punkt! Dann ein zweiter. Sie bewegten sich. Ein Stück weiter entdeckte Taru auch einen, und dann auf der anderen Seite noch zwei. Sie fasste nach Ilaris Hand, ohne es zu bemerken. »Glühwürmchen! Ilari, sind das Glühwürmchen? Das Leuchten sieht noch schöner aus, als ich es mir vorgestellt hatte!«

»Ja. Das sind richtige, echte Glühwürmchen.«

Eine Weile saßen sie da und sahen dem langsamen Tanz der kleinen Lichter zu. Der ganze Wald schien verzaubert zu sein. Als Ilari bemerkte, wie Taru anfing, vor Kälte zu zittern, stand er auf und zog sie hoch. Sie gingen vorsichtig herum und entdeckten noch mehr leuchtende Punkte. Ilari legte seinen Arm um Taru, bis ihr warm wurde. Sie roch seinen Duft und den Duft der feuchten Erde und des Waldes, zählte die Funken und wusste, dass sie diese Nacht der Glühwürmchen nie vergessen würde.

Sie sahen die Glühwürmchen noch öfter, bevor es begann, herbstlich zu werden. Um den Mücken im Wald zu entgehen, liefen sie oft am Strand nach Hause. Einmal blieb Ilari unvermittelt stehen.

»Was ist?«, fragte Taru.

»Du siehst so schön aus in diesem Kleid«, sagte Ilari.

Taru sah an sich herunter. Sie war barfuß und hatte Spuren von Erde an den Knien. Das Kleid hatte sie von einem Nachbarsmädchen geerbt. Es war blau und am Saum mit weißen Muscheln bestickt. Sie trug es gern, weil es luftig und bequem war. Über ihr Aussehen machte sie sich selten Gedanken.

Ilari legt einen Finger unter ihr Kinn. Sein Kuss war so schmetterlingsleicht, dass sie hinterher nicht mehr ganz sicher war, ob sie es sich nur gewünscht oder ob er es wirklich getan hatte.

Auf einmal blendete sie etwas. Der Lichtstrahl schmerzte in den Augen. Taru schlug die Hände vors Gesicht und blinzelte zwischen ihren Fingern hindurch. Am anderen Ende des Lichtstrahls stand ein Soldat, der sie mit einem Scheinwerfer anleuchtete. »Was macht ihr denn noch hier? Es ist zehn Uhr. Ihr wisst genau, dass nach zehn Uhr niemand mehr etwas am Strand zu suchen hat!«

»Entschuldigung. Wir sind schon weg«, sagte Ilari. Der Soldat richtete den Strahl auf ihn. »Bist du nicht der Sohn von Paul Kemper? Mensch Junge, ich verstehe dich ja, aber bitte gib besser acht. Du willst doch sicherlich nicht, dass Paul Ärger bekommt, weil sich sein Sohn nicht an die Gesetze hält.«

»Entschuldigung«, wiederholte Ilari, nahm Tarus Hand, und sie liefen los.

An einem Septembertag hatte es nachmittags geregnet. Doch abends klarte es auf. Ilari holte Taru zu einem späten Spaziergang ab. Die Sonne stand bereits sehr tief, als sie durch die Wolken brach, und ließ den Wald in einem Meer aus Tropfen silbern glitzern. »Wie Tagesglühwürmchen«, sagte Taru. Sie besuchten alle ihre Lieblingsplätze, und als es dämmrig wurde, lehnten sie am Stamm der Eiche am Schwarzen See. Die Wasseroberfläche war wie aus Gold, so viele gefallene Birkenblätter schwammen darin. Kaum war die Sonne untergegangen, stieg der Vollmond groß und hell hinter dem See auf.

»Ist dir kalt?«, fragte Ilari.

Taru schüttelte den Kopf. »Nein. Es geht ja kein Wind. Lass uns noch ein bisschen hierbleiben. Glaubst du, die Glühwürmchen sind im nächsten Jahr auch wieder da?«

»Ich weiß es nicht. Hauptsache ist doch, wir haben welche gesehen.«

»Ja. Das ist die Hauptsache.«

»Komm, wir setzen uns noch ein bisschen auf den Steg«, schlug Ilari vor und breitete seine Jacke auf dem feuchten Holz aus. Aneinandergekuschelt saßen sie dort, und Taru dachte, dass es nichts machte, dass der Sommer zu Ende war und die Glühwürmchen mit sich genommen hatte. Nicht, wenn der Herbst voller Silber und Gold war so wie heute und wenn Ilari bei ihr war, mit dem sie die Fischotter im Schnee beobachten würde.

Der Boden war noch warm, und als die Luft kühler wurde, begann die Nässe des Nachmittags zu verdampfen. Eine leichte Abendbrise kam auf und schob den Nebel aus dem Wald langsam über den See.

»Das ist so unwirklich, jetzt könnte ich mir gut vorstellen, dass gleich der Stuhl aus dem Wasser auftaucht, an dem das Schloss hängen soll«, sagte Taru.

»Ja, das würde jetzt passen«, sagte Ilari. »Aber …« Er brach ab. »Taru! Schau!«

Der Nebel hatte sich vor den Mond geschoben. Sein klares Licht fiel durch die vielen winzigen Wassertropfen.

»Ist das ein Mondregenbogen?«, flüsterte Taru.

Weil der Mond nicht so hell war wie die Sonne, konnte man bei dem Mondregenbogen keine Farben sehen. So hatte es Ilari ihr vor Jahren erklärt. Sie hatte sich nicht vorstellen können, wie ein Regenbogen ohne Farben aussieht. Jetzt wusste sie es.

Ilari zog sie unwillkürlich an sich. Sie konnte seinen Atem hören. »Ja. Das ist ein Mondregenbogen.«

Ein silberweiß leuchtender, perfekter Bogen über dem See, von Ufer zu Ufer, zart und unwirklich und flüchtig und doch deutlich und strahlend. Fast glaubte Taru, die Hand ausstrecken und ihn berühren zu können. Doch sie hatte Angst, dass er dann verschwinden würde.

Sie wollte nur hier mit Ilari sitzen und den weißen Regenbogen ewig anschauen, solange er dauerte. Sie konnte sich nichts Schöneres vorstellen.

Ein großer Nachtfalter flog vorbei, so dicht an Tarus Gesicht, dass sie seinen Flügelschlag hören konnte. Plötzlich fröstelte sie doch. Warum hatte sie auf einmal das mulmige Gefühl, dass dieser Regenbogen das Ende von etwas war?

Wie ein Tor, durch das man hindurchgeht und durch das man nie wieder zurückkehren kann, weil es sich für immer geschlossen hat.

27

Der Lieferwagen ohne Fenster

Jemand hatte den weißen Hirsch getötet.

Taru erfuhr es in der Schule. Erst war es nur ein Raunen, ein Flüstern. Sie hielt es für ein Gerücht, für einen bösen Scherz. Doch dann wurden die Stimmen lauter. Einer hatte es von seinem Vater erfahren, der Waldarbeiter war, ein anderer meinte sogar, schon in der Zeitung davon gelesen zu haben. Ein Lehrer bestätigte es schließlich.

Es war ein junger, völlig unerfahrener Soldat der Grenzbrigade gewesen, kein Insulaner, sondern frisch vom Festland. Er hatte noch nie davon gehört, dass es weiße Hirsche gab. Es war neblig, und das Tier überraschte ihn. Er war sowieso nervös gewesen auf dem Hochuferweg, links der dunkle Wald in der undurchsichtigen Dämmerung, rechts die unbekannte Steilküste, an der das Meer im Wind tobte. Der Schießbefehl geisterte ihm im Kopf herum, den er noch nicht recht einzuordnen wusste. Das große weiße Tier musste ihm wie ein Geist erschienen sein, und so riss er die Waffe von der Schulter und schoss.

Man bestrafte ihn nicht, es war ja nur ein Tier. Doch den Insulanern war nicht wohl dabei. Nach dem ersten Aufruhr senkte sich eine Beklommenheit auch über die Schulklasse. Taru war wie gelähmt. Unauffällig wischte sie sich die Tränen fort. Sie war nicht die Einzige, die dem Unterricht nicht folgen konnte.

Da war die Trauer um das wundervolle Wesen, das sie so oft

voller Staunen beobachtet hatten. Da war aber auch die Erinnerung an Ilaris Worte. *Den weißen Hirsch zu schießen bedeutet Unglück.*

Taru spürte mit absoluter Sicherheit, dass noch mehr Schreckliches passieren würde.

In der Pause sah sie sich nach Ilari um. Vergeblich. Das war nicht ungewöhnlich, die größeren Jungen in den höheren Klassen hielten sich meist woanders auf. Als sie nach der letzten Stunde das Klassenzimmer verlassen wollte, stand auf dem Flur ein Mann in Uniform. Er trat auf sie zu. »Taru Favonius? Einen Moment.« Tarus Herz klopfte. Was hatte sie getan? Glaubte er etwa, sie hätte etwas mit dem Tod des weißen Hirsches zu tun? Der Mann bedeutete ihr zu warten, bis die anderen Schüler, die sich neugierig nach ihm umdrehten, verschwunden waren. Dann legte er eine schwere Hand auf ihre Schulter, schob sie zurück in den Klassenraum und schloss die Tür.

»Ich möchte wissen, wo dein Freund Ilari Kemper ist«, sagte er und fixierte sie scharf. Sie fand es schwer, diesem stechenden Blick auszuweichen.

»Ich weiß nicht«, sagte sie wahrheitsgemäß.

»Hast du ihn heute schon gesehen?«

Taru schüttelte den Kopf.

»Wann hast du ihn das letzte Mal gesehen?«

In Tarus Magen ballte sich noch mehr Angst. Was war mit Ilari? Hatte er etwa den Soldaten angegriffen, der den Hirsch getötet hatte? Sie konnte sich Ilari nicht gewalttätig vorstellen, aber andererseits steckte er voller Überraschungen. Und sie wusste, wie viel ihm der Hirsch bedeutet hatte.

»Raus mit der Sprache, Mädchen.« Die Stimme des Soldaten wurde lauter und schärfer. »Wir wissen, dass ihr ein Liebespaar seid. Man hat euch nach der Sperrstunde am Strand gesehen. Leugne es nicht.«

Taru wusste nicht, was sie darauf sagen sollte. Sie dachte an den Mann mit dem Scheinwerfer und wie das grelle Licht in ihren Augen geschmerzt hatte.

»Du hilfst deinem Freund nicht, wenn du schweigst. Wenn jemand weiß, wo er ist, dann du, also raus mit der Sprache, aber ein bisschen flott!«

Taru starrte ihn nur an. In ihrer Erinnerung klang die Stimme ihres Vaters auf einmal deutlich und verdrängte die des Soldaten. *Ein falsches Wort am falschen Ort … Sie haben ihre Wanzen überall, und sie haben große Ohren.*

Taru wusste nur noch eins: Dies war ein Augenblick, in dem ein falsches Wort verhängnisvoll sein konnte. Aber da sie nicht wusste, welches die *falschen Worte* waren, immer noch nicht, auch jetzt nicht, beschloss sie, gar nichts zu sagen. Ihre Angst machte das nicht besser, aber wenigstens wusste sie jetzt, was sie zu tun hatte. Schweigen.

Um die Angst in den Griff zu bekommen, versuchte sie, sich den großen Mann in Uniform als Käfer vorzustellen. Einen Käfer mit großen Ohren. Einen Käfer in Uniform. Auf einmal musste sie ein hysterisches Kichern unterdrücken.

Der Mann bemerkte, dass er nicht weiterkam, und änderte seine Taktik.

»Setz dich doch, Mädchen«, sagte er sanft, schob ihr einen Stuhl hin und setzte sich selbst halb auf einen Tisch. Seine Waffe nahm er ab und legte sie neben sich. Der Lauf zielte in die Ecke, auf den Papierkorb, gerade an Taru vorbei. Der Soldat baumelte mit einem herabhängenden Bein ein wenig hin und her. Taru starrte auf seine blanke Stiefelspitze.

»Hör mal, Mädchen. Dein Liebster ist verschwunden. Vielleicht ist er in Gefahr. Du könntest ihm helfen, wenn du uns sagst, wo er sein könnte. Wo er sich gerne aufhält. Vielleicht ist er abgestürzt? Liegt irgendwo verletzt und hofft, dass du für Hilfe sorgst?« Plötzlich lehnte er sich vor und tippte ihr aufs Knie. »Und weißt du was? Wenn ihm nichts geschehen ist, dann hat er dich sitzenlassen! Erst erschleicht er sich dein Vertrauen und küsst dich, obwohl du viel zu jung dafür bist, und dann macht er sich davon! Er hat dir bestimmt schöne Dinge geschenkt, nicht wahr? Vielleicht Schokolade aus dem Westen? Amerikanische Musik? Wird er diese Sachen nun anderen Mädchen schenken? Das wird ihnen gefallen, meinst du nicht?«

Als er auch darauf keine Antwort bekam, schnaubte er ärgerlich. »Vielleicht hat er aber auch nicht nur dich, sondern das Vaterland verraten. Das ganze Volk! Willst du wirklich, dass man sagt, du wärst die Freundin eines Verräters? Wir werden sowieso herausfinden, wo er ist. Sein Vater ist einer von uns. Ein Kamerad der Grenzbrigade! Du glaubst doch nicht, dass man solche Verräter ungestraft davonkommen lässt? Du machst dich mitschuldig, wenn du schweigst. Tu dir das nicht an, Mädchen. Denk an dein eigenes Leben. Du bist ganz helle, haben wir herausgefunden. Du könntest studieren. Wenn du dich jetzt richtig entscheidest.«

Die Luft war stickig. Eine eingeschlossene Fliege brummte gegen die Fensterscheibe.

Der Impuls zu kichern hatte sie längst verlassen. Bestimmt sah der Mann, dass sie zitterte. Aber sie biss die Zähne aufeinander und schwieg.

Ich könnte Ärger bekommen, Klaus, erklang wieder die Stimme ihres Vaters aus der Vergangenheit.

Klaus war Vaters Freund gewesen. Aber Paul Kemper war es noch viel mehr.

Ihr Vater würde den Ärger diesmal bekommen. Viel mehr noch als sie.

Taru stand ruckartig auf. Es freute sie, dass der Soldat zusammenzuckte. »Ich muss auf Toilette«, sagte sie laut. Das entsprach auch der Wahrheit. Er starrte sie einen Moment lang an, dann zuckte er mit den Schultern. »Geh! Wir sprechen uns ein anderes Mal. Wenn dir klar ist, dass er dich betrogen und verraten hat.«

Taru stand einen Augenblick vor der Haustür und sah zu den beiden grünen Drachen auf, bevor sie aufschloss. Es war niemand da. Natürlich nicht. Um diese Zeit waren ihre Eltern immer bei der Arbeit. Ihre Mutter hatte etwas zu essen in den Kühlschrank gestellt, aber Taru hatte keinen Hunger. Sie setzte sich mit ihren Hausaufgaben ans Fenster, wo sie sehen konnte, wenn Ilari kam. Bestimmt würde er kommen. Er war immer gekommen. Sie mussten doch über die Sache mit dem Hirsch reden!

Immer wieder sah sie auf die Straße, doch im Grunde wusste sie, dass Ilari nicht kommen würde. Selbst wenn er wollte, die Soldaten hätten ihn abgefangen. Ob ihm wirklich etwas passiert war? Was, wenn der Soldat die Wahrheit sagte? Wenn Ilari abgestürzt war, an der Steilküste oder beim Klettern aus der Buche?

Nein. Ilari kannte die Insel wie kein anderer. Er wäre der Letzte, dem so etwas passieren würde. Aber vielleicht war er doch unachtsam gewesen, weil ihn die Sache mit dem Hirsch so aufregte?

Als die Sonne tiefer sank, hielt Taru es nicht mehr aus. Sie lief hinaus, immer weiter, bis zum Schwarzen See. Bevor sie aus dem Wald trat, warf sie einen Blick auf den Steg. Dort war niemand, aber dann sah sie es. An einem Baum im Gebüsch, dort, wo der Steg begann, lehnte ein Soldat, kaum zu sehen in seiner Uniform. Taru zog sich zurück. Am Grab des finnischen Kriegers war niemand. Kein Soldat und kein Ilari. Auch nicht unten bei den Steinen. Das Meer war aufgewühlt, genau wie es in Taru aussah. Mit den Wellen rollten die Steine gegen die Küste. Ihre Stimmen waren laut, aber sie klangen nicht so freundlich wie sonst, und sie verrieten auch nicht, wo Ilari war. Wenigstens würden sie es auch den Soldaten nicht sagen.

Die Sonne stand jetzt tief über dem Horizont, aber es war, als wollte sie an diesem unseligen Tag nicht untergehen. Taru beschloss, noch einmal zurück zum Schwarzen See zu gehen. Sie wollte die Buche berühren, da, wo sie unsichtbar ihre Namen hingeschrieben hatten. Sie wollte in das Geheimversteck sehen, ob dort eine Nachricht von Ilari war! Hoffentlich kannten die Soldaten es nicht, nachdem sie offenbar genau wussten, wo sich Ilari gern aufgehalten hatte. Natürlich wussten sie es. Sie waren ihnen ja ständig auf der Patrouille begegnet. Sie hatten sich stets freundlich gegrüßt.

Der Soldat am Steg war fort. Sicher war ihm kalt geworden. Taru schlenderte wie zufällig zur Buche hin, und als sich immer noch nichts rührte, kletterte sie hinauf. Wie leicht das jetzt ging. Sie erinnerte sich daran, wie schwer es beim ersten Mal gewesen war, als ihre Arme und Beine noch so viel kürzer waren.

Sie griff in das Versteck. Laub lag darin, es kitzelte und knisterte an ihrer Hand, aber sie griff tiefer und fand ein Päckchen, in ein Stück von jener Folie aus der Strohpresse eingewickelt, aus dem sie damals die Drachen gebaut hatten. Sie wickelte es auf. Darin lag eine aus Holz geschnitzte Schnecke. Auf ihrem Gehäuse waren die Initialen *I* und *T* eingeritzt. Daneben lag der uralte Bär aus Bernstein. Ilaris größter Schatz, von dem er einmal gemeint hatte, er würde ihm zeigen, dass er stark sein könnte.

Da wusste Taru, dass Ilari nicht zurückkehren würde. An der Art, wie die Gegenstände eingewickelt waren, konnte sie sehen, dass er es in großer Eile getan hatte. Für Worte war keine Zeit gewesen. Taru drückte beides an sich, dann verstaute sie es im Inneren ihrer Bluse über dem Hosenbund. Was, wenn zu Hause ein Soldat auf sie wartete, um in ihre Taschen zu sehen? Sie kletterte herunter. Vom letzten Ast rutschte sie ab und fiel ins Laub. Den Schmerz im Knöchel spürte sie kaum. Sie lag eine Weile dort und fragte sich, ob sie überhaupt wieder aufstehen sollte. Dann rappelte sie sich doch hoch und humpelte auf den Steg, wo sie gestern noch mit Ilari gesessen hatte.

Heute gab es keinen Mondregenbogen. Es gab nicht einmal einen Mond. Vor der Dunkelheit fürchtete sich Taru nicht, sie hatte jetzt ganz andere Sorgen. Sie war noch niemals so traurig gewesen. Erst der Hirsch, jetzt Ilari. Lange saß sie dort. Ihre Tränen tropften in den See. Als ein Hecht, der davon angelockt wurde, aus dem Wasser schnellte, sprang auch Taru auf. Ihre Eltern mussten längst zurück sein.

Als sie zu Hause ankam, saßen ihre Eltern mit ernster Miene im Wohnzimmer. Ihre Mutter sprang auf. »Da bist du ja! Gott sei Dank!«

»Es tut mir leid. Ich wollte nicht, dass ihr euch Sorgen macht. Ich hab mir den Fuß vertreten.«

»Am besten essen wir jetzt und gehen dann früh ins Bett«, sagte ihre Mutter und machte sich in der Küche zu schaffen.

Taru öffnete den Mund, aber ihr Vater hob eine Hand. »Morgen ist auch noch ein Tag. Geh, und hilf deiner Mutter beim Tischdecken.« *Kein falsches Wort am falschen Ort. Sie haben ihre Wanzen überall.*

Sie saßen um den Tisch und kauten Brot, das nach nichts zu schmecken schien, und einer nach dem anderen schob den Teller beiseite. Taru konnte lange nicht einschlafen. Den Bären und die Schnecke hatte sie in ihrem Geheimversteck untergebracht. Gerne hätte sie den Bären in der Hand gespürt, um sich stärker zu fühlen. Aber sie wusste nicht, wie es weitergehen würde, und wollte nicht, dass ihm etwas geschah. Sie musste auf ihn aufpassen. Bis Ilari eines Tages wiederkam, um ihn zu holen.

Ein Geräusch hatte sie aus dem Schlaf gerissen. Draußen begann es gerade, hell zu werden. Unten hörte sie Stimmen. Die Stimme ihres Vaters, dazu fremde Stimmen von Männern, schwere Schritte. Die Haustür klappte. Ihre Mutter sagte etwas. Ihre Stimme war hoch. Weinte sie? Taru wurde eiskalt. Der Boden war auch kalt an ihren nackten Füßen, als sie zum Fenster lief. Sie schob die Gardinen beiseite, lehnte sich hinaus. Unten stand ein Lieferwagen, ein weißer Lieferwagen, der hinten eckig war und keine Fenster hatte. Zwei Männer kamen aus dem Haus. Jeder hatte eine Hand um einen Oberarm ihres Vaters gelegt. Einer öffnete die hintere Tür des Lieferwagens.

»Papa!«, rief Taru. Einer der Männer blickte zu ihr hinauf.

»Sei still, Mädchen, oder willst du alle Nachbarn wecken?«, zischte er. Sie wollten nicht, dass man sah, was sie mit ihrem Vater machten.

»Alles wird gut, Taru«, sagte ihr Vater. Er klang müde, und Taru konnte ihm nicht glauben.

Die Männer schoben ihn hastig in den Lieferwagen und schlossen die Tür. Taru wollte nicht sehen, wie sie fort fuhren. Sie rannte hinunter zu ihrer Mutter und nahm sie in den Arm. Eine Weile klammerten sie sich aneinander, bis der Motor des Lieferwagens leiser wurde und verklang.

»Er kommt wieder. Er kommt bald wieder. Sie wollen ihm nur ein paar Fragen stellen«, sagte Tarus Mutter. Sie strich Taru das Haar aus der Stirn. Ihre Hand zitterte. »Geh dich anziehen. Ich mach uns einen Tee.« Taru war froh, dass sie nicht von ihr verlangt hatte, noch einmal ins Bett zu gehen. An Weiterschlafen wäre nicht zu denken gewesen.

Das Brot von gestern schmeckte auch jetzt nicht. »Mama, was …«, begann Taru.

»Ich glaube, wir sollten einen Spaziergang machen«, sagte ihre Mutter laut. »Frische Luft tut gut.«

Taru verstand. *Kein falsches Wort am falschen Ort. Sie haben ihre Wanzen überall, und sie haben große Ohren.*

Sie spülten schweigend das Geschirr, um eine Art Ordnung aufrechtzuerhalten, dann zogen sie Schuhe und Jacke an. Taru machte alles mechanisch, sie kam sich vor wie eine Marionette, wie sie einmal welche mit ihrem Vater im Theater gesehen hatte. Aber sie wusste nicht, wer die Fäden zog.

Draußen war es kühl, doch die Sonne schien. Wie konnte sie nur? Es passte überhaupt nicht zu dem Tag. Ihr Vater würde hinten im Lieferwagen im Dunkeln sein. Wo brachten sie ihn hin?

Sie liefen den Hochuferweg entlang. Taru dachte an früher, als sie dort unbekümmert ihrem Vater entgegengehüpft war. An die vielen Sonntagsausflüge mit beiden Eltern, zur Waldhalle, wo es Eis und Kuchen gab. Und an die unzähligen Male, die sie mit Ilari hier auf dem Weg in ein Abenteuer gewesen war.

Sie wünschte sich, sie könnte noch durch ein Elfenfenster klettern und damit alles verändern. Aber diese Zeiten waren vorbei. Und diesmal war Ilari nicht da, um ihr ihre Angst zu nehmen.

Schließlich setzten sie sich auf einen Findling. Sie sahen sich um, doch es war niemand in der Nähe. Eine Weile blickten sie schweigend über das Meer, das blau und still lag. Die Stimme der Steine schwieg jetzt und die Wellen auch. Ein paar Menschen wanderten am Strand entlang, winzig klein von hier oben. Die Buchen streuten kupferfarbene Blätter um sie her wie Konfetti, als gäbe es etwas zu feiern. Sie hatten den Herbst immer gefeiert, Ilari und sie, dachte Taru. Wo war Ilari jetzt nur?

»Die Kempers sind fort«, sagte Tarus Mutter schließlich leise. »Sie mussten flüchten. Sie sind verraten worden, aber jemand hat sie zum Glück gerade noch rechtzeitig gewarnt. Darum konnte sich Ilari nicht von dir verabschieden.«

»Aber Mama, warum? Warum mussten sie flüchten?«

Tarus Mutter sah sich noch einmal um. Auch Taru lauschte auf das verräterische Knacken eines Zweigs oder das Rascheln der Blätter. Nichts. »Ilaris Vater hat für den Westen spioniert. Als Mitglied der Grenzbrigade kam er an geheime Informationen über Prora, wo die Soldaten der Nationalen Volksarmee ausgebildet werden. Und auch über einen militärischen Hafen, den sie später einmal in Mukran bauen wollen.«

Taru versuchte, das zu verdauen. »Paul ist ein Spion? Für die Kapitalisten?«

»Es ist nicht alles so, wie ihr es in der Schule beigebracht bekommt«, sagte ihre Mutter müde. »Als ich klein war, gehörten die Deutsche Demokratische Republik und die Bundesrepublik zusammen, weißt du. Keine Feinde. Keine Genossen. Nur Menschen überall. Eigentlich ist es *ein* Land.«

»Hat Ilari gewusst, dass Paul das macht? Hat seine Mutter es gewusst?« Die Frau, die Taru einst ihren Namen gegeben hatte. Der Mann, der immer so nett zu ihr gewesen war, beinahe wie ihr eigener Vater. Waren sie jetzt Volksverräter? Verbrecher?

»Ilari hat es nicht gewusst.«

»Hat Papa sie verraten? Hat er es gewusst?«

Ihre Mutter wandte sich ihr zu, mit funkelnden Augen. »Dein Vater würde niemals jemanden verraten, hörst du? Paul war sein Freund! Ja, dein Vater hat es gewusst. Anfangs nicht, aber später. Er hat sich nicht beteiligt, aber er hat es gewusst.« Sie senkte den Blick. »Ich glaube sogar, dass er es war, der Paul gewarnt hat. Aber er hat ihm nicht sein Boot gegeben. Paul hat ihn nie darum gebeten. Die können uns nichts nachweisen, hörst du? Sie werden ihm Fragen stellen, und dann kommt er wieder, ganz bald.«

»Aber wie sind sie geflüchtet, wenn sie kein Boot hatten? Und wohin?«

»Paul hat sich woanders ein Boot besorgt. Sie haben ihm geholfen, vom Westen aus. Es war nicht gut vorbereitet, weil es so schnell gehen musste, aber sie haben ein Boot und eine Ausrüstung. Sie wollten es über Hiddensee und Møn versuchen. Von Møn aus sollte ihnen ein dänisches Boot entgegenkommen. Das Wetter war ruhig in der Nacht. Es wird gutgegangen sein. Der Nebel hat sicherlich geholfen, dass sie nicht entdeckt wurden. Paul hat Freunde. Wenn etwas passiert wäre, wüssten wir es.«

»Aber niemand weiß, ob sie es geschafft haben, oder?«, fragte Taru bang.

Ihre Mutter schüttelte den Kopf. »Nein. Das werden wir so bald auch nicht erfahren. Du musst einfach daran glauben.«

Aber Taru wusste nicht mehr, was sie glauben sollte.

Die Albträume kamen wieder, von dem Toten in einem dänischen Fischernetz. Nur trug er jetzt Ilaris Gesicht.

Taru wartete darauf, dass der Vater wiederkam. Sie lauschte auf jeden Wagen, der am Haus vorüberfuhr, und sie wusste, dass es ihrer Mutter genauso ging. Doch die Lieferwagen fuhren alle vorbei. Tarus Mutter wurde bei ihrer Arbeit mehrfach verhört, und auch in der Schule tauchte noch mehrmals ein Mann auf, immer wieder ein anderer, mal in Uniform und mal ohne. Sie kamen vergeblich. Taru sagte kein Wort, sondern starrte sie nur an. *Kein falsches Wort. Kein Wort.* Sie wiederholte es innerlich wie eine Zauberformel. Tarus Worte gehörten diesen Männern nicht. Sie biss die Zähne zusammen und schickte ihre Worte in Gedanken in den Wald, dorthin, wo im Sommer an einem Tümpel Glühwürmchen geleuchtet hatten und wo vielleicht noch immer Schnecken mit Buchstaben auf den Häusern herumkrochen. Bei ihnen waren die Worte sicher.

Später einmal, wenn sie erwachsen war, würde Taru diese Worte zurückholen und aufschreiben.

Einmal kamen die Männer zu zweit. Auch das änderte nichts. »Gib es auf«, sagte schließlich der eine zum anderen. »Ich glaube, die Kleine ist ein bisschen blöde.«

»Schreib das in die Akte. Schade eigentlich. Sie ist hübsch«, sagte der andere.

Taru blieb sitzen und lauschte darauf, wie die schweren

Schritte auf dem Flur verklangen. Bevor sie den Raum verließ, nahm sie ein Stück Kreide und zeichnete ein Glühwürmchen auf die leere Tafel.

Taru

Groß Nemerow

2014

28

Umbrüche

Taru starrte auf den Flyer, den Heiko ihr gegeben hatte. Die Bootsmesse in Ribnitz-Damgarten! Sollte sie dorthin fahren? Warum eigentlich nicht. Es ging nicht um teure Yachten, an denen sie kein Interesse gehabt hätte, es war nur eine kleine Messe mit bescheidenen Segelbooten, Ruderbooten, Kajaks und vor allem auch Paddelbrettern. »Es würde dir Freude machen. Ich würde mitkommen«, hatte Heiko vorgeschlagen. »Ich finde heraus, ob es sich lohnt, einen Artikel darüber zu schreiben, und du könntest dir in aller Ruhe die Bretter ansehen. Nur zum Spaß. Du musst mal raus. Du igelst dich hier zu sehr ein.«

»Ich genieße es, dass ich endlich mal da bleiben kann, wo ich bin. Du glaubst gar nicht, wie gut es mir tut, mich um den Garten zu kümmern.«

»Doch, schon. Du siehst gut aus, Taru. Du hast schon lange nicht mehr so entspannt und ausgeruht gewirkt.« Heiko war ungewöhnlich ernst. »Trotzdem habe ich das Gefühl, dass dich etwas belastet. Du musst mal auf andere Gedanken kommen. Lass uns den kleinen Ausflug machen.«

»In Ordnung.« Auf einmal freute sie sich wirklich darauf.

Taru dachte daran, wie Ilari immer davon gesprochen hatte, später einmal ein Boot zu bauen. Eines, mit dem sie die Welt erobern würden. Und wie er ihr die Angst davor genommen hatte. Das Wort »Boot« war nicht mehr bedrohlich für sie, jedenfalls war es das lange nicht gewesen. Aber jetzt interessierte sie sich gar nicht mehr für Boote, sondern höchstens für ein Paddelbrett. Immerhin hatte sie ja beschlossen, die Dinge in die Tat umzusetzen, die sie sich damals vorgenommen hatten. Auch ohne Ilari. So ein Brett war doch ein Stück bescheidener als ein Boot, also warum nicht? Es wäre schon schön, wenn sie nicht jedes Mal um den halben See radeln und sich für viel Geld ein Brett ausleihen müsste. Auf einmal konnte sie den Messetag kaum erwarten.

Tatsächlich hatte sie sich noch nie so jung und leichtsinnig gefühlt wie in diesen Tagen, seit sie den Mondscheingarten angelegt und das Haus farbig gestrichen hatten.

Denn zu der Zeit, als dieses Gefühl zu ihrem Alter gepasst hätte, war daran nicht zu denken gewesen.

Sie legte den Flyer beiseite, machte sich einen Kaffee und setzte sich auf die Terrasse in die Sommerabenddämmerung. Es war ungewöhnlich ruhig. Die Kinder waren nicht da. Heiko war unterwegs, immer auf der Suche nach Aufträgen. Mit seinen Sportberichten im Netz und einer Art Hausmeistertätigkeit in einem Jugendclub verdiente er momentan hier und da gerade das Nötigste. Jara schlief wohl noch oder hatte zu tun. Fast beängstigend still war es.

Wie damals, als ihr Vater wochenlang nicht zurückkehrte. Tarus Mutter wurde immer schweigsamer, und Taru wagte ohnehin kaum, noch etwas zu sagen. Zu jener Zeit erschienen ihr alle Worte gefährlich. Sie wussten nicht, was mit ihrem Vater war, ob man ihn nur nach Rostock gebracht hatte oder bis nach Hohenschönhausen, ob er in Untersuchungshaft saß oder schon verurteilt worden war. Sie hatten keine Ahnung, wie es ihm ging.

Nach vier Monaten erst fuhr derselbe Lieferwagen wieder

vor. Der spuckte ihren Vater ebenso wieder aus, wie er ihn verschlungen hatte, aber sie hätten ihn beinahe nicht erkannt. Die Männer, die ihn brachten, stiegen nicht einmal aus. Ihr Vater stand da, als wäre er verloren, wüsste nicht wohin. Er war dünn und seltsam grau, seine Augen leer. Sie umarmten sich zu dritt, lange, dann halfen sie ihm ins Haus. Er sah sich um, als wäre er nie zuvor hier gewesen. Dinge wie Seife oder Äpfel betrachtete er, als wüsste er nicht, was man damit macht. Auch sagte er lange kaum ein Wort. Er musste sich erst wieder zurechtfinden. Das Essen fiel ihm schwer, aber langsam gewann er etwas Kraft zurück. Doch niemals wieder die, die er zuvor gehabt hatte.

Mit Taru sprach er nicht über das Erlebte, wohl um sie zu schonen. Abends, wenn er mit der Mutter allein war, hörte Taru manchmal zögerndes, abgehacktes Stimmengemurmel von unten. Sie gewöhnte sich an, die Treppe hinunterzuschleichen und zu lauschen. Sie musste einfach etwas erfahren über das, was geschehen war mit diesem Mann, der ihr fremd geworden war, der sich selbst fremd geworden war.

Man hatte ihn mit anderen in einen Zug gepfercht und lange durch die Gegend gefahren, ohne ihm zu sagen, wohin. Irgendwann war er in einer Zelle gelandet, musste alles ausziehen, sich überall hinfassen lassen. Es gab endlose Verhöre, er wurde über Familie und Freunde und Kollegen ausgefragt, immer wieder, man drohte ihm damit, seiner Frau und seiner Tochter Schlimmes anzutun, wenn er keine Informationen lieferte. Er kam in strenge Isolationshaft, man folterte ihn mit Schlafentzug. Das Entsetzlichste war die Ungewissheit, sagte er, die Tatsache, dass er nie erfuhr, was mit seiner Familie war, ob es ihnen gutging, was man ihnen womöglich auch antat. Ob Taru etwa allein oder in einer Erziehungsanstalt war, weil man die Mutter ebenfalls verhaftet hatte. Er erfuhr nichts von der Außenwelt, alle Tage waren gleich, nur die Männer, die ihn immer wieder verhörten, wechselten sich ab. Es waren immer wieder neue Gesichter. Er kam kaum an die Luft, nur manchmal zehn Minuten in einem engen Innenhof. Mit den anderen Häftlingen durfte er kein Wort wechseln.

Warum man ihn irgendwann einfach wieder in den Lieferwagen verfrachtet und vor seinem Haus abgesetzt hatte, wusste er nicht. Und wie es weitergehen würde, auch nicht. Es geschah einfach nichts mehr. Ob sie wiederkommen würden? Bei jedem Motorengeräusch zuckte er zusammen.

Sobald er wieder richtiges Essen bei sich behalten konnte und einige Nächte wenigstens zum Teil geschlafen hatte, obwohl er immer wieder aus Albträumen aufschreckte, ging er zur Arbeit. Doch dort mieden ihn seine früheren Kollegen. Keiner wagte es, mit ihm zu sprechen.

Auch Taru sprach nicht mehr. Sie hatte ständig Angst, dass man ihren Vater wieder abholen würde, oder diesmal ihre Mutter. Sie redete nur noch mit ihren Eltern, bei anderen Leuten nickte sie nur oder schüttelte den Kopf oder tat so, als hätte sie nicht gehört, dass man sie ansprach. Ihre Angst vor *falschen Worten* war zu groß. Sie wollte ihre Eltern nicht in Gefahr bringen.

Die Arbeit strengte ihren Vater an, aber er beharrte darauf, hinzugehen und die Traktoren zu reparieren. Es war das Einzige, was er noch in Ordnung bringen konnte, und darum musste er es tun. Nach drei Wochen brach er zusammen und wurde ins Krankenhaus eingeliefert. Er hatte einen Schlaganfall.

Als sie ihn ziemlich rasch nach Hause entließen, konnte er wieder einigermaßen laufen, aber sein linker Arm war gelähmt. Sprechen und Essen fiel ihm schwer, und er konnte nur kurze

Strecken gehen. An Arbeiten war nie wieder zu denken. Und auch Tarus Mutter legte man nahe, dass sie in dem FDGB-Ferienheim nicht mehr gern gesehen war. Obwohl sie dort gekocht hatte und eigentlich nur in der Küche tätig war, schien man zu befürchten, dass sie mit Kartoffeln und Kohl auch feindliches Gedankengut servieren und die Gäste verderben würde.

In dem Haus mit den Drachen konnten sie nicht bleiben; die Häuser in der Wilhelmstraße waren nur für die Angestellten des Ferienheims vorgesehen.

»Wir ziehen nach Stralsund zu deiner Oma«, eröffnete ihre Mutter Taru. »Es geht ihr auch nicht mehr so gut, und sie freut sich, wenn wir kommen und uns um sie kümmern. Du kannst dort in eine neue Schule gehen. Es wird leichter für dich sein. Für uns alle.«

Von Ilari und seiner Familie hatten sie nichts mehr gehört. Niemand wusste, ob ihnen die Flucht gelungen war, ob sie überlebt hatten, sich in Sicherheit befanden oder in einem Stasigefängnis, ob sie ertrunken waren, man sie erschossen hatte oder ob sie im Westen ein ganz neues Leben führten.

»Schnecken sind frei«, hatte Ilari einmal gesagt, »weil sie immer in ihr Haus können, wenn sie wollen, sogar tagelang. Dann machen sie einfach einen Deckel drauf. Niemand kann ihnen etwas tun oder sie stören. Aber wenn sie herauskommen und unterwegs sind, dann fühlen sie alles, was auf dem Weg liegt, und kommen dem Leben sogar mit den Augen zuerst entgegen. Die Augen sitzen auf den beweglichen Fühlern, damit ihnen nichts entgeht.« Er klang sehnsüchtig. »So würde ich auch gern die Welt sehen! Über alle Zäune und Mauern kriechen können und mit meinen Stielaugen alles sehen. Und hinter mir bleiben silberne Spuren wie aus Licht.«

Ob Ilari jetzt so frei war? Ob er nun die Welt sehen konnte? Vielleicht sogar von weit oben, wie der Drachen, den sie hatten steigen lassen? Taru hoffte so sehr, dass es ihm gutging. Aber er hatte sie doch mitnehmen wollen! Jetzt war er ohne sie in der Freiheit. Wenn er noch lebte.

Immer wieder überlegte Taru, ob sie ihn suchen sollte, ob es einen Weg gab. Sie fing an, die Grenze zu hassen, von der sie früher dachte, sie würde ihnen allen Sicherheit geben und sie vor den Feinden schützen. Sie hasste die Soldaten mit den Gewehren, von denen einer den Hirsch und einer vielleicht Ilari erschossen hatte. Sie wurde störrisch und trotzig und war sogar auf ihren Vater wütend, der Ilaris Familie nicht hatte helfen können und jetzt nicht einmal mehr sich selbst. Sie wusste, dass sie ungerecht war, und begann, auch sich selbst zu hassen.

Doch wenn sie erwachsen war, dann würde sie einen Weg finden, auch zu fliehen! Wenn sie es nicht überlebte, dann eben nicht. Irgendwann rutschte ihr eine Bemerkung heraus, die ihren Vater aufhorchen ließ. Nun erzählte er ihr von den Gefängnissen und wie es dort war und bat sie inständig, niemals etwas in der Richtung zu versuchen. Taru schwieg dazu.

In der Schule fing sie schließlich wieder an, das Nötigste zu reden. Sie wollte ihren Abschluss machen. Das Studium blieb ihr natürlich verwehrt. Stattdessen fand sie sich in einer Montagehalle der Volkswerft Stralsund wieder, wo sie am Fließband Metallteile für Trawler und Forschungsschiffe zusammenbauen musste.

Die anderen Frauen aus der Montage gingen irgendwann mit jungen Männern aus, verliebten sich, heirateten, bekamen früh Kinder. Taru weigerte sich, mit irgendeinem Mann auszugehen.

Sie ging nicht gern unter Leute. Lieber saß sie irgendwo und blickte auf das Meer oder machte lange, einsame Spaziergänge. Außerdem gab es zu Hause alle Hände voll zu tun. Die Oma war dement und pflegebedürftig, und auch ihr Vater wurde von Jahr zu Jahr schwächer. Etwas in ihm war zerbrochen, das sich nicht heilen ließ, obwohl er sich große Mühe gab, für die anderen heiter zu sein.

Taru sah sich gefangen in einer endlosen Schleife aus bedeutungslosen Tagen. Seit Ilari fort war, fühlte sie sich merkwürdig gelähmt. Alle Energie aus jenen Abenteuerzeiten, alles Glück über die kleinen Wunder waren verflogen.

Doch dann wehte ein Wind der Hoffnung durchs Land. Taru gehörte zu den Ersten, die auf die Montagsdemonstrationen gingen. »WIR SIND DAS VOLK!«, riefen die Menschen im Chor, und der Chor gewann an Kraft, wie eine Welle im Sturm. Sie marschierten für eine Zukunft, und mit jedem Schritt, den sie marschierten, kamen die Energie zurück und die Zuversicht und das Gefühl, etwas bewegen zu können. Glaubte erst niemand wirklich an Veränderung, so wurden es schließlich von Tag zu Tag mehr. Die hellen, mutigen Kerzen in den feuchten Händen der Menschen und in den Kirchen erinnerten Taru an die Glühwürmchen, und zum ersten Mal fühlte sie sich wieder lebendig.

Und dann fiel die Mauer.

Menschen plünderten die Behörden der Staatssicherheit, zerstörten die Akten oder suchten danach.

Die Oma war längst gestorben. Tarus Vater war inzwischen selbst bettlägerig und wurde immer schwächer. Doch er verfolgte aufmerksam die Nachrichten.

Einmal rief er Taru zu sich. »Ich möchte, dass du mir etwas versprichst, Kind«, sagte er. Er nahm all seine verbliebene Kraft zusammen, um seine Worte deutlich hörbar zu machen, und er drückte Tarus Hand dabei mit seiner dünnen, blassen so fest er konnte. Sie spürte, wie wichtig ihm war, was er zu sagen hatte. Ihr Ärger auf ihn war schon seit Jahren verflogen. Sie liebte ihn von Herzen und hatte nie den Vater vergessen, der sie früher auf seinem Rücken durch den Wald getragen hatte. Wenigstens hatte er noch miterlebt, dass die Macht, die ihn zerstört hatte, ebenfalls zerbrach. »Versprich mir bitte, dass du *nicht* meine Akte suchen und lesen wirst, die bei der Stasi liegt. Sie ist sicher umfangreich«, sagte er mit dem Anflug eines spöttischen Lächelns. »Aber es würde nichts mehr ändern, wenn du erfährst, wer alles den Spitzeln Informationen über uns zugetragen hat. Glaub mir, es würde dich nur unglücklich machen. Von den Freunden, die wir hatten, Nachbarn, Lehrern, Bekannten, würden sich viele als Verräter herausstellen, als informelle Mitarbeiter der Stasi. Verdirb dir deine Erinnerungen nicht! Sie standen alle unter Druck, hatten Angst und meist keine Wahl. Es ändert nichts, es bringt nichts, es zerstört nur. Lass die Vergangenheit ruhen. Versprichst du mir das?«

»Wenn es dir so wichtig ist, Papa. Ja, dann verspreche ich es dir!« Sie hielt seine Hand, strich ihm das Haar aus der Stirn und gab ihm einen Kuss darauf. »Aber dann sag mir bitte eins, Papa, das ich darin zu finden gehofft hatte! Kennst du den wirklichen Namen von Paul Kemper? Denn das war nicht sein richtiger Name, nicht wahr?«

»Nein, das war er nicht. Aber ich weiß ihn auch nicht. Als ich Paul in der Ausbildung kennenlernte, da nannte er sich schon so.«

»Und du weißt auch nicht, wo sie hinwollten?«

Er schüttelte den Kopf. »Das wussten sie doch selbst nicht. Darum wollten sich die im Westen kümmern. Und wenn, hätte er es mir zu meiner eigenen und zu seiner Sicherheit niemals verraten. Es tut mir sehr leid, Liebes! Vor allem, dass du nicht studieren durftest. Bitte versuche, nun glücklich zu werden, ja? Ich möchte so sehr, dass du glücklich wirst! Die Welt steht dir jetzt offen.«

So, wie Ilari es sich gewünscht hat, dachte Taru. Jetzt könnten wir die Welt sehen, aber er tut es schon lange ohne mich, wenn er noch lebt, und nun muss ich es ohne ihn machen. Ich werde das tun! Er hat mir beigebracht, keine Angst zu haben. Ich will die Wunder sehen. Die Zukunft ist ein Elfenfenster.

»Ja, Papa! Das werde ich. Sag mir nur noch eins: Warst du es damals, der die Kempers rechtzeitig gewarnt hat?«

Ein Funke glomm in seinen Augen auf. Für einen Moment war er wieder der alte, unerschütterliche Hannes Favonius.

»Ja. Ich wurde damals oft zu Autopannen gerufen, da habe ich manches mitbekommen. Die Oberen dachten nicht daran, dass ein Schrauber auch Ohren und ein Hirn hat. Ich war es, und ich würde es wieder tun, sogar nach allem, was ich erlebt habe. Paul war mein Freund. Es war richtig.«

Drei Tage später starb er.

29

Alte und neue Schätze

Tarus Mutter blieb in Stralsund. Sie hatte dort inzwischen Freunde gefunden. Später heiratete sie wieder.

Taru ging nach Berlin, um zu studieren. Sie fühlte sich ein wenig alt unter den Studenten, aber sie war nicht die Einzige aus den neuen Bundesländern, und dass sie jetzt studieren konnte, war ein Triumph über die Soldaten von damals, den sie sich nicht nehmen lassen wollte.

An der Uni lernte sie Werner kennen. Irgendwann war sie schwanger. Sie heirateten, und alles fühlte sich richtig an.

Dennoch hoffte Taru manchmal, wenn sie zum Briefkasten ging, dass eine Nachricht von Ilari darin läge. Wenn das Telefon klingelte, schoss ihr gelegentlich der Wunsch durch den Kopf, dass irgendwann am anderen Ende seine Stimme erklingen würde. Sie selbst hatte schließlich nie unter einem falschen Namen gelebt. Er kannte ihren Namen. Insgeheim hatte sie auch deshalb ihren Nachnamen behalten. Wenn Ilari sie finden wollte, dann würde er sie finden! Doch als nichts in dieser Richtung geschah, gewöhnte sie sich an den Gedanken, dass er sie entweder vergessen oder die Flucht nicht überlebt hatte. Das machte sie traurig, aber sie tat, was auch er gewollt hätte, und lebte ihr Leben so glücklich, wie es ihr irgend möglich war.

An Werners Seite bekam sie beinahe mehr von der Welt zu sehen, als ihr lieb war. Mit der Zeit ging es ihr besser, je tiefer sie die Vergangenheit in ihrer Erinnerung vergrub. Genau wie den urtümlichen Bären aus Bernstein und die hölzerne Schnecke, die ganz unten in einer Schublade unter den Skisocken ruhten. Wenn in ihr wirklich einmal die Frage auftauchte, ob wohl über den Schwarzen See noch immer der Kolkrabe flog, ob im Winter noch die Otter auf dem Schnee rutschten und ob es noch weiße Hirsche auf Rügen gab, dann schob sie diese Gedanken entschlossen fort. Die schlimmen Erinnerungen wollte sie nicht wecken, und was die schönen anging, fürchtete sie sich davor zu erfahren, dass von dem alten Zauber vielleicht nichts mehr übrig war.

Erst als Kaia und Felix erwachsen waren, wurde für Taru immer deutlicher, dass etwas nicht mehr stimmte. Dass sie mit Werner nicht mehr richtig lebendig war und er nicht mit ihr.

Die Trennung von ihm half, aber schließlich kehrten die Albträume zurück.

Und nun hatte sie Philea mit ihren Schnecken und Memo mit seiner Phantasie kennengelernt, und Ilari tauchte so klar in ihrer Erinnerung auf, als wäre alles erst gestern gewesen.

Nachdenklich nahm sie Phileas neuesten Meeresschmetterling vom Tisch und drehte ihn in ihrer Hand. *Hypselodoris roo*, übersät mit knallgelben und violetten Punkten, mit zwei fröhlich gefransten Fühlern und einem großen orangefarbenen Puschel obendrauf. Es fühlte sich gut an, dachte Taru. Gut, dass Ilari und ihre Vergangenheit wieder ein Teil von ihr sein durften. Es war ein wichtiger Teil. Jetzt fühlte sie sich so verrückt und frei wie diese bunte Schnecke. Sie hatte ihr Haus grün und die Läden gelb gestrichen, und wenn sie wollte, konnte sie die Tür blau oder violett oder gestreift anmalen. Niemand würde sie daran hindern – Trauer und Sehnsucht nicht, Werner nicht, ihr Alter nicht und auch nicht die Nationale Volksarmee.

Sie konnte sich ein Paddelbrett kaufen, und es würde sie aufrecht über Abgründe ins Licht tragen.

Inzwischen war es dämmrig geworden. Taru bückte sich und setzte die Schnecke zwischen die Blumen. Als sie sich wieder aufrichtete, sah sie es.

Die beiden Glühwürmchen, die sie schon einmal kurz gesehen hatte, waren wieder da. Eines saß auf dem Baumstumpf, das zweite ein Stück entfernt auf einem Ast im Moorbeet. Und dann entdeckte sie ein drittes auf einer Wurzel und ein viertes hinten im langen Gras.

Mit den schönen Erinnerungen, die sie wieder zulassen konnte, kehrten die Glühwürmchen zurück, als hätten sie nur darauf gewartet.

Auf der Messe war es vor allem voll. So ein Menschengedränge war Taru nicht mehr gewohnt. Doch es war auch aufregend, denn jedes ausgestellte Boot sprach von einem anderen möglichen Abenteuer. Die Atmosphäre summte vor Geschäftigkeit und Sehnsüchten. Heiko ging seiner Wege, um möglichst viele Informationen und Eindrücke zu sammeln. »Wir treffen uns in zwei Stunden am Eingang der Cafeteria, in Ordnung?«, fragte er. »Und dann will ich dich nicht ohne das beste Brett der Welt sehen. Die Ausstellungsstücke sind besonders günstig. Wenn du dich nicht entscheiden kannst, könntest du mich natürlich auch um Rat fragen und dir meine unendliche Weisheit zunutze machen.«

Sie gab ihm lachend einen Klaps. »Lauf schon, Kleiner! Ich komme sehr gut ohne dich zurecht.«

In der Abteilung für das Stehpaddeln staunte sie. Was es da alles für Zubehör gab! Wasserdichte Packtaschen, Fußseile, Sicherheitsgürtel mit versteckter Schwimmweste, Hochdruckpumpen, Karbonpaddel. Aufblasbare Bretter, Holzbretter, spitze, schmale, runde, breite. Fasziniert und glücklich stöberte sie vor sich hin und stellte dem Berater Fragen, die er noch nicht alle kannte. Es tat gut, sich für etwas ganz Neues zu begeistern.

Mit Verspätung und einem schwirrenden Kopf machte sie sich danach auf den Weg zum Treffpunkt im Untergeschoss. Die stickige, zu warme Luft, der Gesprächslärm in den Hallen, die ständige Musik im Hintergrund und die Lautsprecherdurchsagen hatten begonnen, ihr Kopfschmerzen zu verursachen. Sie hatte auch zu wenig getrunken. Ihr war leicht schwindelig. Auf der Rolltreppe klammerte sie sich an das klebrige Gummigeländer. Ohne wirklich hinzusehen, fiel ihr Blick auf die Menschen, die auf der anderen Treppe nach oben fuhren. Auch da lagen viele Hände auf dem Gummi. So viele Menschen, die sich für dasselbe interessieren, dachte Taru.

Und dann blieb ihr Blick an einem der vielen Arme hängen, die sich an ihr vorüberschoben. Auf diesem einen Arm befand sich ein Feuermal, und es war länglich und ein wenig ausgefranst. Wie ein Käfer.

Taru wurde kalt, dann heiß. Der Arm gehörte zu einem Mann, aber nun war er an ihr vorbei, und sie konnte nur noch seinen Hinterkopf sehen: graumeliertes Haar, eine große sportliche Gestalt, ein marineblaues Hemd, Jeans.

»Ilari!«, krächzte sie, als sie ihre Stimme wiedergefunden hatte, aber in der Geräuschkulisse hätte sie niemand hören können, selbst wenn sie gebrüllt hätte. Er wandte sich nicht um. Die

Treppe fuhr weiter, und das immer dichter werdende Gedränge verschluckte ihn.

Es dauerte eine Ewigkeit, ehe Taru das Untergeschoss erreichte. Sie fuhr sofort auf der anderen Seite wieder hinauf, sah sich um, klapperte die ganze Etage ab. Musterte unauffällig mehrere Männer mit Jeans und blauen Hemden, die jedoch alle höchstens Leberflecken auf dem Arm hatten. Schließlich gab sie es auf und fragte an der Information nach einer Liste der Aussteller. Was, wenn Ilari wirklich Boote baute? Doch natürlich war sein Name nicht auf der Liste. Es war ja sowieso nicht sein Name. Sicher war er auch nur Kunde. Außerdem gab es vermutlich jede Menge Männer mit Feuermalen auf dem Arm. Es hatte nicht ganz genauso ausgesehen wie damals. Oder doch? Veränderten sich solche Male mit dem Älterwerden? Und hatte sie sich nicht alles nur eingebildet, vielleicht vor Erschöpfung Flecken vor den Augen gehabt? Sie hatte so viel an Ilari gedacht, dass ihr Unterbewusstsein ihn wahrscheinlich einfach heraufbeschworen hatte. Wunschdenken.

Andererseits war es wirklich nicht abwegig, dass er auf einer Bootsmesse auftauchte.

Wie wäre es wohl, Ilari wiederzusehen? Wollte sie das überhaupt nach all der Zeit? Die erste Liebe, eine Jugendliebe, beinahe nur eine Sandkastenfreundschaft. Was zählte das noch? Wer wusste schon, ob jemals etwas aus ihnen geworden wäre? Es war eher unwahrscheinlich.

Wie hatte ihr Vater gesagt: »Verdirb dir nicht deine Erinnerungen.«

Ihr Handy vibrierte wie verrückt. Jetzt erst sah sie, dass Heiko mehrfach angerufen hatte. Den hatte sie völlig vergessen!

»Sorry! Alles gut. Ich komme!«, tippte sie.

Er hastete vor der Cafeteria auf und ab. »Taru! Um Himmels willen, ich habe mir Sorgen gemacht. Du bist nie unpünktlich.« Er sah sie näher an. »Du bist kalkweiß! Hast du einen Geist gesehen?«

»Ich glaube, ja.«

Auf dem Heimweg war sie schweigsam.

Aber auf dem Dachgepäckträger zeigte ein Paddelbrett mit der Spitze in den Wind. Mit Heikos Unterstützung hatte sie sich trotz ihrer wirren Gefühle doch noch zu einem Kauf entschlossen. Oder gerade deswegen?

»Dieser Ilari bedeutet dir immer noch viel«, stellte Palina am nächsten Tag fest. »Aber was kommen soll, kommt. So oder so. Manchmal muss man seinen Weg einfach gehen. In irgendeine Geschichte führt er immer. Es gibt keine falschen Geschichten. Sie sind alle ein Stück Leben.« Sie lehnten an der Brüstung des Burgturms und betrachteten das sommerliche Land mit den goldbraunen Feldern, das sich tief unter ihnen in der Hitze ausbreitete. Sie waren beide noch außer Atem von dem Aufstieg und der Fahrradfahrt bis hierher.

Taru fuhr immer zur Burg Stargard, wenn sie über etwas Besonderes nachdenken wollte. Von hier oben hatte man einen grandiosen Weitblick, der ihr dabei half. Und beim Fahrradfahren konnte sie sich abreagieren. Als Palina am Vorabend angerufen und gefragt hatte, wann sie sich wieder einmal treffen würden, hatte Taru sie spontan zu der Fahrt überredet.

»Wenn du so schnell fährst, hast du immer ein Problem im Kopf«, hatte Palina gekeucht, als sie zwischen den hohen Sonnenblumen hindurchsausten. »Was ist los?« Also erzählte ihr Taru von der Begegnung mit Ilari, seinem Geist, ihrem Wunschbild, seinem Doppelgänger oder wem auch immer. Und davon, dass sie der Gedanke seitdem nicht losließ, was gewesen wäre, wenn er ihren Ruf gehört hätte. Wie er ausgesehen hätte, wenn er sich umgedreht hätte. Oder ob es nur ein Fremder gewesen war.

Auf den Radweg hatte jemand mit Kreide alle fünfzig Meter ein rotes Herz gemalt und *Ich liebe dich, Nicole* hineingeschrieben. Auf der ganzen Strecke. Es rührte Taru fast zu Tränen, dass sich jemand so viel Mühe gemacht hatte. Das zeigte ihr, wie aufgewühlt sie war.

Die vielen Steigungen ließen ihre Oberschenkel brennen. Sie waren beide froh, als sie die Fahrräder bei der Burg anschließen und auf einer Bank verschnaufen konnten. Doch dann wollte Taru unbedingt noch auf den Turm, und Palina folgte mit leisem Murren. Für den atemberaubenden Ausblick aber hatte sich die Plackerei gelohnt.

Von hier aus betrachtet, werden alle Probleme klein, dachte Taru. Wir froh sie war, in dieser Landschaft ihr Zuhause gefunden zu haben! Egal, was noch in ihrem Leben geschah, hier bekam sie niemand mehr auf Dauer fort. »Ich glaube, ich bin auf einem guten Weg«, sagte sie. »Er gefällt mir. Mal sehen, was noch dabei herauskommt.«

»Ich bin gespannt. Ich würde ihn gern kennenlernen, deinen Glücksmann.«

»Glücksmann?«

»Du hast doch gesagt, Ilari bedeutet Glück.«

»Stimmt. Aber ich bin auch so glücklich. Inzwischen.«

»Außer dass du nachts schlecht träumst«, bemerkte Palina.

»Das ist besser geworden, seit wir den Mondscheingarten haben.«

»Weißt du, was mich glücklich machen würde?«, fragte Palina. »Wenn du mich nach dieser mörderischen Radtour zum Essen einlädst und danach zu einer Hot-Stone-Massage.«

»Das bin ich dir wohl schuldig, nachdem du dir mal wieder alle meine Sorgen angehört hast. In Ordnung.«

Als sie den Turm wieder hinunterstiegen, lehnten sie sich kurz über das innere Geländer, um in das Verlies hinunterzusehen, das unten in der Mitte des Turmes lag. Das »Angstloch« hatte man es früher genannt, als noch Gefangene dort unten ihren Prozess erwarteten. Auch angebliche Hexen wie Berthilde hatte man dort untergebracht. Es gab keinen Zugang außer eine Seilwinde, mit der man die Gefangenen hinuntergelassen und heraufgeholt hatte. Bei der kürzlichen Instandsetzung des Turmes hatte man Reste von grobem irdenem Geschirr, einem Strohlager und abgenagten Schweineknochen gefunden. Taru dachte an ihren Vater im Stasigefängnis. Erst Berthilde, so viel später dann er. Beide unschuldig eingekerkert. Was für ein Geschenk war es, frei zu sein!

Das Hotel lag auf dem Rückweg. Palina hatte recht, beschloss Taru unterwegs. Den Augenblick genießen. Das hatte sie sich doch vorgenommen! Sie würde nicht mehr grübeln. Die Vergangenheit war vorbei, und was kam, würde sich zeigen.

Doch als der Masseur die wunderbar heißen Steine über ihren Rücken rollen ließ und sie dabei in eine Art wohligen Halbschlaf sank, klang unvermittelt Ilaris Lachen durch ihre Gedanken. So deutlich, als stünde er neben ihr, reife Beeren in der ausgestreckten Hand. »Lass uns rudern gehen, Taru, ich habe gestern am Ufer eine Seenadel gefunden, sie sah aus wie ein winziger Drache. Lass uns nachsehen, ob wir noch mehr davon entdecken, ich möchte wissen, wie sie schwimmen …«

Zuvor war sie mit Palina über die Streuobstwiese im Burggarten geschlendert, auch einer von Tarus Lieblingsplätzen. Dort reiften die Äpfel im Überfluss an den Bäumen, und Käfer krabbelten auf jenen herum, die klein und geplatzt im Gras lagen, weil sie lange vor der Reife herabgefallen waren. Wie Pläne, aus denen nichts geworden war. Es war ein glücklicher Ort. Gern hätte sie ihn Ilari gezeigt.

Gleich nachher würde Taru ihre Mutter anrufen und sich erkundigen, ob sie noch jemanden auf Rügen kannte. Jemanden, den man nach Mervins Garten fragen konnte. Und selbst wenn nicht … Taru setzte sich so plötzlich auf, dass der Masseur einen der glänzend schwarzen vulkanischen Steine fallen ließ. Er rollte polternd über den Boden.

Die Stimme der Steine! Auf einmal konnte Taru es kaum abwarten, sie wieder zu hören.

Es war Zeit, nach Rügen zurückzukehren.

Zu Hause ging sie sofort in das kleine Büro, das sie sich im Nebengebäude eingerichtet hatte. Ein neuer Platz für ihren beruflichen Neuanfang. Ihre »Redaktion« nannte sie es bei sich.

Auf dem Weg zu dem Telefon auf ihrem Schreibtisch berührte sie den alten Kesselhaken an der Wand. »Du warst so etwas wie ein Kesselhaken in meinem Leben, Ilari«, sagte sie laut. »Der lebendige Mittelpunkt. Da, wo ich mich am meisten zu Hause fühlte. Wo mein Hunger nach Leben, Abenteuer, Neugier gestillt wurde. Wo die meiste Wärme und die wenigste Einsamkeit zu spüren war. Aber da ich es irgendwann musste, habe ich mich schließlich auch ohne dich ganz gut geschlagen, finde ich.« Sie dachte daran, wie es gewesen war, als sie das erste Mal auf dem Paddelbrett gestanden hatte. Aufrecht, rundherum Licht. Das Gefühl, alles unter Kontrolle zu haben, getragen zu werden. Sie betrachtete ihr nagelneues eigenes Brett, das schnittige aus Holz, das an der Wand lehnte. Das Modell hieß »Fliegender Fisch 3«. Es war schmaler, spitzer und steifer als das Aufblasbare, das sie aus dem Verleih gewohnt war. Dieses hier verlangte wesentlich mehr Können, mehr Gleichgewichtssinn, geschickteres Manövrieren. Dafür benötigte man weniger Kraft und kam schneller damit voran, um mit dem Wind mitzuhalten. Wenn schon, denn schon! An Mut fehlte es ihr nicht mehr. Schließlich bedeutete Favonius »Windgott«.

Dennoch stellte sie sich vor, wie es wäre, wenn Ilari mit ihr paddelte. Diese Bretter trugen auch zwei Personen. Oder er könnte sich eines ausleihen. Sie würden nebeneinander herfahren und sich gegenseitig neu entdecken. Es würde so merkwürdig sein und spannend, nun da sie so viel älter waren.

»Schade, dass ich dich nicht mehr um ein bisschen weiße Magie bitten kann, Berthilde«, sagte Taru leise.

Doch eine Hoffnung hatte sie jetzt: Wenn *Mervins Garten* online ging! Ilari interessierte sich bestimmt immer noch für Boote. Wenn er das gewesen war auf der Messe, dann auf jeden Fall. Und er würde sich an die Glühwürmchen erinnern. Vielleicht stieß er aus dem einen oder dem anderen dieser Gründe auf die Zeitung. Ein Bericht über die Messe *musste* ihn interessieren, selbst wenn er nicht dort gewesen war. Möglicherweise las er Tarus Namen unter einem ihrer Artikel. Vielleicht meldete er sich dann?

Einst hatte Ilari die Glühwürmchen für Taru gefunden. Nun sollten die Glühwürmchen ihn finden.

Remy

Groß Nemerow / Berlin

2014

30

Im Druck

»Würdest du mal mit mir eine Radtour machen? Oder ins Kino gehen oder einfach nur an einem besonderen Ort essen?«, fragte Heiko. Sie saßen sich auf der Terrasse gegenüber und warteten auf Taru, die Kaffee machte.

Remy blickte flüchtig von ihren Notizen auf. Mervins Füllfederhalter schrieb manchmal wie von selbst. »Ich dachte, du stehst auf Taru?«

»Tue ich. Total!« Heiko stieß einen theatralischen Seufzer aus. »Aber sie will mich nicht. Da muss ich mich mit der zweiten Wahl begnügen.«

Remy musste lachen. »Schönen Dank auch.«

Heiko wechselte den Tonfall. »Im Ernst, Remy. Ich würde wahnsinnig gern mal etwas mit dir unternehmen. Lass uns wenigstens schwimmen gehen! Oder Tarus Paddelbrett ausleihen. Es ist so heiß.«

»Ein anderes Mal, ja? Ich möchte mich um die Zeitschrift kümmern. Ich kann mich gerade auf nichts anderes konzentrieren.«

»Du sollst dich nicht auf mich *konzentrieren*. Du sollst dich ausnahmsweise mal entspannen!«

»Ich komme darauf zurück.«

Erst Leander, jetzt Heiko. Remy mochte beide. Sie waren schwer in Ordnung, jeder auf seine Art. Sie fragte sich, wen sie anrufen würde, wenn sie tatsächlich einmal etwas unternehmen wollte. Doch sie fand keine Antwort darauf. Was war los mit ihr? Sie war froh, als Taru herauskam. Sie trug eine Torte und strahlte. »Brombeertorte! Ganz frisch. Wir müssen doch feiern, dass die erste Onlineausgabe von *Mervins Garten* so eingeschlagen hat! Ich habe gerade die letzten Kommentare gelesen, während der Kaffee durchlief.«

»Ich auch! Es ist unglaublich. Dabei ist sie erst neun Tage online. Und schon so viele Klicks! Die Facebook-Seite hat auch jeden Tag mehr Follower. Unfassbar, wie schnell sich das potenziert.« Remy sprang auf. »Soll ich den Kaffee holen?«

»Ja, bitte. Ich hatte keine Hand frei. Das Tablett steht auf dem Tisch.«

Sie hüpfte geradezu Richtung Haus.

»Auf Wolke sieben«, hörte sie Heiko sagen.

Genau da bin ich, dachte Remy. Ich hätte nie gedacht, dass sich mehr als eine Handvoll Gartenfreunde für Mervin interessieren.

Taru schnitt die Torte auf, als Remy wieder herauskam. »Ich merke jetzt erst, wie sehr auch mir das Projekt am Herzen liegt«, sagte sie gerade zu Heiko. »Es scheint, als ob unser alter Chef nicht in allen Belangen recht hatte. Unser Instinkt war richtig. Es gibt *doch* Leser für solche Themen!«

»Ja. Das tut gut«, sagte Heiko zufrieden. »Ich bin so froh, dass du diese Idee hattest, Remy, und dass ich mitmachen darf. Ich wusste wirklich nicht, wie es für mich weitergehen sollte, nachdem ich gekündigt hatte. Aber jetzt weiß ich, was ich machen möchte. Am liebsten hier mit euch. Wenn das mal nicht mehr geht, dann etwas sehr Ähnliches.«

»Du bleibst schön bei *Mervins Garten*. Wir brauchen dich! Niemand anderer hätte den Webauftritt so ansprechend und passend hinbekommen!«, sagte Remy mit Nachdruck. »Nur weil ich gerade keine Zeit habe, mit dir ins Kino zu gehen, heißt das noch lange nicht, dass wir ohne dich auskommen!«

»Warum hast du keine Zeit, Remy?«, erkundigte sich Taru belustigt. »Bis zur nächsten Ausgabe dauert es doch noch.«

Remy schüttelte den Kopf. »Ich wollte ja mein Fernstudium an der Journalistenschule abschließen, daher musste ich so vieles aufschieben.«

Taru stellte die Kanne ab. »Heißt das, du bist jetzt fertig? Hattest du diesmal keine Prüfungsangst?«

»Nein. Auf dem Gebiet fühle ich mich viel sicherer. Im Vergleich zu dem anderen Zeugs war das ein Klacks.« Remy wedelte mit ihren Notizen. »Es gibt jetzt zwei Dinge, um die ich mich sofort kümmern muss! Erstens: die gedruckte Ausgabe der Nummer 1. Zweitens: die Suche nach Mervins Garten auf Rügen. Ihr habt doch gesehen, wie viele Leute nach beidem fragen.«

»Ja, das stimmt. Taru, deine Torte ist megalecker!«, sagte Heiko mit vollem Mund.

»Mervins Briefe haben die Leser berührt. Richtig viele wollen gern eine gedruckte Ausgabe mit dem Titelbild zum Sammeln. Und noch mehr sind sehr gespannt, ob wir Mervins richtigen Garten finden und dort oder in der Nähe wieder zum Leben erwecken können. Sie wollen es unbedingt. Und stellt euch vor, einige haben mir einfach Geld geschickt für den Druck der Nummer 1! Im Briefumschlag. Der eine hundert Euro, der andere fünfzig, einer zwanzig und so weiter. Ich habe alles genau aufgeschrieben. Wir nennen sie als Sponsoren, wenn sie möchten. Wir könnten langfristig sogar ein Sponsorenbeet im Garten anlegen, wenn es zu einem Garten kommt.«

»Daran siehst du, dass die Leser wohl überwiegend in meinem Alter oder noch älter sind«, stellte Taru fest.

»Du meinst, die jüngeren würden eher über PayPal spenden oder so was? Egal, die kriegen wir auch noch«, sagte Remy fröhlich. »Tatsache ist, dass meine Mutter und Jakob auch unbedingt für die erste Ausgabe spenden wollen, und da waren Myra und Carly und der Rest natürlich auch sofort dabei. Und das habe ich Theo erzählt, der gleich mitgemacht hat. Und jetzt«, Remy schwenkte triumphierend die Kuchengabel und hinterließ einen brombeerfarbenen Klecks auf ihren Papieren, »kann ich morgen nach Berlin fahren und Leander bitten, den Kontakt zu der Druckerei herzustellen, mit der er wegen seiner Galerie zusammenarbeitet! Ich werde sie beschwatzen, den Auftrag sobald wie möglich umzusetzen. Es wird erst mal eine kleine Auflage, aber immerhin.«

»Oh, wie schön!«, sagte Taru beeindruckt. »So schnell hatte ich nicht damit gerechnet.«

»Es wird gerade noch besser«, sagte Heiko, der bereits wieder die Website studierte. »Hier tragen sich immer mehr ein, die verbindlich ein Druckexemplar kaufen wollen. Die zarten Zeichnungen deiner Freundin sind gut angekommen, Taru. Und deine Artikel über die Baumscheibenschallplatten und die gestimmten Spinnennetze auch. Außerdem wollen alle wissen, wie sie Glühwürmchen in ihre Gärten locken können und wo es welche zu sehen gibt.«

»Großartig.« Taru sah zufrieden aus. »Wie gut, dass ich noch mehr beizutragen habe. Remy, ich habe mit meiner Mutter gesprochen. Sie hat mir Namen und Adresse einer sehr alten Frau genannt, von der sie glaubt, sie könnte etwas wissen. Die kann allerdings nicht mehr gut telefonieren. Meine Mutter meint, es wäre am besten, mit ihr persönlich zu sprechen. Also dachte ich, wir beide fahren nach Rügen.« Tarus Stimme klang belegt. Remy warf ihr einen scharfen Blick zu.

»Wäre das wirklich okay für dich, Taru? Ich kann das auch alleine machen. Aber mit dir wäre es natürlich viel besser.«

»Doch. Ich möchte das jetzt wirklich! Ich will nicht mehr vor der Vergangenheit weglaufen. Soll ich uns ein Hotel buchen, während du in Berlin bist? Für nächstes Wochenende?«

»Perfekt. Aber bitte nicht so teuer. Ich bin so gut wie pleite.« Remy lehnte sich zurück und schob den Rest ihres Tortenstücks in den Mund. »Das schmeckt wirklich himmlisch.«

»Meine Mutter schenkt uns das Hotelwochenende. Sie sagt, wir sollen uns mal was gönnen«, erklärte Taru.

»Wirklich? Das ist ja nett. Hach! Das Leben ist schön«, befand Remy. »Und spannend! Heiko, könntest du mir bitte bis morgen eine fertige Druckvorlage schicken?«

»Klar. Mail ich dir bis morgen früh, und wenn es mich eine Nachtschicht kostet. Ich kann selbst kaum erwarten, ein gedrucktes Exemplar in der Hand zu halten. Ich glaube, ich werden unserem Ex-Chef Klimmroth persönlich eines bringen, was meinst du, Taru?«

»Tu, was du nicht lassen kannst. Aber vielleicht wartest du lieber, bis wir eine größere Auflage erreicht und erfolgreich unter die Leser gebracht haben. Remy, wenn du jetzt nach Ahrenshoop fährst, möchtest du für deine Urgroßmutter etwas von der Torte mitnehmen? Schließlich gibt es etwas zu feiern.«

»Au ja. Da freut sich Myra, danke! Ich rufe nur noch Leander an.«

Sie verabredete sich mit Leander für den nächsten Mittag vor der Druckerei.

»Das ist schön«, sagte er anerkennend, als sie ihm die Vorlage zeigte.

In der Druckerei roch es aufregend nach Papier und Farbe. »Für die Titelblätter haben wir noch eine ganz alte Presse«, sagte ihr ein älterer Mann, der sich als Helmut vorstellte. »Die ist nur für Kunstdrucke. Durch ihre kleinen Macken werden die Drucke ganz individuell mit einer besonders authentischen Note.«

Über die Preise war Remy etwas erschrocken, zumal sie auf Papier besonderer Qualität bestand, das man gerne anfasste. Aber sie ließ es sich nicht anmerken und verhandelte hartnäckig. Leander zog eine beeindruckte Augenbraue hoch. Manches hatte Remy durchaus von Ricky gelernt. Schließlich ließ sie sich auf eine größere Auflage ein als geplant, weil das die Kosten drückte. Irgendwie würden sie die Exemplare schon unter die Leute bringen, und wenn sie Klinken putzen musste! Und warum nicht zum Beispiel auch im Kleiderladen ihrer Tante Tiryn in Ahrenshoop Hefte auslegen? Oder in Myras Bernsteinmuseum? Es würden sich schon Wege finden. Und wenn der Druck attraktiv wurde, funktionierte sicher auch die gute alte Mundpropaganda.

Wenn er zwei Stunden Zeit bekäme, sagte Helmut, dann könnten sie ein paar Probeexemplare gleich mitnehmen. Falls noch Fehler auftauchten, könne man die dann auch sofort beheben.

»Dann musst du jetzt wohl mit mir essen gehen«, sagte Leander, als sie den Laden verließen. »Keine Sorge, es ist nur ein Arbeitsessen.«

»Wieso *nur*? Ich finde, wir sind ein sehr gutes Team.«

»Dann lade ich dich in mein Lieblingslokal ein. Da kann man draußen sitzen.«

Im kühlen Schatten alter Kastanien ließen sie sich Ravioli mit Pesto schmecken. »Danach könnten wir doch zu Rufus in die Werkstatt fahren«, schlug Leander vor. »Du platzt bestimmt vor Neugier, wie es Mervins Schrank geht.«

Remy drehte an ihrem Glas. »Schon. Aber er ist bestimmt nicht begeistert, wenn ich da auftauche, und das auch noch unangemeldet. Er hat mir in der ganzen Zeit nicht ein einziges Bild oder eine Nachricht geschickt.« Darüber war sie enttäuscht, und es war ihr schwergefallen, sich zurückzuhalten.

»Dann ergreifst eben du die Initiative. Außerdem habe ich erwähnt, dass du heute in Berlin bist.«

»Na gut. Aber auf deine Verantwortung. Wenn er mich deprimiert, musst du mich hinterher aufmuntern.«

»Nur allzu gern! Dann gehen wir am Spreeufer unter Linden tanzen.«

Im sommerwarmen Innenhof vor der Werkstatt sah Remy sich um, um die Begegnung mit Rufus hinauszuzögern. Sie mochte diesen Ort, der so anders war als das Benehmen seines Bewohners ihr gegenüber. Hier war es anheimelnd und heiter. Schade, dass Rufus ihr diese Seite von sich nie zeigte. Seit sie ihm wenigstens ein paarmal begegnet war, wünschte sie sich noch mehr, dass er sie endlich akzeptieren würde. Immerhin sprach er wenigstens inzwischen mit ihr, wenn auch nur als Kundin.

Auf ihr Klopfen hin öffnete Rufus so schnell, als ob er schon an der Tür gestanden hätte. »Hallo, Remona.«

»Hallo. Wir wollen nicht stören, aber ich bin sowieso in Berlin, da dachte ich …«

»Sicher. Natürlich möchtest du wissen, was ich bisher erreicht habe. Ich hätte Noah längst einen vorläufigen Bericht schicken sollen. Komm herein.«

Er ging voraus durch den Raum mit den fertigen Möbeln. Auf einem Tisch sah sie ein Bestimmungsbuch für Käfer und Schmetterlinge offen neben einer halbvollen Kaffeetasse liegen und blieb verblüfft stehen. »Du interessierst dich für Insekten? Das hätte ich nicht gedacht«, sagte sie.

»Ich auch nicht«, sagte er, ohne sich umzudrehen. »Aber ich wollte wissen, was ich da unter dem Ruß freilege. Die Bilder sind so lebendig. Sie verlangten nach ihren rechtmäßigen Namen. Die Details waren beeindruckend. Ich wollte wissen, ob Mervin Lerner sich in Farbe und Form an echte Vorbilder gehalten hat.«

»Und? Hat er?«

Jetzt kehrte Rufus doch um, nahm das Buch vom Tisch und drückte es ihr aufgeschlagen in die Hand. »Sieh selbst!« Er stieß die Tür zur Werkstatt auf.

Rufus hatte den Schrank ein Stück unter eine Dachluke geschoben, die Remy beim letzten Mal nicht bemerkt hatte. Nun stand er im warmen Lichtkegel der Nachmittagssonne. Remy bekam in ihrem ärmellosen Sommerkleid eine Gänsehaut. Hier drin war es zwar noch heißer als draußen, sogar stickig. Aber der Anblick war fast unwirklich schön.

Der Ruß war verschwunden. Das Holz hatte einen warmen honigfarbenen Ton angenommen, und die feinen Einlegearbeiten waren so deutlich zu sehen, dass sie beinahe dreidimensional wirkten. Remy vermeinte fast, die Schmetterlinge mit den Flügeln schlagen, die Libellen sich putzen und die Käfer an den Grashalmen hochkrabbeln zu sehen, so lebendig schienen die Panoramen auf den Schubladenfronten.

Rufus deutete auf einen der Schmetterlinge, dann auf eine Seite im Buch. »Siehst du? Die sind identisch!«

Gelbwürfeliger Dickkopffalter, las Remy unter der Abbildung eines rehbraunen Schmetterlings mit einem wilden gelben Punktemuster und einem hellen, leicht fransigen Rand. Nun verstand sie auch, warum Phileas Schnecken »Meeresschmetterlinge« genannt wurden.

Der Schmetterling auf der Schublade stimmte mit dem Bild im Buch exakt überein.

»Dickkopffalter …«, murmelte sie unwillkürlich.

Rufus' Mundwinkel zuckte. »Überlegst du gerade, ob das besser zu mir oder zu dir passt?«

Sie warf ihm einen verlegenen Seitenblick zu.

»Man sieht dir immer an, was dir durch den Kopf geht«, bemerkte er. »Eine Geschäftsfrau wird nicht aus dir, wenn du dir kein Pokerface aneignest.«

»Ich habe gerade sehr erfolgreich mit dem Drucker verhandelt«, sagte sie kühl. Doch dann konnte sie ihre Begeisterung nicht zurückhalten. »Rufus, es ist unglaublich, wie du die Bilder gerettet hast. Was du da rausgeholt hast!«

»Ich habe nichts rausgeholt, was Mervin nicht hineingearbeitet hätte. Ihm gebührt die Anerkennung! Ein echter Meister seines Handwerks.«

Sie betrachtete eine Schublade nach der anderen genauer, verglich noch ein paarmal mit dem Buch. Da war eine Feuerlibelle. Ein Rosenkäfer. Und – »Das Kleine und das Große Glühwürmchen! Und zwei im Flug! Er hat auch gehofft, einmal die fliegenden Glühwürmchen zu sehen!«

Leander war gar nicht mit hereingekommen, das fiel Remy erst jetzt auf. Schade, sie hätte ihre Begeisterung gern mit ihm geteilt. So blieb nur Rufus. Sie wandte sich zu ihm. »Rufus, ich weiß gar nicht, wie ich dir danken soll! Das ist eine phantastische Arbeit. Du hast es so … so … behutsam und verständnisvoll gemacht.«

»Das ist meine Aufgabe. Im Übrigen bin ich noch nicht fertig. Ich musste von den farbigen Hölzern einiges bestellen. Sie sind selten. Aber der besondere Reiz besteht ja gerade darin, dass er kaum mit Farbe, sondern mit besonderem verschiedenfarbigem, zum Teil sehr exotischem Holz gearbeitet hat. Weiß der Himmel, wo er das in der DDR herhatte. Wahrscheinlich hatte er Beziehungen zum Hafen. Oder er besaß noch alte Vorräte. Hier und da ist etwas von den Einlegearbeiten herausgefallen, da muss ich winzige Stücke ersetzen. Ich wollte dich noch etwas fragen.« Er öffnete die Klappe. »Das Leder auf der Arbeitsfläche musste ich austauschen, es war nicht zu retten. Aber was machen wir mit dem Spiegel? Er ist ziemlich blank geworden, aber ein paar leicht trübe oder gesprenkelte Stellen sind geblieben. Soll ich ihn ersetzen, oder möchtest du ihn so lassen?«

Remy setzte sich auf einen Hocker an die Arbeitsplatte und betrachtete ihr Spiegelbild in der Nische. »Ich glaube, ich würde es gern so lassen«, sagte sie, unsicher, ob Rufus das albern finden würde. »Es wirkt authentisch, und ich finde es schön, dass Mervins und sicher auch Claras Spiegelbilder einmal darin zu sehen waren. Dieses Wissen fühlt sich ein bisschen an wie …«

»Wie ein Echo ihrer Persönlichkeiten?«, half Rufus. »Das finde ich auch.«

Erleichtert und erstaunt stand sie auf. »Danke!« Irgendwie mussten sie sich doch ähnlich sein, ob er das wollte oder nicht. Remy war gerührt über sein Verständnis und so glücklich über das Wunder, das er mit Mervins Vermächtnis angestellt hatte, dass sie ihren Bruder zu gern umarmt hätte. Doch sie wagte nicht, ihn zu verstimmen, nicht nach dem, was er geleistet hatte.

Außerdem wollte sie nicht riskieren, dass er sie mitsamt dem Schrank hinauswarf, bevor er fertig war.

»In etwa drei Wochen werde ich die Arbeiten abgeschlossen haben«, sagte er.

In diesem Augenblick stürmte Leander herein. »Schaut mal! Ich habe die Probehefte abgeholt! Sie sind einwandfrei!« Er drückte Remy und Rufus jeweils ein Exemplar in die Hand und blätterte selbst geradezu verliebt in einem dritten herum.

»Nicht schlecht«, sagte Rufus ausdruckslos und legte die Zeitschrift betont desinteressiert beiseite. Nur über das Titelbild fuhr er unwillkürlich mit einem zärtlichen Finger.

Remy wandte sich von ihm ab und fiel Leander um den Hals. Irgendjemanden musste sie in ihrer Freude umarmen. »Das ist zauberhaft geworden!«, jubelte sie. »Genauso, wie ich es mir erträumt habe. Die Leser werden es lieben, auch wenn es ein bisschen teurer ist.«

»Dann können wir ja jetzt zur Feier des Tages an der Spree tanzen gehen«, sagte Leander mit einem breiten Lächeln.

»Genau das machen wir!«, verkündete Remy. »Jetzt sofort. Komm! Wir stören hier nur.«

Auf dem Weg nach draußen entdeckte sie neben der Werkstatttür ein zierliches Regal mit Muschelschnitzereien an den Kanten, das ihr bekannt vorkam. Es war das, welches ihr bei Theo im Laden gefallen hatte. Nun war es offenbar in Bearbeitung. Von alten Farbresten befreit, die wackligen Beine festgezogen, das Holz geschliffen und zum Teil schon neu bemalt, in bezaubernden Pastellfarben. Sie strich darüber.

»Eine Auftragsarbeit von Theo. Ich soll es für dich herrichten«, sagte Rufus ohne jede Regung in der Stimme. Plötzlich ging ihr seine distanzierte Sachlichkeit unerträglich auf die Nerven. Vor allem, nachdem er sich gerade bei dem Spiegel so einfühlsam gezeigt hatte. Er konnte es doch!

Sie fuhr herum. »Das kannst du dir sparen!«, fauchte sie. »Das will ich nicht – nicht so! Nicht unter diesen Umständen! Vergiss es! Lass uns gehen, Leander!«

»Leander!«, rief Rufus seinem Freund leise nach, aber doch nicht so leise, dass Remy es in der nachmittäglichen Stille des Hinterhofs nicht durch das offene Fenster hören konnte. Zwischen den Mauern hallten Geräusche lauter.

»Was?« Leander blieb abwartend stehen.

»Du nimmst immer alles so leicht und locker. Tu Remona nicht weh. Sie ist nicht so. Was grinst du so unverschämt?«

Leanders Grinsen wurde noch breiter. »Weil du dich benimmst, als wäre sie deine Schwester.« Fröhlich pfeifend folgte er Remy nach draußen in die Sonne.

31

Selma

Als Remy am nächsten Vormittag an einer Autobahnraststätte Pause machte, klingelte ihr Handy. Erst wollte sie das Gespräch nicht annehmen. Sie brauchte dringend einen Kaffee. Der Abend mit Leander war ausgelassen und ziemlich lang geworden. Die Sommernacht war mild gewesen, es hatte nach einer Mischung aus Kokosöl, Flusswasser, Abgasen und Jasminblüten geduftet, die Liveband in der Strandbar an der Spree spielte mitreißende Musik, und Leander war ein hervorragender Tänzer. Sie hatten viel gelacht, und Remy war voller Euphorie gewesen. Die ersten gedruckten Exemplare! Ihr Traum von der Zeitschrift wurde wahr!

Auch der beinahe wiederhergestellte Schrank machte sie glücklich. Die Schönheit von Mervins Denkmal an seine Clara und der Zauber der dargestellten Käfer, Libellen, Bienen und Schmetterlinge samt der zarten Vegetation übertraf ihre Erwartungen bei weitem. Außerdem hatte ihr Bruder sie zumindest in handwerklicher Hinsicht nicht enttäuscht.

Remy übernachtete bei Theo, schlief zu lange und war mit Kopfschmerzen erwacht. Sie wollte nur noch in Ruhe nach Hause fahren und sich dort auf die Fahrt nach Rügen vorbereiten. Es gab noch einiges zu recherchieren. Taru kannte die Insel, aber Remy wusste fast nichts darüber.

Doch das Handy klingelte, bis Remy abhob.

»Hier ist Schwester Melanie. Sie waren neulich bei mir wegen Mervin Lerner, erinnern Sie sich?«

Schlagartig war Remy hellwach. »Ja, natürlich.«

»Sie hatten mir den Link zu Ihrer Onlinezeitschrift gemailt. Die Seite hat mir sehr gut gefallen! Wir waren alle ganz gerührt, dass unser Mervin noch einmal so gewürdigt wird. Das wollte ich Ihnen sagen. Und dann ist da noch etwas.«

»Ja?« Remy wartete gespannt.

»Ich hatte erwähnt, dass es eine Dame gab, mit der er oft im Garten saß, nicht wahr?«

»Ja. Sie sagten, diese Dame sei im Krankenhaus und nicht mehr ansprechbar.«

»Richtig. Wir dachten nicht, dass sie sich von ihrem Schlaganfall noch einmal erholt. Aber es ist ganz erstaunlich! Frau Heinrichs ist wieder hier, und es geht ihr wesentlich besser. Sie ist schnell erschöpft, aber wieder völlig klar. Hören Sie noch? Die Verbindung ist schlecht.«

»Ja. Ja, ich höre!«

»Ich habe ihr von Ihnen erzählt und ihr die Zeitschrift an einem Bildschirm gezeigt. Nun möchte Frau Heinrichs Sie unbedingt sprechen. Wäre es Ihnen möglich, herzukommen? Wissen Sie, in meinem Beruf habe ich gelernt, dass man manche Dinge nicht aufschieben sollte.«

Remy verwarf den Gedanken an eine Pizza, schloss das Auto auf und stieg ein. Diese Gelegenheit, mehr über Mervin zu erfahren, würde sie sich nicht entgehen lassen! Dann eben keine Recherche über Rügen. Sie konnte sich sowieso auf Taru verlassen. »Ich kann heute Nachmittag bei Ihnen sein.«

»Wunderbar! Ich sage Frau Heinrichs Bescheid.«

Wie gut, dass sie noch gedruckte Exemplare von *Mervins*

Garten hatte, dachte Remy, als sie Richtung Lübeck abbog. Da sie sowieso noch eine Nacht in der Stadt geblieben war, hatte sie in der Druckerei noch einen Stapel abgeholt. Frau Heinrichs würde sich sicher über eines davon freuen.

Bevor sie das Seniorenheim aufsuchte, fuhr sie am Friedhof vorbei und brachte Mervin einen Strauß Margeriten, den sie unterwegs auf einer Wiese gepflückt hatte.

Vor dem Grabstein lag wieder eine einzelne rote Rose, diesmal frisch.

»Sie werden schon erwartet«, sagte Schwester Melanie und führte Remy durch den Garten bis zu einem von Hecken geschützten Rondell. Hier stand eine verwitterte Bank mit Blick auf einen Steingarten mit Trockenmauer. In der Mitte warf der Zeiger einer bronzenen Sonnenuhr seinen Schatten auf die römische Fünfzehn.

In einem Rollstuhl neben der Bank saß eine sehr kleine, dünne Frau mit einem großen Lächeln. Die Jahre mochten ihr viel von ihrer Körpergröße genommen haben, aber nichts vom Blau ihrer Augen.

»Das ist Frau Heinrichs. Und das ist die nette junge Journalistin, die sich so für unseren Mervin interessiert«, stellte Schwester Melanie sie einander vor. »Setzen Sie sich, Remy. Dort auf dem Tisch steht ein Tablett mit Kaffee und Kuchen. Ich lasse Sie beide jetzt mal allein.«

Eine erstaunlich kräftige kleine Hand ergriff Remys. »Setzen Sie sich zu mir, bitte. Und nennen Sie mich Selma!«

»Ich habe Ihnen etwas mitgebracht«, sagte Remy und reichte ihr ein Exemplar der Zeitschrift.

»Oh, das ist wunderschön!« Zärtlich fuhr Selma mit beiden

Händen über den Umschlag, zeichnete mit einem arthritischen Zeigefinger den Umriss eines Schmetterlings nach. »Das ist also der Schrank! Mervin hat mir davon erzählt, wissen Sie. Ich wusste, dass er schön sein muss, aber so schön hatte ich ihn mir nicht vorgestellt.« Sie blickte auf, und Remy sah, dass die blauen Augen feucht waren. »Mervin fehlt mir sehr.«

»Sie sind die Rose!«, erkannte Remy. »Entschuldigung, ich meine, die frischen Rosen auf Mervins Grab, die sind von Ihnen.«

»Ja. Manchmal schiebt mich eine von den jungen Schwesternhelferinnen bis zum Friedhof, und wenn es mir nicht gut genug geht, legt sie die Rose für mich dorthin.« Sie lächelte. »Sie sind noch so jung. Vielleicht können Sie sich nicht vorstellen, dass Liebe im Alter genauso kostbar sein kann. Sogar noch mehr, weil sie dann so zerbrechlich ist, weil jede Stunde etwas Besonderes ist. Kein Tag ist mehr selbstverständlich.« Sie lachte auf. »Oder jedenfalls ist es einem bewusster, wenn man alt ist. Mervin hat so gern hier mit mir gesessen. Er sagte, die Sonnenuhr und die Trockenmauer würden ihn an seinen Garten erinnern, den er mit Clara hatte. Dort gab es auch eine Sonnenuhr und eine solche Mauer, in der Eidechsen Unterschlupf fanden.«

»Ja, das habe ich auf dem Bild gesehen, das mir Schwester Melanie gegeben hat. Hat er Ihnen erzählt, wo genau dieser Garten war?«

»Nein. Nur was er ihm bedeutet hat, ihm und Clara, und dass er seitdem noch mehrfach versucht hat, einen ähnlichen Garten anzulegen, der eine Zuflucht ist für alles, das eine solche benötigt. Ich glaube, er war so viel herumgekommen, dass er sich nicht mehr ganz genau erinnern konnte, denn er war hin und wieder ein wenig verwirrt. Wenn wir alt werden, erinnern wir uns einfach besser an die Dinge, die sehr lange zurückliegen. Aber er hat oft gesagt, wie viel es ihm bedeutet, dass ich ihn so gut verstehen kann, ihn und seine Liebe zu den zauberhaften, zerbrechlichen Wesen und Pflanzen. Oft war er traurig über das, was die Menschen der Natur antun. ›Sie machen das alles nur aus Unachtsamkeit und Unwissen‹, sagte er.« Selma blätterte weiter in der Zeitschrift. »Liebe Remy, Sie glauben gar nicht, was es mir bedeutet, dass Sie ihm und allem, wofür er stand, mit der Zeitschrift ein Denkmal setzen. Dass Sie seinen Schrank gerettet haben, der ihm so wichtig war und der davon zeugt, wie Mervin gewesen ist. Auch wenn ich mich an Buchstaben auf Bildschirmen erst noch gewöhnen muss, ich habe alles gelesen von Ihren Plänen, seinen Garten wieder zum Leben zu erwecken oder einen ähnlichen nach seinem Vorbild anzulegen. Ich habe auch zur Kenntnis genommen, wie positiv Ihre Leser darauf reagieren und wie interessiert alle sind.« Sie zwinkerte Remy zu. »Man muss etwas für seinen Kopf tun, wenn man so alt ist.«

»Nicht nur, wenn man alt ist.« Remy goss für Selma und sich Kaffee ein.

»Richtig. Jedenfalls denke ich ebenso wie Sie, dass Mervins Anliegen heute aktueller ist denn je. Die kleinen Wesen, deren Leben so eng mit unserem zusammenhängt und die so viel Magie besitzen, müssen wieder mehr Zufluchten finden. Ich möchte Ihr Projekt gern unterstützen. Aus Liebe zu Mervin, aber auch, weil ich es für richtig und wichtig halte. Sie tun das, was ich tun würde, wenn ich noch jung wäre. Darf ich fragen, wie Sie nun weiter vorgehen werden?«

»Ich fahre am Wochenende mit einer Kollegin nach Rügen. Wir möchten versuchen, den Garten zu finden, oder wenigstens sehen, wie die Landschaft dort war, die Atmosphäre. Das sind wir unseren Lesern schuldig, und außerdem können wir es selbst kaum erwarten. Und ich habe mir tatsächlich ganz fest vorgenommen, eines Tages einen Garten nach Mervins Vorbild und in seinem Sinne anzulegen, entweder dort oder woanders. Doch wie und wann wir das finanzieren werden, steht noch in den Sternen«, erklärte Remy. »Es ist unwahrscheinlich, dass unsere Zeitschrift jemals erfolgreich genug sein wird, um so viel Geld zu erwirtschaften, denn sie wird immer nur einen bestimmten Leserkreis ansprechen. Ich will mich um Fördergelder bemühen, vielleicht ist da etwas zu machen, nun da sich immer mehr Leute bewusstwerden, dass wir die Insekten schützen müssen. Doch das wird nicht ausreichen.«

»Sie werden es schaffen, liebe Remy! Ich sehe die Entschlossenheit in Ihren Augen. Sie lassen sich nicht so leicht von etwas abbringen, das Sie sich vorgenommen haben. Ich glaube, da sind Sie genau wie Mervin! Vielleicht ist es ja kein Zufall, dass der Schrank zu Ihnen gefunden hat.« Selma räusperte sich. »Und weil ich das denke, möchte ich Ihnen den Schrank schenken. Sie haben geschrieben, Sie wissen noch nicht, wer ihn kaufen wird und was damit geschieht, und dass Sie hoffen, dass er einen guten Platz findet bei jemandem, der ihn zu schätzen weiß. Nun, das möchte ich auch! Und ich bin mir ziemlich sicher, dass niemand ihn so zu schätzen weiß wie Sie. Ich werde ihn für Sie kaufen, und Sie können dann entscheiden, was damit geschieht. Vielleicht haben Sie ein Büro, in das Sie ihn stellen können. Langfristig könnte ich mir vorstellen, dass es dort, wo Sie den Garten anlegen, auch ein dazugehöriges Gebäude geben muss, in dem sich Menschen treffen können. Jene Menschen, die die Ableger und die Geschichten für Ihren Geschichtengarten bringen, zum Beispiel. Da wäre ein guter Platz für Mervins Meisterwerk. Dort könnten ihn alle Leser sehen und sich daran erfreuen. Und er wäre ein Denkmal, nicht nur für Clara und die Insekten, so wie Mervin es sich dachte, sondern auch für Mervin selbst.«

Remy versuchte, ihre Gedanken zu sortieren, und suchte nach Worten.

Selma schmunzelte. »Ich weiß genau, was Sie denken! Sie denken, das geht nicht. Und Sie denken, ich wäre sicher ein bisschen verwirrt und hätte keine Ahnung, wie viel das alles kostet. Glauben Sie mir, ich weiß sehr wohl, was das Möbelstück wert ist. Nach dem Schlaganfall war ich verwirrt, aber jetzt bin ich klarer denn je. Das wird vielleicht nicht mehr lange sein, aber im Augenblick ist es so. Mein Arzt hat es mir im Entlassungsbericht bescheinigt. Darum will ich diesen Augenblick ausnutzen. Und um ihn zu nutzen, will ich Nägel mit Köpfen machen. Wenn Sie eine Nacht bleiben könnten, würde ich für morgen einen Termin mit dem Notar machen. Ich habe ihn bereits vorgewarnt. Schwester Melanie sagt, Sie könnten hier im Gästezimmer übernachten. Da ist nämlich noch etwas.«

»Noch etwas?« Remy fühlte sich etwas überfordert. Was um Himmels willen hatte sie gestern mit Leander getrunken, dass sie heute neben einer kleinen alten Dame saß, die sich benahm wie eine Fee, bei der man drei Wünsche offen hat?

Selma nahm befriedigt einen großen Schluck Kaffee. »Remy, mein verstorbener Mann war Ingenieur. Er war in der Autobranche tätig und hatte das Glück, ein Bauteil zu erfinden, das kurze Zeit darauf sehr wichtig für die Entwicklungen im Motorenbau wurde. Fridolin hatte sich rechtzeitig das Patent gesichert. Er war immer sehr vorausschauend. Ebenso vorausschauend war er, was Geldanlagen anbetrifft. Und obendrein war er ein sparsamer Mensch. Manches Mal habe ich mir gewünscht, er würde mehr mit mir reisen und das Geld auch einmal für Erlebnisse ausgeben, anstatt es auf der Bank anzuhäufen. Aber nun bin ich ihm dankbar. Liebe Remy, ich möchte Ihnen eine größere Summe überschreiben, damit Sie Ihren Garten kaufen oder für lange Zeit pachten können. Es soll *mein* Denkmal für Mervin sein, für meine letzte große Liebe. Und mein Beitrag zum Naturschutz, denn diese erstaunlichen kleinen Lebewesen um mich herum, die mir auch jetzt in meinen letzten Tagen noch so viel Freude machen, bedeuten mir ebenso viel, wie sie ihm bedeutet haben.«

Selmas Blick folgte einem Zitronenfalter, der fröhlich gaukelnd den Steingarten umrundete.

»Wissen Sie, was Mervin mir einmal erzählt hat? Er und Clara haben in ihrem Garten zweimal in der Abenddämmerung zur Zeit der Glühwürmchen einen ganz besonderen Nachtfalter gesehen. Er war so groß wie seine Hand, sagte er, mit einem Augenmuster auf den Flügeln, die hinten elegant ausgezogen waren wie bei einem Schwalbenschwanz, nur noch länger. Im Mondlicht wirkte er grünlich, grün wie die Hoffnung, sagte Mervin. Es waren zwei Augenblicke, zwischen welchen Jahre lagen. Momente, in denen Mervin und Clara ganz besonders glücklich waren und in ihrem Leben alles in Ordnung war. Beide Male sahen sie den Falter. Er flog in den Garten, drehte einige Runden ganz in ihrer Nähe, landete auf ein oder zwei Blüten und verschwand dann wieder im Nachthimmel. Und dann sah Mervin ihn noch ein drittes Mal: an dem Abend, als Clara gestorben war. Da wusste er bei aller Trauer, dass es ihr gutging und sie am Ende eines glücklichen Lebens ihren Frieden gefunden hatte. Auch wenn dieses Leben nicht so lang war, wie es hätte sein können. Der Falter hat Mervin viel Trost geschenkt. Er hat es mir so anschaulich erzählt, dass ich es genau vor mir sah.«

»Das ist eine schöne Geschichte« sagte Remy leise. »Aber hören Sie, Selma, ich kann das auf keinen Fall annehmen. Das mit dem Geld für den Garten, meine ich. Sie kennen mich doch gar nicht!«

Selma lehnte sich zurück und verschränkte die Arme. »Doch, Remy. Ich kenne Sie durch das, was Sie in Ihrer Zeitschrift geschrieben haben, und durch das, wofür Sie sich einsetzen. Sie haben verstanden, worum es Mervin ging. Nehmen Sie mir bitte nicht diese Freude! Es ist ja nicht für Sie, es ist für Mervin und die Natur. Wissen Sie, dieses Heim ist nicht billig. Mervin konnte es sich nur leisten, weil er mit seiner Tischlerei in den Jahren nach Claras Tod wohl ganz gut verdient hat. Hinterlassen hat er nichts mehr. Die anderen alten Damen, die mit mir hier wohnen, sind alle nicht arm, und die meisten von ihnen haben keine Kinder. Sie vererben ihr Vermögen dem Zoo oder einem Tierschutzverein oder ihrem Dackel. Alles gut und schön, aber ich möchte etwas Originelleres mit meinem Geld machen. Etwas Besonderes. Etwas ganz Bestimmtes, das ich mir konkret vorstellen kann. Was läge da näher als Ihr oder vielmehr Mervins Garten? Und was den Schrank angeht«, sie beugte sich vor, und ihre Augen funkelten, »da möchte ich Sie bitten, dass Sie mir die Telefonnummer von diesem Restaurator in Berlin geben und auch die von dem Besitzer des Schrankes, den Sie in Ihrem Artikel erwähnen. Ich möchte mit den beiden direkt verhandeln. Ich möchte noch einmal in meinem Leben ein Geschäft abschließen. Mein Mann war unter anderem so erfolgreich, weil ich für ihn verhandelt habe und einen guten Geschäftssinn besitze. Aber keine Angst, ich werde Ihre Freunde nicht über den Tisch ziehen! Ich will es auch deshalb selbst machen, weil ich glaube, dass es Ihnen schwerfallen würde.«

»Ich kann auch gut verhandeln«, widersprach Remy.

»Das glaube ich Ihnen, aber es ist immer schwierig, mit Freunden um Geld zu feilschen.«

»Der Restaurator ist wirklich nicht mein Freund, und Noah ist auch nur ein Bekannter.«

Selma schmunzelte. »Trotzdem. Das sind meine Bedingungen. Und glauben Sie nicht, dass ich die Lösung für all Ihre Probleme bin. Die Summe, die ich Ihnen geben kann, reicht höchstens dafür, ein heruntergekommenes Grundstück zu kaufen oder für lange Zeit zu pachten. Um den Garten neu anzulegen oder aufzubauen, genügt es nicht auch noch. Dafür müssen Sie schon selbst die Grundlage erwirtschaften. Ich bin ganz sicher, dass es Ihnen gelingen wird. Ich glaube an Ihren Erfolg.«

Diese Worte der alten Dame bedeuteten Remy viel. Sie war überrascht *wie* viel. Hatte sie so sehr an sich gezweifelt?

»Bitte nehmen Sie es an, sowohl den Schrank als auch das Geld.« Selmas Stimme wurde jetzt leiser, ihre Zerbrechlichkeit und Erschöpfung klangen wieder durch. »Mervins wegen! Ich habe ihn geliebt. Glauben Sie nicht, dass es ihm mehr bedeuten würde, seinen Garten wiederaufleben zu sehen, als eine weitere welkende Rose auf seinem Grab?«

»Selma«, sagte Remy und versuchte, die Tränen hinunterzuschlucken, »darf ich Sie umarmen?«

»Nur zu! Das hat lange niemand mehr getan.«

»Wenn wir dann den Garten haben, hole ich Sie ab, und Sie sehen ihn sich an«, versprach Remy, als auf der Sonnenuhr nur noch Schatten lag und sie den Rollstuhl zurück ins Haus schob.

»Das sehen wir dann, liebe Remy. Wichtig ist nur, dass es den Garten geben wird.«

Remy aß im Heim zu Abend und lernte die anderen alten Damen kennen, bei denen Selma kräftig Werbung für die Zeitschrift machte. Sie ging mit einer Liste neuer Abonnenten in das schmale Gästezimmer, in dem sie nicht nur wegen der harten Matratze schlecht schlief, sondern wegen all der Gedanken, die ihr durch den Kopf schwirrten.

Der Notar kam wie versprochen am nächsten Morgen. Obwohl er Remy geduldig alles erklärte und sie die Papiere gründlich durchlas, kam ihr alles unwirklich vor. Erst als sie abends bei Taru im Mondscheingarten saß und alles berichtete, begann sie, daran zu glauben, welche Möglichkeiten sich nun eröffneten.

»Remy, mir scheint, du kannst zaubern!«, sagte Heiko voller Staunen.

»Remy, bist du denn eine Hexe? Wie die Berthilde?«, fragte Memo, der das gehört hatte.

»Schön wär's. Nein, ich habe mit der Sache ja gar nichts zu tun. Selma hat sich von sich aus gemeldet.«

»Ja, weil sie deine Artikel in der Zeitschrift gelesen hat«, sagte Taru.

»Und deine.«

»Ich kann verstehen, dass sie ihrer großen Liebe posthum helfen will, sein Vermächtnis zu erhalten.« Taru sah nachdenklich aus. Wahrscheinlich würde sie das für Ilari auch tun, dachte Remy. Aus irgendeinem Grund machte es ihr das etwas leichter, Selmas Geschenk anzunehmen. Es war ja auch eigentlich kein

Geschenk. Remy würde es nur verwalten. »Jetzt bin ich jedenfalls fest entschlossen, das mit dem Garten sobald wie möglich in die Tat umzusetzen, vor allem, solange die Leser noch so viel Interesse daran zeigen«, sagte sie. »Unsere Berichte über die Fortschritte werden die Zeitung richtig in Schwung bringen. Wenn das Geld nicht reicht, um auf Rügen ein Grundstück zu kaufen, oder wir keines finden, dann können wir den Garten ja auch woanders anlegen.«

»Kommt nicht in Frage.« Taru schüttelte nachdrücklich den Kopf. »Jetzt, wo ich mich entschlossen habe, mich wieder nach Rügen zu trauen, will ich das mit dem Garten unbedingt dort machen. Es … es bedeutet mir viel.«

»Du möchtest den Zauber wiederaufleben lassen, den du mit Ilari dort erlebt hast«, sagte Jara. »Das hat etwas mit Heilen zu tun. Wenn dir das gelingt, stellst du dich nicht nur deiner Vergangenheit, sondern du heilst die Narben in dir.«

»Ach, Jara«, sagte Taru. »Manchmal habe ich das Gefühl, du kennst mich schon seit Jahren.«

»Das ist die Dunkelheit«, sagte Jara lächelnd. »In der Dunkelheit rückt man einander näher.«

»Taru, dann ist deine Geschichte die erste, die wir in jenen Teil von Mervins neuem Garten pflanzen, den ich zu einem Geschichtengarten machen möchte«, sagte Remy.

»Ich werde Anemonen setzen«, sagte Taru versonnen. »Und auf das Schild daneben kommt etwas über Kindheitsfreundschaften, erste Liebe und die Bedeutung von Elfenfenstern in unserem Leben.«

»Seht mal! Die Glühwürmchen sind da«, sagte Philea und zeigte aufgeregt ins Moorbeet, wo drei helle Punkte zu leuchten begannen.

32

Auf alten Wegen

Als Taru aufwachte, schob sich die Morgendämmerung gerade vor das Fenster. Sie blieb einen Augenblick liegen, um sich bewusstzumachen, dass sie wirklich wieder auf Rügen war.

Gestern hatten sie sich verzettelt, erst bei der Abfahrt, dann in Stralsund, und unterwegs waren sie noch im Stau an einer Baustelle hängengeblieben. Es war schon dunkel gewesen, als sie im Hotel ankamen. Taru war froh darüber. Dadurch schien alles unwirklich, und sie musste sich nicht den Kopf darüber zerbrechen, ob ihr etwas vertraut war oder nicht. Das Einzige, was sie wirklich gesehen hatte, war der erleuchtete Parkplatz des Hotels Bernstein und dann den Speisesaal mit der beruhigend anheimelnden Atmosphäre. Honigfarbener Teppich, ebensolche Vorhänge und eine unglaublich leckere Fischsuppe. Danach waren sie nur noch ins Bett gefallen. Taru weigerte sich, an irgendetwas anderes zu denken als nur an den netten Abend mit Remy, an dem sie sich noch einen Nachtisch gegönnt und dabei diskutiert hatten, wie sie den Garten anlegen würden, wenn es jemals dazu käme. Es war alles so normal, so sorglos. Als sie sich trennten und jeder sein Zimmer aufsuchte, wollte Taru an nichts mehr denken, weder an die Vergangenheit noch an die Zukunft.

Doch bevor sie einschlief, öffnete sie das Fenster und lauschte. In dem normalen Meeresrauschen, das sicherlich klang wie überall, glaubte sie etwas ganz Bestimmtes, Vertrautes zu hören.

Nun war es Morgen, und nichts mehr ließ sich aufschieben. Taru zog sich an und verließ das Hotel leise durch den Seitenausgang. Es waren nur ein paar Schritte bis zur Steilküste. Unten sah sie die neue Seebrücke, von der es damals, vor so langer Zeit, nur Reste gegeben hatte. Jetzt erstreckte sie sich weit über das Meer. Taru lief an einigen anderen neuen Hotels und Geschäften vorbei, und schon war sie auf der Wilhelmstraße. Stumm stand sie dort und betrachtete die schon in der Morgendämmerung strahlend weißen Häuser. Vertraut waren sie unter ihrem Verputz, aber wie anders wirkten sie! Hell und freundlich, beinahe märchenhaft für Taru, die um ihre einstige traurige Ausstrahlung wusste. Sie dachte zurück, wie sie mit Ilari davon geträumt hatte, dass Sellin eines Tages genauso aussehen würde wie jetzt. Damit gerechnet hatten sie nicht.

Noch ein paar hundert Meter bis zu ihrer alten Adresse.

Die Namen an der Tür waren fremd, aber die Drachen waren unversehrt. Nur waren sie nicht mehr grün, sondern ebenfalls weiß, strahlend weiß wie der ganze Rest des Hauses samt Balkonbrüstungen. Und doch, wenn sie die Augen zusammenkniff, glaubte Taru an den hervorstehenden Stellen, die dem Wetter am meisten ausgesetzt waren – die Ohren und die Flügelspitzen–, eine Spur von Grün zu erkennen.

Taru stand lange dort. Fast sah sie sich selbst als Kind auf der Treppenstufe sitzen. Einmal legte sie die Hand auf den Knauf des Gartentores, wie Ilari es so oft getan hatte, wenn er sie abholte. Im Haus rührte sich nichts, doch es sah gepflegt aus und wohl auch geliebt. Der Weg war gefegt, und es gab Blumen an den Fenstern und auch im Vorgarten. Schließlich atmete Taru tief durch, wandte sich um und ging dorthin, wo eine sehr lange steile Treppe zum Strand hinunterführte, direkt auf die Seebrücke. Taru war beinahe froh über den hölzernen Klang ihrer Schritte auf den Planken, die sie davon überzeugten, dass sie wirklich hier war. In Träumen machen Schritte keine Geräusche, auch in Wunschträumen nicht.

Ob sich unter ihr in der grünen Tiefe noch immer die Quallen in ihrem zeitlosen stillen Tanz bewegten wie damals, als Ilari ihr seine Taucherbrille geliehen hatte?

Sie umrundete das Restaurant vorn auf der Seebrücke. Man konnte rechts oder links herumgehen. Taru entschied sich für rechts und wurde gleich hinter der Hausecke vom Wind beinahe wieder zurückgepresst. Sie beugte den Kopf und schob sich vor, kämpfte sich Schritt für Schritt gegen den Widerstand. Jetzt war sie hier, jetzt wollte sie bis ans Ende laufen und diesen bedeutsamen Tag zusammen mit der Sonne begrüßen.

Beinahe am Ende der Brücke scheuchte sie einen Schwarm Kormorane auf, die wohl dort geschlafen hatten. Die dunklen Vögel flogen los, schraubten sich immer höher in den heller werdenden Himmel, während der erste feurige Rand der Sonne über den Horizont stieg. Taru kamen die Tränen, so grandios war der Anblick.

Die Seebrücke mochte neu sein, der Sonnenaufgang aber war vertraut. Es war ihr Meer, ihr Sellin, ihr Strand. Sie hätte es auch blind erkannt, am Klang, am Geruch, an unzähligen winzigen Details, die man nur in einer Gegend erkennt, in der man einmal Kind gewesen ist.

Lange stand sie dort, gewöhnte sich an den Anblick des neuen Sellin. Sah die Sonne steigen und eine helle Bahn über das Meer in ihre Richtung aufleuchten wie ein Willkommen. Dann ging sie zurück und stieg mit klopfendem Herzen vollends hinunter zum Strand, lief auf dem feuchten Sand Richtung Norden, wo die Steine begannen. Sie hob einen auf, rundgeschliffen, der genau in ihre Handfläche passte, und vermeinte dabei Ilaris Worte zu hören, als er ihr erzählte, wie alt diese Steine waren, was sie erlebt hatten, wie sie hießen. Gneis, dachte sie, Feuerstein, Porphyr, Granit, Sandstein.

Ihren alten Lieblingsplatz fand sie nicht wieder. Die Küste hatte sich verändert, aber es lagen so viele dicke Baumstämme herum, dass sie sich auf einen setzte und es sich anfühlte wie damals. Sie vergaß die Zeit und sah zu, wie das Meer die Farbe wechselte zwischen Blau und Grau und Grün, während Wolkenschatten darüberzogen und die Sonne höherstieg. Taru wartete darauf, dass der Wind stärker wurde, und endlich taten ihr die Wellen den Gefallen und begannen, gegen den Strand zu rollen und die Stimme der Steine zu wecken. Gneis und Granit bewegten sich in der Brandung, und das dumpfe Rollen und Grollen, dass sie so geliebt hatte, klang genau wie damals. Natürlich klang es so! Was waren vierzig Jahre im Vergleich zu den Jahrmillionen, die diese Steine schon erlebt hatten? Wie gut, dachte Taru, dass manches sich eben nicht so schnell änderte. Wie glücklich es sie machte, diese Stimme zu hören! Es war ihr, als würde in diesem Augenblick ein verlorener Teil ihrer selbst wieder genau an den Platz fallen, an den er gehörte. Wie ein endlich gefundenes Puzzleteil, das ein Bild vervollständigte. Wie ein Zahnrad, das in die anderen griff, und ohne welches das Ganze nicht funktionierte. Mit dem Grollen der Steine kehrte in Taru eine innere Kraft zurück, von der ihr nicht einmal bewusst gewesen war, dass sie ihr gefehlt hatte. Sie sprang auf, voller Tatendrang. Auf dem Rückweg suchte sie vergeblich nach dem Elfenfenster. Vielleicht war der Baum einem Sturm zum Opfer gefallen.

Remy kam ihr schon am Hoteleingang entgegen. »Wo warst du? Ich habe Hunger auf dieses traumhafte Frühstücksbüfett. Du glaubst nicht, was es da alles gibt.«

»Egal, was es ist, ich will alles probieren. Remy, es ist so schön hier!« Spontan umarmte Taru ihre jüngere Freundin.

Remy erwiderte die Umarmung herzlich und betrachtete Taru dann prüfend. »Es geht dir gut, oder? Ich hatte ein bisschen Bedenken, ob es richtig war, dass du mitgekommen bist. Ob ich dich zu sehr gedrängt habe.«

»Nein. Es war überfällig. Ich bin dir sehr dankbar dafür! Lass uns frühstücken und dann einen langen Spaziergang machen, ich möchte dir unbedingt den Schwarzen See zeigen. Ich habe mit dem Mann der alten Frau Riedgras telefoniert. Wir sind zum Kaffee eingeladen, also haben wir noch Zeit.«

»Wie paradiesisch muss das für Kinder gewesen sein«, sagte Remy, als sie später den Hochuferweg entlanggingen. Das Blätterdach war dicht vor Sommergrün, die Farne standen an manchen Stellen beinahe hüfthoch, und immer war da rechts das Meer, das in der Tiefe zwischen den Bäumen hervorfunkelte, in zahllosen Grau-, Blau- und Grüntönen, während in der Ferne die Kreidefelsen so hell leuchteten, dass man beinahe die Augen schließen musste, wenn man zu lange hinsah. Davor, wo die Kreide vom Wasser ausgeschwemmt wurde, war das Wasser milchig türkis und erinnerte an die Karibik. Nur weckte es keine Sehnsucht danach, denn wenn man hier war, dann wollte man nirgendwo anders sein.

»Ich kann mir überhaupt nicht vorstellen, dass hier Soldaten mit einer Kalaschnikow über der Schulter patrouilliert sind«, sagte Remy.

»Wir waren es gewohnt. Sie grüßten uns oft freundlich, und wir hatten ja das Gefühl, dass sie uns beschützten. Früher jedenfalls. Die meisten waren nette Kerle. Einer hat uns sogar mal geholfen, als wir unsere Höhle aus Kisten gebaut haben. Schau mal, hier ist das Grab des finnischen Kriegers, von dem Ilari sich vorstellte, er wäre mit ihm verwandt gewesen.« Taru berührte das warme Metall des Kreuzes und lächelte unwillkürlich. Der Gedanke an Berthilde hatte ihr auch Kraft gegeben. Es tat einfach gut, wenn man sich mit jemandem verbunden fühlte, der vor einem gelebt hatte, besonders wenn man noch ein Kind war und keine eigene Geschichte hatte. Das gab einem Sicherheit, gab einem Wurzeln, wie die der gewaltigen Rotbuchen ringsumher, unter denen man sich so klein fühlte.

Dann standen sie am Schwarzen See. Ehrfurchtsvoll setzte Taru einen Fuß auf den Steg, der sicher nicht mehr derselbe war, aber sehr ähnlich aussah. Der See kam ihr kleiner vor, doch nicht weniger geheimnisvoll dunkel und tief. Am Ufer wuchs noch immer der zarte Fieberklee, und die Birken würden unverändert ihre goldenen Konfetti auf das Wasser streuen, wenn der Herbst kam. Remy schwieg, um Taru nicht in ihren Gedanken zu stören. Still standen sie beide dort und sahen den Fischen zu, und auf einmal strich der Kolkrabe tief über das Wasser und stieß einen einzigen Ruf aus.

Ein Gruß von Ilari, dachte Taru. Schließlich riss sie sich los und ging zu der Buche, an der sie sich so oft getroffen hatten. Der Baum war um einiges dicker geworden. Taru fuhr zärtlich über die Rinde. Er war, als würde sie die Buchstaben, die sie hier einst nur mit dem Finger gemalt hatten, ganz deutlich dort sehen. *I* und *1976*. Sie sah zu dem unteren Ast hinauf.

»Ich helfe dir, wenn du raufklettern willst«, sagte Remy.

»Ich glaube, ich bräuchte tatsächlich einen kräftigen Schubs von unten«, gab Taru zu und fing an zu lachen.

»So komisch ist das?«, wunderte sich Remy.

Taru bemühte sich um Fassung. »Nein. Ich überlege nur, was mein kleines Ich mit den aufgeschlagenen Knien von vor vierzig Jahren sagen würde, wenn es mich jetzt sehen könnte. Es würde mich auslachen! Eine schwerfällige ältere Frau.«

Remy prustete los. »Entschuldige, aber diese Beschreibung passt nun wirklich nicht zu dir. Los jetzt. Kneifen gilt nicht!«

Am Ende war nur ein ganz kleiner Schubs nötig. Taru saß auf dem Ast und stellte fest, dass von oben alles noch vertrauter wirkte. Mit klopfendem Herzen schob sie ihren Arm in das Astloch, das noch immer dort war, nur größer. Doch es lagen nur Laub, Nussschalen und Reste eines Nestes darin. Sie hatte nichts anderes erwartet. Dennoch hatte sie hier gefunden, was sie gesucht hatte. Die schönen Erinnerungen hatten keinen Schaden genommen durch das, was danach passiert war. Auch wenn sie nicht greifbar waren, so lagen sie doch hier überall herum wie blanke glänzende Kastanien. Taru brauchte sie nur einzusammeln.

Sie zog eines von Phileas lebensechten Schneckenmodellen aus der Tasche, das sie als Glücksbringer mitgenommen hatte, und betrachtete es einen Moment, ehe sie es in das Loch zwischen die trockenen Blätter setzte. Es war ein besonders übermütig buntes Exemplar in Rot, Blau, Grün und Orange mit Fransen und Streifen am ganzen Körper. Das Tier sah aus, wie Taru sich gerade fühlte, zum ersten Mal seit sehr langer Zeit. Bunt, ein wenig verrückt, lebenshungrig, ein bisschen wild. Sollte Ilari jemals herkommen und nachsehen, würde er wissen, dass Taru hier gewesen war und dass es ihr gutging.

Remy war zum Steg gewandert. Taru sah sich um und lauschte. Das zarte Piepsen der Goldhähnchen ertönte aus dem Dickicht, vertraut, hell wie die alten Sommer. Ja, es schmerzte, wieder hier zu sein, aber hauptsächlich war es einfach nur schön. Beides hatte sie zu der Frau gemacht, die sie heute war. Die sich bunt fühlte wie ein Meeresschmetterling und die ihre Worte wiedergefunden hatte, weil sie in einem Wald wurzelten und gut aufgehoben waren, wo kein Soldat der Volksarmee sie jemals hatte zerstören können.

Taru ließ sich wieder herunterrutschen und wischte sich die Hände an der Hose ab wie früher. Sie zeigte auf einen Baumpilz, der an einem gefallenen Ast wuchs. »Damit haben wir uns früher Schnurrbärte gemalt.«

»Wollen wir?«, fragte Remy unternehmungslustig.

»Wir wollen es nicht übertreiben.« Aber Taru bückte sich nach einem Pilz und zeichnete damit die Buchstaben *I* und *T* auf den Stamm der Buche. Das würde dem Baum nicht schaden.

Vielleicht sieht es der Kolkrabe, dachte sie.

Auf dem Rückweg nahm sie einen Umweg an der Lichtung vorbei, wo der weiße Hirsch und sein Rudel gegrast hatten. Die Lichtung war kleiner, der Hochsitz verschwunden, und doch erkannte Taru die Stelle sofort wieder. Ebenso die, wo einst der Schneckentümpel gewesen war. Er war jetzt ausgetrocknet, nur eine flache Delle war noch zu sehen. Einige der Findlinge drumherum kamen Taru vertraut vor. Sie hob ein leeres Schneckenhaus auf und betrachtete es. »Als der ganze Ärger damals losging und ich nicht mehr wusste, was falsche und was richtige Worte waren, und deshalb beschloss zu schweigen, habe ich mir vorgestellt, ich würde meine Worte hier am Tümpel zurücklassen und erst abholen, wenn ich erwachsen wäre und mir nichts mehr passieren könnte«, sagte sie.

»Ich glaube, du hast sie schon früher abgeholt«, sagte Remy. »In dem Augenblick, als du anfingst zu schreiben. Deswegen war der Drang so groß, nicht nur sachlich zu erzählen, wie dein Chef es wollte, sondern auch von den Wundern und dem Staunen und den Gefühlen zu den Dingen, von denen du berichtet hast, so wie das Spinnennetz oder die Musikplatten. Ich glaube, immer wenn du so einen Artikel geschrieben hast, hast du in Wirklichkeit ein Stück deines Kindheitsparadieses für dich wiederhergestellt und davon erzählt.«

Remy war so jung. Warum verstand sie Taru dennoch so gut?

»Remy, ich bin sehr froh, dass du mit mir hier bist«, sagte sie. »Ich glaube, allein wäre es schwerer gewesen.«

»Noch ein schöner Nebeneffekt von Mervins Garten«, sagte Remy fröhlich. »Ich glaube, das würde ihm gefallen. Clara wollte, dass der Garten die Schmetterlinge davor bewahrt, zu weit hinaus aufs Meer zu fliegen und zu ertrinken. Und jetzt haben wir deine Erinnerungen davor bewahrt, dass sie für immer verlorengehen. Sie haben hier im Wald eine Zuflucht, wie die Schmetterlinge in Mervins Garten.«

»Das hast du aber schön gesagt.« Jara hatte von Heilung gesprochen, dachte Taru. Genauso war es. Sie fühlte förmlich, wie sich in ihr zusammenfügte, was damals zerrissen war, an jenem Tag, als der weiße Hirsch erschossen wurde und die Soldaten nach Ilari suchten. Und als ihr Vater abgeholt wurde. Mit den Narben, die bleiben würden, konnte sie leben. Die Stimme der Steine war nicht verstummt, und alles war gut, selbst wenn sie Ilari niemals wiedersah. Sie hatte sich selbst wiederentdeckt.

Und sie wusste, dass sie noch viele Worte hatte, die sie mit der Welt teilen wollte.

»Lass uns gehen«, sagte sie. »Es wird Zeit, dass wir Mervins Garten wiederaufleben lassen.«

»Glaubst du eigentlich, dass deine Angst vor der Dunkelheit verschwinden würde, wenn du Ilari wiedersehen könntest?«, fragte Remy im Auto.

»Sie ist schon fast weg. Seit wir die Glühwürmchen im Mondscheingarten gesehen haben, kommen die Albträume nur noch ganz selten. Und ich denke, nun, da ich hier war, werden sie ganz verschwinden.« Taru gab ein wenig mehr Gas. Wie hatte sie es vermisst, diese Alleen entlangzufahren, die majestätischen Reihen alter Bäume rechts und links, jeder davon mit einer eigenen Gestalt und doch alle zusammen ein Ganzes. »Die Gefahr, *falsche Worte* von sich zu geben, gibt es immer noch, frag meinen Ex-Chef Klimmroth. Aber wenn es geschieht, kommt kein Soldat mehr, und es wartet keine Zelle in der Einzelhaft. Nicht in diesem Land, wenigstens.«

»Wenn es doch überall so wäre«, sagte Remy leise.

»Gibt es etwas, wovor *du* Angst hast, Remy?«, fragte Taru.

Remy dachte nach. »Vor einer unglücklichen Beziehung. Aber noch mehr vor einer Welt ohne Schmetterlinge, Libellen, Glühwürmchen und Vogelzwitschern. Einer Welt, in der der Frühling stumm ist, es keine Insekten mehr gibt und wo die Apfelbäume von winzigen Robotern befruchtet werden, welche die Arbeit der Bienen übernehmen.«

Das wollte sich Taru gar nicht vorstellen.

33

Am Bodden

Sie mussten ziemlich weit fahren. Das Haus der Familie Riedgras lag hinter Sagard am Jasmunder Bodden, gar nicht so weit von dort, wo sie früher mit Ilari rudern gewesen war.

Sagard klingt fast wie die Burg Stargard, dachte Taru. Ein Ort, an dem man den Überblick hat und dem Himmel nahe ist.

Sie konnte den Bodden im Hintergrund sehen, während sie an der Haustür standen und darauf warteten, dass jemand öffnete. Der Glanz, die Farben und die überwältigende Klarheit von stillem Wasser und Himmel, die nahtlos ineinander übergingen, als wäre beides flüssig – nichts davon hatte sich verändert. So hatte sie es nirgendwo anders gesehen. Gelegentlich hatte Taru gedacht, sie hätte das im Rückblick verklärt, wie es manchmal geschieht mit Kindheitserinnerungen. Doch es war Wirklichkeit.

Ein alter Herr kam an die Tür.

»Bitte kommen Sie doch herein. Meine Frau sitzt auf der Terrasse.«

Frau Riedgras lag in einem Liegestuhl und lächelte ihnen entgegen. »Verzeihen Sie, dass ich nicht mehr aufstehen kann. Ich freue mich, Sie zu sehen. Setzen Sie sich zu mir.«

»Ich soll Sie von meiner Mutter grüßen«, sagte Taru und nahm die zerbrechliche Hand in ihre.

»Vielen Dank! Ich habe mich sehr gefreut, von ihr zu hören. Sagen Sie, ist sie glücklich geworden?«

»Ja. Ja, ich denke, das ist sie.« Taru dachte daran, was ihre Mutter erst kürzlich gesagt hatte. »Dein Vater ist immer gegenwärtig, weißt du. Es ist, als ob wir hier zu dritt leben. Ich liebe Ralf, aber das bedeutet nicht, dass mir dein Vater nicht mehr nahe ist. Er ist ein Teil von mir geblieben, und das wird sich nicht ändern. Ralf versteht das zum Glück.«

»Das ist gut.« Die alte Dame atmete auf. »Ich kannte sie nicht sehr gut, aber ich mochte sie. So tragisch, was damals passiert ist. Nun ja.« Sie seufzte. Dann lächelte sie wieder. »Sie wollten mich etwas fragen?«

»Ja«, sagte Remy und rückte ihren Stuhl näher heran. »Können Sie sich an ein Ehepaar Lerner erinnern, die einen schönen Garten hatten?«

»Mervin Lerner war Tischler, er baute Möbel«, ergänzte Taru.

»Richtig. Ihre Mutter erwähnte es ja. Ja, ich kannte die Lerners flüchtig. Sie wohnten ganz in der Nähe. Ich habe manchmal Kräuter bei ihnen geholt. Die Kräuter aus diesem Garten schmeckten ganz besonders gut. Meine wollten kaum gedeihen. So traurig, dass die Frau Lerner so früh sterben musste.«

»Was ist aus dem Garten geworden?«, fragte Taru.

»Nun ja, die LPG bewirtschaftete das Grundstück und alle drumherum. Sie legten Monokulturen an, und die großen Maschinen fuhren tagein, tagaus darauf herum. Nach der Wende lag alles brach, bis ein Landwirt es kaufte, Bauer Bressmann. Und wissen Sie was?« Frau Riedgras lachte auf, musste husten und rang nach Luft.

»Hier, Liebes.« Herr Riedgras reichte ihr ein Glas Wasser.

»Sollen wir lieber gehen?« Taru war besorgt.

»Nein, nein. Es geht schon wieder. Bauer Bressmann fuhr

gute Ernten ein, nachdem er die Anfangsschwierigkeiten überwunden hatte. Aber diese eine Ecke, wo einmal der Garten der Lerners gewesen war, die machte ihm keine Freude. Nichts half gegen die Insekten, die sich dort über sein Getreide hermachten oder das Gemüse oder was auch immer er anzubauen versuchte. Was er auch anstellte, es flatterte, fraß, brummte und summte dort. Selbst Pestizide schienen nichts zu nützen. Es war, als ob irgendetwas die kleinen Viecher dort unwiderstehlich anzog.«

Remy und Taru wechselten einen erstaunten Blick.

»Schließlich verkaufte er einen Teil davon an ein paar junge Leute, die dort eine Art Ruderclub eröffneten, so einen für Kinder«, fuhr Frau Riedgras fort. »Der Streifen hinter dem Club, wo die andere Hälfte des Gartens gewesen war, machte ihm weiterhin Ärger. Inzwischen hat sein Sohn übernommen, der junge Bressmann. Der betreibt nun ökologische Landwirtschaft. Der Streifen neben dem Ruderclub ist ihm egal, den lässt er einfach brach liegen.«

»Können Sie uns genau sagen, wo das ist?«, fragte Taru.

»Mein Mann wird es Ihnen zeigen. Was haben Sie denn vor? Warum interessiert Sie das so sehr?«

»Am liebsten würden wir das Stück Land pachten oder dem Landwirt abkaufen«, erklärte Remy. »Wir möchten aus verschiedenen Gründen den Garten so rekonstruieren, wie er zu Zeiten des Ehepaars Lerner gewesen sein muss.«

Frau Riedgras lächelte. »Wie schön! Das gefällt mir. Werden Sie auch Kräuter anbauen?«

»Unbedingt.«

»Ruh dich jetzt aus, Liebes«, sagte Herr Riedgras. »Ich zeige den Damen die Stelle.«

Frau Riedgras hob die Hand. »Eins muss ich noch erzählen! Als ich einmal dort Kräuter holte, war ich hochschwanger. Es war eine problematische Schwangerschaft. Ich war nicht mehr ganz jung. Es dämmerte schon fast, als ich bei den Lerners vorbeikam. Frau Lerner sagte mir, ich solle mich auf die Bank setzen und ausruhen. Sie ging ins Haus, um eine Schere für die Kräuter zu holen. Während ich allein dort saß, mich umsah und an der Atmosphäre in dem Garten erfreute, sah ich auf einmal einen Nachtfalter, ungewöhnlich groß, mit langen ausgezogenen Spitzen an den Flügeln und einem Augenmuster. Er war grünlich. Er flog eine Runde, ganz in meiner Nähe, landete kurz im Kräuterbeet und flatterte wieder fort. Es duftete nach Flieder, und über dem Garten lag ein tiefer Frieden. Als ich den Falter beobachtete, verflog meine Angst, dass dem Kind etwas geschehen könnte. Ich fühlte mich stark und mutig. Ich habe dieses Insekt nie wiedergesehen, aber als ich Frau Lerner danach fragte, lächelte sie und sagte, ja, an ganz besonderen Tagen käme der Falter vorbei, und es bedeute immer etwas Gutes.«

Herr Riedgras stieg zu Taru ins Auto und wies sie an, etwa einen halben Kilometer nach Süden zu fahren. »Halt! Hier ist es«, sagte er schließlich. »Das ist der Ruderclub der jungen Leute. Ein Stück des alten Lerner'schen Gartens ist dort, wo sie ihr Clubhaus darauf gebaut haben. Aber zwei Drittel des Gartens liegen hier, dahinter. Wie Sie sehen, liegt er brach.«

Remy ging auf das Grundstück zu. Ein kaputter Bretterzaun lag im hohen Gras. Sie stieg ohne Zögern darüber. Taru folgte ihr. Herr Riedgras blieb unschlüssig draußen stehen. »Ich möchte wieder zu meiner Frau. Bemühen Sie sich nicht, ich gehe zu Fuß.

Sehen Sie den Traktor dahinten?« Er zeigte in die Ferne. Hinter einer Staubwolke konnten Taru das Fahrzeug sehen, das auf einem braunen Feld die Reihen auf und ab fuhr. »Das ist der junge Bressmann«, sagte Herr Riedgras. »Dieser Teil des Grundstücks gehört ihm noch. Gehen Sie einfach hin, falls Sie mit ihm sprechen wollen. Moritz ist in Ordnung, ganz anders als sein Vater. Auf Wiedersehen!«

»Auf Wiedersehen und vielen Dank, Herr Riedgras.«

Taru gesellte sich zu Remy, die das Grundstück abschritt, sich nach wilden Blumen bückte und hier und da altes Metall beiseitewarf. Sie hatte eine Kopie des Bildes vom Garten in der Hand und versuchte, sich darauf zu orientieren. »Ich glaube, hier ist ein Rest von der Trockenmauer«, sagte sie. »Ich habe gerade eine Eidechse huschen sehen. Und da sitzt ein Rosenkäfer, sieh mal.« Der Käfer glänzte kupfernfarben in der Sonne.

»Allzu schlimm kann das mit den Pestiziden hier wohl nicht mehr sein«, stellte Taru fest. In einem dicken Büschel Klee summten Bienen.

»Glaubst du, dass die Insekten spüren, was hier einmal für ein Garten war?«, fragte Remy. »Es kann doch kein Zufall sein, dass der Bauer sich so darüber ärgern musste.«

»Klingt seltsam, aber wer weiß? Hoppla.« Taru war mit dem Fuß an etwas hängen geblieben. Sie bückte sich danach, um ihren Schnürsenkel zu entwirren, und stieß auf ein metallenes Gebilde. Neugierig entfernte sie Wurzeln und braunes Gras und hob ihren Zufallsfund schließlich triumphierend hoch. »Remy! Weißt du, was das ist?«

Remy kam zu ihr herüber und machte große Augen. »Die Sonnenuhr! Ein Stück von Mervins Sonnenuhr! Der Bogen mit den römischen Zahlen. Er sieht aus wie auf dem Bild. Taru, jetzt wissen wir ganz sicher, dass wir am richtigen Ort sind! Meinst du, wir finden die anderen Stücke auch noch?«

Sie suchten eine Weile gespannt im Wildwuchs herum und fanden ein Teil des Zeigers und schließlich zwei der Sockelringe.

»Ich werde jemanden finden, der die Bruchstücke reinigt, die fehlenden ergänzt und alles wieder zusammensetzt. Die Sonnenuhr soll in der Mitte des Gartens einen Platz bekommen, wo sie einmal gestanden hat.« Taru legte die Teile behutsam auf einen flachen Stein. Sie sah sich um. In der Ferne glänzte noch immer die Abendsonne auf dem Bodden. Die wenigen Wolken über dem Horizont begannen, sich schon leicht rosa zu färben. Die Luft war glasklar. Es roch nach Wasser und Kräutern, nach Sommer und Hoffnung. Taru breitete die Arme aus. »Remy, Mervin und Clara haben den perfekten Platz gefunden! Lass uns den Bauern gleich fragen, ob er uns dieses Stück und noch ein wenig dazu verpachtet, wollen wir?«

Remy strahlte. »Unbedingt!«

Sie ließen das Auto stehen und machten sich auf in Richtung der Staubwolke.

Auf dem Bodden entdeckte Taru die Silhouetten zweier Frauen, die auf Paddelbrettern standen. »Daran hätte ich denken sollen. Nächstes Mal bringe ich mein Brett mit!« *Nächstes Mal* hatte sie gesagt. Es würde also ein nächstes Mal geben.

»Glaubst du, dass Ilari deine Artikel liest und sich meldet?«, erkundigte sich Remy, während sie über die Ackerfurchen stolperten. »Willst du ihn nicht einfach mit einem richtigen öffentlichen Aufruf suchen?«

Natürlich hatte Taru darüber schon nachgedacht. Und war zu einem Entschluss gekommen. »Nein. Das möchte ich nicht. Ich weiß ja nicht einmal, ob Ilari sein richtiger Vorname war, auch wenn er mit Nachnamen jedenfalls nicht Kemper hieß. Überhaupt möchte ich die ganze Geschichte nicht so sehr in die Öffentlichkeit bringen. Es gibt immer noch eine Menge Leute, die komisch darauf reagieren könnten, dass sein Vater ein Spion war. Die Mauer ist in den Köpfen noch lange nicht gefallen. Und wenn er damals umgekommen ist, dann würde so ein Aufruf entweder nichts bringen, oder ich könnte etwas erfahren, was ich vielleicht nicht wissen will. Ich habe etwas in unserem Baum hinterlassen. Wenn er sich melden will, wird er es tun, jetzt oder später. Oder eben nie.«

»Wie sehr willst du ihn denn wiedersehen?«

»Irgendwie habe ich ihn bereits wiedergefunden, indem ich hierhergekommen bin. Indem ich mir ein Paddelbrett gekauft und mein Haus gestrichen habe. Und auch, dass wir den Garten wieder anlegen wollen, gehört dazu, schon wegen der Glühwürmchen. Aber es wäre gut, ihn wiederzusehen. Einfach weil der damalige Abschied kein Abschied war. Es war das schreckliche Ende von etwas Schönem, und ich würde es gern richtig zu Ende bringen, indem ich erfahre, was aus ihm geworden ist und wie es ihm geht. Wie er jetzt ist.« Sie merkte, dass ihre Stimme ein wenig zitterte, und war über sich selbst überrascht. Doch, es wäre wunderbar, Ilari wiederzusehen! Sie fühlte sich ihm hier wieder dermaßen nahe, dass sie es nicht so gelassen sehen konnte, wie sie gedacht hatte.

Remy blieb stehen und umarmte sie. »Weißt du was? Ich habe ein gutes Gefühl. So wie die Frau Riedgras, als sie den Falter gesehen hat.«

Taru musste lachen. Und dann husten. »Dein Optimismus ist erfreulich, aber hier ist weit und breit kein Falter zu sehen. Nur Staub. Lass uns endlich den Bauern einholen.«

Abends saßen sie in dem Restaurant auf der Seebrücke, um zu feiern. »Dieser Moritz Bressmann ist ein richtig feiner Kerl«, sagte Remy. »So locker drauf. Das war beinah zu einfach.«

»Na ja, es war natürlich ein Glück für uns, dass er ökologisch bewirtschaftet und ohnehin etwas von der Fläche abstoßen wollte. Sein Vater war an Masse interessiert, ihm geht es um Qualität.« Moritz Bressmann hatte sich ihre Pläne angehört und ihnen per Handschlag bestätigt, dass er ihnen den Streifen hinter dem Ruderclub und noch ein ganzes Feld dazu für die nächsten fünf Jahre verpachten würde. Dazu erhielten sie ein Vorkaufsrecht. »Das mit dem Garten für Insekten passt doch gut hierher zwischen den Ruderclub und meine Biofelder«, hatte Bressmann gesagt. »Meine Ernte kann sogar davon profitieren.«

Remy hatte zur Feier des Tages Cocktails bestellt. Unter dem Restaurant rauschten die nächtlichen Wellen Richtung Strand. Als Taru das Glas hob, um Remy zuzuprosten, fiel ihr Blick aus dem Fenster.

In der Ferne blinkten die Lichter von Mukran.

Sie waren genauso tröstlich wie damals, als sie sie aus ihrem Kinderschlafzimmer heraus gesehen hatte. Ehe sie etwas über Wanzen gehört hatte und die Angst vor der Dunkelheit begann.

Nun, nach so langer Zeit, waren die Lichter von Mukran wieder ihre Freunde. Weit hinter dem dunklen Meer zwinkerten sie durch die Nacht. Wie Glühwürmchen.

Remy riss sie aus ihren Gedanken. »Ich habe schon Pläne für die zweite Ausgabe der Zeitschrift. Ich muss den Lesern unbedingt erzählen, dass wir den Garten tatsächlich bekommen haben, und ich werde einen Aufruf starten, dass die Menschen ab jetzt Ableger von Pflanzen bringen können und ihre Geschichten, wenn sie wollen. Wir könnten Wochenenden anbieten, an denen sie auch herkommen und uns helfen können, den Garten anzulegen.« Mit Genuss leckte Remy Karamellsoße von ihrem Löffel. »Das dauert natürlich, aber wir fangen eben mit einem Beet an und arbeiten uns dann vor. Meine Mutter wird uns helfen, wozu ist sie Profi? Sie kann es kaum erwarten. Und du könntest einen Artikel darüber schreiben, wie es für dich war, nach so langer Zeit wieder hierherzukommen. Du musst ja nichts über Ilari erzählen, aber du kannst vom Schwarzen See und dem Kolkraben berichten, von den Goldhähnchen und den Schnecken und der Stimme der Steine. Wie es war, hier Kind zu sein, und was den Zauber der Landschaft ausmacht. Das würde den Lesern gefallen, denn keiner kann es so erzählen wie du. Und wenn Ilari das liest, dann weiß er, dass du nach ihm rufst.«

Taru hielt es immer noch für wenig wahrscheinlich, dass Ilari ausgerechnet auf diese Zeitschrift stoßen würde. Aber es würde ihm sicher gefallen, wenn sie die Wunder, die er ihr gezeigt hatte, an andere weitergab, so dass diese den Wald mit seinen Augen sehen konnten.

»Ich glaube, das werde ich tun«, sagte sie.

Der Kellner öffnete das Fenster. In der Ferne hörte Taru leise die Stimme der Steine in der Brandung.

In dieser Nacht hatte sie keinen Albtraum. Stattdessen huschten Schnecken mit leuchtenden Buchstaben auf ihren Häusern durch ihre Träume, die in einem langsamen Tanz der Nacht immer wieder neue Worte entlockten.

Remy

Rügen / Ahrenshoop

2014

34

Der Boden unter den Füßen

»Warum heißt es eigentlich Insekten*hotels?*«, fragte Remy. Sie saß mit Taru an dem wackeligen Gartentisch neben der wiederhergestellten Sonnenuhr und studierte Bauanleitungen. Unglaublich, wie viele Arten Insekten es gab, für die man aus Holz, Blumentöpfen, Stroh, Lehm und hohlen Pflanzenstängeln verschiedene Unterkünfte herstellen konnte. »Ich finde nicht, dass es Hotel heißen sollte. Besser Heim oder Zuflucht oder Schutzraum. Sie sollen doch nicht nur vorübergehend da unterkommen! Das war es doch, was Mervin und Clara wollten: dass sie bleiben und sich nicht woanders in Gefahr bringen.«

»Dann nenn sie doch Insektendomizil«, sagte Taru zerstreut. Auf ihrer Stirn waren Spuren von Erde, wo sie sich Schweiß abgewischt hatte bei dem Versuch, die Trockenmauer fertigzustellen. »Das ist modern.«

»Ja, aber es klingt scheußlich. Insektenhaus tut es auch. Ich möchte unbedingt einen Florfliegenkasten bauen. Die Florfliegen sind so wunderschön mit ihren goldglänzenden Augen und den durchsichtigen, hellgrünen Flügeln. Hast du bemerkt, wie sie manchmal in allen Regenbogenfarben das Licht reflektieren? Nützlich sind sie auch. Ihre Larven jagen Blattläuse. Jede Larve frisst ungefähr vierhundertfünfzig Läuse, deswegen kann man ihre Eier sogar zum Einsatz gegen Schädlinge kaufen. Dann kann man auf Gift verzichten. Es gibt zweiundzwanzig Arten, wusstest du das? Wir brauchen unbedingt welche davon, vielleicht bestelle ich sogar Eier. Auf Mervins Schrank sind nämlich auch Florfliegen abgebildet. Bestimmt hat er gewusst, wie hilfreich sie für den Garten sind.«

»Das ist eine gute Idee.« Taru richtete sich auf und sah sich um. Remy folgte ihrem Blick. Es war unglaublich, was sie in den fast drei Monaten schon geschafft hatten. Vor allem mit der Hilfe ihrer Mutter Ylvi und ihres Stiefvaters Jakob. An zwei Wochenenden war sogar Carly mit ihrer ganzen Familie gekommen, um weiteren Grund und Boden zu roden und zu lockern. Jakob hatte einen Holzzaun gebaut, an dem bald die Kletterpflanzen ranken würden, die für Insekten und Vögel so wichtig waren. Natürlich blieb noch jede Menge zu tun. Ein Großteil des Geländes lag immer noch brach. Das meiste würden sie erst nächstes Jahr in Angriff nehmen können.

Doch um die Sonnenuhr und die Trockenmauer herum gab es schon mehrere Beete und Sitzplätze, auch wenn die Letzteren noch etwas provisorisch wirkten. Der Kräutergarten begann, Gestalt anzunehmen. Blühende Kugeldisteln zogen die Bienen magisch an. Ein Vogelbad wurde emsig besucht.

Das Beste aber war der Beginn des Geschichtengartens, der weiter hinten auf dem Grundstück bereits großes Interesse weckte. Immer wieder kamen Menschen von irgendwoher, fuhren mit einem Ableger in ihrem Auto vor und einem Zettel, auf den sie in einer vorgegebenen Länge ihre Geschichte dazu geschrieben hatten. Von Verlobungen und Hochzeiten, Geburten und Trauerfällen, von kuriosen Begebenheiten und Lieblingsorten war die Rede, von Freundschaften und Genesung. Überall hatte eine Pflanze oder Blüte eine Rolle gespielt und den Menschen etwas bedeutet. Diese Erlebnisse teilten sie nun genau wie die Freude an den Blumen mit vielen anderen und machten sie dadurch noch größer. Es war genug Platz für sämtliche Geschichten und Gewächse, und sie alle hatten sich gegenseitig etwas zu geben. Heiko tippte die Geschichten ab, formatierte und druckte sie aus und setzte sie dann auf laminierten Holztafeln neben die Pflanzen, damit jeder sie lesen konnte, der durch den Garten wanderte. Die eine oder andere bekam auch einen würdigen Platz in der Zeitschrift, versehen mit Illustrationen.

Die Schmetterlinge und Bienen nahmen den Garten dankbar an, und immer neue Käferarten tauchten zwischen den Reihen auf. »Ein Marienkäferquartier müssen wir auch bauen«, sagte Remy. »Das ist so ähnlich wie ein Nistkasten, nur dass im Boden Löcher sind und innen Holzwolle reinkommt. Heiko, kannst du das machen?«

»Bitte was?« Heiko kam gerade aus dem Bauwagen, den sie aufgestellt hatten, und verteilte Limonade.

»Ob du einen Nistkasten für Marienkäfer bauen kannst. Und den Florfliegenkasten muss man rotbraun anstreichen. Der Farbton zieht sie an. Dann können sie sicher darin überwintern. Wir müssen anfangen, an den Winter zu denken. Heiko, haben wir so viel Limonade, dass du den fleißigen Leuten dahinten im Geschichtengarten auch welche bringen könntest?«

»Sicher. Aber wenn du nicht aufhörst, die Limonade zu verschenken, kommen wir wirtschaftlich nie auf einen grünen Zweig.«

»Ich weiß. Aber es ist immer noch so warm, obwohl es schon Herbst ist. Vielen Dank, lieber Heiko! Du machst hier so viel, ohne dich geht gar nichts mehr«, sagte Remy.

»Für dich doch immer«, sagte er und zog spielerisch an einer ihrer kurzen Haarsträhnen, die gerade vor Eifer in die Höhe standen. Dann ging er, das Tablett zu füllen. Remy sah ihm mit einem schlechten Gewissen nach. »Taru, kommandiere ich ihn zu viel herum?«

»Wenn ja, wird er sich schon wehren. Aber er hat dich wirklich sehr gerne. Und ich denke, das alles macht ihm viel mehr Spaß, als er geahnt hat. Außerdem hat er hier jede Menge Gelegenheit für Sport.«

»Ich habe ihm nie Hoffnungen gemacht.« Heikos Gefühle für sie bedrückten Remy etwas. Zumal sie beim besten Willen nicht dahinterkam, warum sie sie nicht erwidern konnte. Sie hatte absolut nichts an Heiko auszusetzen. Er war großartig. Humorvoll, einfühlsam, fleißig, hilfsbereit, wissbegierig, kreativ.

»Ich weiß. Er wird es überleben. Er verliebt sich ziemlich leicht«, sagte Taru. »Ich bin überzeugt, er wird sein Glück finden. Aber du solltest nicht ewig auf deines warten, nur weil du Angst hast, jede Beziehung könnte enden wie die Ehe deiner Eltern. Du verlangst von Rufus, dass er gewisse Dinge hinter sich lässt, dann solltest du das auch tun. Und denk daran, wie glücklich deine Mutter jetzt mit Jakob ist! Der ist wirklich ein Goldschatz.«

»Das hat mir Leander auch schon gesagt, und ihr habt recht. Ist bloß nicht so einfach, wie es klingt. Deswegen bin ich Rufus auch nicht mehr böse, nur noch traurig, dass er nichts mit mir zu tun haben will.« Remy trank ihre Limonade aus und griff wieder nach ihrem Notizblock. »Taru, wir müssen uns jetzt unbedingt um die Glühwürmchen kümmern! Sag mir noch einmal, was sie brauchen, um sich in einem Garten wohl zu fühlen. Wir müssen das auch in die nächste Ausgabe schreiben, die Leser fragen danach.«

»Leuchtkäfer aller Art wollen unberührte Grünflächen. Sie

brauchen Wälder, Flussauen, Feuchtwiesen. Und vor allem keine Lichtverschmutzung. Wenn die Weibchen nachts unter hellen Laternen sitzen, können die Männchen sie nicht finden. Außerdem müssen natürlich Pestizide vermieden werden. Schon die Larven der Glühwürmchen kommen im Boden damit in Berührung, und dann später die Käfer auf den Blättern der Pflanzen. Außerdem geraten die Gifte auch in die Schnecken, von denen die Larven sich ernähren.«

»Mit Flussauen können wir nicht dienen. Aber das tieferliegende Stück der Wiese dahinten, das ist schon ziemlich feucht. Wir könnten es ein wenig mehr fluten und einen Teich und ein Moorbeet daneben anlegen, so eins wie im Mondscheingarten, nur größer.« Remy machte sich eifrig Notizen. »Pestizide brauchen wir sowieso nicht, dafür gibt es die Florfliegen und Marienkäfer und dergleichen. Und Heiko hat Brennnesselbrühe angesetzt.«

»Viel Totholz ist noch wichtig«, fiel Taru ein. »Sowieso in einem Garten, für alle Insekten. Das kannst du den Lesern schreiben. Ein guter Tipp, um die Glühwürmchen in den Garten zu locken, ist auch, höheres Gras stehen zu lassen, dann bleibt der Boden feuchter. Außerdem Streu und holzige Gartenabfälle in einer Ecke, weil das Unterschlupf für die Larven bietet. Und eben vor allem die Außenbeleuchtung reduzieren. Wenn man welche am Haus braucht, dann mit Bewegungsmelder, damit sie nicht dauerhaft brennt.«

»Außenbeleuchtung haben wir hier zum Glück gar nicht. Aber wer soll den Teich graben? Und das Moorbeet? Das kann nicht schon wieder Heiko machen, nicht auch noch. Er muss sich außerdem mehr um die Zeitung kümmern. Das Layout sollte noch ein wenig verbessert werden, da wir jetzt so viele

Sparten und Beiträge haben. Was ist mit Felix, meinst du, er packt noch mal mit an?«

»Mein Sohn ist doch gerade in den USA. Wegen irgendeines Musikertreffens.«

»Ach ja, stimmt. Gut, dann starten wir einfach einen Aufruf in der Zeitschrift. Es gibt garantiert Freiwillige.«

»Du könntest Frau Riedgras fragen, sie kennt bestimmt einige junge Männer in der Gegend. Oder wir machen einen Anschlag am Zaun draußen. Es bleiben so viele Neugierige stehen.«

Remy schnalzte mit der Zunge. »Nein, ich weiß! Ich frage die Jungs vom Ruderclub nebenan. Die haben schon mehrfach ihre Hilfe angeboten. Die sind schwer in Ordnung. Wir haben besprochen, dass wir eine Ecke für Kinder anlegen, damit sie dort gärtnern können. Die Kinder aus dem Club warten schon darauf.«

»Hervorragend. Das wird Philea und Memo auch gefallen. Vielleicht kann ich sie einmal mit hierherbringen. Wenn sie Glück haben, nehmen sich ihre Eltern dafür auch mal frei.«

»Ich gehe gleich nachher mal rüber in den Club. Wir können ein Grillfest als Dankeschön organisieren, wenn sie uns die Grabarbeiten machen.«

»Dann mach das gleich. Wir müssen heute noch zurückfahren«, sagte Taru. »Ich habe zu Hause einen Auftrag für eine Zeitung liegen, den ich pünktlich abgeben muss. Und du sagtest, du hast Myra versprochen, mit ihr das Wochenende zu verbringen.«

»Ja, sie braucht Hilfe im Bernsteinmuseum. Da hat sich eine Gruppe angesagt. Ich spreche besser nächste Woche mit den Ruderern. Wie bist du an den Auftrag für die Zeitung gekommen?«

»Sie haben *Mervins Garten* gelesen, und meine Artikel haben ihnen gefallen. Sie haben sich von sich aus gemeldet. Ich habe zur Bedingung gemacht, dass ich mehr oder weniger so schreiben kann, wie ich das möchte. Es bringt etwas Geld ein, denn sie haben eine Riesenauflage.«

Remy umarmte Taru spontan. »Da bin ich aber froh! Ich habe schon manchmal ein schlechtes Gewissen, dass ich dir das hier eingebrockt habe und du nicht zum Geldverdienen kommst. Du willst doch dein Haus nicht verlieren.«

Taru lächelte. »Mach dir keine Sorgen. Es ging mir noch nie so gut wie jetzt, und finanziell werde ich schon über die Runden kommen. Alles ist gut.«

»Nur schade, dass Ilari sich nicht gemeldet hat. Ich dachte wirklich, nach der zweiten Ausgabe und deinem märchenhaften Artikel darin würde er sich melden.« Remy wünschte sich so sehr, dass Taru und Ilari sich wiederfinden würden. Irgendwie hatte sie gedacht, dass die Wiedererweckung von Mervins und Claras Garten auch alles andere in Ordnung bringen würde.

»Remy, ich habe nie damit gerechnet. Die Wahrscheinlichkeit, dass er unter allen obskuren Zeitschriften mit geringer Auflage ausgerechnet auf *Mervins Garten* stößt, ist verschwindend klein.«

»Ist es nicht«, widersprach Remy. »Er muss sich einfach für Rügen interessieren, und für Glühwürmchen, und bestimmt auch noch für Boote. Wir haben alle Themen abgedeckt. Und selbst, wenn er es nicht liest, dann vielleicht ein Freund von ihm, ein Bekannter, ein Verwandter. Es dauert einfach nur noch ein bisschen.«

»Ich bin auch ohne ihn glücklich, Remy. Man darf sein Glück nie von einem anderen Menschen abhängig machen. Wir sind selbst dafür verantwortlich. Und das gelingt mir gerade immer besser. Ilari hat trotzdem einen Anteil daran. Du auch, und Mervin. Und eine Menge anderer Leute.« Taru blickte zur Wiese hinüber und schmunzelte, weil Heiko dort offenbar gerade einen Witz gerissen hatte, der sämtliche Gäste zum Lachen brachte.

»Na, dann ist ja gut.« Remy räumte die Gläser zusammen und klappte ihre Notizen zu. »Ich denke jetzt übrigens oft an deine Berthilde. Sie hatte recht, sie und die anderen angeblichen Hexen. Die Kraft kommt aus der Erde unter den Füßen. Mir geht es jedenfalls hier so. Und je öfter ich auch noch die Hände hineinstecke, desto wohler fühle ich mich.« Sie betrachtete die Erde unter ihren Fingernägeln, die neuerdings immer irgendwie den Weg dorthin fand. »Je schmutziger ich abends bin, desto glücklicher. Darum kann ich mich auch immer schwer von hier losreißen. Aber trotzdem, lass uns bald losfahren. Ich möchte Myra nicht warten lassen, und du sollst genug Zeit für deinen wichtigen Artikel für die Zeitung haben. Heiko will wieder im Bauwagen schlafen. Ich glaube, er fühlt sich wohl hier und hat gern ein Auge auf alles. Außerdem hat er sich mit den Jungs vom Ruderclub angefreundet. Und da sind nicht nur Jungs.« Remy schmunzelte. Es war sicher nur eine Frage der Zeit, bis Heiko sich tröstete.

Am nächsten Tag wischte Remy gerade das Parkett im Bernsteinmuseum, als ihr Handy piepte.

Der Schrank ist fertig. Diese Frau Heinrichs hat mit mir telefoniert und mir bereits das Geld für die Restaurierung überwiesen. Die alte Dame hat mir imponiert. Wohin soll ich liefern? Rufus

»Oh«, sagte Remy verblüfft zu der Vitrine, gegen die sie sich gelehnt hatte, um die Nachricht zu lesen. Dabei entdeckte sie einen Staubfussel auf einem der Objekte und öffnete die Glastür, um ihn zu entfernen. Sie hielt den Bernstein gegen das Licht und pustete. Im Inneren befand sich eine Fliege, deren zarte, durchsichtige Flügel so unversehrt waren wie vor Millionen Jahren.

»Für mich ist es immer wieder ein Wunder, egal, wie oft ich diese Stücke ansehe«, sagte Remy zu Myra, die gerade auf ihren Rollator gestützt hereinkam.

»So geht es mir auch noch, nach all den Jahrzehnten, in denen ich mit Bernstein umgegangen bin.« Myra ließ sich auf einen Stuhl sinken.

»Es ist wie mit Tarus Erinnerungen an ihre Freundschaft mit Ilari und ihre Kindertage im Wald auf Rügen. Egal, was drumherum passiert, es ist etwas, das ganz und wunderschön bleibt.« Sanft stellte Remy den nun wieder glänzenden Bernstein zurück auf seinen Ständer.

»So war es auch mit meiner Liebe zu Kjell«, sagte Myra zufrieden. »Dir wird es eines Tages genauso gehen.«

»Lies mal.« Remy hielt ihr die Nachricht von Rufus vor die Nase. »Er hätte wenigstens einen Gruß darunterschreiben können! Leander ist so anders als Rufus, es ist schwer zu begreifen, dass die beiden so gut befreundet sind. Aber ist das nicht phantastisch mit dem Schrank? Ich hätte nie gedacht, dass er einmal mir gehören wird.«

»Immerhin hast du ihn vom Dachboden gerettet, vor Staub und Zeit, Mäusen und Holzwürmern und dem Vergessen. Insofern hast du ihn absolut verdient. Mervin wäre es bestimmt recht«, fand Myra. »Danke, dass du hier so schön Ordnung gemacht hast. Diese Gruppe von Feriengästen war sehr wissbegierig, aber sie hatten auch sehr schmutzige Schuhe.«

»Ich bin fertig. Lass uns draußen eine Tasse Kaffee trinken.« Remy band die Schürze ab.

Als sie gerade das letzte Stück Kuchen aßen, piepte Remys Handy schon wieder.

35

Überraschungen

Ich könnte diese alte Dame umarmen, schrieb Noah. *Sie hat geschafft, was du von mir nie angenommen hättest, nämlich dass du Mervins Schrank behalten kannst. Obendrein konnte ich sie nicht davon abhalten, mir eine mehr als anständige Summe zu überweisen. Ich habe Rufus geschrieben, dass er ihn dir liefern darf. Was wirst du jetzt damit machen?*

Liebe Grüße, Noah

»Das ist eine gute Frage«, sagte Remy zu Myra. »Im nächsten Jahr werden wir versuchen, eine Art Blockhaus oder so etwas Ähnliches in Mervins Garten auf Rügen zu errichten. Das wäre natürlich der beste Platz für den Schrank. Die Gäste könnten ihn bewundern, er wäre dort wirklich ein Denkmal für Mervin und Clara, denn das ist der Ort, an den er gehört. Ich könnte sogar meine Büroarbeiten daran erledigen. Aber was machen wir bis dahin?« Sie schwieg einen Moment nachdenklich, dann sah sie Myra an. »Eine Idee hätte ich ja. Hättest du etwas dagegen, wenn wir den Schrank ins Bernsteinmuseum stellen? Da wäre er gut aufgehoben. Und die Leute, die sich gerne Bernstein ansehen, freuen sich bestimmt auch über das schöne Möbelstück.«

»Natürlich, warum nicht? Wenn ihr ihn die Treppe hochbekommt, gern.«

»Das ist ein guter Plan«, meinte Noah. Remy war kurzerhand zu ihm geradelt. Sie hatte sowieso Lust auf einen Eisbecher an seinem Kiosk. »Du könntest die Klappe öffnen und darauf ein paar Exemplare von *Mervins Garten* auslegen. Das wäre doch eine gute Werbung. Ihr könntet sogar ein paar von den kleineren Bernsteinen, die übrig sind, gegen eine Spende für den Garten auf Rügen verkaufen.«

»Noah, du bist genial! Das machen wir! Rufus will den Schrank loswerden, er braucht wohl Platz in seiner Werkstatt. Könntet du und dein Nachbar vielleicht noch einmal helfen, wenn er ihn nach Ahrenshoop liefert? Es sind leider einige Stufen hoch zu Myra.«

»Na klar. Das dürfte kein Problem sein. Soll ich vielleicht direkt mit Rufus einen Termin ausmachen? Erst frage ich den Nachbarn und vielleicht noch zwei Bekannte, und dann koordiniere ich das.«

Genau darum hatte sie ihn gerade bitten wollen. »Noah, du bist ein Schatz. Warum kann mein Bruder nicht so sein?«

Noah wandte sich hastig ab, um die leeren Eisbecher auf den Tresen zu stellen. »Das wird schon noch. Ich finde ihn sehr umgänglich.«

»Auf dich ist er ja auch nicht böse. Na ja, Hauptsache, er hat den Schrank gut hinbekommen. Und das hat er wirklich. Ich freue mich so, dass wir Mervins Vermächtnis behalten können! Es wäre mir furchtbar schwergefallen, dieses Möbelstück an einen Fremden zu geben.«

»Das hätte ich sowieso nicht zugelassen«, sagte Noah. »Mir war nur noch nicht die richtige Lösung eingefallen. Was für ein Glück, dass diese wunderbare alte Dame sich damals so in Mervin verliebt hat!«

»Wahrscheinlich war es kein Glück, sondern lag an Mervin. Ich muss los! Die Arbeit wartet. Ich will heute wenigstens noch einen Artikel fertig schreiben, damit Ausgabe drei bald gedruckt werden kann. Wir haben immer mehr Abonnenten, und mehr Follower im Netz, als ich jemals für möglich gehalten habe. Ich glaube, *Mervins Garten* wird nicht zu den Zeitschriften gehören, die man nach ein paar Ausgaben mangels Nachfrage wieder einstellen muss.«

»Ich freue mich sehr über euren Erfolg. Vor allem weil es zeigt, dass den Menschen doch noch etwas an einer Wiese liegt, auf der es brummt und summt. Vom Zauber der Glühwürmchen ganz zu schweigen. Die Welt wäre wirklich ärmer ohne sie. Ich melde mich bei dir, wenn ich einen Termin habe.«

»Vielen Dank für deine Hilfe, Noah. Ich kann es kaum erwarten, bis der Schrank wieder hier ist. Er gehört nicht in eine Stadt.«

Nur eine Woche später fuhr Rufus' Lastwagen bei Myra vor. Noah und seine Bekannten waren schon da, alle bereit, mit anzupacken. Remy war ein bisschen besorgt um die Vitrinen im Bernsteinmuseum, doch als sie sah, wie gut Noah aufpasste, wie umsichtig Rufus war und wie gut sie die anderen einwiesen, trat sie lieber aus dem Weg.

»Remy, was für ein wunderschönes Stück! Du hast es mir zwar beschrieben und die Bilder gezeigt, aber so schön hatte ich es mir nicht vorgestellt.« Myra war voller Bewunderung, als Mervins Meisterwerk schließlich einen Platz gefunden hatte, wo es gut zur Geltung kam.

Rufus betrachtete sein Werk noch einmal von allen Seiten, fuhr über die Kanten, ob auch nirgendwo noch etwas Raues hervorstand und der Transport keinen Schaden hinterlassen hatte. Zum Schluss setzte er die Figuren oben an ihre Plätze.

»Gut«, sagte er schließlich befriedigt.

»*Gut*? Rufus, ich weiß kaum, was du sonst machst, aber ich bin mir sicher, du hast dich mit diesem Stück selbst übertroffen. Ich danke dir von Herzen!« Da er sicher nicht von ihr umarmt werden wollte, beschränkte sich Remy darauf, ihn anzulächeln. All ihr Ärger über ihn war gerade vor Freude vergessen.

»Es war ja auch ein besonderes Stück mit einer besonderen Geschichte. Es hat mir Freude gemacht.« Rufus klang weniger steif als sonst. Während Noah Trinkgelder an seine Bekannten verteilte und sich danach noch mit Leander unterhielt, zögerte Rufus, zu den anderen zu gehen. Schließlich räusperte er sich. »Kann ich dich irgendwo mal kurz allein sprechen, Remona?« Er sah sich um. »Vielleicht an der frischen Luft?«

Remy war erstaunt. »Lass uns in den Garten gehen«, schlug sie vor. In Gärten fühlte sie sich einfach am wohlsten. Und am Meer natürlich.

»Gern.« Rufus folgte ihr. Draußen setzten sie sich auf die Bank zwischen den großen, knallbunten Dahlien, die Myra so liebte. Remy wartete. Rufus sah zu Boden. Schließlich blickte er auf. »Remona … Remy, ich möchte mich bei dir entschuldigen. Du hast recht. Du kannst nichts für das Verhalten unserer, ich meine, meiner Eltern. Unseres Vaters. Du nicht, und ich nicht. Ich habe mir immer einen Bruder gewünscht. Aber wenn ich darüber nachdenke«, er lächelte ein wenig schief, »ist eine Schwester vermutlich auch nicht schlecht. Vielleicht sogar noch besser. Jedenfalls, wenn sie … wenn sie so ist wie du. Ich mag es, wie du dich für Dinge einsetzt, die dir wichtig sind. Ich mag dich überhaupt, glaube ich, es fällt mir nur schwer, über meinen Schatten zu springen und darüber zu reden. Wahrscheinlich brauche ich eben eine Schwester, die mir das beibringt. Also, glaubst du, wir können noch mal von vorn anfangen?«

Mit dieser Wendung hatte Remy längst nicht mehr gerechnet. »Das wäre eigentlich schade«, sagte sie. »Ich finde, wir sind schon ganz schön weit gekommen. Warum von vorne? Was kann ein besserer Start sein als ein so wundervolles Projekt wie Mervins Vermächtnis? Es würde ihm gewiss gefallen, dass er uns zusammengebracht hat.«

»Ich habe deine Zeitschrift gelesen. Auch die zweite Ausgabe. Es gefällt mir sehr, was ihr macht. Wie ihr die Menschen berührt und begeistert für etwas, das so wichtig ist.«

»Wie schön! Das bedeutet mir viel.« Vorsichtig streckte Remy ihre Hand aus. Nach kurzem Zögern nahm er sie. »Hallo, kleine Schwester.«

»Hallo, großer Bruder. Ich freue mich sehr.«

»Ich auch. Ich hoffe, du kommst bald wieder einmal nach Berlin, damit wir uns besser kennenlernen können.«

»Versprochen. Ich habe keine Ahnung, was Brüder und Schwestern so miteinander machen.« Remy runzelte die Stirn. »Ins Kino gehen? Streiten? Grillen? Sich gegenseitig im Schwimmbad untertauchen?«

Er lachte. Remy fragte sich, ob sie ihn überhaupt schon einmal hatte lachen hören. »Alles das und viel mehr, wenn du möchtest. Nur nicht alles auf einmal.«

»Ich komme bald, damit wir damit anfangen können. Und ich würde mich freuen, wenn du dir auch mal Mervins Garten auf Rügen ansehen würdest. Mein Herzensprojekt.«

»Davon scheinst du eine ganze Menge zu haben.«

»Das stimmt. Wie du auch.«

Rufus stand auf. »Komm mit. Da ist noch etwas auf dem Lastwagen. Jetzt habe ich ein bisschen die Hoffnung, dass du es annehmen wirst.«

Die anderen waren fort bis auf Noah und Leander. »Fasst ihr noch mal mit an?«, bat Rufus sie. Noahs Blicke gingen von ihm zu Remy, dann lächelte er sein langsames Lächeln und nickte Remy zu. Sie lächelte zurück. Es tat gut, wie sehr er sich für sie freute.

Sie erkannte sofort, was die Männer da vom Lastwagen hoben. Es war das zarte Regal mit den Muschelschnitzereien an den Kanten, gestrichen in Meeresfarben. »Es ist ein Geschenk von unserem Vater und von mir, und ich habe es wirklich mit Liebe hergerichtet«, versicherte Rufus. »Bitte, nimm es jetzt an!«

»Es ist wunderschön. Und es passt auch gerade noch in mein Zimmer, wenn ich ein bisschen aufräume. Ich werde es immer mitnehmen, egal, wohin ich umziehe. Danke, Rufus! Theo rufe ich nachher gleich an.« Remy vollführte einen kleinen Hüpfer. »Ich freue mich so. Meine Familie ist komplett! Eine verrückte Patchworkfamilie, aber wunderbar vollständig.«

»Noch ein Letztes«, sagte Rufus, nachdem die Männer das Regal hinaufgebracht hatten. »Leander?«

Einmal mehr verschwanden sie im Lastwagen. Und erschienen wieder mit einer breiten Holzbank, die gemütliche Rundungen aufwies. Wenn man ihre Form sah, wusste man sofort, dass man sich darauf wunderbar niederlassen konnte. Als sie die Bank abstellten, sah Remy, dass in den Rücken oben etwas eingeschnitzt war. *Clara* und *Mervin*. Rechts und links der beiden Namen schmückte jeweils das Bild eines Käfers das Holz. Es waren eindeutig Glühwürmchen! Und in der Mitte dazwischen befand sich das feine Abbild eines besonderen Nachtfalters mit einem Augenmuster und lang ausgezogenen Flügeln.

»Rufus! Woher weißt du von dem Falter?« Remy konnte nicht anders, sie musste sich auf die Bank setzen und die Buchstaben befühlen.

»Ich habe deine Zeitschrift gelesen, schon vergessen? Du hast so lebendig davon erzählt, dass ich ihn vor mir gesehen habe. Ich fand, ihr braucht diese Bank für Mervins Garten auf Rügen. Auch eine Art Denkmal, aber diesmal eines, auf dem man sich ausruhen und die Insekten beobachten kann. Ich glaube, das würde den beiden gefallen. Wenn deine Urgroßmutter einverstanden ist, kann die Bank hier im Garten stehen, und wenn ich dich dann einmal auf Rügen besuche, dann bringe ich sie dir.« Rufus betrachtete Remy, als würde er daran zweifeln, dass ihr sein Geschenk gefiel. Um ihn zu überzeugen, fiel Remy ihm jetzt doch um den Hals. »Das ist eine tolle Überraschung! Als Bruder bist du ganz brauchbar.« Sie zwickte ihn ins Ohr und fand immer mehr Gefallen daran, einen Bruder zu haben. Er lachte und schwenkte sie einmal im Kreis. »Dann bin ich zufrieden, kleine Schwester.«

Die Männer trugen die Bank nach hinten in den Garten. Danach ging Rufus zu Myra, um sich zu verabschieden. Leander wandte sich an Remy. »Ich bin froh, dass ihr zwei euch jetzt endlich normal benehmt«, sagte er. »Ich gehe davon aus, dass du dann öfter mal dein hübsches Näschen in Berlin zeigen wirst.« Er legte ihr leicht die Hände auf die Schultern. »Das war doch sehr nett neulich, als wir tanzen waren. Wollen wir das nicht sehr bald wiederholen?« Er strich mit einem Daumen zart an ihrem Kinn entlang.

Remy mochte ihn. Sie mochte seine fröhliche, unkomplizierte, direkte Art. Während sie über ihre Antwort nachdachte, sah sie über seine Schulter hinweg, wie Noah sich abwandte und die alte Rose neben der Tür angelegentlich von einigen verwelkten Blütenköpfen befreite. Und da flog ihr, ohne dass sie wusste woher, die Antwort auf eine ganz andere Frage zu. Sanft nahm sie Leanders Hand und entfernte sie. »Es tut mir leid, Leander. Du bist ein wirklich guter Freund, und ich hoffe sehr, dass wir mit Rufus zusammen noch viel unternehmen werden. Und was die Zeitschrift betrifft, zähle ich weiter auf dich, wenn ich wieder einmal Hilfe brauche. Aber mehr geht nicht.«

Leander folgte ihrem Blick. »Verstehe«, sagte er. Er drückte ihre Schulter noch einmal herzlich, bevor er sie losließ. »Dann wünsche ich dir Glück, liebe Remy. Und ja, ich freue mich auch schon auf den Unfug, den wir mit Rufus zusammen anstellen werden. Tschüs, bis dahin!« Er stieg in den Laster und ließ den Motor an. Rufus kam jetzt auch, umarmte Remy kurz und unbeholfen. »Bis bald.«

»Bis bald, großer Bruder. Und noch mal vielen lieben Dank!«

Inzwischen war es dämmrig geworden. Feuchtigkeit stieg aus der Wiese auf. Es duftete nach dem Fallobst unter dem Birnbaum.

Remy winkte ihnen nach, bis die Rücklichter des Lasters um die Ecke verschwunden waren. Myra war ins Haus gegangen. Remy ging auf Noah zu, der immer noch an den Rosen beschäftigt war. Jetzt steckte er die Hände in die Hosentaschen. »Ich gehe dann auch mal. Fein, dass alles geklappt hat«, sagte er, ohne Remy anzusehen.

»Noah, ich …«

In diesem Augenblick blickte er auf. »Remy, ich bin nicht gut in diesen Dingen.«

»… ich bin genauso langsam von Begriff wie Rufus«, sagte sie gleichzeitig.

Sie starrten sich an. Nach einem langen Moment fingen Noahs Augen an zu glänzen. »Remy, ich möchte nicht dein Bruder sein«, sagte er.

Remy schüttelte den Kopf. »Ich habe schon einen Bruder.«

Die ganzen Wochen über hatte sie über Heiko und Leander nachgedacht und sich über ihre eigene Unwilligkeit gewundert, mit einem von beiden etwas zu unternehmen. Noah aber hatte sie immer wieder mit Rufus verglichen. Und dabei nie bemerkt, dass es Noah war, der alles ganz ruhig in ihr werden ließ. Dass es sie gleichzeitig mit einer tiefen Zufriedenheit und einer zitternden Erwartung erfüllte, wenn sie Zeit mit ihm verbrachte. Es war Noah, auf den sie sich immer kompromisslos verlassen konnte, Noah, der unkompliziert und umsichtig half, wo er konnte, ohne dass man ihm alles erklären musste. Der sie beinah ohne Worte verstand und in dessen Nähe sie sich stets entspannt und wohl fühlte. Es war Noah, mit dem der Tag einfach schöner war, Noah, in dessen Nähe sie sich nie allein fühlte, und Noah, mit dem sie alles teilen wollte, was vor ihr lag. So, wie sie eigentlich alles mit ihm geteilt hatte seit jenem Tag auf dem Dachboden.

Er nahm ihre Hände. »Remy, seit dem Tag, als du den Brief auf dem Dachboden gefunden hast und ihn mir über den Tisch geschoben hast, mit diesem Staunen und Leuchten in den Augen, denke ich beim Aufwachen und beim Einschlafen an dich und immerzu dazwischen. Ich vermisse dich, wenn du nicht da bist. Ich möchte jede Freude mit dir teilen, weil sie ohne dich nicht funktioniert. Es erschreckt mich und macht mich glücklich und macht mich ratlos, alles auf einmal. Das ist ziemlich neu für mich. Genauso neu, wie es für Rufus ist, ein Bruder zu sein.«

»Das macht nichts«, sagte Remy durch Tränen hindurch und schniefte ganz unromantisch. »Wenn wir etwas nicht hinkriegen, fahren wir nach Rügen in Mervins Garten. Ein Garten kann einen alles lehren.«

Noah nahm sie in den Arm. Endlich. »Dann kann uns ja nichts mehr passieren«, sagte er. Er klang glücklich und ungläubig zugleich.

Remy legte für eine Weile den Kopf an seine Schulter. »Ich glaube, ich würde jetzt gerne mit dir auf Claras und Mervins neuer Bank sitzen«, sagte sie schließlich.

»Wenn ich dich dort küssen darf.«

»Das sehen wir dann.« Remy zog ihn hinter das Haus. Seine Hand war warm. Er roch nach Gras und Meer und den Sanddornkeksen, die er am Kiosk verkaufte, als er sie auf der Bank ganz festhielt.

Über dem Garten flogen zwei Fledermäuse gemeinsam im zunehmenden Dunkel der Nacht. Erst umkreisten sie schwungvoll die Silberpappel, dann den Baumstamm, bevor sie sich so hoch in das verbleibende samtige Blau schwangen, dass Remy sie nicht mehr erkennen konnte.

Taru

Groß Nemerow

2014

36

»*Zum Freuen*«

»Warum lachst du, Taru?«, erkundigte sich Philea, die angeboten hatte, mit Memo Laub zu harken, aber dann mit so viel Vergnügen in die fertigen Haufen sprang, dass sie immer wieder von vorn anfangen mussten. Wie Ilari und ich früher, dachte Taru.

»Weil Felix mir ein Video geschickt hat.«

»Aus Amerika? Zeig mal. Was ist das?«

Taru spielte für sie den Clip noch einmal ab. »Felix hat mir einen Glühwürmchenanlocker gekauft. Das ist so eine Art Taschenlampe, an der man einstellen kann, in welchem Rhythmus sie blinkt. In Amerika gibt es mehr Sorten Leuchtkäfer als hier, und jede Art hat ihren eigenen Rhythmus, sozusagen ihre eigene Sprache. Felix hat allerdings vergessen, dass die Glühwürmchen bei uns nicht blinken, sondern etwa zwei Stunden am Stück glühen. Trotzdem nett von ihm und lustig, dass es so etwas gibt. Anscheinend mögen die Menschen eben auch woanders Glühwürmchen und wollen sich mit ihnen unterhalten.«

»Find ich gut«, sagte Philea und kehrte zu Memo und den Laubhaufen zurück.

Ich blinke lieber mit Texten, dachte Taru. Ist doch gar nicht so viel anders.

Die vierte Ausgabe von *Mervins Garten*, die vor einer Woche erschienen war, hatte noch größeren Erfolg als die vorherigen.

Mit Freude verfolgten die Leser die Fortschritte im Garten auf Rügen, wollten wissen, wann und wie oft Taru die Glühwürmchen in ihrem eigenen Garten sah, stellten ohne Ende Fragen und schickten Bilder ihrer eigenen Gärten. Nun warteten sie alle darauf, dass auch auf Rügen die Glühwürmchen von jemandem gesichtet würden, dort, wo schon so viele Menschen eine Pflanze im Geschichtengarten hinterlassen hatten. Doch damit würden sie sich bis zum nächsten Sommer gedulden müssen. Dieser war vorbei. Die Tage wurden kürzer, und abends brauchte man eine dicke Jacke. Tagsüber allerdings wärmte die Sonne noch immer, so wie jetzt.

Taru dachte an die Farne, die sie an einer schattigen Stelle in Mervins Garten gepflanzt hatte. Dieselbe Sorte, die dort gediehen, wo sie einst mit Ilari ihre Höhle gebaut hatte. Schnecken mit bunten Häusern hatten sich dadurch angesiedelt, und vielleicht würde sie eines Tages mit Philea und Memo leuchtende Buchstaben darauf malen.

So viele Leser sie jedoch auch gewonnen hatten, von Ilari gab es immer noch keine Spur.

Mehrfach hatte Taru über Remys Vorschlag nachgedacht, einen öffentlichen Aufruf zu starten, eine Suche nach Ilari auf Facebook, Twitter und YouTube. Aber es widerstrebte ihr zutiefst. Zu schön und zerbrechlich war ihre Geschichte, und außerdem war es nicht allein ihre. Es war genauso Ilaris, und wenn er noch lebte, so wollte sie ihn nicht verletzen, wollte nichts davon noch weiter ans Licht zerren. Es genügte, dass sie in der Zeitschrift die Landschaft ihrer Kindheit beschrieben hatte. Sie würde es weiter mit ihren Texten machen wie die Glühwürmchen, von denen Ilari, kurz bevor er verschwunden war, einmal gesagt hatte: »Glühwürmchen tragen still die Hoffnung in die

Welt, denn sie werfen ihr Licht in die Dunkelheit und Einsamkeit, damit es ein anderes sieht und sie so einen Partner finden.«

Taru war jedoch gar nicht darauf aus, einen Partner zu finden. Mit Werner hatte sich inzwischen alles eingespielt, sie telefonierten regelmäßig oder tauschten freundschaftliche E-Mails aus. Keiner bereute den Schritt, den sie gegangen waren. Taru fühlte sich nicht einsam, sondern geerdet. Ihre Albträume waren seit ihrem Besuch auf Rügen nicht wiedergekehrt, und sie konnte stundenlang nachts im Mondscheingarten sitzen und in die Dunkelheit träumen. Die Freundschaft mit Jara bedeutete ihr viel, Palina kam oft vorbei, und die Kinder waren fast täglich eine Weile da. Heiko hatte zwar noch Sachen im Haus, verbrachte aber die meiste Zeit auf Rügen, wo er ein fester Bestandteil des Ruderclubs geworden war. Für die Arbeit an der Zeitung und die nötigen Besprechungen kam er regelmäßig nach Groß Nemerow, ebenso wie Remy. Das Nebengebäude war zum zentralen Büro geworden, zum lebendigen Herz der Zeitschrift. Vielleicht lag es daran, dass dort Berthildes Kesselhaken an der Wand hing.

Im November würde es in Hannover eine große Bootsmesse geben. Vielleicht würde sie hinfahren, dachte Taru, vielleicht würde sie dort nach dem Mann Ausschau halten, den sie in Ribnitz-Damgarten nur von hinten gesehen hatte.

Aber vielleicht auch nicht, denn ihr Leben war gut, so wie es war.

Nein, nicht nur gut, es war großartig, dachte Taru, als ihr Clara einfiel. Mervin und Clara hatten den Nachtfalter gesehen, als sie am glücklichsten waren. Kurz darauf hatten sie erfahren, wie krank Clara war.

Ich will die Augenblicke genießen, dachte Taru, die Augenblicke, die im Grunde so kurz und kostbar sind wie das Licht eines Glühwürmchens.

Am nächsten Morgen ging sie zum See hinunter, wie so oft. Was war das Helle dort am Stamm der Pappel? Taru trat näher. Es war einer der gelben Zettel mit Memos Schrift darauf: *Zum Freuen.* Was meinte er wohl? Dass man auf den Baum klettern konnte? Den Ausblick auf den See? Den Pfad durch das Dickicht über die vielen kleinen Bäche?

Alles davon! Es traf auf alles zu. Er hatte so recht. Taru beschloss, noch einmal schwimmen zu gehen. Ein Rest Sommerwärme war ja noch im Wasser gespeichert. Kurze Zeit später stand sie im Badeanzug auf dem Steg, zögerte und stürzte sich dann entschlossen in das Funkeln, das die schon tiefer stehende Sonne auf das Wasser warf. Ein paar goldene Blätter trieben um sie herum, und die Kälte prickelte auf ihrer Haut. Sie drehte sich auf den Rücken und sah über sich einen Pfeil aus Wildgänsen, die nach Süden flogen. Sie kamen aus Richtung Rügen. Taru beschloss, im nächsten Jahr wieder jeden Tag schwimmen zu gehen. *Zum Freuen.* Memo machte es richtig. Man sollte viel mehr solcher Zettel in die Welt kleben, damit man das Wichtigste nicht vergaß.

Bald würden die Kraniche wieder fliegen, und Taru würde morgens vom Fenster aus ihre Stimmen hören, noch ehe es hell wurde. Sie freute sich darauf, und auf die Stürme, die an manchen Tagen in wilden Spiralen die letzten Blätter über das Wasser jagten. Auf den ersten Morgen, an dem Eiskristalle den Tümpel im Mondscheingarten und die Gräser am Wegrand säumen würden.

Zu Hause duschte sie lange. Das Prickeln des kalten Wassers spürte sie noch immer, und sie fühlte sich hellwach davon.

Ihr Handy gab unter dem Haufen frischer Wäsche, die sie versehentlich obendrauf gelegt hatte, ein dumpfes Signal von sich. Eine Nachricht von Remy.

Ich glaube, dieser Leserbrief wird dich interessieren. Siehe Anhang. Liebe Grüße, Remy.

Taru tippte mit dem Finger auf die kleine Büroklammer daneben. Weil der Akku beinahe leer war, öffnete sich das Dokument nur langsam.

Danke für den Artikel. Ihn zu lesen war, wie das Leuchten eines Glühwürmchens zu sehen. Ich bin in die Welt geflogen wie der Drachen, aber die Stimme der Steine von Sellin spricht noch immer in mir.

Keine Unterschrift.

Taru steckte das Handy zum Laden in die Steckdose, zog sich an, föhnte sich die Haare und überlegte dabei die ganze Zeit, wie ihr jetzt zumute war. Sie wusste es nicht.

Ilari hatte keinen Namen und keine Adresse hinterlassen, also hatte er wohl nur das gewollt. Ihr ein Signal geben, dass er lebte und verstanden hatte. Mehr nicht.

Doch als Taru in den klaren Herbsttag hinaustrat, stellte sie fest, dass das sehr viel war. Vielleicht alles, was sie gewollt hatte. Es ging ihm gut. Er lebte! Genau wie sie. Tarus Vater und viele andere Opfer der deutschen Teilung hatten es langfristig nicht unbeschadet oder gar nicht überlebt, aber Ilari und sie lebten, in einem erneuerten Land. Und die alten Schätze ihrer Kindheit waren in ihnen unzerstört bewahrt geblieben. Sie gehörten ebenso zu ihnen wie die Narben, die sie trugen. Sie hatten sie zu dem gemacht, was sie waren.

Sie fühlte sich so gut, dass sie umkehrte, ihr Brett unter den Arm klemmte und noch einmal zum See hinunterging. Sie kniete sich darauf und paddelte hinaus. Als das Wasser tief genug war, stand sie auf. Mit langen, kräftigen Schlägen bewegte sie sich auf dem See, der sie trug, und teilte mit dem Bug den Teppich gelber, roter und brauner Blätter auf der Oberfläche. Der Fahrtwind fuhr ihr durch die Haare, und die feinen silbernen Fäden des Altweibersommers glänzten in der frischen Luft. Vorn auf dem Brett klebte eine von Phileas Schnecken und fügte ihre ausgelassenen Farben dem Herbst hinzu. Taru fühlte sich frei und stark und riss in ihrer Euphorie einmal mitsamt dem Paddel die Arme hoch. Ein anderer Stehpaddler, dessen Silhouette sie in der Ferne sah, kopierte die Geste. Sie wusste, es ging ihm genauso, er teilte das Gefühl, ein kleiner, aber voll und ganz lebendiger Teil des unglaublichen Ganzen zu sein, zwischen See und Himmel, im ewigen Fluss der Jahreszeiten, der Generationen und der Momente wie diesem.

Vielleicht würde sie es machen wie manche leidenschaftlichen Stehpaddler und sich einen warmen Trockenanzug kaufen, damit sie auch in der eisigen Stille des Winters fahren konnte. Es musste grandios sein.

In den nächsten Wochen fuhr sie beinahe täglich auf den See hinaus. Diese goldenen und roten, kurzen Tage waren zu kostbar, um auch nur einen einzigen davon zu verschwenden. Es gab nichts mehr, auf das sie wartete. Die Gegenwart gehörte ihr. Und da dies nicht für immer so sein würde, wollte sie keinen Augenblick versäumen. Manchmal dachte sie an Memos gelben Zettel, der sie daran erinnert hatte.

Aus September wurde Oktober. An den Bäumen hingen noch immer letzte Äpfel, und das Fallobst duftete nach Most. Es roch nach Pilzen, und die langen Ranken des Hopfens drapierten hellgrüne Laternen im Unterholz. Die Sonne stand tief und tauchte alles in ein warmes, klares Licht. Im hohen Gras funkelten taunasse Spinnweben.

Er fand Taru bei den Schafen.

Dies war immer noch einer ihrer Lieblingsplätze, unten an der Weide, wo der Wald begann und häufig Rehe vorbeikamen, hier, wo alles still und einfach war und sie am deutlichsten spürte, dass ihr nichts zu ihrem Glück fehlte.

»Du bist rundlich geworden auf deine alten Tage, mein Lieber«, sagte sie zu Antares und reichte dem Schafbock trotzdem einen Apfel über den Zaun.

»Das will ich doch nicht hoffen«, sagte eine Stimme hinter ihr, fremd und doch so vertraut. »Ich habe deine Adresse aus dem Impressum der Zeitschrift. Und die Kinder, die vor deinem Haus spielen, haben mir gesagt, ich würde dich wahrscheinlich dort finden, wo es ›määh‹ macht.«

Taru stand ganz still. Das Einzige, was zu hören war, war das Krachen des Apfels, als das Schaf hineinbiss.

Dann wandte sie sich langsam um.

Er war es. Der Mann, den sie auf der Bootsmesse gesehen hatte. Nur, dass er jetzt ein grünes T-Shirt trug und sie ihn von vorne sah. Wäre nicht das Feuermal auf seinem Arm gewesen, hätte sie ihn an seinen Augen erkannt.

Sie suchte nach Worten und fand sie nicht. Diesmal war es nicht die Angst vor den falschen Worten. Es war eher so, dass ihr der Augenblick auch ohne Worte genügte. Es war der Augenblick, in dem sich eine letzte Anspannung in ihr löste. Seit dem Leserbrief wusste sie zwar, dass Ilari lebte, aber erst jetzt, da sie ihn vor sich sah, mit einem kurzen graumelierten Bart, über den sie lächeln musste, konnte sie es wirklich glauben. Dass die unzähligen Male, in denen sie sein Gesicht unter Wasser in einem dänischen Fischernetz gesehen hatte, tatsächlich nur böse Träume gewesen waren.

»Ist das dein Brett?«, fragte er und deutete darauf. Taru hatte es an den Zaun gelehnt, als sie auf dem Rückweg vom See bei den Schafen haltgemacht hatte.

»Ja. Das erkennst du an der Schnecke.«

Er trat näher heran. »Stimmt. Aber das ist eine Meeresschnecke. Sie hat kein Haus.«

»Das braucht sie nicht«, antwortete Taru. »Sie hat keine Angst. Sie ist wild und bunt und frei.«

Er wandte sich ihr zu, kam einen Schritt näher und lächelte. »Das ist schön. Das hatte ich gehofft.«

»Es ist so gut, dich zu sehen«, sagte sie.

»Es tut mir leid, dass ich erst jetzt komme. Es war nicht so einfach für mich.«

»Wollen wir ein Stück gehen?«

»Ja.« Er betrachtete das Brett noch einmal genauer. »Ich baue auch solche. Du hättest eines von mir kaufen können.«

»Warst du deswegen auf der Bootsmesse?«

»Du hast mich gesehen?«, fragte er verblüfft.

»Ja, aber du hast mich nicht gehört, und dann konnte ich dich nicht wiederfinden.« Zum zweiten Mal in ihrem Leben. Aber nun war er da.

»Ich habe eine kleine Firma, die Boote baut, aber neuerdings auch Bretter. Ich habe lange an der Entwicklung gefeilt. Aber sie heißen nicht ›Fliegender Fisch‹.« Er zeigte ein wenig spöttisch auf das Logo am Brett. »Sieh her.« Er drückte ihr einen Flyer in die Hand. Das Bild zeigte ein schnittiges Brett mit einem schwungvollen Schriftzug darauf. *Sage* T 63.

»Was mir daran gefiel, war die Tatsache, dass die meisten Menschen denken, es handelt sich bei ›sage‹ um das englische Wort für weise«, erklärte Ilari. »Sollen sie ruhig, das ist auch nicht falsch. Für mich aber erzählt dieser Name von dem Mädchen mit den Geschichten in den Augen. Deswegen steht auch dein Geburtsjahr dahinter. Immer, wenn ich auf einem Brett stehe, habe ich nämlich dasselbe Gefühl wie damals, als wir zusammen den Wald eroberten oder auf dem Bodden ruderten.« Er tippte auf die Schnecke an Tarus Brett. »Dir scheint es ähnlich zu gehen.«

Sie starrte auf den Flyer und schluckte schwer. »Und du? Wie heißt du wirklich?«

»Ich heiße wirklich Ilari mit Vornamen. Mein Vater hieß einmal Heinz Uhrmacher, bevor er den Decknamen Paul Kemper erhielt. Nach der Flucht bekam er dann in Kanada den Namen John Fortin verpasst. Daher heiße ich auch so. Ilari Fortin. Ich gehe davon aus, dass sich das nicht noch einmal ändern wird.«

Nebeneinander liefen sie durch den Wald zum See hinunter. Taru hatte sich oft vorgestellt, wie das sein würde, aber jetzt war sie überrascht, wie einfach es war. Als wären sie immer so nebeneinander hergegangen. Gute Freunde in einer Welt voller Abenteuer. Ebenso gewohnheitsmäßig setzten sie sich auf das Ende des Stegs, als sie dort ankamen. Der Tollensesee war um ein Vielfaches größer als der Schwarze See, aber so war es ja nun auch mit ihrer Lebenserfahrung.

»Sie haben damals auf uns geschossen«, sagte Ilari schließlich.

37

Signale

»Erst ging alles gut. Mein Vater hatte ein ordentliches Boot. Doch dann, als wir es schon beinahe geschafft hatten, lichtete sich der Nebel. Plötzlich tauchte ein Patrouillenboot auf. Sie haben sofort auf uns gefeuert. Meine Mutter schrie, geriet in Panik und brachte das Boot dabei zum Kentern. Ich geriet unter Wasser, aber mein Vater konnte mich festhalten, obwohl er einen Streifschuss abbekommen hatte. Wir haben uns an das Boot geklammert und hatten das riesige Glück, dass der Wind uns aus der Gefahrenzone trieb. Dort sind uns die Dänen entgegengekommen. Man hatte ihnen von Westdeutschland aus Nachricht gegeben. Sie haben uns gesucht. So gesehen, waren die Schüsse unser Glück, weil die Dänen die gehört und uns dadurch gefunden haben.« Ilari räusperte sich. »Ich werde den Moment nie vergessen, als der Suchscheinwerfer der Grenzbrigade uns fand. Er war so grell, dass ich das Blut meines Vaters dunkel im Wasser sehen konnte. Meine Mutter hatte einen Schock und bekam später eine Lungenentzündung, aber sie hat sich erholt. Die Verletzung meines Vaters hatte auch keine bleibenden Folgen. Wir bekamen einen neuen Namen und eine neue Identität verpasst, und ein neues Leben in Kanada.« Er hob einen Stein auf und warf ihn ins Wasser. »Es hat mir gefallen. Da gibt es viel Wald.«

Sie schwiegen eine Weile. »Ich habe jeden Tag gegrübelt, ob du überlebt hast«, sagte Taru schließlich. Sie wollte nichts von ihren Albträumen erzählen. Es spielte keine Rolle mehr. »Ich war so froh, als ich deinen Leserbrief erhalten habe!«

»Es tut mir sehr leid, dass ich mich nicht eher gemeldet habe. Meine Eltern haben immer behauptet, es wäre dein Vater gewesen, der uns verraten hatte. Ich konnte das kaum glauben. Selbst wenn, es wäre ja nicht deine Schuld gewesen. Erst, als mein Vater im Sterben lag, sagte er mir die Wahrheit. Da war ich schon lange erwachsen. Dass es ganz im Gegenteil dein Vater gewesen ist, der ihn rechtzeitig gewarnt hatte.«

»Aber warum, um Himmels willen, hat er dann das Gegenteil behauptet?«

»Ganz habe ich das auch nicht verstanden. Er war da schon manchmal etwas verwirrt. Wenn ich es richtig begriffen habe, wollte er mich schützen. Er befürchtete, dass ich Kontakt zu dir aufnehmen würde und sowohl uns als auch euch damit in Gefahr bringen könnte. Die Stasi wartete ja nur auf so was. Vielleicht hatte er sogar recht damit.« Ilari zuckte mit den Schultern. »Es war nicht mehr zu ändern. Nach der Wende habe ich sofort nach dir gesucht. Dabei stellte ich schließlich fest, dass du verheiratet warst und Kinder hattest. Ich wusste also, dass es dir gutgeht, und beschloss, nichts zu unternehmen. Vielleicht war auch ein wenig Angst dabei. Ich hatte manchmal noch Panikattacken. Dann kam alles wieder hoch. Die Schreie meiner Mutter, das Gefühl, unter Wasser gedrückt zu werden, während oben jemand auf uns zielte. Mit den Jahren wurde es besser. Ich wollte nicht, dass alles wieder aufgewühlt wurde, besonders, da ich vermutete, dass es dir vielleicht ähnlich ging.«

»Ja. Das tat es.« Jetzt erzählte sie ihm doch davon. Dass sie geschieden war, aber vor allem von den Träumen, von der wiedergekehrten Angst vor der Dunkelheit.

»Aber diesmal hast du die Angst ohne mich besiegt! Du kannst stolz auf dich sein.« Er nahm ihre Hand. Sie erwiderte seinen Händedruck.

»Das können wir beide. Ich bin froh, dass du wirklich Boote baust, wie du es immer wolltest. Lebst du noch in Kanada?«

»Nein. Ich habe zwei erwachsene Kinder dort und eine Exfrau. Sie hat sich irgendwann in einen anderen verliebt. Sie sagte, ich wäre nie ganz bei ihr gewesen, sondern immer mit einem Teil meiner Gedanken woanders. Das stimmte wohl. Ich bin dann nach Österreich gezogen, an den Mondsee. Dort habe ich meine kleine Firma für Boote und Paddelbretter, und nebenbei eine Kreativwerkstatt für Kinder. Vielleicht besuchst du mich mal. Es würde dir gefallen.«

»Ganz sicher tue ich das. Ich muss ja unbedingt das *Sage T 63* ausprobieren.« Sie lächelten sich an, jeder immer noch verwundert über die Gegenwart des anderen.

»Ich habe sogar ein Modell, auf dem man zu zweit fahren kann. Oder wir liefern uns ein Wettrennen.«

»Ich freue mich darauf.«

Dann wurde Ilari wieder ernst. »Taru, ich habe immer noch so gezögert, mich zu melden, weil bei mir eine Angst geblieben ist. Mehrfach habe ich den Versuch gemacht, nach Rügen zurückzukehren. Ich möchte so gern unseren Wald wiedersehen. Aber ich kann es nicht! Nicht allein. Ich wollte dich bitten, diesmal mir zu helfen. Ich habe von eurem Garten gelesen. Du warst also schon dort. Fährst du mit mir nach Rügen?«

»Natürlich. Ich hatte auch Angst davor. Und ich bin unendlich froh, dass ich es trotzdem getan habe.« Diesmal streckte sie ihre Hand nach ihm aus. »Lass uns gleich morgen fahren. Bist du hier irgendwo untergekommen?«

»Ja, im Hotel Bornmühle.«

»Das ist gut. Ich hole dich bei Sonnenaufgang ab.«

»Ich habe auch ein Auto hier.«

»Ja, aber du solltest nicht fahren. Du wirst mit deinen Gedanken beschäftigt sein.«

»Ja, Captain.« Er tippte an eine imaginäre Mütze.

»Der Bart steht dir übrigens gut«, sagte Taru.

»Besser als der gemalte damals?«

»Der hatte auch was für sich.«

Das Wetter am nächsten Tag war herbstlich durchwachsen. Sonne und Wolken wechselten sich ab wie die Gefühle auf Ilaris Gesicht, als sie über die Brücke und auf die Insel fuhren, die Alleen entlang. Sie erzählten sich von ihrem Leben. Taru von Werner und den Kindern und ihren verschiedenen Wohnorten, er von seinen eigenen Kindern und von der grandiosen Einsamkeit und Weite in den Wäldern Kanadas. »Irgendwann habe ich es geliebt dort«, sagte er. »Aber es war nie *mein* Wald.«

»Weißt du eigentlich, wie sich unsere Väter kennengelernt haben?«, fragte Taru. »Ich hatte damals gehofft, dass meiner den richtigen Namen von deinem noch wüsste. Aber er sagte, er sei ihm schon als Paul Kemper begegnet.«

»Sie haben sich in der Ausbildung kennengelernt. Meiner hat alles dafür getan, einen Posten bei der Armee zu erhalten, der günstig für seine Tätigkeit für den Westen sein würde. Aber dein Vater hat wegen eines Sehfehlers nicht für die Armee getaugt, wie sich herausgestellt hat«, sagte Ilari. »Bei den Schießübungen hat er nie getroffen. Dafür haben sie sein Talent als Mechaniker entdeckt.«

Taru lächelte zärtlich. Ihr Vater hatte den Unterschied zwischen zwei Schraubenköpfen über einen ganzen Raum hinweg erkennen können.

Schließlich erreichten sie die ersten Schilder, auf denen *Sellin* stand. Taru wollte abbiegen, doch Ilari legte ihr eine Hand auf den Arm. »Halt an«, sagte er.

Taru fuhr an den Rand. »Was ist?«

Er deutete auf ein anderes Schild. »Da steht *Baumwipfelpfad Prora*. Bist du schon mal dort gewesen?«

»Den haben sie gerade letztes Jahr eröffnet. Nein, ich bin noch nicht dazu gekommen.«

»Lass uns dorthin fahren. Ich möchte alles von oben sehen, ehe wir in unseren Wald gehen. Mich herantasten, sozusagen. Ein Überblick ist immer hilfreich.«

Wie vom Turm der Burg Stargard. Anscheinend waren sie sich in manchen Dingen noch immer ähnlich. »In Ordnung.« Aber Taru zögerte.

»Was ist?«, fragte jetzt Ilari.

»Ich hab noch etwas für dich. Wahrscheinlich ist das jetzt der richtige Moment. Vielleicht gibt dir das ein bisschen Kraft für deine Begegnung mit der Vergangenheit.« Taru nahm etwas aus ihrer Tasche und hielt es ihm hin. Er wickelte das Seidenpapier ab. Es war der uralte Bär aus Bernstein.

»Ich habe für dich auf ihn aufgepasst. Es ist an der Zeit, dass du ihn zurückerhältst. Die hölzerne Schnecke behalte ich. Sie sitzt zu Hause auf meinem Schreibtisch, seit Philea mit ihren Schnecken mir den Mut gab, sie wieder hervorzuholen.«

Er befühlte den Bären, zärtlich. »Wie schön, dass manche Dinge unversehrt bleiben, wenn der richtige Mensch gut darauf achtgibt«, sagte er leise.

Der Baumwipfelpfad war eine Holzkonstruktion, die langsam über die Bäume in die Höhe führte. Es war ein wenig wie Fliegen, da man sich zunehmend in die Vogelperspektive begab. Der Turm in der Mitte war vierzig Meter hoch und in der Form eines Adlerhorsts gebaut, um eine mächtige Buche herum, auf deren Wipfel man am Ende noch zehn Meter herabsah. Die Rampe, die sich rund um den Baum in die Höhe schraubte, war sechshundert Meter lang. Solche Informationen und viele weitere zu Vogelnestern und anderen Naturwundern befanden sich auf Tafeln am Geländer. Bei jedem Schritt öffnete sich rundherum eine neue Perspektive auf die vielen verschiedenen Landschaften der Insel.

Taru und Ilari schwiegen beide ehrfürchtig. Es gab so viel zu sehen! Im Wald hatten sie jede Wurzel gekannt, jedes kleine Kraut und jeden Käfer. Wie anders wirkte es hier oben, von wo man die ganze Insel überblicken konnte! Das Meer, der Bodden, die vielen verschiedenen Buchten, die Strömungen, alle in unterschiedlichen Schattierungen. Überall Wasser, dazwischen das Meer aus Bäumen in glorreichen Herbstfarben. Hier waren noch viel mehr Blätter an den Zweigen als auf dem Festland. Eine bewegte Fläche aus Feuer und Gold in einem Rahmen aus Blau. Als sie oben ankamen, waren sie nicht einmal außer Atem, so sanft war die Steigung gewesen. Stumm umrundeten sie einmal die ganze Plattform, nahmen den Weitblick in jeder Richtung in sich auf. Dann legte Ilari beide Hände auf die Brüstung und sah hinab auf einen Seeadler, der dort kreiste.

»Das magische Reich unserer Kindheit«, sagte er. »Was hatten wir für ein Glück.«

»Ja. Das hatten wir.«

»Jetzt, wo ich hier stehe und es als Ganzes sehen darf, ist es, als ob in mir heilt, was kaputtgegangen ist«, sagte er schließlich. Taru sah förmlich, wie ihm ein Gewicht von den Schultern genommen wurde. Sie wusste, wie er sich fühlte.

»So ging es mir, als ich die Stimme der Steine wieder hörte.«

Ilari riss sich los. »Komm«, sagte er. »Jetzt will ich sie auch hören. Und vorher gehen wir zum Schwarzen See.«

Sie liefen zur Lichtung, zum Grab des finnischen Soldaten und zum Schwarzen See, und manchmal erschien es Taru, als wären all die Jahre dazwischen gar nicht gewesen. Und dann wieder war sie dankbar dafür, dass es diese Jahre gegeben hatte und dass sie jetzt beide so waren wie heute.

»Schaffst du es noch rauf?«, neckte Taru Ilari, als sie an der Buche standen. »Ich war schon oben. Jetzt bist du dran.«

Die Initialen, die sie mit dem Baumpilz auf die Rinde geschrieben hatte, waren inzwischen vom Regen abgewaschen worden.

Schon saß Ilari in der Astgabel und steckte die Hand in das Loch. Die trockenen Blätter raschelten, dann zog er den Meeresschmetterling hinaus. Ein Lächeln flog über sein Gesicht. »Für mich?«

»Ja. Ich fand, du solltest auch eine Schnecke haben.«

»Sie ist wie du«, sagte er. »Voller Geschichten.«

Um der Vergangenheit willen saßen sie eine Weile auf dem Steg. Unter der Menge gefallener Birkenblätter war das Wasser kaum zu sehen.

Schließlich stand Ilari auf. »Wenn wir noch an den Strand wollen, ehe es dunkel wird, müssen wir los.« Sie machten einen Umweg über die Lichtung, doch es war kein Hirsch zu sehen.

»Es gibt noch weiße Hirsche. Immer wieder einmal wird einer gesichtet«, sagte Taru. »Und im Park im Putbus kann man sie immer sehen.«

»Das ist gut.« Die Abendsonne warf ein warmes Licht auf Ilaris Gesicht.

Kurz vor Sellin blieb er stehen. »Wollen wir noch durch das Elfenfenster klettern?« Er grinste sie verschmitzt an. »Wer weiß, was auf der anderen Seite ist.«

»Ich habe es lange gesucht, aber nicht mehr gefunden. Ich vermute, sie haben den Baum gefällt, oder er ist einem Sturm zum Opfer gefallen.«

»Wieso? Da ist es doch!«

Tatsächlich. Etwa zehn Meter vor ihnen stand der Baum, dicker geworden und das Fenster dadurch ein klein wenig enger, aber es war unverkennbar das alte Elfenfenster. Taru konnte sich genau an die Form erinnern.

Vielleicht hatte sie es nur mit Ilari finden können.

Als sie davorstanden, zögerte er. »Vielleicht doch keine so gute Idee. Was ist, wenn ich diesmal stecken bleibe?«

»Dann weiß ich in Zukunft wenigstens immer, wo du bist.«

»Na gut.« Er begann sich hochzuziehen. »Notfalls musst du mir eben einen Schubs geben. So wie ich dir damals.«

»Manchmal ist es ganz gut, wenn einem jemand einen Schubs gibt«, sagte Taru und dachte an die erste Schnecke, die Philea ihr geschenkt hatte. Wenn sie die nicht damals vor ihrem inneren Auge über den Redaktionstisch und dann auf Klimmroths Schulter hätte klettern sehen, hätte sie vielleicht nie den Mut gehabt, zu kündigen. Wer wusste schon, ob es dann jetzt *Mervins Garten* geben würde. Und ohne die Zeitschrift hätte sie Ilari vielleicht niemals wiedergesehen.

Auf jeden Fall war sie sich in diesem Augenblick ziemlich sicher, dass sie eines Tages im Garten bei Mervins Sonnenuhr sitzen und den besonderen Nachtfalter sehen würde, der nur dann kann, wenn alles genau richtig war.

»Kommst du?«, fragte Ilari von der anderen Seite des Baumes.

Taru passte mühelos durch das Elfenfenster und landete weich auf einem Blätterhaufen.

»Und? Was siehst du jetzt?«, erkundigte sich Ilari.

Taru sah sich um. Unten lag das Meer, rötlich gefärbt von dem Sonnenuntergang auf der anderen Seite, ebenso wie die Wolken darüber. Der Wald duftete genau wie damals, nach feuchter Erde, nach Werden und Vergehen. Nach Leben.

»Eine helle Zukunft«, antwortete sie. »Eine, in der ich mit mir und der Welt im Reinen bin.«

»Und was ist mit uns, Taru? Wie geht unsere Geschichte weiter?« Ilari sah sie fragend an.

»Lass uns zum Strand hinuntergehen.« Taru suchte nach den richtigen Worten, während sie auf die Seebrücke gingen und dann die letzten Stufen auf den Sand hinunter. »Ich bin jetzt am Tollensesee zu Hause. Ich habe dort meinen glücklichen Ort gefunden. Und ich möchte nicht mehr fort. Aber ich werde oft hierherfahren, um im Garten zu arbeiten, und nicht nur das. Ich werde sicher noch öfter auf den Baumwipfelpfad steigen, auf dem Bodden paddeln und auch am Schwarzen See sitzen.«

»Und hättest du etwas dagegen, wenn wir es manchmal gemeinsam täten?«

»Es würde mich sehr freuen. Aber, Ilari …« Taru blieb stehen. Sie waren jetzt fast auf Augenhöhe, fiel ihr auf. »Ich mag es so, wie es jetzt ist. Ich habe eine lange und gute Ehe geführt, aber ich habe mich nicht ohne Grund getrennt. Jetzt gefällt mir meine Freiheit. Ich vermisse nichts. Ich weiß nicht, ob ich das noch einmal ändern möchte.«

Er sah sie einen Augenblick forschend an, dann nickte er. »Mir geht es ähnlich. Ich bin es müde, es immer allen recht machen zu müssen. Ich mag nichts mehr rechtfertigen oder erklären. Das Leben ist zu kurz und zu zerbrechlich dafür. Ich habe das alles lange genug getan, und es hatte seine Berechtigung und seine schönen Seiten, aber der verbleibende Rest meines Lebens, der soll so sein wie das Gefühl, wenn du frühmorgens auf dem Paddelbrett stehst, der See offen vor dir liegt und du weißt, du kannst dich mit der bloßen Kraft deiner Arme zwischen Himmel und Wasser bewegen, wohin und wie du möchtest. Schnell oder langsam oder auch gar nicht, und alles, was dich dabei begleitet, ist der Wind. Aber Taru, ich möchte dich nie wieder aus den Augen verlieren! Können wir uns darauf einigen?«

»Das klingt gut. Und sobald es im Frühling warm genug ist, werde ich bei dir am Mondsee auf einem Brett stehen.«

»Dann können wir auch die Glühwürmchen gemeinsam sehen, die in Mervins Garten auftauchen werden, wenn der nächste Sommer kommt«, sagte Ilari zufrieden.

»Glaubst du, sie werden kommen?«

»Wenn nicht, suchen wir sie im Wald.« Er lächelte sie an, und sie sah die Gewissheit in seinen Augen. »Dort finden wir sie immer.«

Vielleicht sogar irgendwann die fliegende Sorte, dachte Taru. Im Augenblick erschien ihr das durchaus möglich. Sie dachte daran, wie glücklich Remy und Noah zusammen wirkten. Das

Leben war noch immer voller Überraschungen. Sie fühlte sich nicht wie über fünfzig. Gerade fühlte sie sich wieder jung und voller Energie. Nur frei diesmal. Ohne Angst.

Einträchtig gingen sie über den Sand dorthin, wo die Steine warteten. Ilari fing an zu rennen. »Ich höre es!«, rief er. »Wer zuerst da ist!«

Lachend folgte ihm Taru.

Und dann standen sie dort und lauschten dem Grollen und dem Rollen, das ihnen beiden so viel zu sagen hatte. Von früher, von der Gegenwart und von dem, was noch kommen mochte. Von Vergeben und Erinnern, von Hoffnung und von Freundschaft.

»Wo schläfst du eigentlich, wenn du hier bist, um in eurem Garten zu arbeiten?«, erkundigte sich Ilari, als sie später auf der Seebrücke saßen, um zu sehen, wie das letzte Tageslicht auf dem ruhiger werdenden Meer verlöschte.

»Im Hotel Bernstein, aber auf Dauer ist das keine Lösung. Wir wollen eine Art Blockhaus bauen, aber wer weiß, wann es dazu kommt.«

Ilari betrachtete einen Stein, den er aufgehoben hatte. »Ich habe Geld, das ich anlegen muss, und spiele seit längerem mit dem Gedanken, mir ein Wochenendhaus zu kaufen. Eine Zuflucht abseits der Firma, so gern ich auch zu Hause bin. Ein Ort zum Abschalten. Doch ich habe es immer wieder hinausgezögert, vielleicht, weil ich schon immer im Grunde den Wunsch hatte, das hier auf der Insel zu tun. Ehe ich zu dir kam, habe ich noch mal im Internet gestöbert. Es gibt da ein Angebot, südlich von Sellin. Ein sehr kleines Haus, aber es hat zwei Wohnungen. Was meinst du? Wir könnten dort manchmal Zeit verbringen, jeder für sich oder auch mal zusammen, wenn es sich so ergibt oder wir Lust darauf haben. Was hältst du davon?«

Taru dachte nach. »Das klingt gut. Ein bisschen wie ein Elfenfenster, das unserem Alter angemessen ist.«

»Genau. Man weiß nie, was auf der anderen Seite ist.« Ilari steckte den Stein in die Tasche. »Und sollten wir uns doch noch jemals wieder küssen, dann wissen wir jedenfalls, dass uns kein Soldat dabei ins Gesicht leuchten wird.« Er stand auf und hielt ihr eine Hand hin. »Komm! Ich habe noch ein Versprechen offen. Ich habe einmal gesagt, dass ich irgendwann mit dir hier am Strand ein Feuer machen werde.«

»Ich glaube, das ist immer noch nicht erlaubt. Brandschutz und so.«

»Schon, aber es gibt keine Grenzbrigade mehr. Die Patrouille wird uns nicht überraschen, und niemand wird uns verhaften. Vielleicht gibt es eine Geldstrafe, wenn wir erwischt werden. Wahrscheinlich aber nur eine Verwarnung. Wir löschen das Feuer hinterher sorgfältig und räumen auf. Aber das hier ist jetzt ein freies Land, und ich mache ein Feuer mit dir!« Schon sammelte er Treibholz und Reisig und schichtete es auf.

Taru half ihm.

Dann reichte er ihr ein Feuerzeug. »Zünde du es an.«

»Rauchst du?«, fragte sie.

»Nein.«

»Warum hast du dann ein Feuerzeug in der Tasche?«

»Du hast ja keine Ahnung, wie lange ich das schon in der Tasche trage, in der Hoffnung auf genau diesen Moment.« Er blickte in die kleinen Flammen, die vom Wind angetrieben mutig aufzüngelten und die Dunkelheit in ihre Schranken wiesen. »Früher durften wir keines anzünden, weil sie fürchteten, es könnte ein Signal an den Feind oder an Fluchtwillige sein«, sagte er. »Dieses Feuer *ist* ein Signal! Ein kleines Signal an die große Weltgeschichte. Ein Zeichen, dass alle Lebewesen miteinander leben und kommunizieren wollen und dass sich das nie auf Dauer unterdrücken lässt.«

Taru stocherte mit einem Zweig in den Flammen und ließ ein helles Gestöber aus Funken aufsteigen. »Ja. Und wenn keine Glühwürmchen da sind, dann machen wir sie selbst.«

Epilog

Es war Frühling. Die Anemonen blühten im Wald unter den Buchen. Ich hatte nachgesehen. Ich hatte auch am Hochuferweg gesessen und auf das aprilblaue Meer unten geblickt und auf die Kreidefelsen, die so weiß in der Ferne leuchteten. Es fiel mir schwer, hier fortzugehen, aus diesem märchenhaften Wald, von der Küste, an der auch ich die Stimme der Steine gehört hatte. Ich hätte ihr ewig lauschen können, denn die Geschichte, die sie erzählten, hatte kein Ende.

Die Geschichte von Taru und Remy aber war nun zu Ende, und so musste ich gehen, denn woanders warteten andere Geschichten.

Vorher wollte ich noch wissen, wie es im Garten aussah. Ich hatte die Ausgabe sieben von *Mervins Garten* gelesen und wusste daher, dass schon, als der letzte Schnee geschmolzen war, wieder Menschen kamen, die Pflanzen und Erlebnisse mitbrachten. Dass Remy gerade mit Hilfe der Kinder aus dem Ruderclub einen Gemüsegarten anlegte, und dass Heiko noch mit seiner neuen Freundin Jasmin darüber diskutierte, ob sie Kiwis oder Wein an die Mauer pflanzen sollten. Die alte Frau Riedgras hatte ihre ersten Kräuter bekommen, und einmal hatten Remy und Noah an einem ungewöhnlich milden Tag Selma Friedrichs mitsamt ihrem Rollstuhl abgeholt und ihr einen ganzen Tag im Garten geschenkt, wo sie mit einem Lächeln Mervins Namen auf der neuen Bank betrachtete und sich über die ersten Zitronenfalter freute.

Zu meiner Überraschung war auch Taru schon im Garten, obwohl die Sonne gerade erst aufgegangen war.

»Hallo«, sagte sie. »Musst du wirklich schon fort?«

»Ja, aber eines Tages werde ich wieder nach Rügen kommen.« Da war ich mir sicher. Die Steine hatte ich nicht zum letzten Mal gehört. Ich würde wieder auf dem Hochuferpfad unter den Buchen wandern, den Blick auf die Kreidefelsen gerichtet.

»Ich bin gern frühmorgens hier, vor allen anderen«, erklärte Taru.

»Um diese Zeit wird dir der Nachtfalter aber keinen Besuch abstatten«, meinte ich.

»Das macht nichts. Es genügt völlig, einfach hier zu sitzen und zu wissen, dass gerade alles in Ordnung ist. Vielleicht ist es morgen schon anders. Aber heute ist es so, und davon will ich keine Sekunde verpassen. Dieser Rosenkäfer dort, der zwischen den jungen Farnen und Vergissmeinnicht so grün glänzt, ist vielleicht nachher schon nicht mehr da und kommt nie wieder an diese Stelle. Aber ich habe ihn gesehen.«

Eine Weile saßen wir zusammen dort und beobachteten diesen und andere Käfer. Dann wollte ich aufbrechen.

»Glaubst du, wir werden jemals herausfinden, wohin Mervin gegangen ist, als er den Garten verloren hat und Rügen verließ?«, fragte Taru, als ich bereits am Tor war.

»Ich weiß es nicht«, sagte ich. »Aber jemand wie Mervin hinterlässt ganz sicher Spuren, wo auch immer er war. Wenn nicht in der Landschaft, dann in anderen Menschen.«

»Dann wird jemand sie entdecken«, sagte Taru zufrieden. »Alle unsere Leser wissen ja nun von ihm, und es werden immer mehr.«

Danksagung

Diese Geschichte wäre so nicht zustande gekommen ohne Sandy Reß und Anja Kruschwitz – danke, Sandy, für die Vermittlung, und danke, Anja, für die zauberhaften Tage auf Rügen und dass du mir die wunderschönen Orte gezeigt hast, die mir unvergesslich in Erinnerung bleiben.

Der Wald am Hochuferweg, die Kormorane auf der Seebrücke, die Quallen, von der Taucherglocke aus gesehen, das Licht auf dem Jasmunder Bodden, die Kreidefelsen und die unterhaltsamen und informativen naturkundlichen Führungen des Herrn René Geyer haben alle zu dem Buch beigetragen. Und natürlich die zeitlose Stimme der Steine von Sellin, die mir diese Geschichte erzählt haben. Danke auch an Petra Neuendorf, die mir das Hotel Bornmühle empfohlen hat und durch die ich so die Apfelbäume und Schafe, Burg Stargard und das Hexenmuseum in Penzlin entdeckt habe sowie den geheimnisvollen Tollensesee, auf dem man so wunderbar stehpaddeln kann.

Natürlich hat auch mein Fels in der Brandung, die einfühlsame »Patentante« meiner Bücher, Buchbloggerin Heike Dewald (»Irve liest«) ihren Teil beigetragen, mir stets Mut gemacht und hilfreiche Hinweise gegeben. Auch Dr. Ronald Henss war wieder für mich und den Text jederzeit da und unermüdlich auf Fehlersuche. Und nicht zuletzt war da Christina Hinz, die das Manuskript beinahe als Erste las und mir auf einmalige Art kleine Anmerkungen, ausführliches Feedback und große Zuversicht gab.

Selbstverständlich danke ich auch meiner Lektorin Susanne Kiesow und dem gesamten Team vom Fischer Verlag für die Unterstützung und gute Zusammenarbeit, die wieder so viel Freude gemacht hat. Und ein ganz besonderes Dankeschön geht an alle Leserinnen, die meinen Geschichten ihre Zeit schenken und sich weitere Bücher gewünscht haben.

Leseprobe aus

Das Lächeln der Libellen

von
Patricia Koelle

Der zweite Band der
großen Inselgärten-Reihe
erscheint im Herbst 2020!

Juna

Spreewald

2015

1

Zuflucht

Sie hatte Wilhelm etwas versprochen. Und jetzt gab es kein Zurück mehr, denn gestern hatten sie ihn beerdigt. Nun lag die Angelegenheit auf ihrer Seele wie der Nebel dieses Oktobermorgens auf der kühlen Erde.

Juna atmete tief durch. Die Luft schmeckte nach Herbst und späten Äpfeln, Erinnerungen an den Sommer und Vergänglichkeit.

Wilhelm hatte nicht von ihr verlangt, dass sie sich gleich um die Sache kümmern musste. Gerade Wilhelm hatte ihr als Einziger immer für alles so viel Zeit gelassen, wie sie brauchte.

Vorerst war sie wieder dort, wo sie sich immer am sichersten fühlte. Hier im dichten Spreewald zwischen den unzähligen Fließen, die ihn wie ein Labyrinth durchzogen, würde vielleicht nicht einmal ihr eigenes Gewissen sie so schnell finden.

Sie wusste nicht, was sie so früh geweckt hatte. Vielleicht die Rufe der Kraniche, die irgendwo hoch über den Baumwipfeln auf der Suche nach Wärme südwärts zogen. Juna fröstelte. Unschlüssig blickte sie vom Haus zum Wasser, dann wieder auf die Fußabdrücke, die ihre Schritte in dem taufeuchten Gras hinterlassen hatten. Gerade das Neblige, Stille dieses Morgens lockte sie. Außerdem musste sie die Geschehnisse von gestern erst einmal verarbeiten. Entschlossen lief sie ins Haus zurück, griff sich eine dicke Strickjacke und füllte eine Thermoskanne mit Tee.

Das Boot lag unter den Hortensienbüschen auf dem Gras, die Öffnung nach unten. Regen hatte die verblichenen Blüten schwer gemacht, so dass sie über den Rumpf hingen. Blütenblätter klebten darauf wie Konfetti. Rundumher stand das Gras hoch. Daran sah man, dass sie wochenlang fort gewesen war. Juna zog den Kajak hervor und drehte ihn herum. Ein überraschter Grasfrosch sprang aus der Öffnung und machte sich eilig davon.

Juna schob den Kajak ins Wasser, prüfte, ob er dicht war und legte das Paddel hinein, das unter Spinnweben an der Hauswand lehnte. Dann schlang sie die Schnur um einen Pfahl und holte noch den Rhododendron im Topf, den sie aus einer dafür bekannten Gärtnerei in Bad Zwischenahn mitgebracht hatte. Zu dieser Jahreszeit blühte er natürlich nicht mehr, aber er war voller Knospen, ein Versprechen für das kommende Jahr. Dem bebilderten Schild, das an ihm hing, konnte man seine ungewöhnliche dunkelrote Farbe mit einer weißen Zeichnung in der Mitte entnehmen. Juna stellte den Topf ins Boot, setzte sich dahinter und fädelte ihre Beine rechts und links an der Pflanze vorbei.

Der Nebel hatte begonnen, sich ein wenig zu heben. Aber er war immer noch so dicht, dass er den Wald in Geheimnisse hüllte. Juna hörte einen großen Fisch springen, konnte ihn aber nicht sehen. Der Kajak glitt zwischen den treibenden Schwaden auf der schmalen Wasserfläche lautlos dahin wie über Wolken. Selbst das leise Plätschern des Paddels beim Eintauchen wurde von der Feuchtigkeit gedämpft.

Wie gut der stetige Rhythmus des Paddelns ihr tat, nach allem, was sie in den letzten Wochen und Tagen erlebt hatte! Sie war es gewohnt, den ganzen Tag an der frischen Luft zu sein. Neben

Wilhelms Bett im Zimmer zu sitzen, seine Hand zu halten, auf seinen Atem zu hören, der manchmal auszusetzen schien und dann wiederkam, ihm konzentriert zuzuhören, wenn er aufwachte und ihm das Sprechen schwerfiel, all das hatte sie gern getan. Doch das Stillsitzen in der stickigen Luft war ihr immer schwerer gefallen. Er fror so leicht und mochte das Fenster nicht mehr offen haben. Durch die Scheibe konnte er auf das kleine Hotel sehen, das er jahrzehntelang geführt hatte. Der Arzt kam regelmäßig und gab Juna genaue Anweisungen, so dass sie sich nicht alleingelassen fühlte. Auch Anselm, Wilhelms jüngerer Bruder, der sich um alles Organisatorische und den Papierkram kümmerte, sah jeden Tag herein. Gelegentlich löste er Juna auch ab, damit sie draußen eine Runde drehen konnte. Aber es fiel ihr schwer, denn sie wollte bei Wilhelm sein. Er war schließlich auch immer für sie da gewesen, selbst in ihrer allerschwersten Zeit.

Seit Junas Großvater vor zwei Jahren gestorben war, waren Wilhelm und sie sich noch nähergekommen. Stillschweigend hatte er dessen Stelle in Junas Leben übernommen, so gut es ihm möglich war. Die beiden alten Herren waren die besten Freunde gewesen, auch wenn sie sich erst spät im Leben kennengelernt hatten.

Juna war froh, dass sie ihm bis zum Ende beistehen konnte. Besonders, da er noch eine ungeahnte, ihm so wichtige Bitte an sie geäußert hatte. Aber nun wusste sie nicht, wie sie mit der Leere umgehen sollte, die entstanden war. Seit auch Wilhelm nicht mehr da war, schien es ihr, als wäre ihr der Großvater wieder näher. So, als müsste von irgendwoher gleich seine Stimme durch den Nebel dringen.

»Hallo, Juna! Schön, dich zu sehen!«, ertönte stattdessen die

Stimme Bens. Er stand auf dem Steg, den Juna angesteuert hatte. Auch wenn es sein Steg und sein Lokal war, das hinter ihm als verschwommene Silhouette aufragte, hatte sie nicht erwartet, ihn so früh hier zu sehen. Er war damit beschäftigt, etwas in einen Kahn zu laden. Es war einer der Kähne, die noch Junas Großvater gebaut hatte. Jetzt nahm Ben das Seil, das Juna ihm zuwarf, vertäute ihren Kajak und reichte ihr eine Hand, um ihr beim Aussteigen zu helfen.

»Warte, ich hab etwas für dich«, sagte sie und reichte ihm den Topf hinauf. »Als Dankeschön fürs Blumengießen und Postreinholen.«

»Ach was. Wozu hat man gute Freunde? Das ist doch selbstverständlich.«

»Ist es nicht.« Juna kletterte auf den Steg und beobachtete erfreut, wie begeistert er das Etikett betrachtete und die glänzenden Blätter befühlte. Sie wusste, wie stolz er auf seinen Garten war, in dem die Gäste besonders gern frühstückten. »Es hat ja schließlich länger gedauert.«

»Jedenfalls vielen Dank für das schöne Geschenk.« Ben stellte den Topf sorgsam in eine geschützte Ecke. Dann sah er sie forschend an. »War es sehr schwer?«

Juna blickte zu Boden. »Eigentlich war es sehr friedlich. Nur die Beerdigung gestern, die muss ich noch verdauen.«

Er umarmte sie kurz. »Wilhelm war ein sehr feiner Kerl. Genau wie dein Großvater. Ich vermisse sie auch.«

Er ließ Juna los und legte ihr brüderlich einen Arm um die Schultern. »Komm. Du hast bestimmt noch nichts gegessen. Ich lade dich zum Frühstück ein.«

»Ich habe Tee an Bord, und du wolltest doch gerade weg«, widersprach sie.

»Ich wollte nur eine kleine Auslieferung machen. Das eilt nicht. Ich muss dir noch etwas sagen.«

Kurze Zeit später saßen sie sich im Schutz der Hauswand an einem Gartentisch gegenüber. Ben schmierte ihr ein Brötchen und belegte es mit Käse, bevor er es ihr zuschob. Er wusste genau, was sie mochte. »Iss. Du bist ganz dünn geworden«, sagte er.

Juna biss in das Brötchen, zu müde, um zu widersprechen. Es tat gut, mal selbst bedient zu werden. Sie hatte tatsächlich Appetit, stellte sie fest. »Wie läuft das Geschäft?«, fragte sie. Ben leitete den »Spreefrosch«, eines jener beliebten Lokale, wo die Spreewaldkähne mit den Gästen aus der Stadt anlegen konnten, wenn die Leute essen wollten oder einfach nur eine Pause brauchten.

»Ganz gut für Ende Oktober. Das Wetter war in den letzten Tagen wesentlich besser als heute.«

»Ich mag dieses Wetter.« Juna war dankbar für den Nebel, in dem sie sich so schön allein und geborgen fühlen und sogar davon ausgehen konnte, dass es niemand sah, wenn ihr eine Träne entwischte. Es passte zu ihrer Stimmung, und außerdem hatte sie den Nebel schon als Kind geliebt, wenn jede Wurzel am Ufer zu einem Märchenwesen wurde. »Was wolltest du mir sagen?«

Ben schob ein Marmeladenglas hin und her. Es war von der Feuchtigkeit in der Luft beschlagen und hinterließ ein Muster auf dem Holztisch.

»Weißt du noch, als Wilhelm im Frühling noch mal hier war?«, fragte er. »Ich war erstaunt, als er einmal ohne dich auftauchte. Er hatte sich von irgendeinem vorbeifahrenden Kahn mitnehmen lassen. Er wollte mich unbedingt allein sprechen.«

»Dich? Warum das denn?«

»Er hatte sich wohl überlegt, dass ich der Einzige bin, der auf dich aufpassen kann, wenn er nicht mehr da ist.« Ben grinste unwillkürlich. »Du weißt ja, für die Großväter wird man nie erwachsen. Bevor du auf mich losgehst, ich weiß sehr wohl, dass du auf dich selbst aufpassen kannst.«

»Ich hab doch gar nichts gesagt.«

»Ja, aber ich kenne dich. Jedenfalls habe ich ihm schleunigst erst mal was zu trinken gebracht. Er sah ziemlich erschöpft aus.« Jetzt lächelte Ben zärtlich. »Er wollte unbedingt eine Spreewälder Himbeerfassbrause. Ich weiß, dass das nicht gut für seine Zuckerwerte war, aber er hat sie doch so geliebt. Und er klopfte mir auf die Schulter.

›Ist vielleicht meine letzte, Junge‹, sagte er. ›Setz dich zu mir und stoß mit mir auf das Leben an. Es ist großartig. Ich möchte, dass du Juna immer daran erinnerst, falls sie es mal vergessen sollte.‹ Und dann saßen wir da und stießen an, und er sagte, ›Es ist genau wie die Farbe dieses viel zu süßen Getränks. Und auch genau wie der Geschmack. Süß und bitter gleichzeitig. Und das Prickeln nicht zu vergessen! Nur wenn man es zu lange stehen lässt, ohne es zu genießen, wird es schal.‹ Er hielt das Glas gegen die Sonne. ›Unvergleichlich, diese Farbe‹, murmelte er. ›Dieses tiefe, glühende Rot gibt es nirgendwo anders, da kommt nicht einmal ein guter Wein mit. Aber verrate niemandem, dass ich das gesagt habe. Außer Juna natürlich.‹ Er trank aus, wischte sich den Mund, beugte sich vor und packte mich am Ärmel. ›Ben‹, sagte er, ›bitte sage Juna Folgendes: Sie soll die Summe, die ich ihr vererben werde, für *sich* ausgeben, für etwas, das sie wirklich gerne tun will. Nicht, weil irgendjemand findet, dass sie es tun sollte, zum Beispiel ihre Eltern. Und sie soll es auch nicht einfach an Kris weitergeben. Kris kann sehr gut für sich selbst sorgen. Ich möchte, dass Juna damit etwas macht, das sie genau so sehr genießt wie ich eben diese Himbeerfassbrause! Ich werde es ihr auch sagen, aber das wird nicht genügen.‹«

Ben sah Juna ernst an, während er ihre Tasse nachfüllte. »Was Kris betrifft, hat er recht, weißt du. Obwohl es mich natürlich nichts angeht. Aber ich musste dir doch ausrichten, worum er mich gebeten hat.«

Juna lächelte traurig. Sie konnte sich die Szene ganz genau vorstellen, wie Wilhelm die Brause genossen hatte, das Funkeln in seinen Augen und den Nachdruck in seiner Stimme.

»Ich weiß, dass mein Sohn sehr gut ohne mich auskommt. Ich bin stolz darauf.«

»Das kannst du auch sein.«

Kris war seinem Traum gefolgt und hatte schon in ganz jungen Jahren eine Firma mitbegründet, in der es um die Entwicklung von dreidimensionalen Sportspielen ging. Eine größere Gesellschaft in den USA hatte das Start-up aufgekauft und Kris eine Stelle als Entwickler angeboten. Er hatte sich bereits international einen Namen gemacht. Für Juna wäre das Leben, das er führte, ein Gräuel gewesen, aber sie wusste, dass er glücklich war.

»Ich weiß absolut nicht, wie ich Wilhelm diesen Gefallen tun soll. Ich bin genau da, wo ich sein möchte, und habe alles, was ich brauche«, sagte sie.

Ben nickte verständnisvoll. »Im Moment ist das hier sicher der richtige Ort für dich. Lass dir Zeit! Aber denke an die Sache mit der Brause. Wenn du das Glas zu lange stehen lässt, wird sie schal. Und dann schmeckt sie nicht, glaub mir.«

»Mir schmeckt sie nicht mal dann, wenn sie frisch ist. Aber

was die Farbe angeht, verstehe ich, was Wilhelm gemeint hat.« Juna stand auf. »Danke, Ben! Du hast ihn gerade für mich ganz lebendig werden lassen, aber jetzt will ich dich nicht länger aufhalten.« Hinter ihnen in der Wirtschaft hatte das Personal begonnen, sich zu regen. Irgendjemand nahm mit Schwung die Stühle vom Tisch. In der Küche klapperte Geschirr. »Bald kommen die ersten Frühstücksgäste.«

»Macht nichts. Ich kann meine Auslieferung auch später machen. Pass auf dich auf, Juna. Wenn ich noch was tun kann, sag Bescheid.«

Sie hatte großes Glück, einen Freund wie Ben zu haben, dachte Juna, als sie das Boot losband. Sie kannten sich schon, seit sie in den Ferien immer bei ihrem Großvater gewesen war. Es hatte sich nie auch nur die kleinste Verlegenheit in ihre Freundschaft eingeschlichen, egal, in welchem Alter sie waren. Unendlich dankbar war sie ihm dafür, dass er sich um ihren Garten kümmerte, wenn sie nicht da war. Um ihren sicheren Rückzugsort, den ihr der Großvater hinterlassen hatte und in dem sie mit jeder Blume befreundet war. Sie konnte nun einmal besser mit Pflanzen umgehen als mit Menschen, jedenfalls seitdem …

Sein Brötchen in ihrem Bauch hatte ihr aber auch gutgetan. Mit neuem Schwung paddelte sie los und bog in die »Moorige Tschummi« ein. Das war ihr Lieblingsfließ. Rechts und links an den Ufern lag nur Wald, es gab keine bewohnten Grundstücke. Uralte Sumpfzypressen ragten bis zu fünfunddreißig Meter in die Höhe, majestätisch und ein wenig bizarr. Sie waren immer da, ungerührt, verlässlich. Auch mit ihnen war sie schon seit ihrer Kindheit befreundet. Märchenbücher hatte Juna nie gebraucht. Sie lebte ja in einem echten Märchenwald, wenn sie bei ihm war und der Großvater ihr alles über die Tiere und Pflanzen erzählte, deren Reich es war.

Den *Nyks* hatten sie ihn genannt. Das war die wendische Schreibweise von Nix. *Der Wassermann.* Der Wassermann, der gut und böse zugleich sein konnte, vor dem alle Respekt hatten, den sie sowohl verehrten als auch ein wenig fürchteten. Manche dachten, ihr Großvater könnte vorhersagen, was in der Zukunft geschehen würde. Genau wie die Sagengestalt, nach der sie ihn benannt hatten.

»Lass dir nichts einreden«, hatte der Großvater augenzwinkernd und ein wenig barsch gesagt. »Ich kenne einfach nur das Wetter besser als sie alle. Ich kann den Himmel lesen, den Zustand des Bodens und den Geruch im Wind. Daher weiß ich beizeiten, wann ein Hochwasser kommt oder eine Dürre, ein Unwetter oder wochenlang Sonne. Ich kenne die alten Baumriesen hier und ahne, wo einer beim nächsten Sturm umfallen wird, ich höre es an seiner Sprache, an dem Knirschen, wenn er mit dem Wind kämpft. Ich bin hier gezeugt, geboren, aufgewachsen und zum Vater und Großvater geworden. Und das nicht als Erster meiner Familie. Alles nur Erfahrung, Mädchen. Alles nur Lebenserfahrung! Aber lass sie glauben, was sie glauben wollen. Du kannst sie sowieso nicht davon abbringen, und wenn sie mich für den Nyks persönlich halten, hat es auch seine Vorteile.«

»Dann bist du nicht der richtige Nyks?«, fragte Juna.

»Nein, Kleines. Ich bin einfach nur dein Großvater, ein knorriger alter Mann, der Teil dieser Landschaft geworden ist, weil er so lange hier lebt.« Doch Juna war sich da nicht so sicher, und sie nannte ihn bald auch nur noch den Nyks, weil alle es taten –

und außerdem, wer hatte schon einen Wassermann zum Großvater?

Er beugte sich vor und klopfte ihr aufs Knie. Seine Augen unter den buschigen weißen Brauen blitzten. »Den richtigen Nyks gibt es nicht«, sagte er. »Lass dir nicht einreden, dass du dich vor ihm fürchten musst! Aber mit den Irrlichtern …«, er lehnte sich zurück und tauchte wieder energisch die Paddel ins Wasser, »… mit den Irrlichtern ist das etwas anderes! Wenn du ein Irrlicht siehst, solltest du darauf achtgeben. Ein Irrlicht ist eine ernste Sache. Es hat dir etwas zu sagen.«

Seine Worte klangen auf einmal so gewichtig, dass Juna froh war, dass sie nie ein Irrlicht gesehen hatte und über den Waldboden nur Sonnenflecken huschten.

2

Wilhelms Auftrag

Die steigende Sonne verwandelte den verbliebenen Nebel in ein weiches, goldenes Licht, das immer mehr vom Wald sichtbar werden ließ. Auch die Wasseroberfläche nahm Gestalt an. Wie die gebrauchten Paletten eines Malers wirkten die Seerosenblätter, die sich gelb und rot verfärbt hatten und dabei waren, auf den Grund zu sinken. Ebenso flammend rote und gelbe Blätter rieselten von den Bäumen, trieben in der Strömung an der Seite von Junas Kajak oder lagen wie verlorene Goldmünzen in der Tiefe.

Juna bog in die Quodda ein, die ein wenig breiter war als die Moorige Tschummi. Hier gab es wieder bewohnte Grundstücke, darauf die typischen dunklen Blockhäuser von Lehde, manche davon mit Fremdenzimmern. Auf einem Steg kniete eine Mutter mit einem kleinen Jungen, der aufgeregt auf einen Pfahl zeigte. »Was ist das, Mama, ein kleiner Drache? Oder ein Babydinosaurier?«

»Nicht alles, was sich bewegt, ist ein Dinosaurier, Luis«, sagte seine Mutter geduldig. Juna hörte an ihrem Tonfall, dass sie in letzter Zeit sehr viel über Dinosaurier gehört hatte. Sie musste schmunzeln, als sie an die Zeit dachte, in welcher ihr Sohn Kris in der Dinosaurierphase gewesen war.

»Aber was ist es dann, Mama?«, bohrte Luis nach.

»Ich glaube, das ist eine Libelle.«

»Eine Babylibelle?«

Die Mutter wirkte etwas überfordert von Luis' Wissbegierigkeit. Juna hielt an, legte das Paddel über das Boot und hielt sich mit einer Hand am Pfahl fest. »Hallo«, sagte sie und betrachtete das Objekt, das Luis' Neugier geweckt hatte. »Das ist keine Babylibelle. Das ist eine erwachsene Libelle. Sie heißt Winterlibelle.«

»Und warum sitzt sie so still?«, fragte Luis. »Hat die Winterlibelle gar keine Angst vor uns?«

»Wahrscheinlich ist ihr noch ganz kalt von der Nacht«, sagte Juna. »Sie wartet darauf, dass die Sonne sie wärmt.«

»Darauf können wir aber nicht warten«, sagte die Mutter. »Komm, Luis, wir müssen los. Der Papa wartet. Danke schön«, sagte sie zu Juna und nahm Luis bei der Hand.

»Tschüs«, sagte Luis und winkte ihr zu.

»Tschüs, Luis«, sagte Juna. Die beiden verschwanden im Haus, aber Juna betrachtete weiter versonnen das kleine Insekt. Ein zerbrechlicher brauner Strich mit großen Augen, die elfenhaften Flügel auf der sonnenabgewandten Seite zusammengefaltet, damit ihr nichts von der aufkommenden Wärme verlorenging.

Die letzten Nebelfetzen hatten sich jetzt aufgelöst. Die Sonnenstrahlen fanden ihren Weg durch die Bäume und ließen die feine Zeichnung der Flügel sichtbar werden. An dem zarten Körper, dünn wie die Mine eines Kugelschreibers, glänzten kupferne Flecken. Ganz behutsam näherte sich Juna dem Wesen, das ihr so vertraut war, obwohl man es gar nicht häufig zu Gesicht bekam. Selbst wenn diese Kleinlibellen anwesend waren, übersah man sie meist, so unauffällig und bescheiden fügten sie sich in die Herbsttöne des Waldes.

Jetzt waren sie sich beide so nahe, dass sie sich in die Augen blicken konnten. Juna sah, was sie hatte sehen wollen. Das winzige, rätselhafte Lächeln, das sich durch die Anatomie des Libellenkopfes ergab.

»Warum lächeln Libellen immer?«, hatte sie ihren Großvater früher gefragt. »Sie müssen doch traurig sein, weil sie nur so kurz leben.«

Der Nyks hatte sie von klein auf alles über Libellen gelehrt. Er teilte das Jahr in die Flugzeiten der verschiedenen Arten ein. Über achtzig Arten von Libellen gab es hier. Der stille Spreewald mit seinen ausgedehnten Fließen, Auen und Wäldern war der ideale Lebensraum für sie. Der Flugzeitenkalender hing in der Küche an der Wand. Frühling war, wenn man die Frühe Adonislibelle entdeckte, die der Winterlibelle ähnelte, aber rot mit schmalen gelben Ringen war. Der Sommer begann, wenn all die anderen nach und nach auftauchten, auch die großen. Azurjungfer, Prachtjungfer, Granatauge, Federlibelle, Smaragdlibelle, Mosaikjungfer. Und vor allem die schönste, die Blauflügel-Prachtlibelle, deren Flügel, wie ihr Name schon sagte, dunkelblau glänzten, als wollte sie ein Schmetterling sein. Im Herbst wurden es nach und nach weniger, bis nur noch Binsenjungfern und Weidenjungfern flogen. Und die Winterlibelle.

»Genau darum lächeln sie ja«, hatte der Nyks geantwortet. »Weil sie wissen, wie kostbar ein Tag ist. Weil sie das Leben unter diesem Himmel zu schätzen wissen und immer so gut fliegen, wie sie können. Warum sollten sie da nicht lächeln? Außerdem leben sie nicht kurz. Ich habe dir doch beigebracht, dass sie mehrere Jahre als Larven im Wasser verbringen, während sie heranwachsen. Es ist nur die Zeit des Fliegens, die kurz ist. Und weil sie nun fliegen können, lächeln sie.«

»Aber die Winterlibelle fliegt länger«, sagte Juna und tippte mit ihrem kleinen Zeigefinger auf das Kästchen im Flugzeitenkalender, welches bewies, dass die Winterlibelle die einzige war, die man noch im November sehen konnte, und an warmen Tagen sogar im Dezember, Januar, Februar und März, bis die anderen Arten wieder hinzukamen.

»Ja«, sagte der Nyks und lächelte zärtlich. »Die Winterlibelle ist etwas Besonderes. Sie hat den meisten Grund zu lächeln, denn sie ist die einzige, die den Winter überlebt. Sie hört nicht auf zu fliegen, wenn alles gegen sie ist. Nicht, wenn es eigentlich zu kalt ist und zu dunkel, und auch nicht, wenn sie ganz allein ist. Sie fliegt, und sie lächelt.« Er fuhr Juna über die widerspenstigen braunen Haare, die manchmal kupferfarben glänzten, genau wie die Winterlibelle. »Wenn du einmal traurig bist oder den Mut verlierst, dann erinnere dich an die Winterlibelle! Sie wird dir immer Hoffnung machen. Sie ist so zerbrechlich und nimmt es trotzdem mit der Kälte und der Einsamkeit auf. Das kann uns allen Mut machen, wenn es uns nicht gutgeht. Ich mag die Winterlibelle am liebsten von allen, auch wenn die meisten sie für so unscheinbar halten. Die wenigsten Leute wissen überhaupt, dass es sie gibt.«

»Ich mag sie auch am liebsten«, hatte Juna zugestimmt. Sie fühlte sich auch oft klein und unscheinbar, doch nun wusste sie, dass sie damit nicht allein war. Vielleicht würde auch sie einmal fliegen.

»Ist schon einmal eine Libelle zu nahe an die Sonne geflogen?«, wollte sie wissen. In der Schule hatte sie die Geschichte von Ikarus gehört und war davon fasziniert gewesen. Sie sah genau vor sich, wie die Flügel des Ikarus zu schmelzen begannen und das duftende Wachs heruntertropfte, weil er sich zu nahe an die Hitze der Sonne gewagt hatte.

Der Nyks schüttelte den Kopf. »Nein, das wird nie passieren. Die Libellen wissen ganz genau, was sie tun. Sie sind die besten Flugkünstler im Insektenreich. Sie würden sich nie so überschätzen, selbst wenn sie so weit kämen.« Juna war beruhigt.

Und es waren am Ende auch nicht die Libellen gewesen, die abgestürzt waren.

Juna hatte oft an die Worte des Großvaters gedacht und an die Winterlibellen, wenn sie niedergeschlagen gewesen war. Immer hatten sie ihr Mut gemacht.

Doch nun betrachtete sie die Libelle zum ersten Mal mit gemischten Gefühlen. So froh sie war, das tapfere kleine Wesen heute zu sehen, es erinnerte sie doch nachdrücklich an das letzte Gespräch mit Wilhelm und das Versprechen, das sie ihm gegeben hatte.

»Gib mir noch ein Kissen, Liebes«, hatte er gebeten und sich mit Mühe etwas aufgerichtet. »Ich muss mit dir reden.« Er griff nach ihrer Hand. Es war einer seiner besseren Tage. Dennoch konnte sie sehen, wie sehr es ihn anstrengte. Hastig reichte sie ihm sein Wasser.

»Danke.« Er trank einen Schluck, räusperte sich und drückte dann ihre Hand überraschend fest. »Ich habe eine große Bitte an dich!« Sein Blick wanderte aus dem Fenster, hinüber zu dem kleinen Hotel, das er schon vor Jahren an den Sohn seines Freundes übergeben hatte. Er war sehr zufrieden mit dieser Lösung für sein Lebenswerk. Aber im Grunde war dieses Hotel eben nur ein Teil seines Lebenswerks. »Du weißt ja, dass ich vor langer Zeit aus der DDR flüchten musste und mein damaliges Hotel auf Hiddensee verloren habe. Und auch, dass ich damals dort etwas auf dem Grundstück vergraben habe, aus Sentimentalität und um eventuell später einmal beweisen zu können, dass es mir gehört hat.«

»Ja, Wilhelm, ich weiß. Das war sehr clever von dir. Ich habe dich immer dafür bewundert, dass du in all der Eile und Aufregung daran gedacht hast.«

»Juna, da ist noch etwas, das ich bisher niemandem erzählt habe. Ich dachte immer, ich könnte mich einmal selbst darum kümmern, aber dann habe ich es aufgeschoben, bis es zu spät war. Es fiel mir einfach zu schwer, dorthin zurückzukehren. Ich wollte alles so in meiner Erinnerung behalten, wie es früher war. Ich war zu feige.« Er hustete, und sie wartete besorgt, bis er wieder zu Atem kam. »Das kannst du mir auch noch morgen erzählen, Wilhelm.«

Er schüttelte den Kopf. »Ich habe nicht mehr viel Zeit. Das ist mir wichtig, Juna! Als ich damals das Loch gegraben habe, habe ich etwas gefunden. Es war ja schon beinahe dunkel, ich konnte nicht genau sehen, was es war. Etwas Hartes, aber auf der Rückseite war es weich, und irgendetwas hat mich dazu bewogen, es in die Tasche zu stecken, anstatt es beiseitezuwerfen wie die anderen Steine, auf die ich stieß. Es schien meine Hand nicht verlassen zu wollen. Ich weiß selbst nicht warum. Ich hatte wahrlich genug zu tun. Ich habe es dann auch prompt vergessen.« Wilhelm machte eine Pause und schluckte mehrmals, bevor er seine Stimme wiederfand.

»Erst Tage später, bei meinen Verwandten im Westen, habe ich es in meiner Jackentasche wiedergefunden. Es war ein verkrusteter Klumpen lehmiger Sand, der heftig krümelte, weil er trocknete. Ich zupfte einige Wurzelfasern ab und hielt das Ding im Garten meiner Cousine, wo wir untergekommen waren, unter laufendes Wasser. Ich sah zu, wie der Sand in das fremde

Gras gespült wurde und dachte: Das ist das letzte Mal, dass ich Boden aus der Heimat in der Hand spüre. Aber dann vergaß ich meine Traurigkeit, denn zum Vorschein kam eine Keramikscherbe, gewölbt, als wäre sie einmal Teil von etwas gewesen. Dafür sprach auch der gezackte Rand, es war eindeutig ein Bruchstück. In der Wölbung geborgen lag etwas, das in der Sonne glänzte wie Gold. Ich denke, es ist auch Gold, oder jedenfalls vergoldet. Ich habe es nie prüfen lassen. Es hat auf jeden Fall einen Wert, nämlich den, den es für denjenigen hatte, der es dort einmal vergraben hat, so wie ich meine Dokumente.« Er schwieg. Juna ließ ihm Zeit, sich zu erholen und wieder zu Atem zu kommen, und drückte ihm noch einmal das Wasserglas in die Hand, aber jetzt war sie neugierig. Ungeduldig wartete sie, bis er mühsam getrunken hatte.

»Weißt du, ich glaube inzwischen, dass es vielleicht so sein sollte, dass ich nicht mehr dazu kam, es zurückzugeben«, sagte er versonnen und lehnte sich bequemer in seine Kissen. »Jetzt, da ich dich kenne, weiß ich, dass es wahrscheinlich zu dir finden wollte. Dein Großvater konnte das Wetter vorhersagen, weil er es kannte. Aber ich habe ein Gespür dafür, was gut für die Menschen ist, die mir nahestehen. Bis jetzt hatte ich noch immer recht. Und deswegen möchte ich, dass du dich jetzt darum kümmerst! Was würde besser zu dir passen, als das? Es ist, als ob es auf dich gewartet hat.« Erschöpft, aber befriedigt schloss er die Augen und sagte: »Ich kann dich darum nur bitten, weil ich weiß, wie sehr du Hiddensee liebst.«

Diese manchmal nicht nachvollziehbaren Gedankensprünge seinerseits waren häufiger geworden. Nichts Ungewöhnliches bei sehr alten Leuten. Aber diesmal wollte Juna den Zusammenhang gern verstehen.

»Wilhelm«, sagte sie sanft. »Du hast mir noch nicht erzählt, was es war.«

Er öffnete die Augen. »Oh, Verzeihung. Ich sehe es so deutlich vor mir, wie es damals in meiner Hand lag und glänzte, dass mir eben so war, als hättest du es auch gesehen. Geh einmal dort hinüber an den kleinen Schreibschrank. Die mittlere Schublade. Du musst sie ganz herausziehen. Hinten in der rechten Ecke liegt etwas, in ein blaues Taschentuch gewickelt. Bringe es mir bitte.«

Als sie ihm das kleine Päckchen in die Hand legte, roch er daran. »Es duftet immer noch nach Hanne«, sagte er.

Juna schossen bei der Liebe und Sehnsucht in seiner Stimme plötzlich die Tränen in die Augen. Sie hatte seine verstorbene Frau nicht mehr kennengelernt, aber sie wusste genau, wie ihm zumute war. Verstohlen wischte sie sich die Augenwinkel, doch als sie wieder aufsah, fixierte Wilhelm sie mit überraschend klarem Blick. »Siehst du!«, sagte er. »Deshalb ist es wichtig für dich. Als ich jetzt darüber nachdachte, was ich tun soll, wurde mir klar, dass sie von Anfang an für dich bestimmt war. Libellen und du, das gehört zusammen. Ich hätte längst darauf kommen müssen.« Mit einiger Mühe lockerte er den Knoten um das Taschentuch, der Stoff fiel auseinander. Wilhelm drehte die Nachttischlampe so, dass ihr Schein auf den Gegenstand fiel.

Auf Wilhelms blaukarierter Bettdecke lag eine Tonscherbe, und in ihrer Wölbung glänzte etwas. Juna beugte sich darüber.

Es war eine goldene Libelle, fast so lang wie ihr kleiner Finger.

»Nimm sie ruhig in die Hand«, ermunterte Wilhelm Juna, der es die Sprache verschlagen hatte. Behutsam hob sie die zarte Gestalt auf und betrachtete sie von allen Seiten. Sie sah so lebendig aus, als wolle sie gleich starten, obwohl ihre Flügel aus Gold oder zumindest aus vergoldetem Draht waren. Kein Detail war vergessen worden. Die Facettenaugen wirkten deshalb so echt, weil das ganze Tier beinahe wie aus winzigen Goldperlen zusammengesetzt schien. Und auch das Lächeln hatte der Künstler nicht vergessen. Dennoch wirkte die Libelle bei allem nicht ganz perfekt, so, als wäre hier jemand am Werk gewesen, der nicht oft mit diesem Material zu tun hatte. Gerade das aber machte dieses Abbild so liebenswert. Juna wusste jetzt, warum Wilhelm seinen Fund mitgenommen hatte, obwohl er in jener dunklen Nacht seiner Flucht gar nicht gesehen hatte, worum es sich handelte. Es war, als wollte auch ihre Hand die Libelle nicht wieder loslassen. Hastig setzte sie sie zurück auf die blaukarierte Bettdecke.

»Hast du herausgefunden, wer sie dort versteckt hat?«

Wilhelm schüttelte den Kopf. »Es muss schon damals lange her gewesen sein, so hart und verkrustet, wie sie war. Es waren ja auch schon zwölf Jahre vergangen, seit ich das Grundstück und das Hotel gekauft hatte. Ich wollte immer die Familie ausfindig machen, von der ich das Hotel übernommen hatte, aber du weißt ja, dass das nicht ging, solange es die DDR gab. Und danach, als ich alles wiederbekommen und dann verkauft habe, konnte ich nur herausfinden, dass von der Familie niemand mehr dort lebte. Karow hießen sie. Albert und Josefine. Vielleicht findest du mit Hilfe des Internets mehr heraus. All die Jahre wollte ich einmal zurück und nachforschen, weil ich das Gefühl hatte, die Libelle gehöre mir nicht. Sie sollte dahin zurückgebracht werden, wo sie hergekommen war. Aber wie ich schon sagte, ich habe es aufgeschoben. Nun kann ich es nicht mehr, aber inzwischen glaube ich auch, dass sie sowieso für dich gedacht war. Wer weiß, wohin sie dich führt.«

Juna glaubte nicht an einen tieferen Sinn, aber da es ihm so wichtig war, wollte sie nicht widersprechen. »Was hat Hanne dazu gesagt?«

»Sie war derselben Meinung. Ich habe sie gefragt, ob sie die Libelle nicht tragen möchte, aber sie sagte nein, sie gehöre ihr nicht und wäre für jemand anderen bestimmt, wenn die Zeit käme. Ich denke, die Zeit ist jetzt gekommen.« Er legte die Libelle zurück in die Tonscherbe, beides in Junas Hand, und schloss ihre Finger darüber. »Ich möchte, dass du nach Hiddensee fährst und Nachforschungen anstellst. Ich bin mir sicher, dass du ihre Geschichte herausfinden wirst. Oder etwas anderes, was für dich von Bedeutung sein kann.« Eindringlich sah er ihr in die Augen »Versprich es mir, Juna!«

Juna zögerte. Er verlangte mehr von ihr, als er ahnte. Aber wie konnte sie ihm das abschlagen? Daran war gar nicht zu denken. Es war die erste und die letzte Bitte, die er an sie hatte.

»Natürlich, Wilhelm. Wenn es dir so wichtig ist, verspreche ich es dir.«

Beinahe beschämt sah sie die Erleichterung in seinen Augen. Es war, als ob ihm nun sogar das Atmen leichter fiele. »Aber was soll ich damit machen, wenn ich nicht herausfinden kann, wem sie gehört oder wo sie herkommt?«, fragte sie bedrückt.

Er lächelte. »Du wirst wissen, was das Richtige ist.«

Juna wünschte sich, sie wäre sich da so sicher, wie er klang. Sie drehte die Keramikscherbe um und stellte fest, dass sie auf der anderen Seite mattgrün glasiert war. Einige Stellen aber waren blau, als wäre das Fragment Teil eines Bildes von Gras und Himmel gewesen. Aber dafür war es zu gewölbt. Vielleicht stammte es von einer Kanne? Aber dafür war der Ton zu dick.

»Ich habe die Scherbe aufgehoben, weil ich dachte, sie wäre vielleicht ein Hinweis auf die Herkunft der Libelle. Beides ist eindeutig zusammen vergraben worden«, sagte Wilhelm. »Vielleicht hilft dir das bei der Suche.« Erschöpft schloss er die Augen. »Ich bin so froh, dass das jetzt geklärt und bei dir auf einem guten Weg ist.« Er lächelte. »Besinne dich darauf, was du an Libellen magst. Lass fliegen, was in dir ist, Juna!«

»Du weißt, was passiert, wenn man zu hoch fliegt.« Sie biss sich auf die Lippen. Daran hatte sie ihn jetzt wirklich nicht erinnern wollen.

Aber er lächelte immer noch. »Ja, ich weiß aber auch, was geschieht, wenn man es gar nicht erst versucht«, sagte er.

Im nächsten Augenblick war er eingeschlafen, ein Schmunzeln lag auf seinen Lippen. Juna saß noch eine Weile bei ihm, fuhr mit dem Finger über die Glasur der Keramik und betrachtete die Libelle. Diese verriet nichts über sich, sie lächelte nur so rätselhaft wie die *Mona Lisa*. Oder doch freundlicher, wie alle Libellen. Durchaus zuversichtlich, aber auch, als amüsiere sie sich über Juna. Sie wog schwerer, als sie aussah. Juna wickelte sie schließlich mitsamt der Scherbe in ein Papiertaschentuch, und verstaute sie sorgfältig in ihrer Handtasche. Das blaue Taschentuch, das noch nach Hanne duftete, legte sie auf Wilhelms Brust. Vielleicht würde er von ihr träumen.

Dann schlich sie auf Zehenspitzen aus dem Zimmer.

Zwei Tage später starb Wilhelm. Juna half Wilhelms Bruder Anselm, sich um alles zu kümmern. Wilhelm war katholisch gewesen, die Beerdigung fand schon eine knappe Woche später statt. Es kamen viele seiner früheren Angestellten, doch seine Freunde waren bereits alle vor ihm gegangen. Am Nachmittag war die Testamentseröffnung.

»Aber ich möchte das nicht«, sagte Juna hinterher zu Anselm. »Die Summe ist zu groß. Es fühlt sich falsch an.«

Anselm legte ihr die Hände auf die Schultern. »Wilhelm hat es so gewollt. Er hatte dir doch schon selbst gesagt, dass er das vorhat und dass er möchte, dass du etwas Besonderes damit tust, etwas nur für dich.«

»Aber doch nicht so viel!« Juna konnte die Tränen schon wieder nicht zurückhalten.

»Es ist mehr als genug da. Alles ist gut. Nimm es an, und freue dich. Er wollte es doch so. Er hat mir erzählt, dass er dich bitten wollte, noch etwas für ihn zu erledigen. Vielleicht kannst du es dafür verwenden.«

Juna wollte ihn nicht weiter belasten, er hatte gerade mehr als genug zu organisieren. Sie fügte sich und fuhr nach Hause.

Und jetzt hatte ihr Ben dasselbe gesagt. Wilhelm hatte hartnäckig darauf bestanden, dass sie die Summe für sich verwenden würde. Aber was, um Himmels willen, sollte sie damit machen? Sie wollte nichts anderes, als hierbleiben. Genau hier, mitten im Spreewald auf der Dolzke-Insel, auf dem Grundstück ihres Großvaters, wo sie immer am glücklichsten gewesen war. Sie träumte nicht von einer Weltreise. Sie wollte auch nicht nach Hiddensee.

Sie mochte nicht weg, wollte einfach nur hier leben wie die Libellenlarven unter Wasser, still und versteckt.

Jetzt erhöhte sie das Tempo beim Paddeln, als könnte sie vor dem Versprechen und all ihren Gedanken davonfahren. Kurz nachdem sie das Gurkenmuseum passiert hatte, fiel ihr eine Wurzel auf, die sich irgendwo gelöst hatte und jetzt in der gemächlichen Strömung trieb. Sie kreuzte zum anderen Ufer und schnitt dem Holz den Weg ab. Als sie es ins Boot zog, verlor sie beinah ihr Paddel, so lang war ihre Beute. Juna fuhr mit den Fingern über das glatte Holz. Eindeutig ein Stück für ihre Sammlung! Sie würde es dorthin legen, wo es trocknen konnte, zu den anderen gesammelten Fundstücken. Später musste sie es in der Werkstatt ihres Großvaters nur noch ein wenig über dem Feuer zurechtbiegen, wie sie es gelernt hatte, um etwas daraus zu machen, das sie jetzt schon genau vor sich sah.

Sie dachte daran, wie der Nyks seine Kähne gebaut hatte, seit sie denken konnte. Nur wenn man genug Zeit und Geduld und Sorgfalt dabei investierte, dann trugen einen die Kähne mit allen Lasten und waren wasserdicht.

Mit einem Leben sollte es genauso sein, hatte sie angenommen. Sie hatte gedacht, ihres wäre so. Bis geschah, was nie hätte geschehen dürfen.

Patricia Koelle persönlich: Über meinen neuen Roman und mein Schreiben

Wie sind Sie auf die Idee der Inselgärten-Reihe gekommen?
In meinem kleinen Garten, für den ich jahrelang nicht viel Zeit hatte, traf ich immer weniger Bienen und Schmetterlinge an. Die Pressemeldungen über den dramatischen Rückgang der Insekten kennt man ja, aber wirklich erschütternd ist es leider erst, wenn man selbst Zeuge davon wird. Deshalb habe ich begonnen, den Garten völlig neu, diesmal naturnaher und insektenfreundlicher, zu gestalten. Ich habe dabei sehr viel gelernt – über Pflanzen, Gärten, Insekten und andere Bewohner, über die große seelische und körperliche Heilsamkeit von Gartenarbeit und Gartenzeit, über meine eigene Kraft. Dies alles wollte ich auch den Figuren in meinen neuen Büchern schenken. Vielleicht können diese davon etwas an die Leser weitergeben.

Dass die Geschichten weiterhin zum Teil am Meer spielen, liegt daran, dass das Meer nach wie vor ebenso ein Ort ist, der heilt und Kraft gibt, und wo ich glücklich bin, unabhängig von allem, was sonst gerade in meinem Leben geschieht. Warum also nicht beides kombinieren?

Wichtig ist mir aber auch, dass die Bücher dieser Reihe nicht nur am Meer spielen. Es gibt in Deutschland unzählige Landschaften, über die kaum jemand spricht und die doch ebenso spannend und wunderschön sind. In *Die Zeit der Glühwürmchen* spielt ein Dorf an einem faszinierenden See in Mecklenburg-Vorpommern eine Rolle. In *Das Lächeln der Libellen* ist es der geheimnisvolle

Spreewald. Für *Die Träume der Bienen* war ich auf Fehmarn und auch im geschichtsträchtigen Oderbruch unterwegs.

Wie würden Sie Ihre Hauptfiguren in den jeweiligen Bänden charakterisieren?

Taru aus Band eins und Juna aus Band zwei der Inselgärten-Reihe sind Frauen mit Lebenserfahrung und den dazugehörigen seelischen Narben, aber auch voller Neugier auf das, was noch kommt. Sie wollen ihr Leben aktiv gestalten, brauchen niemandem mehr etwas zu beweisen, außer vielleicht sich selbst. Taru ist geschieden, Juna ist Witwe. Sie müssen in jeder Hinsicht neue Wege gehen. Taru hat mich übrigens angesteckt – bei der Recherche zu ihrem Sport, dem Stehpaddeln, habe ich mit fünfundfünfzig Jahren endlich auch den richtigen Sport für mich gefunden, der glücklich macht, sehr gesund ist und den man in jedem Alter noch problemlos beginnen kann. Bei dieser Reihe lerne ich ohnehin eine Menge von meinen Figuren. Die Grenze zwischen Fiktion und Realität ist durchlässig geworden.

Remy aus Band eins und Linnea aus Band zwei sind junge Frauen am Anfang ihrer Karriere, die ihren Weg erst finden müssen. Remy ist ein Küstenkind mit einer großen Familie, Linnea eine Halbwaise, die ihr Glück im Gewühl der Hauptstadt gesucht hat. Beide sind in einer medienaffinen Welt aufgewachsen. Auf unterschiedliche Art wollen sie diese neuen Kommunikationsmittel nutzen, um etwas zu bewegen und die Welt ein wenig besser zu machen. Dabei finden sie aber auch heraus, dass sich das mit der Lebenserfahrung der Älteren ganz gut ergänzen lässt, wie sehr sich die Generationen gegenseitig Mut machen können und wie viel sie sich zu geben haben.

Über die Personen des dritten Bandes kann ich noch nicht viel sagen. Sie treten gerade erst aus dem Nebel heraus. Meine Figuren zeigen sich immer erst nach und nach. Ganz selten nur werden sie mit einer Art Knall geboren und sind plötzlich fix und fertig da. Das war bisher nur bei Myra Webelhuth (*Ostsee-Trilogie*) und Kalle Brennicke (*Die eine, große Geschichte*) der Fall. Die anderen muss ich anlocken wie ein scheues Wildtier, indem ich stillstehe und warte, bis sie Vertrauen fassen und sich mir nach und nach offenbaren. Sie brauchen ihre Freiheit, um sich entwickeln zu können, genau wie wir alle.

Wie geht die Reihe weiter? Worauf dürfen sich die Leser freuen?
Eine der Hauptfiguren in Band drei, *Die Träume der Bienen*, lebt auf Fehmarn, für die andere spielt ein alter Hof im Oderbruch eine Rolle.

Über Gärten und geheimnisvolle, heilsame Orte, an und mit denen man wachsen kann, sei es als Autor, Romanfigur oder Leser, gibt es noch endlos viel zu erzählen. Ich möchte mit meinen Büchern auch wenigstens ein ganz klein wenig dazu beitragen, dass uns diese Gärten und Orte nicht verlorengehen. Ich wünsche mir so sehr, dass wir uns mit dem ganzen großartigen Wissen, das die Menschen sich angeeignet haben, wieder darauf besinnen.

In *Das Lächeln der Libellen* gibt es einen jungen Mann, Reon, der vor dem Meeresmuseum steht und um Spenden für den Naturschutzbund bittet, obwohl er dafür angefeindet wird. Der Naturschutzbund kauft zum Beispiel Grundstücke, um dort Schutzzonen für bestimmte Tiere einzurichten, für deren Art es um Leben und Tod geht. Ich bin Mitglied und habe dazu aus dem Erlös der Bücher auch schon beigetragen. Dafür bedanke ich mich hiermit bei den Lesern, die das möglich gemacht haben.

Reon ist zutiefst traurig, wenn er am Ostseestrand wieder einmal einen toten Kleinwal bergen muss. Dass uns allen ein stummer Frühling ohne Singvögel und ohne Bienensummen droht, wenn wir nichts ändern, erfüllt ihn mit Entsetzen. Aber er ist wie ich auch voller Hoffnung, dass wir alles zum Guten wenden können, denn wir haben alle Möglichkeiten in uns.

Ich wünsche mir, dass wir wieder lernen zu staunen und uns über das freuen, was um uns ist, denn es ist viel, und es ist groß, und es ist nicht selbstverständlich. Ich möchte, dass sich die Leser in meinen Geschichten von der Alltagshektik oder nach einem Schicksalsschlag ausruhen können und etwas von der Heilsamkeit eines Gartens oder einer Küstenlandschaft spüren, egal, wo sie sich gerade befinden.

Ob es nach Band drei noch weitere Bände geben wird, hängt natürlich allein davon ab, wie die Reihe den Lesern gefällt.

Übrigens werden die Romane dieser Reihe noch stärker als die Bücher der Trilogien in sich abgeschlossen sein. Man kann sie getrost einzeln lesen, ohne die anderen zu kennen oder auf die Folgebände zu warten.

An dieser Stelle möchte ich mich auch ganz herzlich für die vielen lieben und ermutigenden Rückmeldungen bedanken, die mich in Form von Briefen oder Rezensionen sowie Kommentaren auf Instagram, Facebook, den Blogs oder per E-Mail erreichen.

Die Ideen werden mir nicht ausgehen, denn sie kommen von den Orten und den Menschen. Danke, dass ihr da seid, ihr alle da draußen.

Patricia Koelle, April 2020